Wilbur Smith entstammt einer alten Siedlerfamilie aus Rhodesien, dem heutigen Simbabwe, und ist einer der erfolgreichsten Autoren der Gegenwart. Seine Bücher, die eine Weltauflage von über 50 Millionen Exemplaren erreicht haben, sind in 14 Sprachen übersetzt und zum Teil verfilmt worden.

Außer dem vorliegenden Band sind von Wilbur Smith als Goldmann-Taschenbücher erschienen:

Glühender Himmel. Roman (41130)
Goldmine. Roman (9312)
Das Lied der Elephanten. Roman (42368)
Der Panther jagt im Dämmerlicht. Roman (42047)
Schwarze Sonne. Roman (9332)
Der Stolz des Löwen. Roman (9316)
Der Sturz des Sperlings. Roman (9319)
Tara. Roman (9314)
Wenn Engel weinen. Roman (9317)
Wer aber Gewalt sät. Roman (41139)

Wilbur Smith
Adler über den Wolken

Roman

Aus dem Englischen
von Richard Giese

GOLDMANN VERLAG

Ungekürzte Ausgabe

Titel der Originalausgabe: Eagle in the Sky

Umwelthinweis:
Alle bedruckten Materialien dieses Taschenbuches
sind chlorfrei und umweltschonend.
Das Papier enthält Recycling-Anteile.

Der Goldmann Verlag
ist ein Unternehmen der Verlagsgruppe Bertelsmann

Copyright © 1974 der Originalausgabe
bei Wilbur Smith
Copyright © 1991 der deutschsprachigen Taschenbuchausgabe
beim Wilhelm Goldmann Verlag, München
Umschlagentwurf: Design Team München
Umschlagfoto: Isy-Schwart / TIB, München
Satz: IBV Satz- und Datentechnik GmbH, Berlin
Druck: Elsnerdruck, Berlin
Verlagsnummer: 42048
MV · Herstellung: Sebastian Strohmaier
Made in Germany
ISBN 3-442-42048-2

1 3 5 7 9 10 8 6 4 2

Drei sind mir zu wundersam,
und vier versteh ich nicht:
des Adlers Weg am Himmel;
der Schlange Weg auf dem Felsen;
des Schiffes Weg mitten im Meer
und des Mannes Weg beim Weibe.

Die Sprüche Salomons 30: 18–19

Schnee lag auf den Bergen von Hottentotten-Holland, und der Wind strich klagend darüber hin. Der Fluglehrer stand in der Tür seines Büros, zwängte sich in seine Fliegerjacke und vergrub die Fäuste tief in den pelzgefütterten Taschen. Er sah den schwarzen Cadillac mit dem Chauffeur am Steuer zwischen den höhlenartigen Hangars auftauchen und war plötzlich verstimmt. Die Symbole der Reichen machten Barney Venter neidisch.

Der Cadillac bog in eine Parklücke an der Wand des eisernen Schuppens ein. Ein Junge sprang aus der hinteren Wagentür, sprach kurz mit dem farbigen Chauffeur und kam dann rasch auf Barney zu. Er bewegte sich mit einer für sein Alter ungewöhnlichen Eleganz. Je näher er kam, desto mehr wuchs Barneys Verstimmung. Er haßte diese verwöhnten Kinder reicher Leute, aber es war nun einmal sein Schicksal, sich den größten Teil seiner Arbeitszeit mit ihnen abgeben zu müssen. Denn nur die Reichen konnten es sich leisten, ihre Kinder in die Kunst des Fliegens einweihen zu lassen.

Das allmähliche Nachlassen seiner Spannkraft, die natürliche Abnutzung durch die Zeit, hatten ihn gezwungen, diesen Job anzunehmen. Vor zwei Jahren, mit 45, war er an den strengen medizinischen Anforderungen gescheitert, von denen seine Stellung als rangältester Flugkapitän abhing. Nun ging es bergab mit ihm. Wahrscheinlich würde er einmal als einer von denen enden, die kaputte alte Kisten auf zweifelhaften Strecken ohne festen Fahrplan fliegen, für gewissenlose Chartergesellschaften ohne Lizenzen. Dieser Gedanke verstärkte seinen Groll gegen den Jungen, der vor ihm stand. »Master Morgan?«

»Ja, Sir, aber Sie können ruhig David zu mir sagen.« Der Junge streckte ihm die Hand hin, und Barney ergriff sie unwillkürlich, bereute es allerdings sofort. Die Hand war schmal und trocken, doch sie hatte einen festen und harten Druck.

»Danke, David«, sagte Barney ironisch, »und du darfst ruhig weiter ›Sir‹ zu mir sagen.«

Er wußte, der Junge war erst vierzehn, aber er war fast genauso groß wie Barney mit seinen einssiebzig. David sah ihn lächelnd an, und Barney war nahezu physisch berührt von der Schönheit des Jungen.

Er merkte plötzlich, daß er ihn anstarrte – und er wandte sich brüsk ab. »Komm.« Er führte ihn durch sein Büro mit den von Fliegendreck verschmutzten Pin-up-Girls und den an die Wand gehefteten Notizzetteln, die vor Vorschüssen warnten oder vor unvorschriftsmäßigem Verhalten auf dem Flugfeld.

»Hast du schon eine Ahnung vom Fliegen?« fragte er den Jungen, als sie durch die kühle, dunkle Halle gingen, wo in langen Reihen die grell bemalten Flugzeuge standen.

»Nicht die geringste, Sir.« Das Eingeständnis war erfrischend. Barneys Laune wurde etwas besser.

»Aber du willst's lernen?« Sie traten wieder hinaus in die milde Wintersonne.

»O ja, Sir!« Die Antwort war sehr bestimmt. Barney warf dem Jungen einen flüchtigen Blick zu.

»Na schön – fangen wir an.« Das Flugzeug stand startklar auf dem Betonstreifen vor der Halle.

»Das ist eine Cesna 150, einmotoriger Hochdecker.« Barney machte einen Inspektionsgang um die Maschine, und David folgte aufmerksam seinen Erläuterungen. Als er die Ruderflächen und das Prinzip von Auftrieb und Tragflächenbelastung erklärte, merkte er, daß der Junge mehr wußte, als er zugegeben hatte. Seine Antworten auf Barneys Fragen waren präzise, richtig.

»Du hast einiges darüber gelesen«, sagte Barney vorwurfsvoll.

»Ja, Sir«, gab David lächelnd zu. Gegen seinen Willen mußte Barney sich eingestehen, daß er eine gewisse Zuneigung für den Jungen empfand.

»Also los, steig ein.«

Schulter an Schulter in dem engen Cockpit geschnallt, erklärte Barney die Armaturen, dann begann er mit den Startvorbereitungen.

»Schalt ein.« – David drückte auf den roten Knopf. »Gut, und jetzt die Zündung, den Schlüssel da – wie beim Auto.«

David beugte sich vor und befolgte Barneys Anweisungen. Der Propeller sprang an, die Maschine heulte auf, knallte und ratterte und verfiel schließlich in zufriedenes, regelmäßiges Brummen. Sie rollten das Vorfeld hinunter. David entwickelte schnell ein Gefühl für die Ruder. Sie stoppten noch einmal, um die letzte Kontrolle der Instrumente vorzunehmen, und nachdem sie über Funk die Starterlaubnis eingeholt hatten, schwenkten sie auf die Rollbahn ein.

»So, jetzt such dir einen festen Punkt am Ende der Bahn. Peil ihn an, und gib vorsichtig Gas.«

Plötzlich kam Leben in die Maschine. Sie schoß wie ein Pfeil auf die noch weit weg liegenden Hecken zu.

»Langsam den Knüppel nach hinten ziehen.«

Sie hoben ab und gewannen rasch an Höhe.

»Sachte«, sagte Barney. »Nicht so stur am Knüppel kleben. Behandle sie wie...«, er brach ab. Gern hätte er die Maschine mit einer Frau verglichen, aber er sah ein, daß dieser Vergleich hier fehl am Platz war.

»Behandle sie wie ein Pferd. Führe die Zügel ganz leicht.«

Sofort spürte er an seinem eigenen Steuerknüppel, daß Davids verkrampfter Griff sich lockerte.

»Das wär's, David.« Er streifte den Jungen mit einem flüchtigen Blick von der Seite her und empfand eine leichte Enttäuschung. Er war in seinem Innersten davon überzeugt gewesen, daß dieser Junge ein geborener Flieger war, einer von den ganz wenigen – wie er selbst –, deren natürliches Element der Himmel ist. Doch jetzt in den ersten Flugminuten war sein Kindergesicht bleich vor Schrecken.

»Linke Tragfläche hoch!« bellte Barney wütend, um den Jungen aufzurütteln. Die Tragfläche stellte sich hoch und blieb felsenfest stehen ohne die geringste Spur von Übersteuerung.

»Fang sie ab!« Barney nahm seine Hände weg vom Steuer, während sich die Nase des Flugzeugs zum Horizont hin senkte.

»Nimm das Gas weg.« Davids rechte Hand griff unbeirrt nach

dem Gashebel. Noch einmal warf Barney einen Blick auf den Jungen. Sein Gesichtsausdruck war unverändert geblieben, aber plötzlich wurde Barney klar, daß es nicht Angst war, die den Jungen beherrschte, sondern Begeisterung.

Er *ist* ein Flieger! Diese Feststellung erfüllte Barney mit tiefer Befriedigung. Und während sie die Grundbegriffe des Fliegens in ausgetrimmter Lage durchexerzierten, wanderten Barneys Gedanken dreißig Jahre zurück zu einer klapprigen alten, gelben Tiger Moth und zu einem anderen Kind, das ebenfalls die ersten Wonnen des Fliegens genoß.

Sie flogen an den schroffen blauen Bergen entlang, deren Schneekappen in der Sonne glühten, und ließen sich von dem wilden Wind tragen, der von den Bergen herabkam. »Der Wind ist wie das Meer, David. Er bricht plötzlich los und wirbelt die Tiefe auf. Paß gut auf.« David nickte. Aufmerksam hörte er seinen ersten Lektionen in der Wissenschaft des Fliegens zu, aber zugleich genossen seine Augen fasziniert jeden Augenblick des Experiments. Sie kurvten nach Norden ab über dem kahlen Land – die Erde fleischfarben und rauchbraun, die goldenen Kornfelder abgeerntet. »Knüppel und Ruder, David! – Wir versuchen jetzt mal 'ne Steilkurve.« Die Tragfläche kippte nach unten, und die Maschine jagte dem Horizont entgegen.

Vor ihnen lag das Meer. Das kalte Grün des Atlantiks, windgepeitscht, mit tanzenden weißen Flecken bedeckt. Dann wieder nach Süden die Küste entlang. Auf dem Sandstrand unten standen winzige Figuren und schauten, eine Hand über den Augen, zu ihnen herauf. Noch weiter nach Süden zu dem großen, flachen Gebirgszug, der die Landesgrenze bildete und dessen Formen aus dieser Perspektive fremdartig wirkten. Die Bucht wimmelte von Schiffen, und die Fenster der weißen Gebäude, die an den steilen, bewaldeten Hängen des Gebirges kauerten, reflektierten das Licht der Wintersonne.

Ein neues Wendemanöver. Ruhig und sicher ausgeführt. Barney saß untätig neben dem Jungen, die Hände im Schoß, und hatte die Füße von den Ruderpedalen weggenommen. Dann ging es zurück über den Tygerberg zum Flugplatz.

»Okay« sagte Barney, »ich übernehme.« Er landete und brachte die Maschine zum Platz neben dem Hangar zurück. Er drosselte die Spritzufuhr und stellte den Motor ab. Einen Augenblick lang saßen sie regungslos und schweigend nebeneinander, im Bewußtsein, daß etwas Außerordentliches und Wichtiges geschehen war und daß sie es gemeinsam erlebt hatten. »Okay?« fragte Barney schließlich.

»Ja, Sir«, nickte David. Dann schnallten sie sich los und kletterten mit steifen Gliedern auf die Betonpiste.

Wortlos gingen sie nebeneinander durch die Halle zum Büro. Vor der Tür blieben sie stehen.

»Nächsten Mittwoch?« fragte Barney.

»Ja, Sir.« David wandte sich ab und ging auf den wartenden Cadillac zu, aber nach ein paar Schritten blieb er zögernd stehen und kehrte um. »Das war das Schönste, was ich je erlebt habe«, sagte er schüchtern. »Danke, Sir!« Dann lief er schnell fort, während Barney ihm verwundert nachstarrte.

Der Cadillac fuhr los und verschwand kurz darauf in einer Kurve zwischen den Bäumen hinter den letzten Gebäuden. Barney mußte innerlich lachen. Mißbilligend runzelte er die Stirn und ging wieder in sein Büro. Er warf sich in seinen alten Drehstuhl und legte die Beine auf dem Schreibtisch übereinander. Dann holte er eine halb zerdrückte Zigarette aus der Packung, strich sie glatt und zündete sie an.

Schön? dachte er grinsend. Blödsinn! Er schnippste das Streichholz in den Papierkorb, traf ihn aber nicht.

Das Telefon läutete. Mitzi Morgan fuhr schlaftrunken aus ihren Kissen und tastete mit zugekniffenen Augen nach dem Hörer.

»Hallo?«

»Mitzi?«

»Ach du, Paps, kommst du heute?« Als sie die Stimme ihres Vaters hörte, fiel ihr ein, daß er heute herfliegen wollte, um die Fami-

lie in ihrer Sommervilla zu besuchen. »Nein, Kindchen, leider ist etwas dazwischengekommen. Ich komme erst nächste Woche.«
»Oh, Paps...« Sie konnte ihre Enttäuschung nicht verbergen.
»Wo ist Davey?« fragte er schnell, um allen Vorwürfen und Einwänden zuvorzukommen.
»Soll er dich zurückrufen?«
»Nein, ich bleib' am Apparat. Hol ihn bitte, Kindchen.« Mitzi stolperte aus dem Bett zum Spiegel und versuchte, mit den Händen ihre Frisur ein bißchen in Ordnung zu bringen. Sie hatte aschblondes, strähniges Haar, das sofort struppig wurde, wenn es mit Sonne, Salzwasser oder Wind in Berührung kam. Die Sommersprossen machten alles noch schlimmer, stellte sie mißmutig fest.
»Du siehst wie ein Pekinese aus«, sagte sie laut zu sich selbst, »wie ein fetter, kleiner Pekinese – mit Sommersprossen«, und gab die Anstrengung auf, etwas daran zu ändern. David hatte sie schließlich schon oft genug so gesehen. Sie warf sich einen seidenen Morgenmantel über den bloßen Körper und trat hinaus auf den Korridor. Dann ging sie an der Tür zu den Schlafzimmern der Eltern vorüber, hinunter zu den Wohnräumen.
Das Haus, eine kühne Konstruktion aus Glas, Stahl und weißem Kiefernholz mit übereinandergeschachtelten offenen Terrassen und überdachten Passagen, war vom seltsam glühenden Licht der Morgendämmerung durchflutet.
Die gestrige Party mit den zwanzig Gästen, die zur Zeit im Hause waren, und etwa ebenso vielen aus der Nachbarschaft hatte überall ihre Spuren hinterlassen: verschüttetes Bier, volle Aschenbecher und achtlos herumliegende Schallplatten. Mitzi stieg über das Durcheinander und ging die Wendeltreppe zu den Gästezimmern hinauf. Sie suchte Davids Zimmer, die Tür war offen, und sie trat ein. Das Bett war unberührt, aber die Jeans und das Sporthemd lagen quer über einem Stuhl, die Schuhe nachlässig ins Zimmer geworfen.
Mitzi mußte lachen und ging auf den Balkon hinaus. Er lag hoch über dem Strand auf gleicher Höhe mit den Möwen, die wie jeden Morgen schon auf der Suche nach Abfällen waren, die das Meer während der Nacht an die Küste geschwemmt hatte. Rasch raffte

Mitzi ihren Morgenmantel hoch und kletterte über das Geländer zum nächsten Balkon. Sie riß die Vorhänge auf und trat in Marions Schlafzimmer. Marion war ihre beste Freundin. Im Grunde wußte sie natürlich, daß es diese Freundschaft vor allem deshalb gab, weil Mitzi für Marions zierliche Figur und ihr Puppengesicht ein idealer Kontrast war – und außerdem noch eine Quelle ständiger Geschenke, Partys, kostenloser Ferien und anderer schöner Dinge.

Sie sah wirklich hübsch aus, jetzt im Schlaf, mit ihrem langen, blonden Haar. Mitzi starrte gebannt auf ihren Vetter. Er war siebzehn, doch er hatte den Körper eines erwachsenen Mannes. Er ist für mich der liebste Mensch auf der Welt, dachte sie. Er ist schön, so groß und stark...

Die beiden im Bett hatten nachts die Decke von sich gestrampelt.

»David«, sagte sie leise und berührte dabei seine Schulter.

Er machte die Augen auf und war sofort hellwach.

»Mitzi? Was ist los?«

»Zieh dir was an, alter Krieger. Paps ist an der Strippe.«

»Ach, du lieber Gott. Wie spät ist es denn?«

»Spät«, sagte Mitzi. »Du solltest dir einen Wecker mitnehmen, wenn du nächtliche Besuche machst.«

Marion brummte protestierend irgend etwas ins Kopfkissen und zog die Decke über sich, als David aus dem Bett sprang.

»Wo ist das Telefon?«

»In meinem Zimmer – aber du kannst vom Nebenanschluß in deinem sprechen.«

Sie folgte ihm über die Balkonbrüstung in sein Zimmer. Dort kuschelte sie sich in sein Bett, während er den Hörer abnahm und, die Telefonschnur hinter sich herziehend, nervös auf dem dicken Teppich hin und her ging.

»Onkel Paul?« fragte David. »Wie geht's?«

Mitzi griff in die Tasche ihres Morgenrocks und zündete sich mit ihrem goldenen Dunhill eine Gauloise an, aber schon nach dem dritten Zug nahm ihr David grinsend die Zigarette aus dem Mund und rauchte sie weiter.

Mitzi schnitt ein Gesicht, um die Verwirrung zu verbergen, die seine Nacktheit in ihr hervorrief, und zündete sich eine neue Zigarette an.

Er würde verrückt, wenn er wüßte, was ich denke, ging es ihr durch den Kopf, und dieser Gedanke verschaffte ihr ein wenig Erleichterung. David war mit dem Telefonieren fertig und legte den Hörer auf.

»Er kommt nicht.«

»Ich weiß.«

»Aber er schickt Barney herauf mit der Lear, um mich abzuholen. Großes Palaver.«

»Sieht so aus.« Mitzi nickte und begann, ihren Vater zu imitieren: »Wir müssen nunmehr damit beginnen, über deine Zukunft nachzudenken, mein Junge. Wir müssen für eine Ausbildung sorgen, die garantiert, daß du der Verantwortung gewachsen bist, die das Schicksal dir auferlegt hat.«

David lachte amüsiert und kramte in den Schubladen des Kleiderschrankes nach seinen Shorts.

»Jetzt muß ich es ihm wohl sagen.«

»Ja«, meinte Mitzi, »das wirst du wohl müssen.«

David zog die Shorts an und wandte sich zur Tür.

»Bet mal für mich, Kindchen.«

»Da wird wohl mehr als Beten nötig sein, alter Krieger«, sagte Mitzi genüßlich.

Die Flut hatte den Strand glatt und fest gemacht; noch hatte kein Fuß eine Spur im Sand hinterlassen. David lief mit weiten, federnden Schritten am Meer entlang und zog eine Kette feuchter Fußabdrücke hinter sich her.

Die Sonne stieg höher und warf einen rosa Schleier über das Meer, die Outeniquaberge erglühten unter ihren Strahlen – doch David sah nichts davon. Er dachte nur an das bevorstehende Gespräch mit seinem Vormund.

Sein Leben hatte jetzt einen kritischen Punkt erreicht, die Schule war zu Ende, und ihm standen viele Möglichkeiten offen. Er wußte, daß der Weg, für den er sich entschieden hatte, auf schärfsten Widerstand stoßen würde, und er nutzte diese letzten Stunden des Alleinseins, um sich zu sammeln und sich selbst Mut zu machen.

Ein Schwarm von Möwen um einen toten Fisch stob wie eine Wolke auf, als er näher kam, ihre Flügel schienen die noch niedrig stehende Sonne zu berühren. Die Vögel umkreisten ihre Beute und stießen sofort wieder nieder, als David vorüber war.

Er sah die Lear, bevor er sie hörte. Sie kam im Tiefflug gegen die Dämmerung daher, hob und senkte sich abwechselnd über dem aufragenden Massiv des Robberberges und raste dann aufheulend den Strand entlang, direkt auf ihn zu.

David blieb stehen. Trotz des langen Laufs war er nicht außer Atem gekommen. Grüßend warf er beide Arme über den Kopf hoch. Er erkannte Barney hinter dem Plexiglas der Kanzel, der grinsend zu ihm heruntersah und im Vorbeifliegen den Gruß mit der Hand erwiderte.

Die Lear drehte scharf ab zur See. Dabei streifte sie mit einer Tragfläche fast die Schaumkrone der Wellen. Dann kam sie zurück. David war allein am menschenleeren Strand, als das Flugzeug einem Raubvogel gleich auf ihn zuschoß. Erst im allerletzten Augenblick verlor er die Nerven und warf sich in den nassen Sand. Der Düsenstrahl traf ihn wie ein Peitschenhieb. Die Lear kurvte an ihm vorbei landeinwärts zum Flugplatz ab.

»Mistkerl«, schimpfte er und dachte an Barneys belustigtes Grinsen, während er aufstand und sich den Sand von der nackten Brust wischte.

Der hat bei mir gelernt, dachte Barney und streckte sich im Kopilotensitz. Er beobachtete David bei einem riskanten Manöver, bei dem es ebenso aufs Glück wie auf die Geschicklichkeit ankam. Barney hatte zugenommen, seit er beim Morgan-Konzern war. Über dem Gürtel wölbte sich ein kleiner Bauch. Die ersten Anzeichen eines Doppelkinns machten sich um die heruntergezogenen Mundwinkel bemerkbar, was ihm das Aussehen einer mürrischen Kröte gab. Sein spärliches Haar war grau gesprenkelt.

Er behielt David den ganzen Flug über im Auge und empfand eine herzliche Zuneigung für ihn. Das machte seinen Gesichtsausdruck noch komischer. Drei Jahre war er nun Chefpilot des Morgan-Konzerns, und er wußte genau, wem er diesen Posten zu verdanken hatte, der ihm Ansehen verlieh und ein gesichertes Leben ermöglichte. Er flog prominente Leute in luxuriösen Maschinen und wußte, wenn er eines Tages in Pension gehen würde, brauchte er keine Angst zu haben. Der Morgan-Konzern sorgte für seine Leute. Dieses Bewußtsein erfüllte ihn mit Zufriedenheit, während er zusah, wie sein Schützling den Jet steuerte.

Fliegen in extrem niedriger Höhe erforderte ein hohes Maß an Konzentration, doch bei David hätte man vergeblich darauf gewartet, daß sie nachließ. Die goldenen Küsten Afrikas glitten gleichmäßig unter ihnen vorbei, nur dann und wann unterbrochen durch Felsvorsprünge, winzige Badeorte und Fischerdörfer. Behutsam folgte die Lear den Konturen der Küstenlinie. Sie hatten auf die direkte Route verzichtet, um die Reize dieses Fluges genießen zu können.

Ein neuer Küstenstreifen tauchte vor ihnen auf, und als sie im Tiefflug darüber hinwegbrausten, entdeckten sie, daß der Strand nicht leer war. Ein paar winzige weibliche Gestalten rannten aufgeschreckt den Strand hinauf zu ihren Handtüchern und Bikinis. Die weißen Rundungen hoben sich deutlich von der Bräune des übrigen Körpers ab. Barney und David brachen in schallendes Lachen aus.

»Mal was Neues für dich, sie weglaufen zu seh'n, nicht wahr, David?« sagte Barney grinsend, als sie die Frauen hinter sich ließen und weiter nach Süden flogen. Am Kap Agulhas bogen sie landeinwärts, überflogen die steilen Höhenzüge, dann nahm David das Gas weg, und sie glitten auf der anderen Seite des Gebirgszuges hinunter auf die Stadt zu, die sich am Fuße der Berge ausbreitete.

Als sie beide nebeneinander zum Hangar gingen, blickte Barney kurz zu David auf, der ihn inzwischen fast um Haupteslänge überragte. »Laß dich nicht unterkriegen, Junge«, warnte er. »Du hast dich entschieden, und nun bleib dabei.«

David fuhr mit seinem grünen MG die De Waal Drive hinunter, und bereits von den unteren Berghängen aus konnte er mitten unter den anderen gigantischen Monumenten der Macht und des Reichtums den riesigen quadratischen Häuserblock des Morgan-Konzerns erkennen. David freute sich, als er ihn auftauchen sah. Er erschien ihm klar und zweckmäßig wie die Tragfläche eines Flugzeuges – aber er wußte nur zu gut, daß die himmelwärts strebende Großzügigkeit dieser Konturen trügerisch war. Es war ein Gefängnis und eine Festung.

Er verließ die Fernverkehrsstraße an einer Kreuzung und fuhr zur Küste hinunter, wo er noch einmal an den massigen Blöcken des Konzerns emporblickte, bevor er die Rampe zu den Tiefgaragen erreichte.

Auf der Vorstandsetage im obersten Stockwerk ging er an einer langen Reihe von Schreibmaschinentischen vorbei. Für die Auswahl der Stenotypistinnen, die hier saßen, war offenbar ihr Aussehen genauso wichtig gewesen wie ihr Können. Ihre hübschen Gesichter lächelten, als David jede einzelne grüßte. Im Hause Morgan wurde er mit dem Respekt behandelt, der einem Thronerben zustand. Martha Goodrich, die im Vorzimmer des innersten Heiligtums saß, blickte streng und geschäftsmäßig von ihrer Schreibmaschine auf.

»Guten Morgen, Mr. David. Ihr Onkel wartet schon – aber Sie hätten, glaube ich, lieber einen Anzug anziehen sollen.«

»Sie sehen gut aus, Martha. Sie sind schlanker geworden, und Ihre neue Frisur steht Ihnen ausgezeichnet.« Das half, wie immer. Ihre Miene wurde sanfter.

»Lassen Sie den Schmus«, sagte sie indigniert. »Ich bin keins von Ihren Flittchen.«

Paul Morgan stand an der riesigen Fensterfront und blickte auf die City hinunter, die wie ein Stadtplan zu seinen Füßen aufgerollt dalag, aber er drehte sich sofort zu David um, als dieser hereinkam.

»Hallo, Onkel Paul. Entschuldige, daß ich mich nicht mehr umziehen konnte. Aber ich dachte, es ist am besten, wenn ich direkt komme.«

»Schon gut, David.« Paul Morgan warf einen kurzen Blick auf Davids offenes, großgeblümtes Hemd, die weißen Jeans, um die er einen verzierten Ledergürtel trug, und die offenen Sandalen. Bei ihm sah das gut aus, gestand Paul sich widerstrebend ein. An dem Jungen wirkte selbst das ausgefallenste modische Zeug elegant.

»Nett, dich wieder mal zu sehen.« Paul glättete das Revers seines dunklen, konservativ geschnittenen Anzugs und sah zu seinem Neffen auf. »Komm, setz dich. Hier am Kamin.« Wie immer, wenn sie nebeneinander standen, ließ ihn David seine körperliche Kleinheit besonders stark als Mangel empfinden. Paul war kräftig und gedrungen, er hatte einen muskulösen Stiernacken und einen breiten, kräftigen Schädel. Wie seine Tochter hatte er grobes, strähniges Haar, und sein Gesicht war zerknautscht wie bei einem Boxer. Alle Morgans waren so. Davids exotische Erscheinung sprengte diese Regel. Natürlich hatte er das von seiner Mutter. Das dunkle Haar, die blitzenden Augen und dazu noch das entsprechende Temperament.

»Nun, David, zunächst einmal möchte ich dir zu deinem Abschlußzeugnis gratulieren. Es hat mir eine riesige Freude bereitet«, sagte Paul Morgan feierlich, und er hätte hinzufügen können: ›Und ich war außerdem mächtig erleichtert.‹

David Morgan hatte eine stürmische Schulkarriere hinter sich. Oft genug war er von den Höhen des Erfolgs jäh in Tiefen hinabgerutscht, wo nur der Name und der Reichtum der Morgans ihn vor Schimpf und Schande zu bewahren vermochten. Da war die Affäre mit der jungen Frau des Sportlehrers gewesen. Paul fand nie heraus, was wirklich an der Sache dran war, aber er hielt sie für ernst genug, um sie auf zweierlei Weise aus der Welt zu schaffen: Er stiftete eine neue Orgel für die Schulkapelle und verschaffte dem Lehrer einen Lehrauftrag an einer ausländischen Hochschule.

Unmittelbar danach hatte David den begehrten Wessels-Preis für Mathematik erhalten, und alles war verziehen – bis er es für notwendig erachtete, den neuen Sportwagen des Hausmeisters auszuprobieren, natürlich ohne Wissen dieses Herrn, und ihn im 90-Meilen-Tempo in eine scharfe Kurve jagte. Der Wagen bestand diesen Test nicht, David wickelte sich aus den Trümmern und humpelte mit einem häßlichen Kratzer am Bein davon. Es bedurfte des ganzen Einflusses von Paul Morgan, um zu verhindern, daß der Hausmeister Davids Ernennung zum Schulsprecher torpedierte. Sein Widerstand konnte nur dadurch überwunden werden, daß der zertrümmerte Wagen durch ein teureres Modell ersetzt wurde. Außerdem verpflichtete sich der Morgan-Konzern, die Renovierungskosten für die Waschräume zu übernehmen.

David war ein wilder Bursche. Paul wußte das, aber er wußte auch, daß er ihn zähmen konnte. Wenn er das erst einmal fertiggebracht hatte, dann würde er ein Werkzeug geschmiedet haben, das scharf wie ein Rasiermesser war. David besaß alle Eigenschaften, die Paul Morgan von seinem Nachfolger erwartete. Den Schwung und das Selbstvertrauen, den schnellen, hellwachen Verstand und den kühnen Unternehmergeist – aber vor allem besaß er Draufgängertum, jene kämpferische Fähigkeit, die Paul den Killer-Instinkt nannte.

»Vielen Dank, Onkel Paul.« Er nahm die Glückwünsche seines Onkels mit vorsichtiger Zurückhaltung entgegen. Schweigend taxierten sie einander. Keiner der beiden hatte sich je ganz wohl in der Gesellschaft des anderen gefühlt. Dazu waren sie zu verschieden in vielen Dingen – und doch in anderen zu ähnlich. Immer schien es, als stünden ihre Interessen miteinander im Konflikt.

Paul trat ans Fenster, so daß er das Tageslicht im Rücken hatte. Das war einer seiner alten Tricks, mit dem er seine Gesprächspartner in Nachteil setzte. »Nicht etwa, daß wir weniger von dir erwartet hätten«, Paul Morgan lachte, und David lächelte anerkennend, weil sein Onkel fast Humor entwickeln konnte.

»Und jetzt müssen wir über deine Zukunft reden.« David schwieg.

»Dir stehen viele Wege offen«, sagte Paul Morgan, um sie dann schnell wieder einzuengen. »Doch ich meine, Wirtschaftswissenschaft und Jura an einer amerikanischen Universität wären das Richtige für dich. Von dieser Voraussetzung ausgehend, habe ich meinen ganzen Einfluß aufgeboten, um dich an meiner alten Uni einschreiben zu lassen...«

»Onkel Paul, ich möchte fliegen«, unterbrach David sanft, und Paul Morgan schwieg eine Weile vor sich hin. Seine Miene änderte sich nur kaum merklich. »Wir sind hier, um über deine Karriere zu entscheiden, mein Junge, und nicht, um uns über die Vorzüge verschiedener Möglichkeiten der Freizeitgestaltung zu unterhalten.«

»Nein, Sir. Ich meine, ich möchte fliegen – nicht nur so, sondern als Lebensziel.«

»Dein Lebensziel ist hier, im Morgan-Konzern. Es ist nichts, worüber du frei entscheiden könntest.«

»Ich bin da anderer Meinung, Sir.«

Paul Morgan ging vom Fenster zurück zum Kamin und zündete sich umständlich eine Zigarre an. Dabei sagte er zu David, ohne ihn anzusehen:

»Dein Vater war ein Romantiker, David. Er ist dem verfallen, seit er mit einem Panzer durch die Wüste kurvte. Du hast, wie mir scheint, diesen Hang zur Romantik von ihm geerbt.« Es hörte sich an, als spräche er von einer ekelhaften Krankheit. Er ging wieder zu David hinüber. »Sag mir, was hast du vor?«

»Ich habe mich zur Luftwaffe gemeldet, Sir.«

»Du hast es schon getan? Du hast bereits unterschrieben?«

»Ja, Sir.«

»Für wie lange?«

»Für fünf Jahre, Offizier auf Zeit.«

»Fünf Jahre!« Paul Morgan verschlug es die Stimme. »Also, David, ich weiß nicht, was ich dazu sagen soll. Du weißt, du bist der letzte Morgan. Ich habe keinen Sohn. Es wäre einfach deprimierend, wenn eines Tages dieses große Unternehmen da wäre und keiner von uns säße mehr an der Spitze. Ich möchte nicht wissen, was dein Vater dazu gesagt hätte.«

»Das ist unfair, Onkel Paul.«

»Ich finde das nicht, David. Ich glaube, du bist derjenige, der hier unfair ist. Dein Vermögen besteht aus einem Riesenpaket von Morgan-Aktien und anderen Kapitalanlagen. Das alles hast du unter der stillschweigenden Voraussetzung bekommen, daß du hier Pflichten und Verantwortung übernimmst –«

Wenn er mich bloß anbrüllen würde, dachte David wütend.

Denn er wußte, so würde er sich rumkriegen lassen. Barney hatte ihn davor gewarnt. Wenn er es mir bloß befehlen würde – dann könnte ich ihm sagen, er soll sich's an den Hut stecken.

Aber er wußte genau, mit wem er sich angelegt hatte. Dieser Mann hatte sein Leben lang nichts anderes getan, als seine Fähigkeit zu vervollkommnen, Menschen und Geld zu manipulieren, und in seinen Händen war ein Siebzehnjähriger weich wie Wachs.

»Du weißt, David, du bist hier hineingeboren. Alles andere sind Feigheit und Flucht vor dir selbst.« Der Morgan-Konzern streckte seine Fangarme nach ihm aus, wie eine groteske fleischfressende Pflanze, um ihn aufzusaugen und zu verdauen. »Wir können deine Verpflichtung beim Militär annullieren lassen. Ein einziger Anruf genügt –«

»Onkel Paul«, David schrie es fast, um diesen unaufhörlichen Strom von Worten aufzuhalten. »Mein Vater. Er hat's auch gemacht. Er ging zum Militär.«

»Ja, David. Aber das war damals etwas anderes. Einer von uns mußte gehen. Er war der Jüngere – und dann spielten da noch andere, persönliche Gründe eine Rolle. Deine Mutter –« er ließ den Rest des Satzes für einen Augenblick in der Luft hängen und fuhr dann fort: »– und als der Krieg vorüber war, kam er hierher auf seinen angestammten Platz zurück. Er fehlt uns sehr. Keiner konnte ihn seither ersetzen. Ich hatte immer gehofft, du würdest es einmal tun.«

»Aber ich will nicht.« David schüttelte den Kopf. »Ich will hier nicht mein Leben verbringen.« Er deutete auf die Mammut-Konstruktion aus Glas und Beton um sie herum. »Ich will hier nicht die ganzen Tage über Bergen von Papier brüten.«

»Aber so ist das doch gar nicht, David. Es ist aufregend, faszinierend und ungeheuer abwechslungsreich.«

»Onkel Paul.« Davids Stimme wurde wieder lauter. »Was hältst du von einem Mann, der sich den Bauch mit gutem Essen vollschlägt – und dann weiterfrißt?«

»Komm, komm, David.« Ein erstes Anzeichen von Gereiztheit wurde in Paul Morgans Stimme spürbar, und ungeduldig wischte er die Frage weg.

»Wie nennst du so einen Mann?« David wiederholte beharrlich seine Frage.

»Ich nehme an, du würdest ihn einen Vielfraß nennen«, antwortete Paul Morgan.

»Und was sagst du zu einem Mann, der viele Millionen besitzt und trotzdem sein ganzes Leben damit verbringt, noch mehr Millionen zu machen?«

Paul Morgan verfiel in eisiges Schweigen.

Er starrte seinen Neffen an und machte eine lange Pause, bevor er weitersprach.

»Du wirst unverschämt«, sagte er schließlich.

»Nein, so habe ich es nicht gemeint. Nicht Sie, Sir, sind der Vielfraß – aber ich wäre es.«

Paul Morgan wandte sich ab und schritt zu seinem Schreibtisch. Er setzte sich in den Ledersessel mit der hohen Rückenlehne und zog an seiner Zigarre. Sie schwiegen eine Zeitlang, schließlich seufzte Paul Morgan.

»Du mußt das wohl auch erst hinter dich bringen, wie dein Vater. Aber fünf vergeudete Jahre – dafür habe ich kein Verständnis!«

»Vergeudet? Nein! Onkel Paul, wenn ich zurückkomme, hab' ich meinen Diplomingenieur als Flugzeugbauer.«

»Ich nehme an, wir sollten dir auch noch dankbar sein für solche Mätzchen.«

David stand auf und blieb neben seinem Stuhl stehen.

»Vielen Dank. Es bedeutet mir wirklich sehr viel.«

»Fünf Jahre, David. Aber dann brauche ich dich.« Sein Lächeln war dünn. Es kündete bereits seinen Spott an. »Wenigstens wirst du dir jetzt mal die Haare schneiden lassen müssen.«

M ehr als sechs Kilometer über der warmen sandfarbenen Erde flog David in seiner Mirage wie ein junger Gott. Hinter dem geschlossenen Sonnenschutz seines Fliegerhelms verbarg sich der begeisterte, fast mystische Ausdruck, der sein Gesicht beseelte. Fünf Jahre hatten das Gefühl der Macht und der Einsamkeit nicht schwächen können, das ihn beim Fliegen erfüllte.

Das ungefilterte Sonnenlicht blitzte auf der stählernen Außenhaut der Maschine und umhüllte sie mit Glanz. Weit unten huschten winzige Wolken über die Erde hin. Der heutige Flug war schon überschattet vom Bewußtsein eines bevorstehenden Endes. Morgen war der letzte Tag seiner Dienstzeit. Mittags würde sein Offizierspatent auslaufen. Falls Paul Morgan darauf bestand, würde er von nun an Mister David sein – der neue junge Mann im Morgan-Konzern.

Er schob diesen Gedanken beiseite, um sich nicht im Genuß dieser letzten kostbaren Minuten stören zu lassen – aber allzu schnell war der Zauber gebrochen.

»Zulu Striker One, hier Kontrolle. Melden Sie Ihre Position.«
»Hier Striker One. Nähere mich dem Zielgebiet.«
»Striker One, das Zielgebiet ist frei. Ihre Zielmarkierung sind die Ziffern acht und zwölf. Beginnen Sie mit dem Anflug.«

Der Horizont drehte sich plötzlich um die Nase der Mirage, als die Tragfläche wegkippte. Mit voller Kraft ging die Maschine nach unten. Im kontrollierten Sturzflug stieß sie vom Himmel hinab wie ein Falke. Davids rechte Hand griff zum Waffen-Selektor und entsicherte die Raketenleitung. Die Erde wurde flacher, dehnte sich weit und öde, mit Tupfen von niedrigen Büschen, die unter den Spitzen der Tragflächen hinweghuschten, während er die Mirage tiefer sinken ließ. In dieser Höhe wurde man sich der Geschwindigkeit in atemberaubender Weise bewußt. Die ersten Markierungen tauchten vor ihm auf und flitzten schon im selben Augenblick wieder unter der silbernen Nase der Maschine weg.

Fünf, sechs, sieben – die schwarzen Nummern auf grellweißem Grund huschten vorbei.

Er tippte fast unbewußt das linke Seitenruder und den Steuerknüppel an – vor ihm lag der kreisrunde Raketenübungsplatz, dessen konzentrische Ringe sich um den Erdhügel in der Mitte schlossen, den »Coke«, wie er im Fliegerjargon hieß, die Zielmitte. David näherte sich im schnellen Tiefflug, sein Machmeter verzeichnete eine Geschwindigkeit, die knapp unter der Schallgrenze lag. Er flog direkten Kurs und wartete mit gespannter Aufmerksamkeit, bis der richtige Zeitpunkt gekommen war. Dann brachte er die Nase der Mirage in Längsneigung und schoß auf das Ziel zu, den Zeigefinger seiner rechten Hand am Abzugshebel.

Unter schrillem Dröhnen erreichte die silberne Maschine die leicht geneigte Fluglage zum Abfeuern der Rakete genau in dem Augenblick, wo der weiße Punkt der »Coke« in der Mitte des Visiers vom Spiegelteleskop stand.

Das ganze Manöver wurde mit der subtilen Meisterschaft ausgeführt, die sich nur durch unzählige Übungen erreichen läßt. David zog den Abzug durch. In der Maschine war nichts zu spüren. Das Zischen der abgefeuerten Rakete wurde vom Lärm der starken Düse überdeckt, doch aus den Tragflächen rasten die Kondensstreifen auf das Ziel los. David wußte, daß es ein guter Schuß war. Er gab Vollgas und wartete auf das donnernde Zünden der Nachbrenner, die ihn aus dem Bereich der feindlichen Flak schleudern würden.

»Das ist doch noch die schönste Art der Fortbewegung«, sagte er grinsend zu sich selbst. Er lag auf dem Rücken. Die Nase der Mirage war steil ins leuchtende Blau gerichtet, während ihn die Schwerkraft in das Sitzpolster drückte.

»Hallo, Striker One. Hier Kontrolle. Das war genau auf der Nase. Kriegst dafür 'ne Coke. Netter Schuß. Schade, daß wir dich verlieren, Davey.« Dieser Verstoß gegen die geheiligte Disziplin rührte ihn. Er würde sie sehr vermissen – sie alle. Er drückte die Sprechtaste in der Ausbuchtung des Steuerknüppels und sprach in sein Kehlkopfmikrofon.

»Hier Striker One, danke und alles Gute«, sagte David. »Aus und vorbei.«

Das Bodenpersonal wartete schon auf ihn. Er gab jedem die Hand. Hinter dem unbeholfenen Händeschütteln und den rauhen Späßen verbarg sich die ehrliche Zuneigung, die in all den Jahren zwischen ihnen entstanden war. Dann ging David durch die große, nach Schmierfett und Öl stinkende Halle. Die spitznasigen Jagdmaschinen standen in langen blitzenden Reihen. Selbst in Ruhestellung vermittelten sie den Eindruck von Kraft und Schnelligkeit. David blieb einen Augenblick stehen, um das kalte Metall einer Maschine zu berühren. Die Ordonnanz entdeckte ihn, als er versonnen das Emblem der Flying Cobra auf der Höhenflosse anstarrte.

»Glückwunsch des Kommandeurs, Sir. Sie sollen sich bitte gleich melden.«

Oberst »Rastus« Naude war eine hölzerne Erscheinung, mit runzeligem Affengesicht, der seine Uniform und Ordensspange mit achtloser Lässigkeit trug. Er hatte alle bedeutenden Maschinen geflogen: Hurricans in der Schlacht um England, Mustangs in Italien, Spitfires und Messerschmitts 109 in Palästina und Sabres in Korea. Für sein jetziges Kommando war er zu alt, doch niemand hatte den Mut, es ihm zu sagen, zumal er noch immer besser flog und besser schoß als die meisten jungen Kerle der Staffel.

»So, nun werden wir Sie ja endlich los, Morgan«, begrüßte er David.

»Erst nach dem Kasinoabend, Sir.«

»Ja«, Rastus nickte. »Mit Ihnen habe ich mich in diesen fünf Jahren wirklich genug geärgert. Sie schulden mir einen Eimer Whisky.« Er wies auf den Stuhl neben seinem Schreibtisch. »Setzen Sie sich, David.« Es war das erste Mal, daß er ihn mit seinem Vornamen anredete. David legte seinen Helm auf den Rand des Schreibtisches und ließ sich in der engen Verpackung seiner Flieger-Kombination unbeholfen auf den Stuhl nieder.

Rastus stopfte sich umständlich seine Pfeife mit dem gräßlichen schwarzen Magaliesberg Shag und musterte nachdenklich den jungen Mann vor sich. Er erkannte dieselben Eigenschaften in ihm, die auch Paul Morgan schätzte, das Draufgängertum und den Kampfgeist, die ihn zum idealen Abfangjägerpiloten machten.

Schließlich hatte er seine Pfeife angezündet und paffte dicke, übelriechende Qualmwolken in die Luft, während er David einen Haufen Dokumente über den Tisch zuschob.

»Lesen und unterschreiben«, sagte er. »Das ist ein Befehl.«

David ging die Papiere flüchtig durch, dann blickte er auf und grinste. »Sie geben so leicht nicht auf, Sir«, meinte er.

Eines der Papiere war die Verlängerung seines Vertrages um

weitere fünf Jahre, das andere die Beförderungsurkunde vom Hauptmann zum Major.

»Wir haben viel Zeit und Geld auf Sie verwendet. Sie haben eine außergewöhnliche Begabung, und wir haben einen erstklassigen Piloten aus Ihnen gemacht – das sind Sie nämlich.«

»Ich bedaure sehr, Sir«, sagte David.

Rastus wurde wütend. »Verdammt noch mal. Warum mußten Sie denn gerade als Morgan auf die Welt kommen. Mit all dem Geld stutzen sie Ihnen die Flügel und setzen Sie an einen Schreibtisch.«

»Es ist nicht das Geld«, widersprach David heftig. Er fühlte, wie in ihm die Wut über eine solche Unterstellung aufstieg.

Rastus nickte zynisch. »Ja!« sagte er. »Ich hasse das Zeug auch.« Er nahm die Dokumente, die David zurückgeschoben hatte, und brummte. »Nicht genug, um Sie zu reizen, was?«

»Colonel, es ist schwer zu erklären. Ich habe einfach das Gefühl, daß es noch mehr gibt, Wichtigeres, das ich entdecken muß – und es ist nicht hier. Ich muß sehen, wo ich es finde.«

Rastus nickte finster. »Also dann«, sagte er, »ich hab' getan, was ich konnte. Nun können Sie Ihren leidgeprüften Kommandeur mit in die Messe nehmen und einige von den Morgan-Millionen auf den Kopf hauen, um ihn mit Whisky aufzufüllen.« Er stand auf stülpte sich die Uniformmütze verwegen-schief über seine grauen Stoppeln. »Sie und ich, wir lassen uns heute abend vollaufen – denn wir verlieren beide etwas. Ich vielleicht mehr als Sie.«

David hatte die gleiche Leidenschaft für schöne und schnelle Wagen wie sein Vater. Clive Morgan war zusammen mit seiner Frau in seinem nagelneuen Ferrari-Sportwagen an einem unbeschrankten Bahnübergang in einen Güterzug gefahren. Nach Schätzungen der Polizei hatte das Auto im Augenblick des Zusammenstoßes eine Geschwindigkeit von 240 Stundenkilometern. Clive Morgans Vorsorge für seinen elfjährigen Sohn war bis in die letzte Kleinigkeit geplant. Das Kind kam unter die Vormundschaft seines Onkels Paul Morgan, und sein Erbe wurde in mehrere Treuhandvermögen geteilt.

Mit der Volljährigkeit kam David in den Genuß der ersten Kapitalausschüttung, die ihm etwa das Einkommen eines erfolgreichen Chirurgen verschaffte. An diesem Tage mußte, nach bewährter Morgan-Tradition, der alte grüne MG einem kobaltblauen Maserati weichen. An seinem 23. Geburtstag wurde ihm die Verfügung über die Schafherden in der Karroo, über die Rinderzuchtfarm in Südwestafrika und das ausgedehnte Jagdrevier im Sabi-Sandgebiet übertragen, die aber weiterhin reibungslos von seinen Treuhändern verwaltet wurden.

An seinem 25. Geburtstag würde ihm der nächste Kapital-Fonds zufallen, darüber hinaus ein umfangreiches Börsenpaket sowie Anteile an zwei großen Gebäuden mit Büros und Supermärkten und einem Hochhaus.

Im Alter von 30 Jahren würde er über einen weiteren Fonds verfügen können, der so groß war wie die beiden vorherigen zusammen; außerdem würde das erste der fünf Morgan-Aktienpakete auf ihn übertragen werden.

Von diesem Zeitpunkt an würde sich sein Vermögen bis zu seinem 50. Geburtstag alle fünf Jahre um weitere Fonds und Aktienpakete erweitern. Der Gedanke an den unglaublichen Reichtum, der auf ihn zukam, erweckte in ihm eine Mischung von Ekel und Lähmung.

David fuhr in schnellem Tempo nach Süden, die Gürtelreifen surrten auf der asphaltierten Straße, und er dachte an all das Geld, an den großen goldenen Käfig, an den gierigen Rachen des Morgan-Konzerns, der weit aufgerissen war, um ihn zu verschlingen, so daß er schließlich Teil des Ganzen wurde, ein Gefangener seines eigenen Überflusses.

Diese Zukunftsaussichten machten ihm Angst – sie gaben ihm ein Gefühl der Leere, das noch gesteigert wurde durch den pochenden Schmerz hinter seinen Augen – ein Andenken an seinen aussichtslosen Versuch, beim Trinken mit Oberst Rastus Naude mitzuhalten.

Er steigerte die Geschwindigkeit noch weiter, um sich mit dem rasenden Tempo zu betäuben – der Rhythmus des Motors, die Konzentration, die das schnelle Fahren erforderte, beruhigten ihn. Die Stunden flogen vorüber wie die Meilen, und es war noch hell, als er Mitzis Wohnung betrat, die auf der Klippe hoch über dem Clifton-Strand und dem klaren, grünen Atlantik lag.

Mitzis Wohnung war ein Chaos – zumindest das war also gleich geblieben. Sie hatte ein offenes Haus, und die zahllosen Gäste, die kamen und gingen, ihren Alkohol tranken und ihr Essen verzehrten, wetteiferten darin, wer das vollkommenste Chaos hinterließ.

Im ersten Schlafzimmer entdeckte er ein fremdes Mädchen mit dunklem Haar, das in einem Herrenpyjama im Bett lag und im Schlaf den Daumen lutschte.

Das zweite Zimmer war leer. Allerdings war das Bett zerwühlt, Frühstücksreste lagen herum, und auf dem Nachttisch klebte trockenes Eigelb.

David warf seine Tasche aufs Bett und holte seinen Badeanzug heraus. Dann zog er sich schnell um, ging die Wendeltreppe hinunter, die vom Balkon zum Strand führte, und begann zu laufen – zuerst ruhig, dann plötzlich so schnell er konnte, wie von einem gräßlichen Ungeheuer gejagt. Am Ende des Fourth Strand, wo die Felsen begannen, stürzte er sich in die schäumende Brandung und schwamm bis zum Rand des Kelps bei Bakoven Point. Er kraulte durch das eisige Wasser, und die Kälte drang ihm bis auf die Knochen; blaugefroren kam er wieder heraus. Aber das Gefühl des Verfolgtseins war verschwunden, und als er zu Mitzis Apartment zurücklief, wurde ihm wieder wärmer. Er bahnte sich einen Weg durch die Berge von Strumpfhosen und Damenwäsche, die Mitzis Badezimmer zierten, und ließ die Wanne bis zum Rand vollaufen. Als er sich gerade ins Wasser setzte, flog die Haustür auf, und Mitzi stürmte herein wie der Nordwind.

»Wo bist du, alter Krieger?« Sie trommelte an die Türen. »Ich habe deinen Wagen unten in der Garage gesehen – du entkommst mir nicht!«

»Hier, Püppi«, rief er. Schon stand sie in der Türöffnung, und beide lachten. Er sah, daß sie weiter zugenommen hatte, ihr Rock spannte, und ihr Busen wogte üppig und formlos unter dem scharlachroten Pullover. Sie hatte nun endlich ihren Kampf mit der Kurzsichtigkeit aufgegeben und trug eine Nickelbrille auf der untersten Spitze ihrer kleinen Nase. Ihr Haar sträubte sich in alle Richtungen. »Wie schön du bist!« rief sie aus und stürzte auf ihn zu, um ihn an sich zu drücken, wobei der Seifenschaum an ihrem Pullover hinunterlief.

»Einen Drink oder Kaffee?« fragte sie.

Beim bloßen Gedanke an Alkohol wurde David schwach. »Kaffee wäre großartig, Püppi.«

Sie brachte ihm eine ganze Kanne und hockte sich dann auf den Toilettensitz.

»Nun schieß mal los«, kommandierte sie. Während sie plauderten, kam auch das hübsche, dunkelhaarige Mädchen herein. Sie trug immer noch den Schlafanzug, und ihre Augen waren vom Schlaf verquollen.

»Das ist mein Vetter David. Ist er nicht wunderbar?« Mitzi stellte vor.

»Und das ist Liz.«

Das Mädchen setzte sich auf den Wäschekorb in der Ecke und betrachtete David unverwandt mit so hingebungsvollem Blick, daß Mitzi warnte: »Nun langsam, Schätzchen, sonst schnappt David noch über.«

Aber Liz war ein so stilles, ätherisches Ding, daß sie ihre Gegenwart bald vergaßen und plauderten, als ob sie allein wären. Mitzi bemerkte unvermittelt: »Paps wartet übrigens auf dich, er leckt die Lippen wie ein Menschenfresser. Wir haben Sonntagabend zusammen gegessen. Er hat immer wieder von dir angefangen. Wenn ich mir vorstelle, wie du im dunklen Anzug da oben in der Vorstandsetage sitzen wirst und gutgelaunt zur Montagmorgen-Konferenz erscheinst – das ist einfach zu komisch!«

David erhob sich plötzlich aus dem Wasser. Schaum und dampfendes Wasser liefen an ihm herunter, während er sich kräftig zwischen den Beinen einseifte. Die beiden schauten interessiert zu. Die Augen des dunkelhaarigen Mädchens wurden immer größer, bis ihr ganzes Gesicht aus nichts anderem zu bestehen schien.

David setzte sich wieder. Das Wasser schwappte über den Rand der Wanne.

»Ich gehe nicht!« sagte er. Ein langes Schweigen folgte.

»Was heißt das – du gehst nicht?« fragte Mitzi ängstlich.

»Genau das«, sagte David. »Ich gehe nicht zum Morgan-Konzern.«

»Aber du mußt!«

»Warum?« fragte David.

»Nun, ich meine, das ist bereits entschieden – du hast es Paps versprochen: wenn du mit der Luftwaffe fertig bist.«

»Nein«, sagte David. »Ich habe ihm nichts versprochen. Er hat es wohl so aufgefaßt. Aber gerade, als du das mit ›gutgelaunt zur Montagmorgen-Konferenz‹ sagtest – da wurde mir schlagartig klar, daß ich es nicht tun kann. Im Grunde habe ich das wahrscheinlich schon die ganze Zeit gewußt.«

»Aber was machst du dann?« Mitzi hatte sich von ihrem ersten Schreck erholt, und ihr Gesicht rötete sich vor Aufregung.

»Ich weiß nicht. Ich weiß nur, daß ich nicht den Verwalter für die Errungenschaften anderer Leute spielen will. Ich bin nicht der Morgan-Konzern. Den haben Gramps und Dad und Onkel Paul gemacht. Mir ist das alles zu groß und zu kalt.«

Mitzi fand das alles ungeheuer erregend. Mit weit aufgerissenen Augen nickte sie. Der Gedanke an Rebellion und offene Auflehnung erfüllte sie mit Begeisterung.

Auch David geriet in Hitze. »Ich werde meinen eigenen Weg gehen. Es gibt Wichtigeres. Es muß Wichtigeres geben als dies hier.«

»Ja.« Mitzi nickte so heftig, daß ihr fast die Brille von der Nase rutschte. »Du bist anders. Du würdest da oben in der Vorstandsetage eingehen.«

»Ich muß den Weg finden, Mitzi. Irgendwo werde ich das Richtige finden.«

David stieg dampfend aus dem noch heißen Wasser. Sein Körper glühte in mattem Rotbraun. Während er weiterredete, zog er sich einen Frotteemantel über. Die beiden Mädchen folgten ihm ins Schlafzimmer. Dort saßen sie nebeneinander auf dem Bettrand und versicherten ihm durch eifriges Nicken ihre volle Zustimmung, während er seine förmliche Unabhängigkeitserklärung abgab. Mitzi verdarb natürlich wieder alles.

»Was wirst du Paps sagen?« meinte sie. Diese Frage unterbrach Davids Redefluß. Nachdenklich kratzte er sich die Haare auf der Brust. Die Mädchen warteten gespannt. »Diesmal läßt er dich nicht wieder laufen«, warnte Mitzi. »Nicht ohne einen Kampf auf Leben oder Tod.«

Davids Mut schwand dahin. »Ich habe es ihm schon einmal gesagt, ich muß es ihm nicht noch mal sagen.«

»Du willst einfach abhauen?« fragte Mitzi.

»Ich hau' nicht ab«, erwiderte David frostig und nahm die dicke schweinslederne Brieftasche mit den Scheckkarten verschiedener Banken vom Nachttisch. »Ich nehme lediglich das Recht in Anspruch, über meine eigene Zukunft zu bestimmen.« Er ging zum Telefon und begann zu wählen.

»Wen rufst du an?«

»Die Fluggesellschaft.«

»Und wohin willst du?«

»Wo die nächste Maschine hinfliegt.«

»Ich gebe dir Deckung«, erklärte Mitzi loyal. »Du machst es schon richtig, alter Krieger.«

»Worauf du dich verlassen kannst«, stimmte David zu. »Ich gehe meinen eigenen Weg – und alle anderen dürfen mich mal...«

»Hast du denn dafür Zeit?« kicherte Mitzi, und das dunkelhaarige Mädchen machte zum erstenmal den Mund auf. Sie sprach mit rauher, eindringlicher Stimme, ohne auch nur einmal den Blick von David zu wenden: »Ich weiß nicht, wer alle die anderen sind, aber könnte ich die erste sein, bitte?«

David hielt den Telefonhörer am Ohr und blickte sie von der Seite an. Mit leiser Überraschung sah er, daß sie es ernst meinte.

A ls David in die Ankunftshalle des Flughafens Schiphol trat, eine kühle Konstruktion aus Stahl und Glas, freute er sich diebisch über seine gelungene Flucht. Er blieb einen Augenblick stehen, um das Gefühl der Anonymität in der gleichgültigen Menge zu genießen. Plötzlich fühlte er, daß ihn jemand am Ellbogen berührte. Er wandte sich um und sah sich einem großen, lächelnden Holländer gegenüber, der ihn fragend durch seine randlosen Brillengläser anblickte.

»Mr. David Morgan, nehme ich an?« sagte er zu dem fassungslos ihn anstarrenden David. »Ich bin Frederick van Gent von der Holländisch-Indonesischen Stauergesellschaft. Wir haben die Ehre, die Morgan-Schiffahrtslinie in Holland zu vertreten. Ich freue mich sehr, Sie kennenzulernen.«

»Mein Gott, nein!« flüsterte David gequält.

»Bitte?«

»Verzeihung. Das Vergnügen ist ganz auf meiner Seite.« Resigniert ergriff David die ausgestreckte Hand.

»Ich habe zwei dringende Fernschreiben für Sie, Mr. Morgan.« Van Gent überreichte sie mit wichtiger Miene. »Ich bin eigens von Amsterdam hierhergefahren, um sie Ihnen zu überreichen.« Das erste war von Mitzi, die geschworen hatte, seine Flucht zu decken.

»zutiefst verzweifelt erbitte verzeihung daß mir dein aufenthaltsort mit folter und daumenschrauben abgerungen stop sei tapfer wie ein löwe stop sei kühn wie ein adler stop in liebe mitzi.«

»Verräterisches Luder«, murmelte David und öffnete den zweiten Umschlag.

»verstehe deine zweifel entschuldige dein verhalten stop überzeugt daß die vernunft dich schließlich auf den weg der pflicht führt stop dein platz hier immer für dich offen herzlich paul morgan.«

David brummte: »Durchtriebener alter Gauner«, und stopfte beide Botschaften in die Tasche.

»Wollen Sie eine Antwort zurückschicken?« fragte van Gent.

»Nein. Es war nett von Ihnen, sich die Mühe zu machen.«

»Aber bitte, Mr. Morgan, kann ich Ihnen sonst irgendwie behilflich sein? Brauchen Sie etwas?«

»Nein. Nochmals vielen Dank.« Sie schüttelten sich die Hände, und van Gent verbeugte sich zum Abschied. David ging zum Avis-Schalter. Das Mädchen strahlte ihn an. »Guten Abend, Sir.«

David warf lässig seine Avis-Kundenkarte auf den Tisch. »Ich möchte etwas Schnelles, bitte, mit Rückstoß.«

»Mal sehen – wir haben hier einen Mustang Mach I.« Sie war hellblond – ihr glattes Gesicht hatte eine zartrosa bis cremefarbene Tönung.

»Das wäre großartig«, versicherte er. Während sie das Formular ausfüllte, fragte sie: »Ist das Ihr erster Besuch in Amsterdam, Sir?«

»Es soll ja die Stadt sein, wo in Europa am meisten los ist – stimmt das?«

»Wenn man weiß, wo man hingehen muß...«, murmelte sie.

»Vielleicht könnten Sie es mir zeigen?« fragte David. Mit unbewegter Miene schätzte sie ihn ab, schien dann einen Entschluß gefaßt zu haben und fuhr fort zu schreiben.

»Wollen Sie bitte hier unterschreiben, Sir. Es wird von Ihrem Konto abgebucht.« Dann senkte sie die Stimme. »Wenn Sie irgendwelche Fragen zum Mietvertrag haben, können Sie mich unter dieser Nummer erreichen – nach Dienstschluß. Ich heiße Gilda.«

Gilda wohnte am Außenkanal in einer kleinen Wohnung zusammen mit drei anderen Mädchen, die keineswegs überrascht waren, als er mit seinem einzigen Koffer die steile Treppe hinaufkletterte. Doch Gilda hatte nur Diskotheken und Kaffeebars zu bieten, wo sich ungepflegte junge Leute zusammenfanden, um über Revolution und Gurugeplapper zu diskutieren. Nach zwei Tagen hatte David entdeckt, daß Marihuana widerlich schmeckte und daß ihm von dem Zeug übel wurde. Gilda war innerlich ebenso langweilig und faltenlos wie im Äußeren.

Wachsendes Unbehagen erfüllte ihn, während er die anderen beobachtete, die wie er in diese Stadt gekommen waren, weil sie wußten, daß sie jedem offenstand und daß sie die nachsichtigste Polizei der Welt hatte. Er entdeckte an ihnen die Symptome seiner eigenen Unruhe und erkannte, daß sie auf der Suche waren wie er. Doch wenn man unter der Sonne Afrikas geboren ist, sind die kalten Nebel des Nordens ein schlechter Ersatz.

Gilda verzog keine Miene, als er sich verabschiedete.

Am Stadtrand von Namur stand ein Mädchen an der Straße. Aus kurzen verwaschenen Jeans ragte ein Paar hübscher brauner Beine heraus, nackt und bloß in der Kälte. Sie neigte ihren blonden Kopf zur Seite und winkte mit emporgestelltem Daumen. David trat so hart auf die Bremse, daß die Reifen protestierend kreischten. Er setzte zurück zu der Stelle, wo sie stand. Sie hatte flache, slawische Gesichtszüge; das weißblonde Haar hing in einem dikken Zopf den Nacken herunter. Er schätzte sie auf 19 Jahre.

»Sprechen Sie Englisch?« fragte er durch das Fenster. Die Kälte ließ ihre Brustwarzen wie Glasmurmeln unter dem dünnen Stoff der Bluse hervortreten.

»Nein«, sagte sie. »Aber ich spreche Amerikanisch – genügt das?«

»In Ordnung!« David öffnete die hintere Wagentür. Sie warf ihr Bündel und den zusammengerollten Schlafsack auf den Rücksitz.

»Ich bin Philly«, sagte sie.

»David.«

»Bist du im Show-Busineß?«

»Mein Gott, nein – wie kommst du darauf?«

»Der Wagen – das Gesicht – die Kleidung!«

»Der Wagen ist gemietet, der Anzug gestohlen, und ich trage eine Maske.«

»Komischer Vogel«, sagte sie, kuschelte sich auf ihrem Sitz zurecht und schlief ein.

Er hielt in einem Dorf am Rande der Ardennen und kaufte frisches Brot, eine dicke Scheibe geräucherten Schweineschinken und eine Flasche Moët-Chandon. Als er zum Wagen zurückkehrte, war Philly wach.

»Hungrig?« fragte er.

»Und wie!« Sie reckte sich und gähnte.

Er fand einen Holzfällerpfad, der in den Wald führte, und sie folgten ihm bis zu einer Lichtung, wo nur vereinzelte Sonnenstrahlen die grüne Dämmerung durchdrangen. Philly stieg aus und schaute sich um.

»Klasse, Davey, Klasse!« sagte sie.

David goß den Champagner in Pappbecher und schnitt das

Fleisch mit einem Taschenmesser. Philly brach das Brot in große Stücke. Sie setzten sich nebeneinander auf einen umgestürzten Baumstamm und aßen.

»Es ist so ruhig und friedlich hier – gar nicht wie ein Schlachtfeld. Hier haben die Deutschen ihre letzte große Anstrengung gemacht – wußtest du das?«

Philly hatte den Mund mit Brot und Fleisch vollgestopft, was sie aber nicht hinderte, ihm zu antworten. »Ich hab' den Film gesehen mit Henry Fonda und Robert Ryan – totaler Mist.«

»All dies Sterben, all die Grausamkeit – an diesem idyllischen Ort sollte man wirklich etwas Schöneres tun«, sagte David träumerisch. Sie schluckte das Brot hinunter und trank einen Schluck. Dann stand sie träge auf und ging zum Mustang. Sie holte den Schlafsack heraus und breitete ihn auf dem weichen Laubbett aus.

»Es gibt Dinge, über die man redet – und andere, die man nur tut«, erklärte sie.

In Paris schien es eine Zeitlang, als ob sie sich etwas bedeuteten. Sie fanden ein Zimmer mit Dusche in einer hübschen kleinen Pension in der Nähe des Gare St. Lazare. Tagsüber schlenderten sie durch die Straßen von der Concorde zum Etoile, hinüber zum Eiffelturm und wieder nach Notre Dame.

Sie aßen in einem Straßencafé auf dem »Boul Mich« zu Mittag, als mit einem Mal beide fühlten, daß ihre Beziehung in eine Sackgasse geraten war. Sie hatten sich nichts mehr zu sagen und wurden sich bewußt, daß sie einander völlig fremd waren, daß nur ihre Körper sich kennengelernt hatten. Trotzdem blieben sie in der Nacht noch zusammen. Aber am Morgen, als David aus der Dusche kam, saß sie im Bett und sagte: »Du haust ab.«

Es war eine Feststellung, keine Frage. Eine Antwort erübrigte sich.

»Hast du genug fürs Essen?« fragte er. Als sie den Kopf schüttelte, blätterte er ein paar Tausend-Franc-Noten auf den Nachttisch.

»Ich bezahle die Rechnung unten.« Dann nahm er seine Tasche auf.

»Halte die Ohren steif«, sagte er.

Paris war ihm nun verleidet, und so fuhr er weiter nach Süden, der Sonne entgegen, denn hier war der Himmel voll dichter dunkler Wolken, und es fing an zu regnen, bevor er an der Abzweigung nach Fontainebleau vorbeigefahren war. Derartige Wolkenbrüche hatte er eigentlich nur in den Tropen für möglich gehalten. Eine wahre Sintflut überschwemmte die Autobahn, überflutete die Windschutzscheibe. Die Scheibenwischer waren nicht schnell genug. David war allein. Seine Unfähigkeit, die Beziehung zu einem anderen Menschen aufrechtzuerhalten, bedrückte ihn. Während die übrigen Wagen auf der Autobahn ihre Geschwindigkeit dem Unwetter angepaßt hatten, fuhr er mit überhöhtem Tempo und spürte, wie die Reifen auf der glatten Straße hin und her rutschten. Diesmal beruhigte ihn das schnelle Fahren nicht. Als er südlich von Beaune aus dem Regen herauskam, saß ihm die Einsamkeit immer noch wie ein Rudel Wölfe auf den Fersen.

Doch bei den ersten Sonnenstrahlen hob sich seine Stimmung wieder. Dann sah er weit über den steinernen Mauern und den geraden grünen Linien der Weinberge einen Windsack wie eine weiche Wurst an seinem Mast flattern. Einen knappen Kilometer weiter fand er eine Ausfahrt und das Schild »Club Aéronautique de Provence«. Er folgte ihm, bis er zu einem hübschen kleinen Flugplatz mitten in den Weinbergen kam. Eine der Maschinen, die auf der Piste standen, war eine Marchetti Aerobatic F 260. David stieg aus dem Mustang und starrte sie an wie ein Alkoholiker seinen ersten Whisky am Morgen. Der Franzose im Büro des Klubs sah aus wie ein verkrachter Unternehmer. Selbst als David sein Logbuch und Bündel von Diplomen zeigte, widerstand er der Versuchung, ihm die Marchetti zu vermieten. David könne sich jede andere auswählen – doch die Marchetti sei nicht zu haben. David legte einen 500-Franc-Schein auf seine Papiere, der wie durch Zauberei blitzschnell in der Tasche des Franzosen verschwand. Dennoch wollte er David die Maschine nicht allein überlassen, sondern bestand darauf, ihn auf dem Fluglehrersitz zu begleiten.

Bevor sie den Grenzzaun überflogen, führte David in aller Ruhe ein umständliches Manöver aus. Viermal unterbrach er den Start, um seinen Begleiter zu ärgern, und bremste dabei jedesmal scharf ab. Der Franzose schrie aufgeregt: »Sacrebleu!« und klammerte sich an seinem Sitz fest, war aber vernünftig genug, sich nicht einzumischen. Nach dem Start wendete David die Maschine und hielt die Tragflächen knapp 150 Meter über den Weinstöcken. Der Franzose sagte nichts mehr. Er erkannte in David einen Meister. Als sie eine Stunde später landeten, lächelte er reumütig. »Formidable!« sagte er und teilte sein Mittagessen mit David – Knoblauchwurst, Brot und eine Flasche roten Landwein. Das herrliche Gefühl des Fliegens und der Knoblauchgeschmack begleiteten David noch bis nach Madrid.

In Madrid fing alles an. Es schien ihm wie lange vorher geplant, so als ob seine wilde Fahrt quer durch halb Europa nur die Vorahnung davon gewesen sei, daß ihn hier etwas Wichtiges erwarte.

Er kam abends in der Stadt an, nachdem er sich am letzten Reisetag beeilt hatte, um den ersten Stierkampf der Saison nicht zu verpassen. Er hatte Hemingway und Conrad und einige andere romantische Literatur über den Stierkampf gelesen und fragte sich, ob diese Art des Lebens nicht auch etwas für ihn sein könnte. Es las sich so gut in den Büchern – die Schönheit, der Glanz und die Spannung, die Kühnheit, die Prüfung und schließlich der Augenblick der Wahrheit. Er wollte sich selbst ein Urteil darüber bilden, erst hier auf der großen Plaza Dos Torros, und dann, wenn es ihn tatsächlich packte, auf der Fiesta von Pamplona.

David stieg im Grand Via ab, dessen Eleganz zu bloßem Komfort herabgesunken war, und ließ sich vom Portier Karten für den nächsten Tag besorgen. Er war müde von der langen Fahrt und ging früh ins Bett. Am Morgen fühlte er sich ganz frisch und sah den Ereignissen des Tages mit großer Spannung entgegen. Er fand den Weg zur Arena und parkte den Mustang zwischen den Touristenbussen, die schon am frühen Morgen die Parkplätze füllten.

Das Äußere der Arena überraschte ihn: Sie wirkte finster und unheimlich, wie der Tempel einer heidnischen und barbarischen Religion, und weder die Reihen der kannelierten Balkons noch die Keramik an den Wänden konnten die düstere Wirkung aufhellen. Aber das Innere war so, wie er es von Filmen und Fotos kannte. Der mit Sand bedeckte Boden der Arena war glatt gekehrt und sauber, die flatternden Fahnen hoben sich gegen den leicht bewölkten Himmel ab, die Musikkapelle schmetterte ihren abgehackten, zündenden Refrain – und die Spannung wuchs. Die Erregung der Menge war viel leidenschaftlicher, als er sie von großen Boxkämpfen oder internationalen Fußballspielen kannte. Ein Summen und Schwärmen ging durch die aufsteigenden Reihen der weißen aufgeregten Gesichter, und die Musik steigerte die Erwartung. David saß mitten in einer Gruppe junger Australier, die sich Sombreros gekauft hatten und Weinschläuche herumgehen ließen; die Mädchen kreischten und schwatzten wie die Spatzen. Eine von ihnen wollte mit David anbändeln. Sie beugte sich vor, tippte ihn auf die Schulter und bot ihm den Weinschlauch an. Ihr hübsches Gesicht erinnerte ihn an ein junges Kätzchen, und in ihrem Blick war deutlich genug zu lesen, daß sie ihm nicht nur den billigen Wein anbot. Aber er lehnte beides ab und holte sich statt dessen eine Dose Bier bei einem der Verkäufer. Die Ernüchterung des Pariser Erlebnisses war noch zu frisch. Als er an seinen Platz zurückkehrte, warf das australische Mädchen einen schmollenden Blick auf sein Bier und wandte sich dann schwatzend und lachend wieder ihren Gefährten zu. Die letzten Zuschauer suchten ihre Plätze auf, während die Spannung ihrem Höhepunkt zuzustreben schien. Zwei Nachzügler stiegen die Treppe hinauf, an der David saß. Es war ein auffallendes junges Paar. Anfang Zwanzig. Doch was David an ihnen hauptsächlich fesselte, war die Freundschaft und die Liebe, die sie wie eine Aura zu umgeben schien und von den anderen Leuten unterschied.

Sie gingen Arm in Arm an Davids Platz vorbei und setzten sich eine Reihe hinter ihm auf die andere Seite des Durchgangs. Das Mädchen war groß, ihre langen Beine steckten in dunklen Hosen. Sie trug kurze schwarze Stiefel und eine apfelgrüne Wildlederjacke, die nicht teuer aussah, aber gut geschnitten und schick war. Das schwarze Haar glänzte in der Sonne und fiel glatt und weich über ihre Schultern. Ihr Gesicht war breit und sonnengebräunt. Es war nicht ausgesprochen schön; der Mund war zu groß, und die Augen standen zu weit auseinander. Aber diese Augen hatten die Farbe von wildem Honig, dunkelbraun und goldgefleckt. Auch ihr Begleiter war groß, aufrecht und dunkel wie sie und wirkte sehr kräftig. Sie hielt seinen braungebrannten Arm, während er sie zu ihrem Platz geleitete. David spürte einen scharfen Stich von Ärger und Neid.

Arroganter Kerl! dachte er. Sie lehnten ihre Köpfe gegeneinander und flüsterten miteinander. David blickte fort. Ihre Gemeinsamkeit ließ ihn sein eigenes Alleinsein noch stärker empfinden.

Die Parade der Toreros begann. Das Sonnenlicht blitzte auf den Stickereien und Goldmünzen ihrer Kostüme, als seien es die Schuppen feuerspeiender Reptile. Das Orchester schmetterte in voller Lautstärke, und die Schlüssel für die Boxen der Stiere wurden in den Sand hinabgeworfen. Dann breitete jeder Torero seine Capa auf der Barrera vor den Damen seiner Wahl aus, und die Arena wurde wieder geräumt.

In der folgenden Pause blickte David wieder zu den beiden hinüber. Er war überrascht, als er bemerkte, daß sie ihn beobachteten und daß das Mädchen offensichtlich über ihn sprach. Sie lehnte sich gegen die Schulter ihres Begleiters. Ihre Lippen berührten fast sein Ohr, während sie mit ihm sprach. David fühlte den Blick dieser honiggoldenen Augen wie einen Stoß in die Magengrube. Einen Augenblick starrten sie sich gegenseitig an, dann wandte sich das Mädchen ab und sah verlegen fort. Aber ihr Begleiter hielt Davids Blick freundlich lächelnd aus. Jetzt war es David, der wegsah.

Der erste Stier kam mit hocherhobenem Kopf in die Arena gestürmt. Die Hufe fanden im glatten Sand keinen rechten Halt. Es war ein schönes Tier, schwarz und blank, die Muskeln im Nacken und an den Schultern wölbten sich, während er den Kopf hin- und herwarf. Die Menge brüllte, als er auf das rote Tuch losging und es quer durch die Arena verfolgte. Sie führten ihn im Kreise, an den ausgebreiteten Capas vorbei, ließen ihn seine massige Gestalt, seinen hoch ausschreitenden Gang und die vollendete Sichel seiner Hörner mit den hellen Spitzen vorführen, bevor sie das Pferd hereinbrachten.

Unter dem Schmettern der Trompeten erschien das Pferd. Diese kriegerische, triumphale Begrüßung war ein Hohn auf die armselige Mähre mit ihrem knochigen Nacken und struppigen Fell, die mit einem einzigen entzündeten Auge in die Sonne blinzelte und das furchtbare Tier, mit dem sie zusammentreffen sollte, offenbar gar nicht sehen konnte. Sie wirkte lächerlich klapprig unter den schweren Schabracken und schien unter ihrem Reiter jeden Augenblick zusammenzubrechen. Man führte sie dem Stier mitten in den Weg – und was nun kam, hatte nichts mehr mit Schönheit zu tun.

Mit gesenkten Hörnern ging der Stier auf das unbeholfene Tier los und drängte es gegen die Barrera. Der Reiter erhob sich im Sattel, beugte sich über den breiten schwarzen Rücken, stieß seine Lanze mit aller Wucht in den schweren Nacken des Stiers und bohrte im Fleisch herum, bis schließlich schwarzglänzendes Blut in glitschigem Strahl herausschoß und an den Beinen in den Sand hinabfloß. Rasend vor Schmerz stemmte sich der Stier gegen die Flanke des Pferdes und versuchte, es aufzuspießen.

Die Schabracke öffnete sich wie ein Theatervorhang, und schon stießen die furchtbaren Hörner in den mageren Leib des Rotschimmels. Das Pferd schrie vor Schmerz, als sein Bauch aufbrach. Die purpur- und rosafarbenen Eingeweide quollen heraus und baumelten im Sand.

Davids Mund war völlig ausgetrocknet vor Entsetzen, während die Menge um ihn herum blutrünstig brüllte und das Pferd in einem wirren Haufen von Steigbügeln, Schabracke und Gedärmen zu Boden fiel.

Während der Stier abgelenkt wurde, schlugen sie auf das Pferd ein, rissen an seinem Schwanz und stachen es in die Hoden, bis es mühsam wieder auf die Beine kam und schließlich zitternd und elend am Rande der Arena stand. Es stolperte über seine Eingeweide, während es unter erneuten Schlägen aus der Arena geführt wurde.

Und nun machten sie sich daran, den prachtvollen Stier in einer langsamen, qualvollen Prozedur zu einer schwerfälligen Masse schwitzenden, blutenden Fleisches zu verwandeln, die mit dem weißen Schaum der gemarterten Lungen befleckt war.

David wollte schreien, daß sie aufhören sollten. Aber ein Gefühl der Übelkeit und der Schuld wegen seiner Teilnahme an diesem obszönen Ritual verschloß ihm den Mund. Schließlich blieb der erschöpfte Stier mitten in der Arena stehen. Der Sand um ihn her war von seinem schrecklichen Kampf durchwühlt. Er hielt den Kopf gesenkt, das Maul berührte fast den Sand, in den Blut und Schaum von seinen Nüstern herabtropften. Über das rasende Gebrüll der Menge hinweg konnte David sein heiseres Schnauben hören. Das Tier zitterte am ganzen Leib. Ein dünner Streifen flüssiggelber Kot rann an seinen Hinterbeinen herab. Damit erschien David der letzte Grad der Demütigung erreicht. Er hörte sich flüstern:

»Nein! Nein! Aufhören! Bitte aufhören!«

Dann kam der Mann mit dem glitzernden Kostüm und den Ballettschuhen, um ein Ende zu machen. Die Spitze seines Degens traf auf einen Knochen, die Klinge bog sich und sprang blitzend ab. Das Stier schüttelte sich und schleuderte dicke Blutstropfen um sich. Dann stand er wieder wie zuvor.

Der Degen wurde aufgehoben und dem Mann zurückgegeben. Der stieß ihn erneut auf das bewegungslose sterbende Tier hinab. Wieder hatte er den Knochen getroffen. David spürte endlich Kraft in seiner Stimme und schrie:

»Hört auf! Ihr dreckigen Schweine!«

Zwölfmal versuchte es der Mann in der Arena mit dem Degen, und jedesmal sprang ihm die Klinge aus der Hand. Schließlich brach der Stier von selbst zusammen, geschwächt durch den hohen Blutverlust. Er versuchte noch einmal, auf die Beine zu kommen, aber die Kraft hatte ihn verlassen, und sie töteten ihn auf dem Boden, indem sie ihm einen Degen in den Nacken stießen. Mit Maultieren wurde er dann aus der Arena geschleift – seine Beine ragten in die Luft, und das Blut hinterließ eine lange braune Spur im Sand. Benommen von der monströsen Grausamkeit wandte sich David langsam nach dem Mädchen um. Ihr Begleiter hatte sich über sie gebeugt und versuchte offenbar, sie zu beruhigen.

Sie schüttelte in einer Geste der Verständnislosigkeit langsam den Kopf. Ihre geöffneten Lippen zitterten, das Gesicht glänzte von Tränen.

Der Begleiter half ihr aufzustehen, geleitete sie sanft die Treppe hinunter und führte sie fort.

Die Menge um ihn herum lachte. Die Zurschaustellung von Blut und Schmerz hatte sie berauscht. David fühlte sich abgestoßen. Er hatte mit diesen Menschen nichts gemein. Nur das weinende Mädchen zählte noch. Er hatte genug gesehen und wußte, daß er niemals nach Pamplona gehen würde. Er stand auf, um dem Mädchen zu folgen, mit ihr zu sprechen und ihr zu sagen, daß er ihre Trauer und ihren Abscheu teile. Doch als er zum Parkplatz kam, kletterten die beiden bereits in einen klapprigen alten Citroën CV 100. Obgleich er rannte, erreichte er sie nicht mehr. Der Wagen fuhr klappernd wie ein Rasenmäher in einer dicken blauen Qualmwolke davon und reihte sich in den Verkehr in östlicher Richtung ein.

David blickte hinterher, als sei ihm etwas weggenommen worden, und die gute Laune der letzten Tage war endgültig dahin. Aber zwei Tage später sah er den alten Citroën wieder, nachdem er den Gedanken an die Fiesta von Pamplona endgültig aufgegeben hatte und auf dem Weg nach Süden war. Der Citroën wirkte noch klappriger als vorher. Er war mit einer dicken grauen Staubschicht überzogen. An einem der rückwärtigen Reifen sah schon die Leinenunterlage heraus, und die Karosserie, die nach einer Seite herabhing – vermutlich weil die Radaufhängung zu Bruch gegangen war –, gab dem Ganzen vollends ein verwegenes Aussehen. David hielt an einer Tankstelle vor Saragossa auf der Straße nach Barcelona. Ein Tankwart in ölverschmiertem Overall füllte Benzin in den Citroën. Der kräftige junge Mann von der Stierkampfarena schaute ihm dabei zu. David versuchte, das Mädchen zu entdecken, aber sie war nicht im Wagen. Dann erblickte er sie: Sie verhandelte in einer Cantina auf der gegenüberliegenden Straßenseite mit der älteren Frau hinter dem Ladentisch. Sie kehrte David den Rücken zu, aber er erkannte sie an der Fülle ihres dunklen Haares, das sie zu einem Knoten aufgesteckt hatte. Er überquerte rasch die Straße und trat hinter ihr in den Laden, ohne eigentlich zu wissen, was er vorhatte.

Das Mädchen trug ein kurzes, mit Blumen bedrucktes Kleid,

das Rücken und Schultern frei ließ; die Füße steckten in offenen Sandalen. Wegen der kühlen Luft hatte sie einen Schal um die Schultern gelegt. Aus der Nähe schien ihre Haut glatt und straff, als sei sie zuvor mit Öl eingerieben und poliert worden. Das Haar an ihrem bloßen Nacken war fein und weich und bildete einen flaumigen Wirbel.

David trat näher heran, während sie ihre getrockneten Feigen bezahlte und das Wechselgeld zählte. Er sog den leichten, sommerlichen Duft ein, der ihrem Haar zu entströmen schien, und widerstand der Versuchung, sein Gesicht in die dunkle, weiche Masse zu pressen.

Sie drehte sich lächelnd um und sah ihn dicht hinter sich stehen. Sie erkannte ihn sofort. Das Lächeln erstarb auf ihren Lippen und machte einem Ausdruck des Erstaunens Platz. Sie sah ihn mit unbewegter Miene an. Nur ihr Mund öffnete sich ein wenig, und ihr Blick glänzte weich und golden. Diese besondere Art, still zu sein, war eine der Eigenschaften, die er später noch so gut an ihr kennenlernen sollte.

»Ich sah Sie in Madrid«, sagte er, »bei den Stieren.«

»Ja«, sie nickte. Ihre Stimme war weder einladend noch ablehnend.

»Sie haben geweint.«

»Sie auch.« Ihre Stimme war dunkel und klar, ihre Aussprache fehlerlos, zu perfekt, um nicht die einer Ausländerin zu sein.

»Nein«, widersprach David.

»Doch, Sie haben geweint«, beharrte sie sanft, »innerlich.« Er neigte zustimmend den Kopf. Plötzlich hielt sie ihm die Tüte mit Feigen hin.

»Probieren Sie mal«, sagte sie und lächelte. Es war ein warmes, freundliches Lächeln. Er nahm eine Feige und biß in das süße Fleisch, während Sie zur Tür ging und stillschweigend zu erwarten schien, daß er ihr folgte. Er ging mit ihr, und beide blickten zu dem Citroën auf der anderen Straßenseite hinüber. Der Tankwart war fertig, und der Begleiter des Mädchens lehnte wartend an der Motorhaube des klapprigen alten Wagens. Er zündete sich gerade eine Zigarette an, blickte dann auf und sah sie. Auch er erkannte

David offenbar sofort. Er richtete sich rasch auf und schnippte das brennende Streichholz weg. Ein sachte zischender Laut war zu hören, dem der heftige Knall einer Explosion folgte. Flammen züngelten von einem großen Fleck verschütteten Benzins über den Betonboden. Augenblicklich hatten sie die Rückseite des Citroëns eingehüllt und leckten gierig an der Karosserie. David ließ das Mädchen stehen und rannte über die Straße.

»Den Wagen von der Tanksäule weg, Sie Idiot«, rief er. Der Mann schreckte aus seiner Erstarrung auf.

David griff in den Wagen, löste die Handbremse und legte den Leerlauf ein. Beide schoben das Auto auf einen freien Platz neben der Tankstelle. Inzwischen war eine Menschenmenge wie aus dem Erdboden gewachsen, aus der man ihnen Ratschläge gab, jedoch in sicherer Entfernung verharrte.

Es gelang den beiden noch, das auf den Rücksitz liegende Gepäck zu retten, und schließlich erschien sogar der Tankwart mit einem riesigen, knallroten Feuerlöscher. Unter dem begeisterten Beifall der Menge hüllte er das kleine Gefährt in eine gewaltige Schaumwolke, und die Aufregung war vorüber. Die Menge zerstreute sich unter Lachen und Schwatzen, man gratulierte dem Amateurfeuerwehrmann für seine virtuose Leistung mit dem Löschgerät, während die drei trübselig das versengte schwarze Gehäuse des Citroën betrachteten.

»Ich glaube, es war eine wirklich gute Tat – das arme Ding war ziemlich hin«, sagte das Mädchen schließlich. »Es war genauso, wie wenn man ein Pferd erschießt, das sich ein Bein gebrochen hat.«

»Sind Sie versichert?« fragte David. Der Begleiter des Mädchens lachte.

»Machen Sie keine Witze – wer würde denn so was versichern? Ich habe bloß hundert Dollar dafür bezahlt.«

Sie sammelten den Rest ihrer geborgenen Habe ein, während das Mädchen in einer fremden, etwas gutturalen Sprache mit seinem Begleiter redete, die eine tiefe Saite in Davids Erinnerungen anrührte. Da er verstanden hatte, was sie sagte, war er nicht überrascht, als sie ihn anblickte und erklärte:

»Wir müssen heute abend jemand in Barcelona treffen. Es ist wichtig.«

»Na, dann los«, sagte David.

Sie verfrachteten ihre Sachen in den Mustang. Der Begleiter des Mädchens zog seine langen Beine ein und zwängte sich auf den Rücksitz. Er hieß Joseph – aber das Mädchen sagte, David solle ihn Joe nennen. Sie war Debra. Nachnamen spielten keine Rolle. Sie setzte sich vorne neben David, die Knie sittsam zusammengepreßt, die Hände auf dem Schoß. Mit einem Blick hatte sie den Mustang und seinen Inhalt eingeschätzt. David beobachtete, wie sie die teuren Gepäckstücke, die Nikon-Kamera und das Zeiss-Fernglas im Handschuhfach sowie das lässig über den Sitz geworfene Kaschmir-Jackett registrierte. Dann blickte sie ihn von der Seite an und schien zum erstenmal das rohseidene Hemd und die schmale goldene Armbanduhr, die unter der Manschette hervorsah, zu bemerken.

»Selig sind die Armen«, murmelte sie, »aber trotzdem ist es wohl ganz schön, reich zu sein.«

David gefiel das. Er wollte Eindruck auf sie machen, wollte, daß sie Vergleiche anstellte zwischen ihm und dem Muskelpaket auf dem Rücksitz.

»Fahren wir nach Barcelona«, sagte er lachend.

In ruhigem Tempo fuhr David durch die Außenbezirke der Stadt. Debra blickte sich nach Joe um.

»Sitzt du bequem?« fragte sie in ihrer gutturalen Sprache.

»Wenn nicht, kann er ja hinterherlaufen«, meinte David in derselben Sprache. Sie sah ihn einen Augenblick verdutzt an, dann rief sie ganz begeistert:

»Was! Sie sprechen Hebräisch!«

»Nicht besonders gut«, gab David zu. »Das meiste habe ich vergessen.« Er erinnerte sich lebhaft, wie er sich als Zehnjähriger mit dieser fremden, rätselhaften Sprache herumgequält hatte, in der man rückwärts schreiben mußte, deren Buchstaben ihm den Eindruck von verschnörkelten Kaulquappen machten und in der man die meisten Laute im Rachen bildete – wie beim Gurgeln.

»Sie sind Jude?« fragte sie und wandte sich in ihrem Sitz um, um ihm voll ins Gesicht zu sehen. Sie lächelte nicht mehr. Diese Frage war ihr offensichtlich sehr wichtig.

David schüttelte den Kopf. »Nein.« Er mußte bei der Vorstellung lachen. »Ich bin ein halbüberzeugter, nichtpraktizierender Monotheist, aufgewachsen und erzogen in der Tradition protestantischer Christen.«

»Warum haben Sie dann Hebräisch gelernt?«

»Meine Mutter wollte es«, erklärte David und spürte wieder das alte Schuldgefühl. »Sie starb, als ich noch ein Kind war. Ich hab' es dann aufgegeben. Nachdem sie tot war, schien es nicht mehr wichtig.«

»Ihre Mutter –« beharrte Debra und beugte sich zu ihm, »war sie Jüdin?«

»Ja, sicher.« David nickte. »Aber mein Vater war Protestant. Als er sie heiratete, war der Teufel los. Alle waren dagegen – aber sie scherten sich nicht darum und taten es trotzdem.«

Debra wandte sich zu Joe: »Hast du gehört – er ist einer von uns.«

»Na, komm!« protestierte David, immer noch lachend.

»Mazaltov«, sagte Joe. »Komm uns doch mal in Jerusalem besuchen.«

»Seid ihr Israeli?« fragte David interessiert.

»Wir sind Sabres, beide«, sagte Debra mit einem Ausdruck von Stolz und Befriedigung. »Wir sind hier nur auf Urlaub.«

»Es muß ein interessantes Land sein«, warf David hin.

»Joe sagte es eben – komm doch einfach mal und sieh es dir an«, meinte sie beiläufig. »Du kannst ja wieder gehen, wenn es dir nicht gefällt.« Dann wechselte sie das Thema. »Kann dieser Schlitten nicht schneller fahren? Wir müssen um sieben in Barcelona sein.«

Die Stimmung zwischen ihnen war jetzt entkrampft, als ob eine unsichtbare Wand gefallen sei. Sie waren aus der Stadt heraus, und die offene Landstraße schlängelte sich durchs Ebrotal hinunter zum Meer.

»Bitte stellen Sie das Rauchen ein und legen Sie Ihre Sitzgurte an«, sagte David und trat das Gaspedal durch.

Sie hielt die Hände im Schoß gefaltet und saß ganz still neben ihm, während die Kurven auf sie zurasten und die Straße wie ein bläuliches Band unter dem Mustang dahinglitt.

Ein kaum merkliches, hingegebenes Lächeln lag auf ihren Lippen, und in ihren Augen, die starr geradeaus blickten, tanzten goldene Lichter. David kannte das Gefühl, das sie empfand, und war glücklich, daß sie die Geschwindigkeit offenbar ebenso liebte wie er.

Es verlangte seine ganze Aufmerksamkeit, den dröhnend dahinjagenden Wagen auf dem Fahrstreifen zu halten, und er vergaß alles, außer dem Mädchen, das neben ihm saß.

Als er den Mustang durch enge, steile Serpentinen in ein trokkenes, staubiges Tal hinunter kurvte und seine Hand zwischen Lenkrad und Gangschaltung hin und her sprang, während seine Füße auf den Pedalen tanzten, fing sie an, vor Vergnügen laut zu lachen.

Sie kauften Käse, Brot und eine Flasche Weißwein in der Cantina eines Dorfes und setzten sich auf die Brüstung einer Steinbrücke, um zu essen. Das Wasser, das unter ihnen vorbeirauschte, war trüb von der Schneeschmelze aus den Bergen.

Sie saßen so eng beieinander, daß Davids und Debras Hüften sich berührten. Er fühlte ihr warmes, festes Fleisch durch den Stoff des Kleides, und sie versuchte nicht, von ihm abzurücken. Die Röte auf ihren Wangen schien ihm zu stark, als daß sie nur durch den kühlen Abendwind zu erklären gewesen wäre.

Joes Verhalten war David ein Rätsel. Es schien ihm vollständig entgangen zu sein, daß David ein Auge auf sein Mädchen geworfen hatte. Er war vollauf damit beschäftigt, Kieselsteine nach Forellen drunten im Wasser zu werfen. Plötzlich wünschte David, der andere würde mehr Widerstand leisten. Das würde seinem Sieg einen viel größeren Wert geben – denn auf Sieg hatte David gesetzt.

Er beugte sich über Debra, um noch ein Stück von dem weichen, scharfen Käse zu nehmen. Dabei streifte sein Arm leicht an ihrer Brust vorbei. Joe schien es nicht zu bemerken. Na, komm, du Feigling, dachte David verächtlich. Schlag dich doch. Sitz nicht nur so da. Er suchte die Auseinandersetzung mit dem anderen. Joe war groß und kräftig. Die Art, wie er sich hielt und bewegte, zeigte, daß er selbstsicher und ausgeglichen war. Sein Gesicht hatte grobe, fast häßliche Züge. Aber David wußte, daß manche Frauen das mochten. Auch ließ er sich nicht von Joes trägem Grinsen täuschen; denn seine Augen blickten scharf und schnell.

»Willst du fahren, Joe?« fragte er plötzlich. Ein langsames Grinsen breitete sich auf Joes Gesicht aus, und seine Augen blitzten erwartungsvoll.

»Wenn es dir nichts ausmacht«, sagte Joe. David bedauerte sein Angebot bereits, als er sich selbst mühsam auf den Rücksitz zwängte. Während der ersten fünf Minuten fuhr Joe sehr vorsichtig. Er machte verschiedene Bremsversuche und spielte alle Gänge durch. In einer Kurve gab er Vollgas.

»Du brauchst keine Angst zu haben«, ermutigte ihn David. Joe brummte, seine breite Stirn legte sich in angestrengte Falten. Dann nickte er und umfaßte mit festem Griff das Lenkrad. Er schaltete herunter, um den Motor auf Hochtouren zu bringen, und jagte den Wagen in einem solchen Tempo durch die nächste Kurve, daß Davids rechter Fuß unwillkürlich ein imaginäres Bremspedal trat und sein Herz im Halse pochte. Als Joe schließlich auf dem Parkplatz vor dem Flughafen von Barcelona den Motor abstellte, waren alle drei ein paar Minuten lang ganz still. Dann sagte David leise:

»So ein Gauner!«

Alle lachten. David bekam fast ein wenig Mitleid mit ihm, da er ihm doch sein Mädchen wegschnappen wollte. Und nun fing er an, ihn ganz gern zu haben. Ihm gefielen die Bedächtigkeit seiner Sprache und seiner Bewegungen und das breite, langsame Lächeln. David mußte sich zwingen, hart zu bleiben.

Bis zur Ankunft der erwarteten Maschine blieb ihnen noch eine Stunde Zeit. Im Restaurant fanden sie einen Tisch mit Blick auf das Rollfeld, und David bestellte einen Krug Sangria. Debra saß neben Joe und legte ihm beim Sprechen die Hand auf den Arm, was Davids eben aufgekeimtes Mitgefühl für seinen Rivalen rasch wieder abkühlte.

Gerade als der Kellner die Sangria brachte, rollte draußen eine Privatmaschine vorbei. Joe blickte auf.

»Das ist eine der neuen Gulfstreams für Geschäftsleute. Muß ein tolles Ding sein.« Bei der Schilderung technischer Einzelheiten benutzte er Fachausdrücke, die David erstaunten und die Debra etwas zu sagen schienen.

»Verstehen Sie denn etwas von Flugzeugen?« fragte er zweifelnd.

»Ein bißchen«, gab Joe zu, aber Debra beantwortete die Frage.

»Joe ist bei der Luftwaffe«, erklärte sie voller Stolz.

»Debs auch.« Joe lachte. David blickte sie an. »Sie ist Leutnant bei den Fernmeldern.«

»Nur Reserveleutnant«, wandte sie ein, »aber Joe ist Flieger. Kampfflieger.«

»Flieger?« wiederholte David verblüfft. Eigentlich hätte er es wissen müssen. Der klare, ruhige Blick Joes hätte es ihm ebenso verraten müssen wie die Art, in der er den Mustang gefahren hatte. Wenn Joe israelischer Pilot war, mußte er eine Menge Einsätze geflogen sein. Verdammt noch mal – für die war jeder Start ein Kampfeinsatz. Er empfand plötzlich Achtung für den Mann, der ihm gegenübersaß.

»Bei welcher Staffel sind Sie – Phantom?«

»Phantom!« sagte Joe verächtlich. »Da fliegt man doch nicht – da bedient man bloß einen Computer. Nein, wir fliegen richtig. Schon mal was von einer Mirage gehört?« David zuckte zusammen, dann nickte er.

»Ja«, sagte David, »davon hab' ich schon gehört.«

»Nun, ich fliege eine Mirage.«

David fing an zu lachen und schüttelte ungläubig den Kopf.

»Was ist los?« fragte Joe, und sein Lächeln erstarb. »Was ist daran so komisch?«

»Ich auch«, sagte David. »Ich fliege auch eine Mirage.« Auf den Burschen konnte er gar nicht sauer werden. »Ich habe über tausend Flugstunden auf der Mirage.« Und nun war Joe verblüfft, beide redeten plötzlich gleichzeitig, während Debra von einem zum anderen blickte.

David bestellte noch einen Krug Sangria, aber Joe bestand darauf, ihn zu bezahlen. Er wiederholte zum fünfzigsten Male:

»Also, das übertrifft wirklich alles«, und hieb dabei David auf die Schulter. »Wie findest du das, Debs?«

Als der zweite Krug halb leer war, unterbrach David die Fliegerfachsimpelei.

»Auf wen warten wir hier eigentlich? Wir sind durch halb Spanien gefahren, und ich weiß nicht einmal, wer der Kerl ist.«

»Der Kerl ist ein Mädchen«, grinste Joe, und Debra fing an zu lachen. »Es ist Hannah«, sagte sie, »seine Verlobte. Sie ist Säuglingsschwester im Hadassah-Hospital und hat nur eine Woche Zeit.«

»Seine Verlobte«, flüsterte David.

»Sie heiraten im Juni.« Debra wandte sich zu Joe. »Zwei Jahre hat er zu diesem Entschluß gebraucht.«

Joe wurde verlegen, und Debra drückte seinen Arm.

»Seine Verlobte?« wiederholte David.

»Warum fragst du das denn immer wieder?« fragte Debra.

David zeigte auf Joe und dann auf Debra.

»Was«, stotterte er, »ich meine – ihr beide?«

Debra begriff plötzlich und verschluckte sich fast vor Lachen. Sie hielt sich mit beiden Händen den Mund zu, ihre Augen blitzten. »Du meintest – tatsächlich –? O nein«, brachte sie mit Mühe heraus. Sie wies auf Joe und dann auf sich. »Hast du das gedacht?« David nickte. »Er ist mein Bruder«, rief sie in gespielter Entrüstung. »Joe ist mein Bruder, du Idiot! Joseph Israel Mordechai und Debra Ruth Mordechai – Bruder und Schwester.«

Hannah erwies sich als ein schlaksiges Mädchen mit kupferfarbenem Haar und Sommersprossen, die so groß wie Goldmünzen waren. Sie war nur wenige Zentimeter kleiner als Joe. Bei der Begrüßung hob er sie hoch und wirbelte sie in einer gewaltigen Umarmung durch die Luft.

Es war ganz selbstverständlich, daß die vier weiter zusammenblieben. Es erschien unglaublich, daß sie mitsamt ihrem Gepäck alle im Mustang Platz finden sollten – aber irgendwie klappte es. Hannah saß hinten auf Joes Schoß. »Wir haben eine Woche Zeit«, sagte Debra. »Eine volle Woche. Was fangen wir damit an?«

Sie waren sich einig, daß Torremolinos indiskutabel war. Es lag zu weit im Süden, und seit Michener »The Drifters« geschrieben hatte, trieben sich dort massenhaft Gammler und Spinner herum.

»Ich habe im Flugzeug mit jemandem gesprochen, der mir von einem Ort namens Colera erzählte. Er liegt an der Küste ganz in der Nähe der Grenze.«

Am nächsten Morgen waren sie dort. Die Hauptsaison hatte noch nicht begonnen, und so hatten sie keine Schwierigkeiten, in einem kleinen Hotel abseits der Hauptstraße Unterkunft zu finden. Die Mädchen teilten sich ein Zimmer. David dagegen bestand darauf, einen Raum für sich zu bekommen, weil das, was er mit Debra vorhatte, eine gewisse Ungestörtheit wünschenswert machte.

Debras blauer Bikini war so knapp, daß er kaum ausreichte, ihren Busen zu halten, der weit üppiger war, als David vermutet hatte. Ihre Haut war seidig und hatte eine Farbe wie dunkles Mahagoni, doch wenn sie sich nach ihrem Handtuch bückte, blitzte ein Streifen von überraschendem Weiß unter dem Badeanzug am Rücken hervor. Sie hatte hohe Hüften und lange Beine und war eine kräftige Schwimmerin. Sie blieb nicht hinter David zurück, als sie durch das kalte, blaue Wasser zu einer kleinen Felseninsel hinausschwammen, die einen knappen Kilometer vor der Küste lag. Sie hatten die winzige Insel für sich allein und fanden eine sonnige, windgeschützte Stelle im flachen, glatten Felsen. Hand in Hand lagen sie nebeneinander. Debras Haar war naß vom salzigen Meerwasser und bedeckte ihre Schultern wie das Fell eines Otters.

So dösten sie in der Sonne und verplauderten den Nachmittag. Es gab so vieles, was sie voneinander wissen wollten. Debras Vater war während des Zweiten Weltkrieges einer der jüngsten Obersten in der US-Airforce gewesen. Dann war er nach Israel gegangen und dort geblieben. Er war jetzt Generalmajor. Das Haus, das sie bewohnten, lag in einem über 500 Jahre alten Stadtteil von Jerusalem.

Debra lehrte Englisch an der Hebräischen Universität von Jerusalem. Ihr eigentliches Ziel aber sei es, zu schreiben, vertraute sie ihm schüchtern an, als sei es ein zartes Geheimnis. Ein schmales

Bändchen Gedichte sei bereits veröffentlicht. David war beeindruckt. Er richtete sich auf, und während er sie, auf einen Ellbogen gestützt, betrachtete, empfand er neuen Respekt vor ihr und auch ein wenig Neid, weil sie ihren Weg so klar vor sich sah.

Sie lag mit geschlossenen Augen in der Sonne. Die Wassertropfen blitzten wie Diamanten auf ihren langen, schwarzen Wimpern. Schön war sie eigentlich nicht, überlegte er sich, aber hübsch und unheimlich sexy. Daß er mit ihr schlafen würde, unterlag in Davids Vorstellung keinem Zweifel, doch erschien das im Augenblick gar nicht so dringlich. Er genoß es, ihr zuzuhören; sie hatte so eine drollige Art, sich auszudrücken, wenn sie einmal beim Erzählen war. Es war erstaunlich, wie akzentfrei sie Englisch sprach – dennoch glaubte er nun, wo er von ihrer amerikanischen Abstammung wußte, schwache Anklänge zu entdecken. Sie erzählte ihm, daß ihre Gedichte lediglich ein Anfang seien. Jetzt wollte sie ein Buch darüber schreiben, wie es war, jung zu sein und in Israel zu leben. Das Konzept war schon fertig. Es schien David eine ganz interessante Geschichte zu werden. Dann begann sie, über ihr Land zu erzählen und über die Menschen, die dort lebten. David spürte eine innere Bewegung, während er ihr zuhörte – eine Regung wie Heimweh, eine dunkle Erinnerung. Wieder erwachte sein Neid. Sie war sich ihrer Herkunft und ihres Weges so sicher, sie wußte, wohin sie gehörte, und kannte ihr Schicksal – sie war stark. Neben ihr fühlte er sich mit einem Mal unbedeutend, sein Dasein schien ihm ohne Sinn.

Plötzlich öffnete sie ihre Augen, blinzelte in die Sonne und blickte ihn an.

»Ach«, sagte sie lächelnd. »Wir sind so ernst, David. Rede ich zuviel?« Er schüttelte den Kopf, aber er lächelte nicht. Da wurde auch sie ernst.

Sorgfältig und eindringlich betrachtete sie sein Gesicht. Das dunkle Haar war von der Sonne getrocknet und lag weich und lockig um den Kopf. Wangenknochen und Kinn waren wie in klassischer Schönheit gemeißelt; die hellen Augen standen etwas schräg, die Lippen waren voll und fest, die kräftige, gerade Nase endete in weiten Nasenflügeln. Sie streckte die Hand aus und berührte seine

Wange. »Du bist sehr schön, David. Du bist der schönste Mensch, den ich je gesehen habe.«

Er hielt ganz still, während ihr Finger den Hals hinab zur Brust glitt und die dunklen Haare streichelte.

Dann beugte er sich langsam über sie und legte seinen Mund auf ihre Lippen, die warm und weich waren und nach Meersalz schmeckten. Ihre Arme umschlangen seinen Nacken, und während sie sich küßten, machte er sich an ihrem Rücken zu schaffen. Als er den Haken ihres Badeanzuges zwischen den glatten braunen Schultern öffnete, richtete sie sich widerstrebend auf und versuchte, von ihm abzurücken.

Er hielt sie an sich gedrückt, flüsterte ihr Zärtlichkeiten ins Ohr, sprach besänftigend auf sie ein und küßte sie immer wieder, bis sie langsam ihren Widerstand aufgab und leise zu stöhnen begann.

Er streifte den dünnen Stoff des Bikinioberteils beiseite und beugte sich über die feste, elastische Schwere ihrer Brüste und die großen, dunklen Brustwarzen, die unter seiner Berührung hart wurden.

Aber ihr Verhalten widersprach all seinen bisherigen Erfahrungen. Er war es nicht gewohnt, auf Widerstand oder Ablehnung zu stoßen. Doch Debra packte ihn an den Schultern und drängte ihn mit solcher Kraft weg, daß er das Gleichgewicht verlor und abrutschte. Dabei schrammte er sich den Ellbogen am Felsen und landete schließlich am äußersten Rand der Insel.

Verärgert raffte er sich wieder auf. Debra war blitzschnell auf die Beine gesprungen und hakte ihren Badeanzug wieder zu. Mit einem Satz war sie am Rande des Felsens und schoß mit einem flachen Kopfsprung ins Wasser. Als sie wieder hoch kam, rief sie ihm zu: »Los, wer zuerst am Strand ist.«

David nahm den Wettkampf nicht an und folgte ihr in ruhigem, gemessenem Tempo. Ohne zu lächeln, kam er am Strand aus der flachen Brandung. Sie blickte ihn einen Augenblick nachdenklich an und mußte dann lachen.

»Wenn du sauer bist, siehst du aus wie ein Zehnjähriger«, sagte sie. Das war nicht gerade sehr taktvoll von ihr, und David marschierte pikiert auf sein Zimmer.

Er war auch am Abend noch sehr reserviert, als sie eine Diskothek namens 2002 A. D. entdeckten, die von einigen jungen Engländern unten am Strand betrieben wurde. Sie zwängten sich an einen Tisch, an dem außer ihnen noch zwei BEA-Stewardessen und ein paar ungepflegte, bärtige Typen saßen.

Die Musik war betäubend laut. Da die beiden Stewardessen David mit fast religiöser Inbrunst anstarrten, wurde Debra wieder etwas freundlicher und bat David, mit ihr zu tanzen. Milder gestimmt durch dieses kleine Zugeständnis, gab auch David seine vornehme Zurückhaltung auf.

Sie bewegten sich mit solcher Grazie zu den harten Rhythmen, daß sie die Aufmerksamkeit der anderen auf sich lenkten. Als die Platte gewechselt wurde, drängte sich Debra näher, und er preßte sie eng an sich, während sie weitertanzten. David spürte, wie eine Kraft von ihr ausging, die jeden einzelnen Nerv seines Körpers erfüllte. Er wußte, daß seine Beziehung zu dieser Frau niemals ruhig und gelassen verlaufen würde. Dazu waren ihre Gefühle zu stark, zu verletzlich, zu heftig.

Als die Platte zu Ende war, verließen sie Joe und Hannah, die bei einer Karaffe Rotwein hockten, und gingen hinaus auf die stille Straße zum Strand hinunter.

Der Mond erleuchtete die dunklen Klippen, die über die Küste emporragten, und spiegelte sich im Meer.

Die flache Brandung spülte rauschend über den steinigen Strand. Sie zogen ihre Schuhe aus und wanderten, bis zu den Knöcheln im Wasser, am Ufer entlang.

In einer Bucht fanden sie einen versteckten Platz zwischen den Felsen; sie blieben stehen und küßten sich wieder. David deutete ihre neue, zärtliche Stimmung als Aufforderung, da fortzufahren, wo er am Nachmittag aufgehört hatte.

Debra riß sich wütend los. »Verdammt noch mal!« fauchte sie ihn an. »Begreifst du eigentlich nicht? Ich will das nicht. Mußt du denn jedesmal, wenn wir allein sind, wieder damit anfangen?«

»Was ist denn los?« David war gekränkt und verärgert. »Wir leben im 20. Jahrhundert, Schätzchen. Jungfrauen sind in dieser Saison nicht modern – hast du das noch nicht gewußt?«

»Und verwöhnte kleine Jungen sollten erst mal erwachsen werden, bevor sie in der Weltgeschichte herumfahren«, gab sie zurück.

»Danke«, knurrte er. »Ich habe keine Lust, hier herumzustehen und mir von einer professionellen Jungfrau Predigten halten zu lassen.«

»Gut, und warum verschwindest du dann nicht?« meinte sie.

»He, das ist eine prima Idee!« Er drehte sich um und ging zum Strand hinunter.

Das hatte sie nicht erwartet. Sie wollte hinter ihm herlaufen – aber ihr Stolz hielt sie zurück. Sie blieb stehen und lehnte sich gegen den Felsen.

Er hätte mich nicht so drängen sollen, dachte sie bekümmert. Ich will ihn, sogar sehr. Aber er ist seit Dudu der erste. Wenn er mir nur Zeit ließe, könnte es so schön sein – aber er darf mich nicht drängen. Er muß mir helfen, es richtig zu machen. Es ist komisch, dachte sie, wie wenig ich mich noch an Dudu erinnere. Es ist erst drei Jahre her, aber die Erinnerung schwindet so schnell. Ob ich ihn überhaupt wirklich geliebt habe?

Ich kann mir nicht einmal sein Gesicht vorstellen, während ich von David jede Einzelheit weiß, jeden Zug und jede Falte.

Vielleicht sollte ich ihm nachlaufen und ihm von Dudu erzählen, ihn bitten, Geduld zu haben und mir ein wenig zu helfen. Vielleicht, dachte sie, aber sie tat es nicht, sondern wanderte langsam den Strand entlang, durch die schweigende Stadt ins Hotel.

Hannahs Bett war leer. Sie war bestimmt bei Joe. Ich sollte bei David sein, dachte sie. Dudu ist tot, und ich lebe. Ich will David, und deshalb sollte ich mit ihm zusammensein – aber sie zog sich langsam aus, ging ins Bett und lag schlaflos da. David stand vor dem Eingang von 2002 A. D. und starrte in die unwirklich blitzenden Lichter und den Dunst, die warme, fast greifbare Ausdünstung Hunderter angestrengter Leiber. Die BEA-Stewardessen saßen noch am Tisch, Joe und Hannah waren gegangen.

David bahnte sich einen Weg durch die tanzenden Paare. Eines der Mädchen war groß und blond, mit hellem, typisch englischem Teint und Porzellanaugen. Sie entdeckte David und blickte sich suchend nach seiner Begleiterin um. Als sie feststellte, daß Debra nicht da war, lächelte sie.

Anfangs tanzten sie, ohne sich zu berühren, dann legte David seine Hände auf ihre Hüften. Sie drängte sich mit leicht geöffneten Lippen an ihn.

»Hast du ein Zimmer?« fragte er. Sie nickte, und ihre Zungenspitze spielte zwischen den Zähnen.

»Komm, gehen wir«, sagte David.

Es war hell, als er in sein Zimmer zurückkehrte. Er rasierte sich und packte seine Tasche, überrascht darüber, daß seine Verstimmung immer noch nicht weichen wollte. Er brachte sein Gepäck hinunter und bezahlte die Rechnung mit seiner Diner's-Club-Karte.

Debra kam zusammen mit Joe und Hannah aus dem Frühstücksraum. Sie waren für den Strand angezogen und trugen Frotteemäntel über dem Badeanzug. Sie schienen vergnügt zu sein und lachten – bis sie David sahen.

»He!« rief ihn Joe an. »Wohin willst du denn?«

»Ich hab' die Nase voll von Spanien«, beschied ihn David. »Ich folge einem guten Rat und verschwinde.« Er empfand eine tiefe Zufriedenheit, als er den schmerzlichen Schatten sah, der über Debras Augen huschte. Sie spürte, daß Joe und Hannah sie von der Seite ansahen, und hatte ihr Gesicht schnell wieder in der Gewalt. Dann lächelte sie, ein wenig zu strahlend, und ging mit ausgestreckter Hand auf ihn zu. »Vielen Dank für deine Hilfe, David. Es ist schade, daß du gehen mußt. Es war nett.« Dann senkte sie ihre Stimme, und es war ein leichtes Zittern darin: »Ich hoffe, du findest, was du suchst. Alles Gute.«

Sie drehte sich schnell um und lief auf ihr Zimmer. Hannahs Miene war kühl, sie nickte David kurz zu, bevor sie Debra folgte.

»Bis dann, Joe.«

»Ich trag' deine Tasche.«

»Bemüh dich nicht.« David versuchte, ihm die Tasche wegzunehmen.

»Es macht mir wirklich nichts.« Joe brachte die Tasche zum Mustang. Dort warf er sie auf den Rücksitz.

»Ich fahre mit dir den Berg hinauf und gehe dann zu Fuß zurück.«

Er setzte sich auf den Beifahrersitz und machte es sich bequem. »Ich brauche ein bißchen Bewegung.«

David fuhr schnell, und beide saßen schweigend nebeneinander. Schließlich zündete Joe sich umständlich eine Zigarette an und warf das Streichholz aus dem Fenster.

»Ich weiß nicht, was schiefgelaufen ist, aber ich kann es mir denken.«

David antwortete nicht, sondern blickte angestrengt auf die Straße.

»Sie hat ziemlich viel durchgemacht. Die letzten Tage war sie anders – glücklich, nehme ich an, und ich dachte, das würde ihr helfen.«

David schwieg, half ihm nicht weiter. Warum kümmerte sich der nicht um seine eigenen Angelegenheiten?

»Sie ist schon etwas Besonderes, Davey. Nicht, weil sie meine Schwester ist, wirklich, ich glaube, ich sollte es dir sagen – damit du keine falsche Meinung über sie hast.« Sie hatten die Anhöhe erreicht, von der man Stadt und Bucht überblickte. David fuhr auf den Seitenstreifen, aber er stellte den Motor nicht ab. Er schaute auf das leuchtende Blau des Meeres, das an die Klippen brandete, und auf das mit Pinienwäldern bedeckte Land.

»Sie wollten heiraten«, sagte Joe leise. »Er war ein netter Kerl, etwas älter als sie. Die beiden kannten sich von der Universität. Er war Panzerfahrer der Reserve. In der Sinaiwüste bekam er einen Treffer ab und verbrannte in seinem Panzer.«

David wandte sich zu ihm und sah ihn an; seine Miene war weicher geworden.

»Es hat sie sehr mitgenommen«, fuhr Joe hartnäckig fort. »Diese letzten paar Tage habe ich sie zum erstenmal wieder glücklich gesehen.«

Er zuckte die Achseln und grinste unbeholfen wie ein großer Bernhardiner. »Tut mir leid, daß ich dir Familiengeschichten erzählte, Davey. Ich dachte, es wäre vielleicht ganz nützlich.«

Er streckte seine große, gebräunte Hand aus. »Komm uns besuchen. Es ist auch dein Land, das weißt du ja. Ich würde es dir gern zeigen.«

David ergriff die Hand. »Vielleicht komme ich tatsächlich einmal.«

»Schalom.«

»Schalom, Joe. Viel Glück.« Joe stieg aus. David fuhr davon und sah im Rückspiegel, wie er am Straßenrand stand, die Hände in die Hüften gestemmt. Er winkte noch einmal, dann verschwand er hinter der nächsten Kurve.

Auf dem Gelände einer alten Betonpiste bei Ostia, an der Straße nach Rom, gab es eine Schule für Formel-1-Rennfahrer. Der Kursus dauerte drei Wochen und kostete 300 Dollar.

David wohnte im Excelsior an der Via Veneto und fuhr jeden Tag zur Übungsstrecke hinaus. Er absolvierte den gesamten Lehrgang, aber schon nach einer Woche wußte er, daß es nicht das war, wonach er suchte. Die physikalischen Gesetze, die dem Tempo der Fortbewegung auf dem Erdboden Grenzen setzten, machten den Adler in ihm ungeduldig, der es gewohnt war, frei und ungehindert durch die Lüfte zu fliegen. Selbst die Kraft eines dröhnenden Tyrell-Ford-Motors konnte sich nicht mit dem gewaltigen Schub eines Düsentriebwerks messen. Obgleich sein Eifer und sein Interesse weit hinter dem der anderen Kursteilnehmer zurückblieben, war er als Naturtalent durch sein Gefühl für Tempo und Koordination am Ende des Lehrganges einer der Besten. Man bot ihm an, für das Team einer neuen aufstrebenden Firma zu fahren, die eine Produktionsgruppe für Rennwagen der Formel 1 entwickeln und aufbauen wollte. Das Gehalt war natürlich dürftig, doch in seiner Ratlosigkeit hätte er beinahe einen Vertrag unterschrieben. Erst im letzten Augenblick besann er sich und setzte seine Reise fort.

In Athen streifte er eine Woche lang durch die Häfen von Piräus und Glyfada. Er ging ernsthaft mit dem Gedanken um, eine Motoryacht zu kaufen und sie zu Inselrundfahrten zu vermieten. Der Gedanke an Sonne, Meer und hübsche Mädchen schien ihm verlockend, und die Boote mit ihrem schneeweißen Anstrich und dem lackierten Holz sahen prachtvoll aus. Jedoch nach einer Woche war ihm klar, daß sein Vorhaben die Vermietung von schwimmenden Fremdenheimen an Haufen von gelangweilten, sonnenverbrannten, seekranken Touristen war und nichts weiter.

Am siebten Tag warf die 7. US-Flotte Anker in der Bucht von Athen. David saß vor einem der Strandcafés in der Sonne und trank Ouzo. Durch sein Fernglas beobachtete er die ankernden Flugzeugträger. Auf den großen, flachen Oberdecks standen in langen Reihen die Maschinen von Typ Crusader und Phantom mit heruntergeklappten Tragflächen. Bei ihrem Anblick erwachte wieder seine alte Sehnsucht. Der Wunsch, wieder zu fliegen, stieg in ihm auf wie ein seelisches Bedürfnis.

Ihm schien, als hätte er die ganze Erde abgesucht und nichts für sich darauf gefunden. Er setzte das Fernglas ab und blickte in den blauen Himmel, in dem silbern glänzende Wolken schwebten.

Der milchige Ouzo war in der Sonne warm geworden, sein süßer Likörgeschmack klebte auf der Zunge.

»Osten oder Westen, zu Hause ist's am besten«, sagte er laut vor sich hin. In Gedanken sah er Paul Morgan oben in seinem Büro aus Glas und Stahl. Wie ein geduldiger Angler hielt er die Schnüre, die über die ganze Welt ausgelegt waren. Jetzt zog er gerade die Angel, die nach Athen ging. Er stellte sich vor, wie Paul Morgan stillvergnügt dabei war, die Schnur aufzuspulen und den nur noch schwach zappelnden David hereinzuholen. Verdammt, dachte er, dort könnte ich als Reserveoffizier immer noch Impalas fliegen. Und die Lear war ja auch noch da – falls Barney die hergeben würde.

David trank das Glas aus und stand abrupt auf. Dumpf fühlte er, wie sein Widerstand immer schwächer wurde. Er winkte ein Taxi heran und ließ sich zu seinem Hotel fahren, dem Grande-Bretagne am Syndagma-Platz.

An diesem Abend war sein Wille so weit gebrochen, daß er sich mit John Dinopoulos, dem griechischen Vertreter des Morgan-Konzerns, zum Essen verabredete, einem schlanken, elegant gekleideten Sophisten mit glattem, sonnengebräuntem Gesicht und silbernen Fäden im Haar. John hatte David als Tischdame die weibliche Hauptdarstellerin einer italienischen Fernseh-Serie mitgebracht, eine junge Dame mit üppigem Busen und dunkel-blitzenden Augen, deren Atem rascher ging, nachdem ihr David als Diamanten-Millionär aus Afrika vorgestellt worden war. Tatsächlich waren Diamanten zwar der glänzendste Geschäftszweig des Morgan-Konzerns – aber längst nicht der bedeutendste.

Der Abend war mild, und sie saßen auf der Terrasse des Dionysios. Das Restaurant war unterhalb der Paulskirche in den Felsen auf dem Gipfel des Lykabettos hineingebaut.

In einer flackernden Schlange brennender Kerzen bewegte sich die Osterprozession auf dem gewundenen Pfad von der Kirche zum Pinienwäldchen hinunter. Die stille Nachtluft war erfüllt vom Gesang. In der Ferne schimmerten die Säulen der Akropolis auf dem in Flutlicht getauchten Hügel. Und am Horizont konnte man in den dunklen Gewässern die Lichterketten auf den Schiffen der amerikanischen Flotte erkennen.

»Der Ruhm, der Griechenland war –«, deklamierte die glutäugige Italo-Western-Heldin, als spräche sie die Weisheit der Jahrhunderte. Sie legte ihre von falschem Schmuck klirrende Hand auf Davids Oberschenkel, während sie ihm mit der anderen zutrank und ihm dabei über das Glas roten Samos hinweg einen bedeutungsvollen Blick durch die langen Augenwimpern zuwarf. Ihre Zurückhaltung war beachtlich. Erst nach dem Hauptgang – es gab scharf gewürztes Fleisch in Weinlaub, das in einer sahnigen Zitronensauce schwamm – schlug sie David vor, ihren nächsten Film zu finanzieren.

»Lassen Sie uns irgendwo hingehen, wo wir in Ruhe darüber sprechen können«, sagte sie mit rauher Stimme. Was war geeigneter als ihre Wohnung?

John Dinopoulos verabschiedete sich mit einem wissenden Lächeln und einem leichten Augenzwinkern. David ärgerte sich darüber und wurde sich zugleich der Lächerlichkeit der Situation bewußt.

Die Wohnung des Fernsehstars war teuer ausgestattet, mit dikken, weißen Teppichen und klotzigen schwarzen Ledermöbeln.

Während sich die junge Dame umkleidete und etwas anzog, das zweifellos besser zu einem Gespräch über Finanzfragen passen würde, goß sich David einen Drink ein.

Die Western-Heldin erschien auf der Schwelle des Schlafzimmers. Sie trug ein Negligé aus weißer Seide, das Arme und Busen fast freiließ und so durchsichtig war, daß die Haut rosig durchschimmerte. Sie hatte die üppige Lockenpracht ihrer Haare gelöst – aber David war der ganzen Sache plötzlich überdrüssig geworden. Er stellte sein Glas auf die Bar zurück, der Drink schmeckte ihm ohnehin nicht. »Es tut mir leid«, sagte er. »John hat sich einen Scherz erlaubt – ich bin gar kein Millionär, und in Wirklichkeit habe ich es viel lieber mit Knaben.«

Er hörte noch das Glas an der Tür zersplittern, die er gerade rechtzeitig hinter sich ins Schloß zog.

Als er wieder im Hotel angelangt war, ließ er sich einen Kaffee aufs Zimmer bringen und griff in einer plötzlichen Eingebung zum Telefon. Die Verbindung mit Kapstadt kam überraschend schnell zustande. Am anderen Ende der Leitung meldete sich eine verschlafene Frauenstimme.

»Mitzi«, rief er, »wie geht's, altes Mädchen?«

»Wo bist du, alter Krieger? Etwa zu Hause?«

»Ich bin in Athen, Püppi.«

»Athen – mein Gott! Wie ist es denn?«

»Langweilig.«

»Kann ich mir denken«, sagte sie ironisch. »Die griechischen Mädchen sind auch nicht mehr das, was sie einmal waren.«

»Und was treibst du, Mitzi?«

»Ich bin verliebt, Davey. Ich meine wirklich verliebt. Wir werden bald heiraten. Ist das nicht mal was anderes?« Der glückliche Ton ihrer Stimme gab David einen Stich vor Ärger und Neid.

»Das ist großartig, Püppi. Wer ist denn der Glückliche?«

»Cecil Lawley, du kennst ihn. Er ist einer von Dads Wirtschaftsprüfern.« David erinnerte sich eines langen, bleichgesichtigen Brillenträgers mit stets ernster Miene.

»Gratuliere«, sagte David. Er fühlte sich wieder sehr einsam. Das Leben daheim ging auch ohne ihn weiter.

»Möchtest du mit ihm sprechen?« fragte Mitzi. »Warte, ich wecke ihn.« Am anderen Ende hörte man Murmeln und Flüstern, dann war Cecil am Telefon.

»Prima Sache«, sagte David zu Cecil. Und das war es in der Tat. Mitzis Anteile am Morgan-Konzern würden eines Tages noch beträchtlich größer sein als die von David. Cecil hatte sich auf seine Weise eine Ölquelle angebohrt. »Danke, Davey.« Cecils Verlegenheit darüber, nachts bei seiner Ölquelle angetroffen zu werden, war deutlich über fünftausend Meilen Telefonkabel zu hören.

»Hör zu, du Feinschmecker. Wenn du dem Mädchen jemals etwas zuleide tust, werde ich dir die Leber rausreißen und dir damit den Hals stopfen, klar?«

»Okay«, sagte Cecil, mit einer Stimme, die vor Schreck ganz heiser war. »Ich gebe an Mitzi zurück.«

Sie verschwatzten noch einmal 50 Dollar, bevor sie auflegten. David streckte sich auf dem Bett aus und faltete die Hände unter dem Kopf. Er dachte an seine rundliche, weichherzige Cousine und ihr neues Glück. Dann plötzlich faßte er den Entschluß, der schon die ganze Zeit, nachdem er Spanien verlassen hatte, in ihm gewartet hatte. Er nahm den Hörer wieder auf und verlangte den Portier.

»Es tut mir leid, Sie schon so früh am Morgen zu bemühen«, sagte er, »aber ich möchte so schnell wie möglich nach Israel. Wollen Sie bitte den nächsten Flug für mich buchen?«

Die schwere TWA 747 senkte sich in den goldenen Dunst, der aus der Wüste herübergeweht kam. Als sie darunter hervortauchte, hatte David gerade noch Zeit, einen flüchtigen Blick auf die dunkelgrünen Zitrushaine zu werfen, bevor die Maschine hart aufsetzte. Lod war wie jeder andere Flughafen der Welt, aber vor der Tür betrat er ein Land, das anders war als alle, die er bisher kennengelernt hatte. Die Leute, mit denen er sich um einen Platz in einem der großen schwarzen Gemeinschaftstaxis, den mit Zetteln beklebten und mit Kinkerlitzchen behangenen Scheruts, herumstieß, ließen sogar die Italiener als Vorbilder an Disziplin und gutem Benehmen erscheinen.

War man aber erst mal in so einem Gefährt drinnen, hatte man das Gefühl, an einem Familienausflug teilzunehmen – und selbst zur Familie zu gehören. Rechts neben ihm saß ein Fallschirmjäger mit Käppi und Uniformbluse, mit der Schwinge auf der Brust und einer Uzzi-Maschinenpistole über der Schulter. Er bot ihm eine Zigarette an. Auf der anderen Seite saß ein großes, kräftig gebautes Mädchen. Auch sie trug eine Khakiuniform. Ihre dunklen Gazellenaugen bekamen einen noch leuchtenderen und seelenvolleren Blick, wenn sie David ansahen – und das taten sie mehrfach. Sie zog ein Sandwich heraus, das aus ungesäuertem Brot und Kichererbsen-Klößchen bestand – die allgegenwärtigen Pita und Falafel. Sie wollte ihr Englisch ausprobieren und bot David ein Stück davon an. Sämtliche Fahrgäste, die vorn saßen, drehten sich daraufhin um und nahmen an der Unterhaltung teil, einschließlich des Fahrers, der mitredete, ohne sein Tempo zu verringern, und seine Bemerkungen mit kräftigem Hupen und Schimpfen auf Fußgänger und Kraftfahrer würzte.

Der Duft von Orangenblüten lag wie ein schwerer Nebel über dem flachen Küstenstreifen. Für alle Zeiten würde dieser Duft David an Israel erinnern.

Dann fuhren sie die Hügel von Judäa hinauf. David hatte fast ein wenig Heimweh, als sie der gewundenen Straße folgten, die sich durch Pinienwälder und an hellen Hängen entlangschlängelte. Die weißen Steine leuchteten im Sonnenlicht wie ausgebleichte Knochen, und die silbrigen Olivenbäume krümmten ihre Stämme auf den Terrassen.

All das schien ihm vertraut, und doch gab es einen feinen Unterschied zu den sanften Hügeln der südlichen Kap-Provinz, die er so liebte. Hier wuchsen Pflanzen, die er kannte, Blüten, scharlachrot wie vergossenes Blut, und Büschel sonnengelber Blumen. Plötzlich durchfuhr es ihn wie ein körperlicher Schmerz, als er zwischen den Bäumen in raschem Flug ein Paar auffallend gefärbter Flügel vorüberhuschen sah und den mit einer Haube gekrönten Kopf des afrikanischen Wiedehopfes erkannte – das Symbol seiner Heimat.

Eine dunkle, unbestimmte Erregung ergriff von ihm Besitz und wurde immer stärker, je näher er seinem Ziel kam – der Frau, der er nachfuhr. Aber da war noch etwas anderes, über das er Klarheit zu gewinnen suchte. Endlich empfand er ein Gefühl der Zugehörigkeit. Er fühlte sich mit den jungen Menschen verwandt, mit denen er zusammen in dem engen Bus saß.

»Sehen Sie. Da!« rief das Mädchen, indem es nach seinem Arm griff und auf die Überreste des Krieges zeigte, die den Straßenrand säumten – die ausgebrannten Wracks der Lastwagen und Panzer, die zum Gedenken an die Gefallenen auch jetzt noch auf der Straße nach Jerusalem standen. »Hier wurde gekämpft.«

David wandte sich zur Seite, um ihr Gesicht zu sehen, und er entdeckte wieder die Kraft und die Überzeugung, die er schon bei Debra so bewundert hatte. Dies war ein Volk, das jeden Tag voll nutzte und erst abends an den nächsten dachte.

»Wird es wieder neue Kämpfe geben?« fragte er.

»Ja«, antwortete sie ohne Zögern.

»Warum?«

»Weil – wenn etwas gut ist – muß man dafür kämpfen.« Sie machte eine weite Gebärde, als ob sie das Land und all seine Menschen umarmen wollte. »Und dies gehört uns, und es ist gut«, sagte sie.

»Recht so«, stimmte David zu, und beide mußten lachen.

So kamen sie nach Jerusalem mit seinen massiven Wohnblocks aus gelblichem Stein, die wie Denkmäler auf den Hügeln standen, die die gewaltige, von einer Mauer umgebene Zitadelle im Herzen der Stadt einschlossen.

TWA hatte für David ein Zimmer im Intercontinental reserviert, während er noch an Bord der Maschine war. Von seinem Hotelfenster blickte er über den Garten von Gethsemane hinweg auf die alte Stadt mit ihren Türmen und Zinnen und dem strahlenden Gold des Felsendoms. – Sie war der Mittelpunkt von Christentum und Judentum, die heilige Stätte der Mohammedaner, ein zweitausendjähriges Schlachtfeld, ein uraltes, wiedererobertes Heimatland. David spürte ein Gefühl der Ehrfurcht in sich aufsteigen. Zum erstenmal in seinem Leben wandte er sich dem Teil seines Selbst zu, der Jude war, und er wußte, daß es richtig gewesen war, hierherzukommen. »Vielleicht«, sprach er laut vor sich hin, »vielleicht finde ich hier alles, wonach ich suche.«

Am frühen Abend stieg David auf dem Parkplatz vor der Universität aus dem Taxi. Am Haupteingang wurde er nur flüchtig kontrolliert. Es schien eine reine Routineangelegenheit zu sein, an die man sich bald so gewöhnte, als ginge man unbehelligt durchs Tor. Er war überrascht, das Gelände fast verlassen vorzufinden. Doch dann fiel ihm ein, daß Freitag war und alles sich schon auf den Sabbat vorbereitete.

Die rotblühenden Judasbäume auf dem großen Platz am Zierteich standen in voller Blüte. David ging zum Verwaltungsgebäude, wo er gerade noch jemand erwischte, den er nach Debra fragen konnte.

»Miß Mordechai« – der Mann am Auskunftsschalter ging seine Liste durch. »Ja, Englische Abteilung. Das ist im Lautermann-Gebäude – zweiter Stock.« Er deutete zur Glastür. »Drittes Gebäude rechts. Direkt dort hinein.«

Debra hielt gerade noch eine Übung ab. Er fand einen sonnigen Platz auf der Terrasse und wartete. In dieser Ruhe überkam ihn plötzlich Unsicherheit. Zum erstenmal seit seiner überstürzten Abreise aus Athen fragte er sich, ob er überhaupt eine freundliche Begrüßung von Debra Mordechai erwarten konnte. Seit Spanien war nun geraume Zeit vergangen – dennoch fiel es David schwer, sein Verhalten ihr gegenüber zu beurteilen. Selbstkritik war eine Tugend, die er niemals gelernt hatte. Ein junger Mann mit seinem Aussehen und seinem Vermögen hatte so etwas auch kaum nötig. Jetzt dämmerte ihm das unangenehme Empfinden, daß er sich vielleicht tatsächlich wie ein verwöhnter kleiner Junge aufgeführt hatte. Stimmen und näherkommende Schritte schreckten ihn aus seiner Selbstbesinnung auf. Eine Gruppe von Studenten, mit Büchern unter dem Arm, trat auf die Terrasse. Die meisten Mädchen musterten ihn im Vorbeigehen aufmerksam.

Es dauerte noch eine Weile, bis Debra kam. Auch sie hatte Bücher bei sich und trug eine Tasche über die Schulter gehängt. Ihr Haar war streng gescheitelt und im Nacken zu einem Knoten aufgesteckt. Ihr kurzer Rock leuchtete in einem orangefarbenen Muster. Die bloßen Füße steckten in Ledersandalen. Sie war in eine Unterhaltung mit den beiden Studenten vertieft, die neben ihr gingen, und sah David erst, als er sich vom Terrassengeländer erhob. Dann verfiel sie in jene eigenartige wortlose Starre, die ihm in der Cantina von Saragossa zum erstenmal an ihr aufgefallen war.

David war überrascht über seine eigene Unbeholfenheit. Seine Hände und Füße schienen ihm um ein Vielfaches gewachsen zu sein. Er lächelte unsicher und machte eine fahrige, entschuldigende Geste.

»Hallo, Debs.« Seine Stimme kam ihm heiser vor. Debra war wie vom Schlag gerührt und machte eine Handbewegung, als ob sie die Haarsträhnen an ihren Schläfen aus dem Gesicht streifen wollte. Aber die Bücher hinderten sie daran.

»David...« Sie machte einen Schritt auf ihn zu. Dann schien sie sich der Gegenwart ihrer Studenten bewußt zu werden und blickte sie an. Beide bemerkten ihre Verwirrung und verschwanden. Sie wandte sich wieder zu ihm. »David –«, wiederholte sie. Ein plötzlicher Ausdruck völliger Verzweiflung zeichnete sich auf ihrem Gesicht ab. »O mein Gott, und ich habe nicht einmal eine Spur Lippenstift drauf.«

Davids Erstarrung löste sich. Er öffnete die Arme und ging auf sie zu. Sie flog ihm entgegen, und es gab ein ziemliches Durcheinander mit den Büchern und den verhedderten Riemen ihrer Tasche. Unter hilflosen und wütenden Ausrufen hatte sie sich endlich befreit. Dann erst fielen sie sich in die Arme.

»David«, flüsterte sie, beide Arme fest um seinen Nacken gelegt. »Du Unmensch – wo hast du denn nur so lange gesteckt? Ich hatte dich schon aufgegeben.«

Debra war stolze Besitzerin eines Motorrollers, den sie mit so selbstmörderischer Verwegenheit fuhr, daß ihr sogar die Taxifahrer von Jerusalem lieber Platz machten – und die sind bekannt für ihre stählernen Nerven und die Mißachtung der Gefahr.

David hockte auf dem Soziussitz und klammerte sich an ihren Hüften fest. Erst als sie eine lange Schlange kühn überholte und mit fröhlich knatterndem Auspuff ungeachtet des entgegenkommenden Verkehrs links einbog, riskierte er eine leise Ermahnung.

»Ich bin glücklich«, rief sie ihm über die Schulter zu.

»Schön! Aber dann laß uns doch am Leben, damit wir es genießen können!«

»Joe wird vielleicht Augen machen, wenn er dich sieht!«

»Wenn wir jemals dort ankommen!«

»Hast du denn überhaupt keine Nerven?«

»Nein, die letzten habe ich gerade eben verloren.«

Sie jagte die kurvenreiche Strecke ins Tal von Ein Karem hinunter wie eine Mirage im Sturzflug und gab dabei Hinweise für den Fremdenverkehr.

»Das ist das Kloster vom Brunnen der Maria, wo sie der Mutter von Johannes dem Täufer begegnete – nach der christlichen Tradition, in der du ja angeblich Experte bist.«

»Warte mit der Historie«, flehte David. »Dort kommt ein Bus um die Ecke.«

Der Ort, eine malerische Oase, lag mit seinen Kirchen, Klöstern, Gärten und hohen Mauern in zeitloser Ruhe zwischen Olivenbäumen in den Hang eingebettet. Darüber zeichnete sich am Horizont die Silhouette des modernen Jerusalem mit seinen Hochhäusern ab.

Debra bog in eine schmale Gasse ein, die auf beiden Seiten von hohen, verwitterten Steinmauern eingeschlossen war, und hielt vor einem verschlossenen Eisentor.

»Hier sind wir«, sagte sie, schob den Motorroller in ein Torhäuschen und schloß ab. Dann öffnete sie eine kleine Seitentür, die in einer Mauernische verborgen war.

Sie traten in einen großen Hof, der von hohen, weiß gekalkten Mauern umgeben war. Drinnen wuchsen Olivenbäume mit dicken, verkrüppelten Stämmen. Wein kletterte an den Mauern empor, und an den Trieben, die sich nach allen Seiten ausbreiteten, bildeten sich schon grüne Trauben.

»Der ›Brig‹ ist ein leidenschaftlicher Amateurarchäologe«, erklärte Debra mit einem Blick auf die römischen und griechischen Statuen zwischen den Olivenbäumen, die Ton-Amphoren entlang der Mauer und die alten mosaischen Ziegel, die den Fußweg zum Haus bedeckten. »Das ist natürlich völlig ungesetzlich, aber er verbringt seine ganze freie Zeit damit, an den alten Stätten herumzugraben.«

Die Küche glich einer Höhle. Der moderne, elektrische Herd, der in der riesigen offenen Feuerstelle stand, paßte nicht recht ins Bild neben den glänzenden Kupfertöpfen und den gebohnerten Fliesen.

Debras Mutter war eine große, schlanke Frau, die sehr ruhig wirkte. Sie sah aus wie Debras ältere Schwester. Die Ähnlichkeit war so ausgeprägt, daß David bei der Begrüßung lächelnd daran dachte, daß Debra einmal aussehen würde wie ihre Mutter. Debra stellte ihn vor und erklärte, daß sie ihn zum Essen eingeladen habe. Das war ihm selbst völlig neu.

»Bitte«, protestierte er, »ich möchte nicht stören.« Er wußte, daß der Freitagabend in einem jüdischen Haus etwas Besonderes war.

Mit wenigen Worten schob sie seinen Einwand beiseite: »Du störst nicht. Es ist uns eine Ehre. Die meisten Kameraden von Joes Einheit sind hier wie zu Hause, und wir freuen uns darüber.«

Debra holte David ein Goldstar-Bier, und sie setzten sich auf die Terrasse, bis ihr Vater heimkam. Er duckte seine hohe Gestalt unter dem niedrigen steinernen Torbogen und nahm seine Uniformmütze ab, bevor er den Garten betrat.

Seine bequeme Uniform stand am Hals offen, man konnte die Dienstgradabzeichen erkennen und auf seiner Brust eine aufgenähte Schwinge. Er ging etwas vornübergebeugt, wahrscheinlich weil er seinen langen Körper in den engen Cockpits von Flugzeugen ständig ducken mußte. Sein Kopf war sonnengebräunt und bis auf einen mönchischen Haarkranz und einen grimmigen Spitzbart völlig kahl. Er hatte die kräftige Hakennase eines biblischen Kriegers. Seine Augen waren dunkel und zeigten das gleiche goldene Funkeln wie Debras. Er war eine Persönlichkeit, und David empfand Respekt vor ihm. Er stand auf, um die Hand zu schütteln, die ihm der General entgegenhielt. Selbstverständlich redete er ihn mit »Sir« an.

Der »Brig« unterwarf David einem kurzen, scharfen Verhör, behielt aber sein Urteil für sich, indem er weder Sympathie noch Mißfallen zeigte.

David erfuhr später, daß »Brig« die Kurzform von »The Brigard« war, ein Name, den ihm die Briten in der Zeit vor 1948 gegeben hatten, als er Kriegsflugzeuge und Waffen für die Haganah nach Palästina schmuggelte. Jeder, selbst seine Kinder, nannte ihn so, und nur seine Frau sprach ihn mit seinem richtigen Namen, Josua, an. »David wird heute abend zusammen mit uns das Sabbatmahl einnehmen«, teilte Debra ihm mit.

»Sie sind willkommen«, sagte der Brig. Dann wandte er sich den Frauen zu und nahm sie liebevoll lächelnd in die Arme – denn er hatte sie seit dem vorigen Sabbat nicht gesehen. Die Woche über war er voll damit beschäftigt, seine Aufgaben auf den Flugplätzen und Kontrollstationen, die über das ganze Land verteilt waren, wahrzunehmen.

Joe erschien ebenfalls in der bequemen, khakifarbenen Sommeruniform mit offenem Kragen. Als er David sah, wurde er für einen Augenblick für seine Verhältnisse ungeheuer lebhaft. Er eilte strahlend auf ihn zu, umarmte ihn wie ein Bär und sprach über seine Schulter zu Debra: »Ha, hatte ich recht?«

»Joe hat immer gesagt, daß du kommst«, erklärte Debra.

»Es sieht ja bald so aus, als ob ich der einzige war, der es nicht wußte«, protestierte David.

Beim Abendessen saßen fünfzehn Personen an dem langen Refektoriumstisch mit den silbernen Sabbat-Pokalen, die im Kerzenlicht schimmerten. Die seidene, goldbestickte Jamulke wirkte auf dem grimmigen kahlen Schädel des Brig etwas eigenartig. Er sprach ein kurzes Gebet. Dann füllte er mit eigener Hand die Pokale und murmelte bei jedem Gast einen Willkommensgruß. Hannah saß neben Joe, ihr kupfernes Haar glänzte im Kerzenlicht. Sie begrüßte David ohne Überschwang. Zwei Brüder des Brig waren mit ihren Frauen, Kindern und Enkeln da. Die Unterhaltung war laut und wirr. Die Kinder versuchten, die Erwachsenen zu überschreien, und man wechselte aufs Geratewohl zwischen Hebräisch und Englisch. Das Essen war fremdartig und scharf, nur der Wein schien David etwas zu süß. Er war zufrieden, ruhig neben Debra zu sitzen, und genoß das Gefühl, zu dieser glücklichen Gemeinschaft zu gehören. Er schrak zusammen, als sich eine von Debras Cousinen zu ihm herüberbeugte:

»Das muß doch sehr verwirrend für Sie sein – der erste Tag in einem so eigenartigen Land wie Israel, wenn man nicht Hebräisch kann und kein Jude ist.«

Die Worte waren nicht böse gemeint, aber die Unterhaltung brach sofort ab. Der Brig blickte auf und runzelte die Stirn, als hätte jemand an seiner Tafel einen Gast beleidigt.

David bemerkte, daß Debra ihn anstarrte, als wollte sie ihm die Worte entreißen. Plötzlich erinnerte er sich daran, daß das dreimalige Verleugnen immer endgültig war – im Neuen Testament, im Koran und vielleicht sogar bei Moses. Er wollte nicht aus diesem Haus, aus dieser Gemeinschaft ausgeschlossen werden. Er wollte nicht wieder allein sein. Hier war er glücklich.

Lächelnd schüttelte er den Kopf. »Es ist schon eigenartig, aber so fremd komme ich mir auch wieder nicht vor. Ich verstehe Hebräisch, nur spreche ich es ziemlich schlecht. Ich bin nämlich auch Jude.«

Er hörte, wie Debra neben ihm einen zufriedenen Seufzer ausstieß. Sie wechselte einen raschen Blick mit Joe.

»Jude?« fragte der Brig. »Sie sehen aber nicht danach aus.« David erklärte die Zusammenhänge, und als er geendet hatte, nickte der Brig. Er schien ein bißchen aufgetaut. »Er ist nicht nur Jude – er ist auch Flieger«, sagte Debra stolz. Der Bart des Brig bewegte sich plötzlich, als ob er ein lebendes Wesen sei. Er mußte ihn mit seiner Serviette besänftigen, während er rasch seine Einschätzung von David überprüfte.

»Wieviel Praxis?« fragte er kurz.

»Zwölfhundert Stunden, Sir, davon fast tausend auf Jets.«

»Jets?«

»Mirages.«

»Mirages!« Unter dem Bart des Brig blitzte überraschend ein Goldzahn auf. »Welche Einheit?«

»Cobra.«

»Etwa bei Rastus Naude?« Der Brig stellte diese Frage mit strengem Blick.

»Sie kennen Rastus?« Nun war David überrascht.

»Wir haben die ersten Spitfires aus der Tschechoslowakei herübergeflogen – 1948. Damals nannten wir ihn Butch Ben York – Sohn des Goy. Wie geht's ihm denn – er muß auch älter geworden sein? Er war schon damals kein Küken mehr.«

»Er ist so munter wie eh und je, Sir«, erwiderte David taktvoll.

»Nun, wenn Rastus Ihnen das Fliegen beigebracht hat – dann können Sie ja gar nicht ganz schlecht sein«, meinte der Brig großzügig.

Normalerweise stellte die israelische Luftwaffe keine ausländischen Piloten ein. Aber hier war ein Jude, der alle Anzeichen dafür trug, ein erstklassiger Kampfflieger zu sein. Ebenso wie Paul Morgan, jener unfehlbare Menschenkenner, hatte auch der Brig auf Anhieb den Schwung und die Energie dieses jungen Mannes als seine höchsten Qualitäten erkannt.

Er täuschte sich selten – und ihm schien, daß David etwas Besonderes war. Noch einmal sah er ihn prüfend im Kerzenlicht an und nahm jenen klaren und ruhigen Blick an ihm wahr, der nach einem fernen Horizont zu suchen schien. Es war das Auge des Jägers, und alle seine Piloten waren Jäger.

Die Ausbildung eines Abfangjägerpiloten dauerte viele Jahre und kostete fast eine Million Dollar. Zeit und Geld waren in diesen Jahren der Prüfung für sein Land Überlebensfragen. Vorschriften waren dazu da, umgangen zu werden.

Er nahm die Weinflasche und füllte Davids Becher auf. Ich werde Rastus anrufen, entschied er im stillen, um etwas über den Burschen zu erfahren.

Dann fing er an, ihn über die Gründe auszufragen, die ihn bewogen hatten, nach Israel zu kommen – und über seine Zukunftspläne.

Debra beobachtete ihren Vater. Sie wußte genau, was in seinem

Kopf vor sich ging, und hatte nichts anderes erwartet. Ihr Entschluß, David zum Essen einzuladen und ihn dem Brig vorzustellen, war sorgfältig geplant und durchdacht gewesen.

Sie wandte sich David zu und spürte wieder die Wärme in der Magengegend und das Prickeln, das über ihre Haut lief, sobald sie ihn ansah. Ja, du eitler, aufgeblasener Hengst, dachte sie mit einem wohligen Gefühl, so leicht wirst du mir nicht noch einmal entwischen. Dieses Mal setze ich auf Sieg, und der Brig spielt auf meiner Seite mit.

Sie trank ihm zu und schenkte ihm über den Rand des Pokals hinweg ein liebliches Lächeln.

Warte nur, du bekommst genau das, worauf du aus bist, aber mit Pauken und Trompeten, drohte sie im stillen und sagte laut: »Lechaim! Auf das Leben!« Und David erwiderte den Trinkspruch. Dieses Mal wirst du mich nicht leicht los, schwor er sich, während er in ihren Augen das Kerzenlicht in tausend goldenen Funken zersprühen sah. Ich will dich haben, meine dunkle Schönheit – und ich werde dich haben –, ohne Rücksicht auf Verluste.

Es war kaum hell, als David durch das Klingeln des Telefons neben dem Bett geweckt wurde. Die Stimme des Brig klang frisch und geschäftig, als habe er bereits die Arbeit eines ganzen Tages hinter sich gebracht. »Wenn Sie heute nichts Besseres vorhaben, möchte ich Ihnen etwas zeigen«, sagte er.

»Selbstverständlich, Sir«, erwiderte David, bevor er überhaupt zum Nachdenken kam.

»In einer Dreiviertelstunde hole ich Sie am Hotel ab. Warten Sie bitte in der Halle auf mich.«

Der Brig hatte einen kleinen, unscheinbaren Wagen mit einer Zivilnummer. Er fuhr schnell und sicher. David war beeindruckt von seiner Reaktionsfähigkeit und Geistesgegenwart – schließlich mußte der Brig Mitte Fünfzig sein, und das erschien David als ehrfurchtgebietendes Alter.

Sie fuhren die westliche Hauptstraße in Richtung Tel Aviv.

Schließlich brach der Brig das Schweigen:
»Ich habe gestern abend mit Ihrem alten Kommandeur gesprochen. Er war überrascht, als ich ihm sagte, wo Sie sind. Er erzählte mir, daß man Ihnen die Beförderung zum Stabsoffizier anbot, bevor Sie die Armee verließen...«
»Das war nur ein Bestechungsversuch«, erwiderte David. Der Brig nickte und sprach weiter. David hörte ihm schweigend zu und genoß die Fahrt durch die abwechslungsreiche Landschaft. Sie ließen die Hügel hinter sich und fuhren dann südlich durch die weiten wogenden Felder nach Beersheba, der Wüste zu.
»Wir fahren jetzt zu einem Militärflugplatz, und ich erlaube mir zu bemerken, daß ich eine ganze Reihe von Sicherheitsbestimmungen umgehe, indem ich Sie mitnehme. Aber ich will doch sehen, ob Rastus die Wahrheit gesprochen hat: Er sagte mir, daß Sie fliegen können.« David warf ihm einen raschen Blick zu.
»Fliegen wir?« fragte er, und eine tiefe Wärme stieg in ihm auf, als er sah, daß der Brig nickte.
»Wir befinden uns im Kriegszustand – Sie werden also einen Kampfeinsatz fliegen. Das ist natürlich gegen jede Vorschrift. Aber Sie werden ohnehin noch feststellen, daß wir hier nicht viel auf Vorschriften geben.«
Er fuhr ruhig fort, ihm seine Ansichten über Israel darzulegen, über den Kampf, den sein Land führte, und über die Aussichten, die es hatte, zu gewinnen. Eigenartige Feststellungen blieben David im Gedächtnis:
»...Wir bauen eine Nation auf, und die Fundamente sind stärker geworden durch das Blut, das wir hineinmischen mußten.
...Wir wollen das hier nicht zu einer Zufluchtstätte für alle geschlagenen Juden auf der Welt machen. Wir wollen auch die starken, die schlauen Juden.
...Von uns gibt es drei Millionen – und wir stehen einhundertfünfzig Millionen Feinden gegenüber, die eingeschworen sind auf unsere totale Vernichtung.
...Wenn sie eine Schlacht verlieren, bedeutet das für sie einige Quadratmeilen Wüste weniger. Wenn wir eine verlieren, bedeutet es das Ende unserer Existenz.

... Wir müssen sie noch einmal schlagen. Unsere bisherigen Siege haben sie nicht überzeugt. 1948 glaubten sie, es habe an ihrer schlechten Munition gelegen, und nach Suez wurden die alten Grenzlinien wiederhergestellt, so daß sie nichts verloren. 1967 fühlten sie sich hintergangen. Wir müssen sie noch einmal schlagen, bevor sie uns in Ruhe lassen.«

Er sprach wie zu einem Freund oder einem Verbündeten. David war glücklich über das Vertrauen, das ihm entgegengebracht wurde, und über die Aussicht, fliegen zu dürfen.

Ein junger Wald von Eukalyptusbäumen zog sich wie ein dichter Vorhang an der Straße entlang. Der Brig fuhr langsam auf ein Tor im Stacheldrahtzaun zu. Auf einem Schild war in Hebräisch und Englisch zu lesen: »Chaim Weissmann – Landwirtschaftliches Forschungszentrum.« Sie fuhren auf einem Seitenweg durch die Plantage zu einer zweiten Stacheldrahtumzäunung und einem Wachhäuschen zwischen den Bäumen.

Der Posten am Tor prüfte kurz die Papiere des Brig, der offensichtlich wohlbekannt war. Dann fuhren sie weiter und kamen zu säuberlich abgeteilten Feldern mit verschiedenen Getreidesorten. David erkannte Hafer, Gerste, Weizen und Mais – alles gedieh prächtig in der warmen Frühlingssonne. Zwischen den einzelnen Feldern verliefen lange, schnurgerade Betonbänder, die in derselben Färbung wie die Erde getönt waren. Diese glatten, zwei Meilen langen Fahrwege, die rechtwinklig zueinander verliefen, wirkten irgendwie unnatürlich – und doch erschienen sie David vertraut. Der Brig bemerkte es und nickte. »Ja«, sagte er, »Startbahnen. Wir graben uns ein – wir wollen nicht mit unseren eigenen Methoden von 67 geschlagen werden.«

David dachte darüber nach, während sie rasch auf einen riesigen Kornsilo zufuhren, der vor ihnen aufragte. Hellrote Traktoren bearbeiteten die riesigen Felder. Die Sonne brach sich im Sprühregen der Bewässerungsanlagen.

Als sie beim Betonsilo angelangt waren, fuhr der Brig den Wagen durch die weiten Tore eines angrenzenden, scheunenartigen Gebäudes. David war überrascht, das Arsenal von Autos und Bussen zu sehen, die in ordentlichen Längsreihen den ganzen Raum füllten. Mit diesen Fahrzeugen konnten viele hundert Mann transportiert werden – und doch hatte er oben nur eine Handvoll Traktorfahrer gesehen. Auch hier standen Wachtposten in Fallschirmjägeruniform. Als der Brig ihn in den runden Hauptraum des Silos führte, fiel es David plötzlich wie Schuppen von den Augen: Alles, was er bisher gesehen hatte, war die Tarnung für einen mächtigen, bombensicheren Bau aus massivem Beton, der die gesamte komplizierte Kommunikations- und Radaranlage beherbergte, die zu einer modernen Kampffliegerbasis gehörte. Es war der Kontrollturm und Standort von vier vollständigen Mirage-Jäger-Staffeln, erklärte ihm der Brig in kurzen Worten, als sie in den Fahrstuhl traten, der sie zu den unterirdischen Anlagen brachte.

Sie traten hinaus in einen Kontrollraum, wo die Papiere des Brig noch einmal geprüft wurden. Der Fallschirmmajor, den sie baten, David passieren zu lassen, erfüllte ihre Bitte nur widerwillig und erst, als der Brig sie nachdrücklich wiederholt hatte.

Dann gingen sie einen teppichbelegten, vollklimatisierten Gang entlang zu den Umkleideräumen der Piloten. Sie waren gekachelt und blitzsauber, mit Duschen, Toiletten und Schränken – wie die Garderobe eines Country Clubs.

Der Brig hatte eine Ausrüstung für David vorbereiten lassen. Er hatte seine Größe nur geschätzt, aber die Sachen paßten ausgezeichnet. David schlüpfte in den Overall und den Kampfanzug, zog Stiefel und Handschuhe an und klemmte den Helm unter den Arm. Seine eigene Ausrüstung holte sich der Brig aus seinem Spind. Und dann gingen beide, eingezwängt in den engen Kampfanzug, festen Schrittes zum Mannschaftsraum.

Die Piloten vom Dienst blickten von ihrem Schachspiel oder von der Zeitung auf, als die beiden eintraten. Sie erkannten den General, erhoben sich und grüßten. Die Atmosphäre war unbefangen und zwanglos. Der Brig machte einen kleinen Witz, alle lachten und setzten sich wieder, während die beiden weitergingen. Rasch, doch ohne etwas zu übersehen, erläuterte er den Aufklärungsflug, den sie unternehmen wollten, und unterzog David einer kurzen Prüfung über Funksprechverkehr, Flugzeugidentifizierung und andere Einzelheiten.

»Alles klar?« fragte er schließlich. Als David nickte, fügte er hinzu: »Und vergessen Sie nicht: Wir sind im Krieg. Wir schießen auf alles, was nicht zu uns gehört, und zwar scharf – verstanden?«

»Ja, Sir.«

»In den letzten Wochen war alles ganz friedlich, aber gestern gab es da unten in der Nähe von Ein Yahar wieder Ärger, unsere Grenzpatrouillen wurden belästigt. Die Lage ist also im Augenblick etwas gespannt.« Er nahm Helm und Kartentasche, wandte sich zu David und blickte ihn mit seinen grimmigen, braungoldenen Augen fest an. »Heute haben wir da oben eine phantastische Sicht – und wenn wir auf vierzigtausend steigen, können Sie alles überblicken. Jeden Zollbreit Boden von Rosh Hanikra bis Suez und vom Berg Hermon bis Eilat. Sie werden sehen, wie klein das Land ist und wie ungeschützt es vor den Feinden liegt, die uns umgeben. Sie sagten, daß Sie etwas suchen, für das es sich lohnt zu leben – ich möchte, daß Sie sich entscheiden, ob es eine lohnende Aufgabe für einen Mann ist, über das Schicksal von drei Millionen Menschen zu wachen.«

Auf einem kleinen Elektrokarren fuhren sie einen langen, unterirdischen Gang hinunter bis zu einem der Bunker, die sternförmig um den Betonsilo angelegt waren.

Die Mirages standen in Sechserreihen nebeneinander, sprungbereit wie gierige, ungeduldige Tiere. Sie waren David in ihrer schmalen Form mit den langen, nadelgleich auslaufenden Nasen vertraut, aber er mußte sich erst an ihr neues Kleid gewöhnen – die braune und schmutzig-grün gescheckte Tarnfarbe mit dem blauen Davidstern auf dem Rumpf.

Der Brig trug sich für zwei Maschinen ein und grinste, als er Davids Papiere mit Butch Ben York unterschrieb. »Das ist der beste Name, unter dem man fliegen kann«, brummte er. »Hier sind wir im Land der Pseudonyme und Alias.«

David hatte ein Gefühl, wie wenn er nach Hause käme, als er sich in dem engen Cockpit niederließ. Hier war ihm alles vertraut, und seine Hände streichelten fast zärtlich über die Reihen von Schaltern, Instrumenten und Reglern, während er die Maschine für den Start überprüfte.

In dem engen Raum des Bunkers wirkte der Düsenlärm wie ein Donnerschlag, und nur durch die perforierten Platten, die an der Rückwand des Raumes angebracht waren, um den Schall etwas zu dämpfen, wurde das Getöse gerade noch erträglich.

Der Brig, das Gesicht unter dem hellen Helm, blickte zu David hinüber und gab das Startzeichen. David erwiderte es und zog den gewölbten Plexiglas-Deckel über der Kanzel zu. Die stählernen Kipptore vor ihnen öffneten sich rasch, und die Startlampen über ihnen wechselten von Rot auf Grün.

Um jede überflüssige Gefährdung auf dem Boden zu vermeiden, wurden die Maschinen nicht erst umständlich in Startbahnen eingewiesen. Ihre Flügelspitzen berührten sich fast, als sie aus dem Bunker über die Rampe hinauf ins Sonnenlicht donnerten. Vor ihnen erstreckte sich eine der langen braunen Startbahnen. David schob den Gashebel bis an den Anschlag und zündete die Nachbrenner.

Durch die Polsterung seines Sitzes spürte er den Ruck des mächtigen Triebwerks. Eine kurze Strecke rasten sie durch grüne Kornfelder, dann hoben sie ab. Wieder fühlte David den Druck auf dem Magen, während sich die Degenspitze der Mirage in das dunkle Blau des Himmels zu bohren schien, das sich makellos rein über ihnen wölbte. Und wieder packte ihn das Fliegen wie ein Rausch.

Sie stiegen bis knapp unter zwölftausend Meter. Dabei vermieden sie es, längere Zeit auf der gleichen Höhe zu bleiben oder in einer üblichen Formation zu fliegen. David brachte seine Maschine unter das Heck von Brigs und drosselte das Gas auf normale Leistung. Er gefiel sich im vertrauten Ritual der Handgriffe, während er den behelmten Kopf rastlos nach allen Richtungen wandte und leichte Schlangenlinien flog, um auch den toten Winkel hinter der Maschine überwachen zu können.

Die Luft war von einer unwirklichen Reinheit, einer gläsernen Durchsichtigkeit, in der sich selbst die dunklen Konturen der entferntesten Höhenzüge scharf gegen das Blau des Horizonts abzeichneten. Das Mittelmeer im Norden glänzte in der Sonne wie geschmolzenes Silber. Der See Genezareth war von sanftem, kühlem Grün, und weiter südlich lag das Tote Meer dunkel und geheimnisvoll in seinem versunkenen Bett inmitten der leblosen Wüste.

Sie flogen über den Kamm der Carmel-Berge nach Norden und sahen unten die schmutzig-weißen Gebäude von Haifa und seine orangegoldene Küste, auf der sich das Meer mit einem sanft gekräuselten Saum verlief. Dann kehrten sie um, verminderten die Geschwindigkeit und gingen langsam auf sechstausend Meter Aufklärungshöhe hinunter. Dabei überflogen sie den Gipfel des Hermon, in dessen schattigen Spalten und höhergelegenen Teilen noch Schnee lag, der den großen runden Berg wie den Schädel eines alten Mannes mit einem weißen Haarkranz schmückte.

David war entzückt von dem sanften, träumerischen Grün und den zarten Farbschattierungen, die so anders waren als das eintönige Braun Südafrikas. Die Dörfer schienen an die Berggipfel geklebt, ihre Mauern blitzten weiß über den Terrassenhängen und den dunkleren Feldern des bebauten Landes.

Sie drehten wieder nach Süden, jagten über das Jordanland weg und ließen den See Genezareth hinter sich mit seinen stillen, grünen Wassern, die vom Dickicht der Dattelpalmen und den sorgfältig bestellten Feldern der Kibbuzim umstanden waren. Sie verloren an Höhe, als sich das freundliche Gesicht des Landes veränderte und die Formen der Hügel rissig und verzerrt wurden, durch die Spalten ausgetrockneter Gebirgsbäche zerrissen wie von den Klauen eines gewaltigen Raubtieres.

Zur Linken erhoben sich feindlich und abweisend die Berge von Edom, und unter ihnen lag Jericho, eine grüne Oase in der Wüste. Vor ihnen schimmerte der Spiegel des Toten Meeres. Der Brig ging hinunter, und sie flogen so niedrig über das salzverdickte Wasser weg, daß unter dem Luftdruck der Düsen kleine Wellen über die glatte Oberfläche liefen.

Die Stimme des Brig schnarrte in Davids Kopfhörer. »Tiefer kannst du nirgends fliegen – 360 Meter unter dem Meeresspiegel.« Sie zogen die Maschinen wieder höher, als sie die Saline am südlichen Ende des Sees überflogen und auf die hügelige Wüste des Südens zuhielten. »Hallo, Cactus Eins, hier Wüstenblume!« Dieses Mal erkannte David das Rufzeichen der Kommandozentrale.

Man rief sie direkt vom Operationszentrum des Luftwaffenhauptquartiers, das in einem geheimen, unterirdischen Bunker an einem Ort verborgen lag, den David nie erfahren würde. Im Hauptquartier konnte man ihren jeweiligen Standort auf den Radarschirmen genau verfolgen.

»Hallo, Wüstenblume«, bestätigte der Brig. Sofort wurde das Gespräch so zwanglos wie die Unterhaltung zweier alter Freunde.

»Brig, hier ist Motti. Wir werden gerade um Bodenunterstützung in deinem Bereich ersucht.« Er gab rasch die Koordinaten an. »Eine motorisierte Patrouille der Grenzpolizei wird im Tiefflug von einer Maschine unbekannter Herkunft angegriffen. Kümmer dich mal drum, ja?«

»Beseder, Motti, okay.« Der Brig schaltete auf Flugfrequenz. »Cactus Zwei, ich gehe auf Abfanggeschwindigkeit, bitte folgen«, sagte er zu David. Dann wendeten beide, um das neue Ziel anzufliegen.

»Keinen Sinn, es mit Radar zu probieren«, brummte der Brig laut. »Er wird unten zwischen den Störflecken sein. Zwischen all den Bergen werden wir das Schwein nicht finden. Also Augen offenhalten.«

»Beseder.« David hatte sich dieses Wort bereits angeeignet; in einem Land, in dem eigentlich reichlich wenig in Ordnung war, war dieser hebräische Ausdruck besonders beliebt.

David entdeckte sie zuerst – eine dünne, schwarze Rauchsäule, die wie ein Bleistiftstrich langsam in das windstille, blendende Kobaltblau des Horizonts aufstieg.

»Rauch am Boden«, sagte er in sein Mikrofon. »Elf Uhr tief.« Der Brig spähte schweigend nach vorn. Dann entdeckte er sie auch an der äußersten Grenze seines Sichtbereichs. Er knurrte zufrieden. Zumindest darin hatte Rastus jedenfalls recht gehabt: Der Junge hatte Augen wie ein Falke.

»Wir gehen auf Angriffsgeschwindigkeit«, sagte er. David bestätigte und zündete die Nachbrenner. Die mächtige Steigerung der Schubkraft drückte das Sitzpolster in seinen Rücken. Er spürte, wie sich die Trimmung plötzlich veränderte, als die Mirage die Schallgrenze durchbrach.

In der Nähe der Rauchwolke blitzte etwas gegen den Hintergrund der schmutzigbraunen Erde ganz kurz auf. Mit zusammengekniffenen Augen entdeckte David einen kaum wahrnehmbaren Umriß. Das Flugzeug huschte umher wie ein Sonnenvogel, seine Tarnfarbe verschmolz mit dem Gelb des Wüstensandes.

»Bandit dreht in Richtung Rauchsäule«, meldete er das Ziel.
»Ich hab' ihn«, erwiderte der Brig und schaltete auf Kommandoleitung.

»Hallo, Wüstenblume, ich bin hinter einem Feindflugzeug her. Erbitte Erlaubnis zum Angriff.«

Die Entscheidung über den Einsatz lag beim Hauptquartier, und die Antwort war kurz und bündig.

»Brig, hier ist Motti. Gib's ihm!« Im Sturzflug stießen sie hinab. Vor ihnen zeichneten sich alle Einzelheiten des Dramas ab, das dort unten stattfand.

An dem staubigen Grenzpfad hielten drei Patrouillenwagen der Grenzpolizei. Es waren getarnte Kettenfahrzeuge, die sich in der Weite der Wüste wie Kinderspielzeug ausnahmen.

Eins der Fahrzeuge brannte. Der Rauch war ölig-schwarz und stieg kerzengerade nach oben. Er war das Signal, das sie geleitet hatte. Auf der Straße lag ein menschlicher Körper mit ausgebreiteten Armen und Beinen – achtlos, wie es nur Tote sind. Ein tiefer bitterer Zorn stieg in David auf – ein Gefühl wie das, das er in der Stierkampf-Arena in Madrid empfunden hatte.

Die anderen Wagen hatten sich in Seitenwege geflüchtet. David konnte die Männer der Besatzungen sehen, die zwischen Büschen und Felsen Deckung suchten. Einige von ihnen schossen mit Handfeuerwaffen auf das Flugzeug, das gerade zu seinem nächsten Tiefflug ansetzte.

David hatte noch nie eine Maschine dieses Typs gesehen, aber nach den Angaben des Aufklärungsdienstes, die er so oft studiert hatte, erkannte er, daß es sich um eine russische MIG 17 der syrischen Luftwaffe handeln mußte. Das hochgezogene Höhenruder war unverkennbar. Auf der scheckig-braunen Wüstentarnung des Rumpfes prangte die rot-weiß-schwarze Kokarde mit dem grünen Stern in der Mitte.

Die MIG hatte gewendet und setzte im Tiefflug zu ihrem nächsten Angriff auf die abgestellten Fahrzeuge an. Der Pilot konzentrierte seine ganze Aufmerksamkeit auf die hilflosen Männer, die zwischen den Felsen kauerten, und wurde der furchtbaren Vergeltung, die ihm von oben drohte, nicht gewahr.

Der Brig zog eine Schleife, um hinter das Heck des Syrers zu kommen. Er griff in klassischem Stil an – von hinten und oben, während David im Zickzackflug zurückblieb, um ihn zu decken und nötigenfalls nachzustoßen.

Der Syrer eröffnete wieder das Feuer, die Geschosse blitzten zwischen den Männern und Wagen. Ein zweites Fahrzeug explodierte in einer Wolke von Rauch und Feuer.

»Du Schwein«, fauchte David, als er sich in gleicher Höhe hinter den Brig setzte und die Verheerung sah, die unter seinen Leuten angerichtet wurde. Es war das erstemal, daß er von ihnen als »seine Leute« dachte, und er empfand kalten Haß wie ein Hirte, der zusehen muß, wie seine Herde angegriffen wird.

Seine Hand griff automatisch zur Entsicherung des Kanonen-Selektors und klappte den Abzughebel aus seiner Lagerung in der Einbuchtung des Steuerknüppels. Sanftes grünes Licht beleuchtete sein Visier. Aufmerksam spähte er hinab.

Der Brig griff aus kürzester Entfernung an. Rasch überholte er die plump wirkende MIG. Aber in dem Augenblick, in dem er schießen wollte, veränderten sich plötzlich die Tragflächen seines Gegners. Der Syrer hatte seine gefährliche Lage schlagartig erkannt. Er tat das Beste, was er unter diesen Umständen tun konnte, indem er die Landeklappen voll ausfuhr und dadurch stark an Geschwindigkeit verlor. Dann kippte er nach einer Seite über und ging bis auf 30 Meter über dem Boden hinunter.

Der Brig war gezwungen, seine Salve in dem Moment abzufeuern, als sich der Syrer fallen ließ, sich duckte wie ein Boxer, der einem schweren Schlag ausweichen will. David sah das Aufblitzen der Feuergarbe, die über dem sandfarbenen Flugzeug die Klarheit der Luft zerriß. Die Bordkanone des Brig schwieg – kein Geschoß hatte getroffen. In einer Spirale ging er nach oben und drehte, kochend vor Wut, eine weite prächtige Schleife.

Im selben Augenblick hatte David das Manöver der MIG erkannt und reagierte mit einer Geschwindigkeit, in der für Überlegungen keine Zeit war. Im Reflex drosselte er den Motor und trat auf die Luftbremse, um das Tempo der Mirage zu verringern. Die MIG drehte so steil über Backbord ab, daß es aussah, als ob sie auf einer Flügelspitze in den bleichen Wüstensand gerammt sei. David ging wieder von den Luftbremsen, um seinen Tragflächen neuen Auftrieb zu geben. Dann kippte er ebenfalls auf eine Flügelspitze, um, hart am Abschmieren, den verzweifelten Manövern des Syrers zu folgen.

Die MIG drehte nach innen, wodurch sie langsamer und beweglicher wurde. David konnte sein Visier nicht nutzen. Sein rechter Zeigefinger krümmte sich um den Abzug, aber die dunklen Umrisse der MIG waren nie im Zentrum des beleuchteten Kreises, während der Zielpunkt des Visiers mit der Gravitation fiel und stieg.

Vor den beiden kreisenden Maschinen türmten sich steile, drohende Klippen voller Spalten und Abgründe.

Die MIG versuchte gar nicht erst, darüber hinwegzufliegen, sondern wählte einen schmalen Durchgang zwischen den Bergen. Dort schlüpfte sie hinein wie ein Frettchen auf der Flucht vor seinen Verfolgern.

Die Mirage war nicht für diese Art des Fliegens konstruiert. David mußte an sich halten, um nicht seine Nachbrenner zu zünden und über die scharfgezackten Felsen hinwegzusetzen. Das aber hätte bedeutet, daß er die MIG entkommen ließ, und dafür war sein Haß zu groß. Seine Flügelspitzen schienen die Felswände zu streifen, als er dem Syrer in die enge Schlucht folgte, die einen plötzlichen Knick nach rechts machte. David kippte eine Tragfläche und ging in die Kurve, die gleich darauf in eine scharfe Biegung in entgegengesetzter Richtung überging. Wieder drehte David die Nase der Maschine, diesmal von der äußersten rechten auf die äußerste linke Seite. Die Warnleuchten blinkten gelb und rot und zeigten an, daß die Maschine nicht für derartige Manöver konstruiert war. David wußte das, aber er konnte jetzt nicht darauf achten. Vor ihm schlängelte sich die MIG durch die Felsen. Der Pilot blickte über seine Schulter und sah, daß die Mirage hinter ihm langsam aufholte. Er wandte sich wieder seiner Steuerung zu und drückte seine Maschine noch tiefer, zwängte sie förmlich zwischen die karstigen Steinwände.

Die Luft zwischen den Felsen war heiß und voller Turbulenzen. Die Mirage fing an zu bocken – sie wollte frei und hoch fliegen. Vor ihr trieb der Syrer provozierend außerhalb von Davids Schußfeld dahin.

Wieder krümmte sich die Schlucht in eine Kurve. Plötzlich verengte sie sich und endete in einer massiven dunkelroten Steilwand von glattem Fels. Der Syrer war in der Falle, er zog seine Maschine steil nach oben – zwischen den drei Felsen gab es kein Ausweichen mehr.

David gab Vollgas und zündete seine Nachbrenner. Die mächtigen Düsenaggregate heulten auf und brachten ihn mit einem einzige Stoß hinter das Heck des Syrers.

Endlos schienen die tödlichen Sekundenbruchteile, in denen der Syrer langsam in die Mitte des Geschützvisiers trieb und immer größer wurde, bis er es schließlich ganz ausfüllte, während gleichzeitig die Nase der Mirage die Höheflosse des Gegners zu berühren schien. David spürte, wie seine Maschine durch den Luftstrom der MIG geschüttelt wurde. Er drückte den Auslöser der Bordkanone. Die Mirage fing an zu schlingern, als sie ihre tödlichen Garben in die andere Maschine jagte. Die Schlucht hallte wider vom doppelten Dröhnen der Abschüsse und Treffer. Die MIG brach auseinander und löste sich in einer Wolke silbrigen Rauches auf, in der helle, weiße Blitze aufleuchteten. Der Pilot wurde herausgeschleudert. Einen Augenblick schien der Körper direkt vor der Kanzel der Mirage in der Luft zu schweben, mit ausgestreckten Beinen, wie ein Gekreuzigter. Er trug den Helm noch auf dem Kopf, seine Fliegerkombination bauschte sich in der Luft. Dann stürzte er hinab. David zog seine Maschine im Steilflug aus dem Tal.

Er konnte die Soldaten sehen, die sich zwischen ihren Fahrzeugen bewegten, die Verwundeten versorgten und die Toten bedeckten. Aber sie blickten hinauf, als David in niedriger Höhe über der

Straße heranflog. Er kam so nahe, daß er ihre Gesichter klar erkennen konnte. Sie waren sonnengebräunt, einige trugen Bärte. Es waren starke, junge Gesichter. Ihre Münder waren offen, als sie ihm zujubelten und dankend zuwinkten.

Mein Volk, dachte er, noch ganz in der Euphorie des Adrenalins, das ihm ins Blut geschossen war. Er fühlte sich glücklich und grinste den Männern unten zu. Dann hob er eine behandschuhte Hand zum Gruß, bevor er die Maschine nach oben zog, wo der Brig auf ihn wartete.

Das elektrische Licht des Bunkers erschien ihm nach dem Glanz der Sonne matt. Ein Ingenieur half David aus dem Cockpit. Sofort wurde die Mirage vom Bodenpersonal wieder aufgetankt und mit neuer Munition versehen. Einer der bedeutendsten Vorteile dieser kleinen Luftwaffe bestand darin, daß eine Maschine in einem Bruchteil der üblichen Zeit wieder einsatzbereit gemacht wurde, so daß sie im Notfall lange vor dem Gegner wieder in die Schlacht geworfen werden konnte.

Steifbeinig ging David zum Brig hinüber, der bereits mit dem Flugkontrolleur sprach. Er hielt seinen auffallend bemalten Helm unter dem Arm und streifte sich gerade die Handschuhe ab. Als David kam, wandte er sich um, und sein eisgraues Lächeln ließ den Goldzahn in seinem Bart aufblitzen.

Er legte seine Hand flüchtig auf Davids Arm. »Ken – Ja!« sagte Generalmajor Josua Mardechai. »Das war gar nicht schlecht!«

David verspätete sich, als er Debra an jenem Abend zum Essen abholte, doch sie hatte den Grund dafür schon von ihrem Vater erfahren.

Sie gingen ins Select, ein Restaurant hinter dem Davidsturm, der in der Nähe des Jaffa-Tores in der Altstadt liegt.

Die Wände des Restaurants waren mit einem anspruchslosen Seilmuster ausgeschmückt. David erwartete dementsprechend keine außergewöhnliche Küche und war überrascht, wie vorzüglich das Essen schmeckte, das ihnen der arabische Besitzer in kürzester Zeit servierte.

Schweigend verzehrten sie das Kous-Kous mit Mousakka-Hühnchen. Debra wußte, was mit David los war. Sie kannte die innere Leere, die Depression, die der Anspannung nach dem Kampf folgte. Doch langsam taten das gute Essen und der schwere Carmelwein ihre Wirkung, und als schließlich jeder eine fingerhutgroße Tasse türkischen Mokka schlürfte, der tiefschwarz war und kräftig nach Kardamon roch, war Davids Stimmung wieder so ausgeglichen, daß Debra ihn fragen konnte, was er heute erlebt hatte. Er ließ einige Zeit verstreichen, bevor er antwortete: »Ich habe einen Mann getötet.«

Sie setzte ihre Tasse ab und hörte ihm ernst und aufmerksam zu, während er ihr alle Einzelheiten der Verfolgung bis zum entscheidenden Augenblick erzählte. Stockend endete er: »Ich habe dabei eine tiefe Befriedigung empfunden. Ein Gefühl, etwas zu leisten. Ich wußte, daß das, was ich getan hatte, richtig war.«

»Und nun?« fragte sie rasch.

»Nun bin ich nicht mehr so sicher«, antwortete er mit einem Schulterzucken. »Mir ist ganz elend beim Gedanken daran.«

»Mein Vater ist immer Soldat gewesen. Er sagt, daß nur die den Krieg wirklich hassen können, die selbst gekämpft haben.«

David nickte. »Ja, ich verstehe das jetzt. Ich liebe das Fliegen, aber die Zerstörung hasse ich.«

Wieder schwiegen sie, während jeder darüber nachdachte, wie er seine Einstellung zum Krieg am besten in Worte fassen könne. Debra brach als erste das Schweigen: »Und doch ist die Zerstörung lebenswichtig – wir haben keine andere Wahl, als zu kämpfen.«

»Mit dem Meer im Rücken und den Arabern an unserer Gurgel haben wir tatsächlich keine andere Wahl.«

»Du sprichst wie ein Israeli«, sagte Debra fast vorwurfsvoll.

»Ich habe heute eine Entscheidung getroffen – oder vielmehr, ich wurde von deinem Vater dazu gezwungen. Er hat mir drei Wochen Zeit gegeben, mein Hebräisch aufzufrischen und die Formalitäten zu erledigen.«

»Und dann?« Debra beugte sich vor.

»Dann bin ich Offizier der Luftwaffe. Nur in diesem Punkt habe ich mich durchgesetzt: daß ich wenigstens denselben Dienstgrad bekomme, den ich auch zu Hause hätte. Er feilschte wie ein Altwagenhändler, aber ich hatte ihn, und er wußte es. So hat er schließlich nachgegeben. Ich trete mit dem Rang eines Majors in die Armee ein und erhalte nach zwölf Monaten die Bestätigung des Dienstgrades.«

»Das ist wunderbar, Davey, da wirst du einer der jüngsten Majore sein.«

»Ja, und nach Abzug der Steuern werde ich über ein Gehalt verfügen können, das bei uns zu Hause etwas unter dem eines Busfahrers liegt.«

»Mach dir nichts draus.« Debra lächelte zum ersten Mal. »Ich helfe dir bei deinem Hebräisch.«

»Darüber wollte ich gerade mit dir reden«, auch David lächelte nun. »Komm, laß uns hier weggehen. Ich bin so unruhig heute abend – ich brauche ein bißchen Bewegung.«

Sie schlenderten durch das Christenviertel. Die offenen Verkaufsstände an beiden Seiten der schmalen Straße waren überladen mit exotischen Kleidern, Lederarbeiten und Schmuck. Die Luft in den engen Bogengängen war geschwängert mit dem Geruch von Gewürzen und Nahrungsmitteln, Abwässern und menschlichen Ausdünstungen.

Debra zog David in einen der Antiquitätenläden auf der Via Dolorosa. Der Inhaber wand sich fast vor Freude, als er sie erkannte.

»Miß Mordechai, welche Ehre – wie geht es Ihrem teuren, hochgeschätzen Herrn Vater?« Dann eilte er nach hinten, um Kaffee zu holen.

»Er ist einer der Halbehrlichen und lebt in tödlicher Angst vor dem Brig.«

Debra fand einen alten Davidsstern aus Gold, der an einer dünnen Kette hing. David hatte niemals Schmuck getragen, aber er senkte den Kopf, um sich das Kettchen umhängen zu lassen. Der goldene Stern lag auf dem krausen dunklen Haar seiner Brust.

»Das ist die einzige Auszeichnung, die du hier bekommen wirst

– bei uns gibt es nämlich keine Orden«, sagte sie lachend. »Willkommen in Israel.«

»Das ist ein wunderschönes Geschenk – ich danke dir!«

David war gerührt. Er zog sie zärtlich an sich, aber sie wandte sich ab: »Nicht hier – er ist Moslem und wäre tödlich beleidigt.«

»Nun gut«, sagte David. »Dann laß uns gehen und einen Platz suchen, wo wir niemandes Gefühl verletzen können.«

Sie schritten durch das Löwentor am Großen Wall und setzten sich zwischen den Olivenbäumen des Moslem-Friedhofes auf eine Steinbank. Die Nacht war hell und warm.

»Du kannst nicht im Intercontinental bleiben«, meinte Debra, während beide auf die hohem erleuchtete Silhouette des Hotels auf der anderen Seite des Tals hinüberblickten.

»Warum nicht?«

»Erstens ist es viel zu teuer. Das kannst du dir mit deinem Gehalt nicht leisten.«

»Du erwartest doch wohl nicht im Ernst von mir, daß ich von meinem Gehalt lebe?«

Aber Debra fuhr unbeirrt fort: »Außerdem bist du schließlich kein Tourist mehr. Also kannst du auch nicht in einem Touristenhotel wohnen.«

»Was schlägst du denn vor?«

»Wir könnten dir eine Wohnung suchen.«

»Und wer würde die Hausarbeit machen, kochen, die Wäsche in Ordnung halten?« protestierte er heftig. »Ich bin einfach nicht gewohnt, mich mit solchen Dingen abzugeben.«

»Das würde ich tun«, sagte Debra.

Einen Augenblick lang konnte er sich nicht rühren. Dann drehte er sich langsam um und blickte ihr voll ins Gesicht.

»Was hast du gesagt?«

»Ich sagte, das würde ich tun«, wiederholte sie ruhig, aber dann fing ihre Stimme an zu zittern. »Ich meine natürlich, nur wenn du es willst.«

Er schwieg eine Weile. »Hör mal, Debs, meinst du, daß wir zusammenwohnen? Ich meine, einen gemeinsamen Haushalt haben und die ganze Zeit zusammen sind?«

»Genau das meine ich.«

»Aber —«, er fand keine Worte mehr. Der Gedanke, mit Debra zusammenzuleben, war phantastisch. Seine bisherigen Erfahrungen mit Frauen waren alle recht oberflächlich gewesen. Das hier war etwas ganz Neues. »Nun?« fragte Debra schließlich.

»Möchtest du denn heiraten?« Er brachte das Wort kaum heraus und mußte sich räuspern.

»Ich bin nicht sicher, ob du das Beste bist, was auf dem Markt ist, mein Schatz. Du bist so schön wie die Morgendämmerung, und es macht Spaß, mit dir zusammenzusein – aber du bist egozentrisch, unreif und geradezu stumpfsinnig verwöhnt.«

»Danke ergebenst.«

»David – jetzt hat es wirklich keinen Sinn, sich etwas vorzumachen. Schließlich bin ich im Begriff, alle Vorsicht über Bord zu werfen und ein Verhältnis mit dir anzufangen.«

»Mensch!« rief er aus. »Du sagst das so einfach hin – das ist doch umwerfend.«

»Finde ich ja auch«, gestand Debra. »Aber nur unter einer Bedingung – wir müssen einen besonderen Platz dafür haben. Du wirst dich erinnern, daß ich nicht sonderlich scharf bin auf öffentliche Strände oder felsige Inseln.«

»Das werde ich niemals vergessen«, sagte David. »Aber soll das denn nun heißen, daß du mich nicht heiraten willst?« Er stellte fest, daß seine Angst vor dem Heiraten angesichts der Tatsache, daß er als Ehemann offenbar gar nicht so begehrt war, dahinschwand.

»So habe ich das nicht gemeint«, wandte Debra ein. »Aber laß uns darüber erst entscheiden, wenn wir beide soweit sind.«

»Ganz recht, mein Schatz«, sagte David, während sich auf seinem Gesicht ein Lächeln breitmachte, das so glücklich war, daß es schon dumm wirkte.

»Und nun, Major Morgan, dürfen Sie mich küssen«, sagte sie. »Aber bitte gib dir Mühe, und hilf mir, die Bedingungen nicht zu vergessen.«

Nach einer Weile fuhr David plötzlich ein Schreck in die Glieder.

»Mein Gott«, rief er aus, »was wird der Brig sagen!«

»Er wird nicht zu uns ziehen«, erwiderte sie, und beide lachten über ihre eigene Bosheit.

»Im Ernst – was willst du deinen Eltern sagen?«

»Ich werde ihnen taktvollerweise etwas vorschwindeln, und sie werden so tun, als ob sie mir glauben. Laß das nur meine Sorge sein.«

»Beseder«, stimmte er bereitwillig zu.

»Du lernst es«, lobte sie. »Laß uns diesen Kuß noch einmal üben – aber diesmal auf hebräisch, bitte.«

»Ich liebe dich«, sagte er in dieser Sprache.

»Braver Junge«, flüsterte sie. »Du wirst ein Musterschüler.«

Noch ein Problem mußten sie lösen. Debra kam darauf zu sprechen, als sie spätnachts vor dem eisernen Gartentor standen.

»Weißt du, was der ›Bris‹ ist?«

»Sicher.« Er grinste und bewegte Zeige- und Mittelfinger wie eine Schere. Im dämmrigen Licht schien es, als ob sie errötete. Ihre Stimme war kaum hörbar.

»Nun gut, wie ist das denn bei dir?«

»Das«, sagte David ernst, »ist eine höchst persönliche Frage, deren Antwort kleine Mädchen selbst herausfinden müssen, und zwar auf höchst mühsame Weise.«

»Wissen ist kostbar wie Gold«, sagte sie leise, »und du kannst dich darauf verlassen, daß ich die Antwort suchen werde.«

David mußte feststellen, daß Wohnungssuche in Jerusalem ebenso mühsam war wie die Suche nach dem Heiligen Gral. Obgleich unentwegt neue Hochhäuser errichtet wurden, überstieg die Nachfrage bei weitem das Angebot.

Der Vater eines Studenten von Debra war Makler; er machte sich ihr Problem zu einem persönlichen Anliegen. Die Warteliste der Wohnungsanwärter war endlos, aber zufällig wurde etwas in einem der älteren Häuser frei, und er machte seinen Einfluß für sie geltend.

Zu den unmöglichsten Tageszeiten erhielt David dringenden Bescheid, Debra abzuholen. Dann rasten sie im Taxi von der Universität durch die Stadt und trieben dabei den Fahrer dauernd an, um ja nicht zu spät zum neuesten Mietobjekt zu kommen. Eines erinnerte David an eine Szene aus »Lawrence von Arabien«: Genau wie im Film stand eine traurige Palme vor dem Haus, bunte Wäsche hing von jedem Balkon und aus jedem Fenster, Geräusche und Gerüche waren die eines arabischen Kamelmarktes, und im Hof spielten kleine Kinder. Es waren zwei Zimmer und ein Raum, der als Bad bezeichnet wurde. Die Tapeten waren verblichen, nur an den Stellen, wo einst Bilder hingen, hatten sich die ursprünglichen giftigen Farben erhalten.

David stieß die Tür zum Badezimmer auf. Von der Schwelle warf er einen angeekelten Blick auf den abgetretenen Linoleumbelag des Fußbodens und die rostige Badewanne, an der die Emaille absprang. Als er die Tür weiter aufstieß, entdeckte er in einem dunklen Winkel die Toilette, die mit einem verwegen schiefen Deckel ruhig vor sich hin stank.

»Joe und du könntet das richten«, meinte Debra unsicher. »Es ist wirklich nicht so schlimm.«

David schauderte und schloß die Tür wie einen Sargdeckel.

»Das soll wohl ein Witz sein?«

Debras zuversichtliches Lächeln erstarb, und ihre Lippen fingen an zu zittern. »O David, wir werden niemals etwas finden.«

»Und ich kann nicht mehr lange warten.«

»Ich auch nicht«, gab Debra zu.

»Also gut.« David rieb sich tatkräftig die Hände. »Dann wollen wir mal schleunigst die erste Kolonne in Marsch setzen.«

Er wußte nicht, in welcher Form der Morgan-Konzern in Jerusalem vertreten war, aber er fand ihn im Branchenverzeichnis unter »Morgan Industrie- und Finanzgesellschaft«. Der geschäftsführende Direktor, Aaron Cohen, war ein hochgewachsener Herr mit Trauermiene, der sein Büro im Gebäude der Leumi Bank gegenüber dem Hauptpostamt hatte. Er war äußerst überrascht, als er erfuhr, daß sich ein Mitglied der Familie Morgan ohne sein Wissen bereits seit zehn Tagen in Jerusalem aufhielt.

David erklärte, was er wollte, und innerhalb von zwanzig Stunden war alles unterzeichnet und bezahlt. Paul Morgan pflegte seine Manager sorgfältig auszusuchen, und Cohen war ein Musterbeispiel. Der Preis, den David zahlen mußte, war, daß Paul Morgan am nächsten Tag einen Bericht auf seinem Schreibtisch fand, in dem Davids Transaktionen, sein gegewärtiger Aufenthaltsort und seine Zukunftspläne genauestens aufgeführt waren. Aber das war die Sache wert.

Oberhalb des Hinnom Cañon, gegenüber dem Berg Zion, war ein Unternehmer dabei, das Montefiore-Viertel als einheitliches Ganzes wiederaufzubauen. Alles war mit dem golden getönten Jerusalemer Felsstein verkleidet, und der Stil der Häuser war ganz traditionsgetreu. Das Innere jedoch war modern und großzügig ausgestattet, mit großen, kühlen Räumen, Mosaiken in den Badezimmern und gewölbten Decken wie in einer Kreuzfahrerkirche. Die meisten Wohnungen hatten eigene Terrassen, die gegen jeden Einblick abgeschirmt waren. Diejenige, die Aaron Cohen für David erwarb, war die beste. Sie lag zur Malikstraße hin und kostete ein Vermögen. Als Debra ihre Sprache wiedergefunden hatte, galt die erste Frage dem Preis. Wie benommen stand sie unter dem einzelnen Olivenbaum auf der Terrasse. Die Bodenplatten waren so glatt poliert, daß sie aus altem Elfenbein zu sein schienen. Mit bekümmerter Miene ließ sie ihren Finger über die geschnitzte Terrassentür gleiten. Ihre Stimme klang bedrückt.

»David! David! Was wird das alles kosten?«

»Das ist unwichtig. Hauptsache, es gefällt dir.«

»Es ist zu schön, David. Das können wir uns nicht leisten.«

»Es ist doch schon bezahlt.«

»Bezahlt?« Sie starrte ihn an. »Wieviel, David?«

»Ob ich nun sage: eine halbe Million Israelische Pfund oder eine Million – was macht das für einen Unterschied? Es ist doch nur Geld.« Entsetzt schlug sie die Hände zusammen. »Nein«, rief sie. »Sag mir lieber nichts! Ich bekäme solch ein schlechtes Gewissen, daß ich gar nicht mehr hier leben könnte!«

»Ach so! Aber eigentlich möchtest du schon ganz gerne hier wohnen?«

»Wir versuchen es!« rief sie begeistert. »Wir versuchen es einfach zusammen, mein Herz!«

Sie standen im großen Zimmer, das zur Terrasse führte. Es war hell und so luftig, daß man die glühende Sommerhitze gut ertragen konnte. Doch jetzt roch es nach frischer Farbe und lackiertem Holz.

»Wie steht es mit den Möbeln?« fragte David.

»Möbel?« wiederholte Debra. »So weit habe ich noch gar nicht gedacht.«

»Für meine Zwecke brauchen wir zumindest ein ordentliches Doppelbett.«

»Du brutaler Typ«, sagte sie und küßte ihn.

Moderne Möbel paßten nicht zu der gewölbten Decke und den Steinfliesen. Deshalb suchten sie ihre Einrichtung in den Bazars und Antiquitätenläden zusammen. Das Hauptproblem löste Debra durch ein riesiges Bettgestell aus Messing, das sie auf dem Müllplatz entdeckte. Sie kratzten die Schmutzschicht ab, polierten es auf Hochglanz, kauften eine neue Sprungfedermatratze und breiteten eine cremefarbene Spitzendecke darauf aus, die seit Jahren bei Debra in einer Schublade gelegen hatte. Von arabischen Händlern in der Altstadt kauften sie Kelim und Massen von handgewebten Wollteppichen, mit denen sie die Steinfußböden bedeckten, außerdem lederne Sitzkissen und einen niedrigen Tisch aus Olivenholz mit Einlegearbeit aus Elfenbein und Perlmutt. Was noch fehlte, wollten sie durch Gelegenheitskäufe ergänzen oder, falls es sich nicht finden sollte, von einem arabischen Tischler anfertigen lassen, den Debra kannte. Das Bett und der Tisch waren außerordentlich schwer, und so riefen sie Joe an, ob er ihnen beim Umzug helfen könne. Er kam in seinem kleinen japanischen Wagen und brachte Hannah mit. Als sie sich von dem Schock über den Morgan-Palast erholt hatten, gingen sie voller Begeisterung an die Arbeit. David hatte die Oberaufsicht. Joe stöhnte und wuchtete Möbel herum, während Hannah und Debra in der modernen amerikanischen Küche verschwanden. Dort stieß Hannah spitze Schreie des Neides und der Bewunderung aus über die Waschmaschine und all den anderen technischen Luxus, den es im

Hause gab. Sie half mit, die erste Mahlzeit zu bereiten. David hatte einen Kasten Goldstar-Bier besorgt, und als sie soweit fertig waren, versammelten sich alle um den Olivenholztisch, um die Wohnung einzuweihen.

David hatte befürchtet, daß Joe ein wenig reserviert sein würde. Schließlich bekam seine jüngere Schwester jetzt eine Traumwohnung. Aber Joe war wie immer, genoß das Bier und die Gesellschaft und fühlte sich so zu Hause, daß Hannah schließlich eingriff.

»Es ist spät«, sagte sie streng.

»Spät?« fragte Joe. »Es ist erst neun.«

»An einem Abend wie heute ist das spät.«

»Wieso, wie meinst du das?« Joe blickte verwundert.

»Joseph Mordechai, der große Diplomat«, sagte Hannah sarkastisch. Plötzlich veränderte sich Joes Miene, er blickte schuldbewußt von Debra zu David, schüttete das Bier in einem Zuge hinunter und zog Hannah mit einem Arm auf die Beine.

»Komm«, sagte er. »Was sitzen wir hier noch herum?« David ließ die Lampen auf der Terrasse brennen. Sie schienen durch die heruntergelassenen Jalousien und tauchten den Raum in sanftes Licht. Die Geräusche der Außenwelt drangen durch die Entfernung und die steinernen Wände wie ein leises Murmeln zu ihnen und ließen sie ihre Abgeschiedenheit noch stärker empfinden.

Das Bett glänzte matt im Halbdunkel, und die elfenbeinfarbenen Spitzen der Bettdecke rochen nach Lavendel und Mottenkugeln. Er lag auf dem Bett und schaute zu, wie sie sich langsam auszog. Sie war sich bewußt, daß seine Augen auf ihr ruhten, und fühlte sich scheu und befangen wie nie zuvor. Sie war schmal gebaut, die Hüften gingen in einer fließenden Linie in die Beine über, und ihre Bewegungen hatten die unbeholfene Grazie eines Kindes, das gerade zur Frau wurde.

Sie setzte sich an den Rand des Bettes, und er bewunderte wieder den matten Glanz ihrer straffen Haut, die Tönung von hellem Elfenbein und warmem Braun, die dunklen prallen Spitzen der Brüste und das schwarze, dicht gekräuselte Haar, dem ihr sanft geschwungener Leib zu entwachsen schien.

Noch immer zaghaft beugte sie sich über ihn, berührte seine Wangen mit einem Finger und strich den Hals entlang bis zur Brust, wo sie unter dem Goldstern seine harten Muskeln fühlte. »Du bist wunderschön«, flüsterte sie und sah ihn an. Er war groß, mit muskulösen Schultern und schmalen Hüften. Die Form seines Gesichtes war makellos – sein einziger Fehler war vielleicht diese Vollkommenheit. Es war so unwirklich: Sie hatte das Gefühl, bei einem Engel oder einem griechischen Gott zu liegen.

Sie streckte sich neben ihm auf der Spitzendecke aus. Beide lagen auf der Seite und schauten sich an. Sie berührten sich nicht, aber sie waren sich so nahe, daß sie die Wärme seines Körpers wie einen leichten Wüstenwind auf ihrem Leib spürte und sein Atem den dunklen, weichen Flaum auf ihrer Wange bewegte. Dann seufzte sie, glücklich und zufrieden wie ein Wanderer, der endlich am Ziel einer langen, einsamen Reise ist.

»Ich liebe dich«, sagte sie zum erstenmal und nahm seinen Kopf in ihre Hände. Sie zog ihn zärtlich an ihre Brust und ließ das dichte Haar in seinem Nacken durch ihre Finger gleiten. Lange Zeit danach drang die Kühle der Nacht herein. Sie wachten auf und krochen schlaftrunken zusammen unter die Decke. Als sie wieder in den Schlaf zurücksanken, murmelte sie:

»Ich bin ja so froh, daß du dich nicht operieren lassen mußt.«
Er lachte leise in sich hinein.
»War es nicht besser, daß du es selbst herausgefunden hast?«
»Viel besser, mein Liebster«, gab sie zu, »viel, viel besser!«

Debra kannte inzwischen den Geschmack ihres Mannes, und so verwandte sie einen ganzen Abend darauf, David klarzumachen, daß für den Weg zwischen seinem Fliegerhorst und dem Haus in der Malikstraße kein hochtouriger Sportwagen nötig sei. Sie erinnerte ihn daran, daß Israel ein Land junger Pioniere sei und daß Extravaganzen und Angeberei fehl am Platze waren. David stimmte eifrig zu, denn er wußte, daß Aaron Cohen und seine Leute inzwischen das ganze Land für ihn durchstreiften.

Debra riet zu einem japanischen Kleinwagen ähnlich dem von Joe, und David versicherte, daß er es sich ernsthaft überlegen werde. Einer von Aaron Cohens Leuten spürte schließlich einen Mercedes Benz 350 SL auf, der dem deutschen Mercedes-Geschäftsträger in Tel Aviv gehörte. Dieser Herr ging nach Deutschland zurück und wollte sein Auto gegen einen angemessenen Preis in harter Währung loswerden. Ein Telefongespräch genügte, um die Zahlung durch den Crédit Suisse in Zürich zu arrangieren.

Der goldfarbene Wagen hatte einen Kilometerstand von knapp zwanzigtausend und war mit der liebevollen Sorgfalt eines Autonarren gepflegt worden.

Debra entdeckte das spektakuläre Gefährt, als sie gerade mit ihrem Motorroller von der Universität heimkam. Der Wagen war vor der Eisenkette geparkt, die allen Fahrzeugen die Durchfahrt zum Wohnviertel verwehrte. Sie brauchte nur einen Blick darauf zu werfen, um zu wissen, wem es gehörte. Sie war wirklich verärgert, aber als sie auf die Terrasse stürmte, tat sie noch viel wütender. »David Morgan, du bist einfach unmöglich!«

»Und du bist wirklich nicht auf den Kopf gefallen«, stimmte David ihr liebenswürdig bei. Er nahm gerade ein Sonnenbad auf der Terrasse.

»Wieviel hast du dafür bezahlt?«

»Stell mir doch mal andere Fragen, Schatz. Diese wird langsam langweilig.«

»Du bist...« Debra suchte krampfhaft nach einem passenden Ausdruck. Sie fand ihn und stieß mit Wonne hervor: »...dekadent!«

»Du weißt gar nicht, was das bedeutet!« erwiderte David sanft, erhob sich von der Sonnenliege und ging träge auf sie zu. Sie erkannte den Ausdruck in seinen Augen und wich zurück.

»Ich werde dir den Sinn des Wortes beibringen«, sagte er.

»Ich gebe dir jetzt ein praktisches Beispiel von Dekadenz an einer so empfindlichen Stelle, daß du noch lange daran denken wirst.«

Sie ging hinter dem Olivenbaum in Deckung, als er sie zu fassen suchte. Dabei fielen ihre Bücher auf die Terrasse.

»Laß mich! Hände weg, du Biest!«

Schließlich rannte sie ihm versehentlich geradewegs in die Arme. Mit lässiger Bewegung packte er sie und legte sie über seine Schulter.

»David Morgan, ich warne dich, wenn du mich nicht sofort herunterläßt, fange ich an zu schreien!«

»Na also, leg los!« Sie schrie, aber doch gerade nur so laut, daß die Nachbarn nicht alarmiert wurden.

Joe war entzückt von dem 350 SL. Die vier machten eine Probefahrt durch die Wildnis von Judäa an der Küste des Toten Meeres. Die Straße war kurvig und stellte hohe Anforderung an die Radaufhängung und an Davids Fahrkunst. Sie schrien vor Aufregung in jeder Kurve. Selbst Debra gab ihre anfängliche Zurückhaltung auf und räumte schließlich ein, das Auto sei großartig – aber doch dekadent.

Sie schwammen in der Oase von Ein Gedi. Dort hatte das kühle grüne Wasser im Felsen einen tiefen See gebildet, aus dem es überfloß und dann in das Salzwasser des Toten Meeres mündete. Hannah hatte ihre Kamera mitgebracht. Sie fotografierte David und Debra, wie sie zusammen auf dem Felsen am Ufer des Sees saßen. Beide waren im Badeanzug. Debra beugte sich zu David hinüber und lachte ihn an. Er lächelte zurück – sein Gesicht war im Profil, mit einer dunklen Haarsträhne, die ihm in die Stirn hing. Im hellen Licht der Wüste hoben sich die Züge seines Gesichtes klar hervor.

Hannah ließ für jeden einen Abzug dieses Bildes machen. Es sollte das einzige sein, was vom Glück und Lachen jener Tage übrigblieb. Aber an diesem hellen Tag warf die Zukunft noch keinen Schatten auf ihr Glück. Joe fuhr sie zurück nach Jerusalem. Debra bestand darauf, daß sie anhielten, um einige Panzersoldaten mitzunehmen, die per Anhalter nach Hause auf Urlaub wollten. David hielt es zwar für unmöglich, aber trotzdem zwängten sich drei Männer zu ihnen in den engen Wagen. So beschwichtigte Debra ihr schlechtes Gewissen. Sie saßen hinten auf dem Rücksitz. Debra hatte ihren Arm um Davids Schultern gelegt, und sie sangen.

Während der letzten Tage, die seiner Einberufung vorausgingen, bummelte er ausgiebig. Er vertrieb sich die Zeit mit allem möglichen, unter anderem damit, daß er sich seine Uniform vom Schneider anfertigen ließ. Damit setzte er sich über Debras Meinung hinweg, daß die reguläre Uniform, wenn sie für ihren Vater, einen General, gut genug sei, auch für David nicht zu schlecht sei. Aaron Cohen führte ihn bei seinem eigenen Schneider ein. Er bekam allmählich hohen Respekt vor Davids Stil. Debra hatte dafür gesorgt, daß David Mitglied des Sportclubs der Universität wurde. Er trainierte jeden Tag in der modernen Sporthalle. Zum Schluß schwamm er jedesmal zwanzig Längen, um in Form zu bleiben. Dann wieder lag er träge auf der Terrasse in der Sonne oder bastelte an elektrischen Steckern und brachte andere Kleinigkeiten in der Wohnung in Ordnung, die Debra bemängelt hatte.

Wenn er durch die kühlen Räume ging, fand er zuweilen etwas, das Debra gehörte, ein Buch oder ein Schmuckstück. Er nahm es in die Hand und strich zärtlich mit den Fingern darüber. Einmal fand er ein Kleid von ihr, das achtlos über ihr Bett geworfen war. Der Duft ihres Parfüms gab ihm einen Stich. Er erinnerte ihn fast physisch an sie; tief atmend vergrub er sein Gesicht im Stoff und wartete voller Ungeduld auf ihre Heimkehr.

Aber es waren ihre Bücher, durch die er sie besser kennenlernte, als es in Jahren des Zusammenseins möglich gewesen wäre. Sie lagen stapelweise in dem unmöblierten zweiten Schlafzimmer, in dem sie vorläufig alles verstauten, bis die passenden Borde und Schränke gefunden waren. Eines Nachmittags begann er, in den Büchern zu wühlen. Es war ein literarisches Durcheinander von Gibbon und Vidal, Shakespeare und Matler, Solschenizyn und Mary Stewart. Da waren Romane und Biographien, Geschichte und Lyrik, Hebräisch und Englisch, broschierte und in Leder gebundene Ausgaben – und ein dünnes Büchlein in grünem Umschlag, das er beinahe unbeachtet gelassen hätte, wenn nicht der Name des Autors seine Aufmerksamkeit erregt hätte. D. Mordechai stand auf dem Buchrücken, und seine Hände zitterten vor Neugier, als er das Deckblatt umblätterte: »Dieses Jahr in Jerusalem«, eine Gedichtsammlung von Debra Mordechai.

Er nahm das Buch mit ins Schlafzimmer, vergaß auch nicht, die Schuhe abzustreifen, bevor er sich auf die Spitzendecke legte, denn

Debra war sehr streng in dieser Hinsicht, und schlug die erste Seite auf.

Es waren fünf Gedichte. Das erste hatte dem Buch seinen Titel gegeben. Die zweitausend Jahre alte Verheißung des Judentums: »Nächstes Jahr in Jerusalem« war in Erfüllung gegangen. Es war ein patriotischer Tribut an ihr Land, und selbst David, dessen literarischer Geschmack bei McLean und Robbins endete, erkannte, daß dies etwas Besonderes war. Die Zeilen waren von ergreifender Schönheit, sie gaben in beschwörender Sprache tiefe Erkenntnisse wieder. Das war gut, wirklich gut, und David spürte ein seltsames Gefühl von Besitzerstolz – und Ehrfurcht. Er hatte nicht geahnt, daß es diese Tiefen in ihr gab, diese verborgenen Bezirke des Geistes.

Als er beim letzten Gedicht, dem kürzesten, angelangt war, entdeckte er, daß es ein Liebesgedicht war – oder vielmehr, daß es an einen innig geliebten Menschen gerichtet war, den es nicht mehr gab. Plötzlich wurde David der Unterschied bewußt zwischen dem, was nur gut, und dem, was von zauberhafter Schönheit war.

Schauer liefen ihm über den Rücken, und die Haare an seinen Armen sträubten sich – so sehr berührte ihn die Schönheit der Verse. Als er zu Ende gelesen hatte, fühlte er sich innerlich fast erstickt vor Trauer und Schmerz über den Verlust. Die Worte verschwammen vor seinen Augen – der letzte, bittere Aufschrei des Gedichts hatte ihn ins Herz getroffen.

Er ließ das Buch auf die Brust sinken und erinnerte sich an das, was Joe von dem Soldaten erzählt hatte, der in der Wüste gefallen war. Ein Geräusch schreckte ihn auf, und er versuchte schuldbewußt, das Buch zu verstecken, während er sich aufsetzte. Es war schließlich etwas Persönliches, diese Gedichte, so daß er sich vorkam wie ein Dieb.

Debra stand an dem Türpfosten gelehnt. Sie hielt die Hände gefaltet und beobachtete ihn schweigend.

Er stand vom Bett auf und hielt das Buch auf der flachen Hand. »Es ist sehr schön«, sagte er schließlich, und seine Stimme war noch heiser von der Bewegung, die ihre Verse in ihm hervorgerufen hatten.

»Ich freue mich, daß es dir gefällt«, sagte sie, und er bemerkte ihre Befangenheit.

»Warum hast du es mir nicht gezeigt?«

»Ich hatte Angst, daß es dir nicht gefallen würde.«

»Du mußt ihn sehr geliebt haben?« fragte er sanft.

»Ja, das habe ich«, sagte sie. »Aber jetzt liebe ich dich.«

Endlich war die Einberufung da. Es war klar, daß der Brig bei allem seine Finger im Spiele gehabt hatte. Auch Joe gab zu, daß er seine familiären Beziehungen genutzt hatte, um die Dinge zu beeinflussen. David erhielt Befehl, sich bei der Mirage-Staffel »Lance« zu melden, einer Elite-Einheit von Abfangjägern, die auf dem verborgenen Flugplatz stationiert war, von dem er bei seinem ersten Flug gestartet war. Joe Mordechai war in derselben Kampfgruppe. Er kam in die Malikstraße, um David die Neuigkeit mitzuteilen, und zeigte keine Spur von Neid darüber, daß David einen höheren Dienstgrad hatte. Er war überzeugt, daß sie zusammen in einem regulären Verband fliegen würden. Er verbrachte den Abend damit, David von seinen künftigen Kameraden der Staffel zu erzählen, angefangen von »Le Dauphin«, dem Kommandeur, einem französischen Emigranten – bis zum letzten Mechaniker. Diese Informationen sollten sich für David als außerordentlich wichtig erweisen, nachdem er seinen Platz im Verband eingenommen hatte.

Am nächsten Tag lieferte der Schneider die Uniformen ab. David zog eine an, um Debra zu überraschen. Sie kam durch die Küchentür herein, mit Büchern und Einkäufen beladen, und stieß die Tür mit der Hüfte auf. Ihr Haar hing lose herab, die Sonnenbrille hatte sie über die Stirn geschoben.

Sie stellte ihre Einkäufe auf dem Spültisch ab, stemmte die Hände in die Hüften und schaute ihn mit kritischer Miene von allen Seiten an.

»Bitte, kommst du mich morgen so von der Uni abholen?« sagte sie schließlich.

»Warum?«

»Im Lautermann-Gebäude schleichen da so ein paar Weiber herum – Studentinnen und Kolleginnen. Ich möchte, daß sie dich so sehen und – vor Neid erblassen.«

Er lachte. »Dann genierst du dich also gar nicht meinetwegen?«

»Morgan, du bist zu schön für eine Person, du hättest als Zwilling auf die Welt kommen müssen.«

Es war ihr letzter gemeinsamer Tag. Er gab ihrer Laune nach und zog seine Uniform an, um sie von der Abteilung für englische Literatur abzuholen. Er war überrascht über die Wirkung, die seine Uniform überall hervorrief – Mädchen lächelten ihn an, alte Damen grüßten *Schalom*, selbst der Wächter am Universitätstor ließ ihn mit einer freundlichen Bemerkung passieren. Für sie alle war er nun ein Schutzengel, einer von denen, die den drohenden Tod über ihren Häuptern vom Himmel verjagten.

Debra eilte auf ihn zu und küßte ihn. Dann ging sie neben ihm her, die Hand stolz und besitzergreifend auf seinen Arm gelegt. Sie nahm ihn zum Essen mit ins Kasino des Lehrkörpers im runden Glasbau des belgischen Hauses. Während des Essens kam heraus, welchen Trick sie angewandt hatte, um ihr Zusammenleben zu verheimlichen.

»Ich werde in den ersten Wochen wahrscheinlich nicht nach Hause kommen dürfen, ich schreibe dir dann in die Malikstraße –«

»Nein«, sagte sie rasch. »Ich werde da nicht bleiben. Es würde für mich zu einsam sein, allein in dem großen Bett.«

»Wo denn? Zu Hause bei den Eltern?«

»Da würde ich mich todsicher verraten. Jedesmal, wenn du in der Stadt bist, verlasse ich das Haus! Nein, sie glauben, daß ich im Studentenheim hier auf dem Campus wohne. Ich sagte ihnen, ich wollte näher am Kolleg sein –«

»Du hast ein Zimmer hier?« fragte er überrascht.

»Natürlich, Davey. Ich muß schon ein bißchen umsichtig sein. Ich könnte doch hier nicht publik machen, daß ich am besten bei Major David Morgan zu erreichen bin! Wir mögen im zwanzigsten Jahrhundert und im modernen Israel leben, aber ich bin nach wie vor eine Jüdin, mit der Tradition von Keuschheit und Schamgefühl.«

Erst jetzt begann David zu verstehen, welche Entscheidung es für Debra gewesen war, mit ihm zusammenzuleben. Er hatte es vergleichsweise leicht genommen.

»Ich werde dich vermissen«, sagte er.

»Ich dich auch«, antwortete sie.

»Komm, wir gehen nach Hause.«

»Ja.« Sie legte Messer und Gabel hin. »Essen kann ich immer noch.«

Als sie jedoch gerade das belgische Haus verließen, rief sie, ganz außer sich: »Verdammt, ich muß doch diese Bücher heute zurückbringen. Können wir schnell an der Bibliothek vorbeigehen? Entschuldige, David, es dauert keine Minute.«

Sie stiegen also noch einmal die Freitreppe hinauf und gingen an den hell erleuchteten Spiegelglasfenstern des Studentenrestaurants vorbei auf den massiven viereckigen Bibliotheksturm zu, dessen Fenster in der schnell hereinbrechenden Dunkelheit auch schon erleuchtet waren. Sie mußten vor den Glastüren warten, weil ihnen eine Gruppe von Studenten entgegenkam und sie zur Seite drängte.

Sie standen mit dem Gesicht in die Richtung, aus der sie gekommen waren, und überblickten den Platz mit seinen Terrassen, den blühenden Judasbäumen und dem Restaurant.

Plötzlich wurde die Abenddämmerung vom weißglühenden Blitzen einer Explosion zerrissen. Die Fenster des Restaurants flogen in einer splitternden Wolke auseinander. Es sah aus wie eine Sturmwolke, die an einer Felsenklippe zerschellt und ihre Gischt versprüht. Aber dies war eine todbringende Gischt. Zwei Studentinnen, die gerade am Fenster vorbeigingen, brachen blutüberströmt zusammen.

Die Druckwelle, die auf die Explosion folgte, schüttelte die rotglühenden Bäume und drückte David und Debra gegen die Pfeiler der Bibliotheksveranda. Sie verschlug ihnen den Atem und schien ihnen das Trommelfell einzudrücken.

David riß Debra an sich und hielt sie während der schrecklichen

Stille, die der Detonation folgte, fest in seinen Armen. Ein weicher, weißer Nebel aus Phosphorrauch stieg aus den zersplitterten Fenstern des Restaurants und begann über die Terrasse zu treiben.

Jetzt erst drangen Geräusche zu ihnen, das helle Klirren und Knirschen von Glas, das Prasseln und Krachen zusammenbrechender Wände und zertrümmerter Möbel. Eine Frau fing plötzlich an zu schreien. Der Bann des ersten Schreckens schien gebrochen. Rufe wurden laut, die Leute fingen an zu rennen. Einer der Studenten in ihrer Nähe rief mit hoher, hysterischer Stimme: »Eine Bombe, sie haben eine Bombe in das Café geworfen!«

Eins der Mädchen, das in die Glassplitter gestürzt war, erhob sich taumelnd. Sie lief sinnlos im Kreise und wimmerte mit tonloser Stimme vor sich hin. Durch den weißen Kalkstaub, der sie über und über bedeckte, drang das Blut in dunklen Rinnsalen und durchtränkte ihr Kleid.

Debra lag in Davids Armen und zitterte. »Diese Schweine«, flüsterte sie, »diese dreckigen, mörderischen Schweine.« Aus den qualmenden Trümmern des zerstörten Gebäudes erhob sich langsam die Gestalt eines Mannes. Die Detonation hatte seine Kleider zerfetzt, so daß er aussah wie eine Vogelscheuche. Der Mann erreichte die Terrasse und setzte sich langsam nieder, nahm seine Brille ab, die seltsamerweise noch an ihrem Platz war, und versuchte, sie mit den Fetzen seines Hemdes zu putzen. Das Blut tropfte von seinem Kinn.

»Los!« stieß David zwischen den Zähnen hervor. »Wir müssen helfen.« Sie liefen zusammen die Treppe hinunter.

Die Explosion hatte einen Teil des Daches zum Einsturz gebracht und dreiundzwanzig Studenten, die gerade beim Essen waren, eingeschlossen oder erdrückt. Andere waren durch die lange, niedrige Halle geschleudert worden – wie ein Spielzeug eines wütendes Kindes.

Der Blutgeruch verwandelte den Raum in eine dunstgeschwängerte Leichenhalle. Einige Verletzte krochen auf allen vieren oder bewegten sich zuckend zwischen umgestürzten Möbeln, zerbrochenem Geschirr und verschüttetem Essen. Andere lagen mit verzerrten Gesichtern wie in schweigendem Gelächter.

Später erfuhren sie, daß sich zwei weibliche Mitglieder der El Fatah mit gefälschten Papieren an der Universität hatten einschreiben lassen. Sie hatten täglich kleine Mengen Sprengstoff auf den Campus geschmuggelt, bis es ausreichte für diese Greueltat. Ein Koffer mit einem Zeitzünder war unter einem Tisch abgestellt worden. Die beiden Terroristinnen waren weggegangen und heil davongekommen. Eine Woche später erschienen sie im Fernsehen von Damaskus und prahlten mit ihrem Erfolg.

Im Augenblick wußte man jedoch weder etwas über die Ursache noch über die Täter. Das Ganze war ebenso willkürlich und grauenvoll wie eine Naturkatastrophe. Schaudernd vor der sinnlosen Ungeheuerlichkeit, arbeiteten die Überlebenden in einer Art todesmutiger Besessenheit, um die Verwundeten und die zerschmetterten Leiber der Toten aus den Trümmern zu bergen. Sie legten sie auf den Rasen unter den rotblühenden Bäumen und bedeckten sie mit Laken, die eilends aus dem nächstliegenden Studentenheim herangeschafft worden waren. David wußte, daß er die langen weißen Bündel, die in einer Reihe nebeneinander auf dem grünen Gras lagen, niemals vergessen könnte.

Die Unfallwagen kamen mit heulenden Sirenen und zuckenden Blaulichtern, um die Todesernte wegzubringen. Die Polizei sperrte die Unglücksstelle ab, bevor David und Debra den Platz verließen und zu dem Mercedes auf dem Parkplatz gingen.

Beide starrten vor Staub und Blut und waren völlig erschöpft von ihrer Arbeit inmitten der Schreie und der Verwüstung. Sie fuhren schweigend zur Malikstraße und wuschen Geruch und Schmutz von sich ab. Debra weichte Davids Uniform in kaltem Wasser ein, um das Blut zu lösen. Dann saßen sie beide auf dem Messingbett und tranken Kaffee.

»So viel Gutes ist heute abend gestorben«, sagte Debra.

»Der Tod ist nicht das Schlimmste. Er ist natürlich, er ist das Ende aller Dinge. Was mich erschüttert hat, waren die zerschmetterten Leiber der Überlebenden. Der Tod hat seine eigene Würde, aber das Verstümmelte ist anstößig.«

Sie blickte ihn mit einem Ausdruck von Furcht in den Augen an. »Das ist grausam, David.«

»In Afrika gibt es ein schönes wildes Tier, die Säbelantilope. Sie lebt in Herden, die bis hundert Tiere umfassen, aber wenn eins von ihnen verletzt ist – verwundet durch einen Jäger oder von einem Löwen gerissen –, geht der Leitbulle darauf los und vertreibt es aus der Herde. Ich erinnere mich, daß mein Vater davon erzählte. Er pflegte zu sagen, wenn du siegen willst, mußt du die Gesellschaft von Verlierern meiden, denn ihre Furcht ist ansteckend.«

»Aber David, das ist eine unbarmherzige Einstellung zum Leben.«

»Mag sein«, gab David zu, »aber siehst du, schließlich *ist* das Leben unbarmherzig.«

In dieser Nacht war zum erstenmal etwas wie Hoffnungslosigkeit in ihrer Liebe, denn es war der Vorabend ihrer Trennung, und sie waren daran erinnert worden, daß auch sie sterben mußten.

Am nächsten Morgen fuhr David zu seiner Einheit, und Debra schloß das Haus in der Malikstraße ab.

Siebzehn Tage lang flog David täglich zwei, manchmal drei Einsätze. An Abenden, wo es keine Nachtflüge gab, hörten sie Vorträge und sahen Ausbildungsfilme. Danach hatte man nur noch den Wunsch, schnell zu essen und dann zu schlafen.

Der Oberst, Le Dauphin, flog am ersten Tag einen Einsatz mit David. Er war ein kleiner, gemütlicher Mann mit schnellen, pfiffigen Augen. Er hatte sich rasch ein Urteil gebildet.

Danach flogen David und Joe zusammen. David brachte seine Ausrüstung in einem Spind unter, der dem von Joe gegenüberstand, in dem unterirdischen Quartier für die Alarmbesatzungen.

In diesen siebzehn Tagen wurden die letzten Bande einer eisernen Freundschaft geschmiedet. Davids Draufgängertum war eine ideale Ergänzung zu Joes unerschütterlicher Zuverlässigkeit. David würde immer der Star sein, während es Joe vorbehalten schien, den Begleiter zu spielen, den braven Kerl, den Nebenmann ohne persönliches Streben nach Ruhm – und dessen Talent darin lag, dem anderen den Ball zum Toreschießen zuzuspielen.

Sie entwickelten sich rasch zu einem hervorragenden Team. Ihre Verständigung in der Luft ging fast ohne Beteiligung ihrer Sinne vor sich, ähnlich der schnellen Reaktion von Zugvögeln oder Fischschwärmen.

Joe hinter sich zu haben, war für David eine Lebensversicherung. Er wußte, daß er absolute Rückendeckung hatte, so daß er sich auf die Aufgaben konzentrieren konnte, für die ihn seine vorzüglichen Augen und seine blitzschnelle Reaktionsfähigkeit besonders befähigten. David war der Jäger in einer Waffengattung, bei der es auf den Jäger ankam.

Die I. A. F. hatte als erste die Mängel der Luft-Luftrakete erkannt und war zum klassischen Luftkampf zurückgekehrt. Eine Rakete konnte man verrückt spielen lassen – man konnte ihren Computer in einer bestimmten Weise programmieren und dann mit einer falschen Information füttern. Bei dreihundert Raketenabschüssen konnte man mit einem einzigen Treffer rechnen.

Wenn aber in der Sechs-Uhr-Position des Feindes ein Jagdflieger auftaucht, der den Finger am Abzug seiner 30-mm-Zwillingskanone hält, mit der er zwölftausend Schuß in der Minute abfeuern kann, dann sind die Abschußchancen erheblich höher als dreihundert zu eins.

Auch Joe hatte seine besondere Begabung. Das nach vorn gerichtete Radargerät der Mirage war eine komplizierte elektronische Anlage, die ein Höchstmaß an manueller Geschicklichkeit erforderte. Der Mechanismus wurde ausschließlich mit der linken Hand bedient, und die Finger dieser Hand mußten beweglich sein wie die eines Konzertpianisten. Noch wichtiger war jedoch das Gefühl für dieses Instrument, das die Hand eines Liebhabers verlangte, wenn man ein optimales Resultat erzielen wollte. Joe hatte das Gefühl, David nicht.

Sie machten bei Tag und Nacht Ausbildungsflüge gegen hoch- und niedrigfliegende Übungsziele. Sie griffen im Tiefflug an, dann wieder flogen sie hoch hinaus über das Mittelmeer und verwickelten sich gegenseitig in Scheinkämpfe. Wüstenblume hielt sie jedoch sorgfältig von jeder tatsächlichen Kampfsituation ab. Man beobachtete David.

Am Ende dieses Zeitabschnittes ging Davids Personalakte über den Schreibtisch von Generalmajor Mordechai. Personalangelegenheiten unterstanden der Verantwortung des Brig. Obgleich er in regelmäßigen Abständen die Unterlagen eines jeden Offiziers prüfte, hatte er ausdrücklich nach Davids Dossier verlangt. Verglichen mit den umfangreichen Bänden mancher alten Recken war Davids Akte dünn. Der Brig überblätterte rasch die Befürwortung, die er selbst geschrieben hatte, und Davids vorläufige Ernennungspapiere. Dann hielt er inne und las die späteren Berichte und Prüfungsergebnisse. Als er die Zahlen der Übungstreffer sah, grinste er wie ein Fuchs. Er fand sie eben doch unter Dutzenden heraus. Zum Schluß stieß er auf die persönliche Beurteilung des Dauphin:

»Morgan ist ein Pilot von außergewöhnlichen Fähigkeiten. Empfehle, den vorläufigen Dienstgrad zu bestätigen und ihn fortan voll im Operationsgebiet einzusetzen.«

Der Brig nahm den roten Stift, der sein besonderes Privileg war, und malte dick »einverstanden« unter den Bericht.

Damit war die Frage, wie es mit dem Piloten Morgan weitergehen sollte, gelöst. Über David Morgan als Mann hegte der Brig andere, viel weniger erfreuliche Gedanken. Debras plötzlicher Wunsch, von zu Hause wegzuziehen, war zu offensichtlich mit Davids Ankunft in Jerusalem zusammengetroffen, um einen Mann zu täuschen, der erfahren war im Aufdecken verborgener Motive und Bedeutungen.

Zwei Tage und einige Telefonanrufe hatte er gebraucht, bis er herausgefunden hatte, daß Debra ihr Zimmer im Studentenheim lediglich als Deckadresse benutzte und ihre tatsächlichen häuslichen Verhältnisse sehr viel komfortabler waren.

Der Brig konnte das in keiner Weise billigen – aber er wußte auch, daß er nicht genügend Einfluß besaß, um etwas dagegen zu unternehmen. Er hatte erkennen müssen, daß seine Tochter den gleichen eisernen Willen hatte wie er selbst. Zusammenstöße zwischen ihnen glichen Naturkatastrophen, die die Familie in ihren Grundfesten erschütterten und selten befriedigende Ergebnisse zeitigten.

Obgleich er viel mit jungen Menschen zusammen war, fiel es ihm schwer, mit den neuen Werturteilen zu leben – geschweige denn, sie anzuerkennen. An die körperliche Entsagung seiner langen und keuschen Verlobungszeit mit Ruth erinnerte er sich mit dem gleichen Stolz, wie ein Veteran an eine Schlacht aus vergangener Zeit zurückdenkt. »Wenigstens hat sie uns nicht offen mißachtet, uns keine Schande gemacht. Das hat sie ihrer Mutter erspart.« Der Brig klappte die Personalakte zu.

Le Dauphin ließ David in sein Büro kommen und teilte ihm die Änderung seines Status mit. Er würde von nun an zum regulären »grünen« Bereitschaftsdienst eingeteilt – was bedeutete, daß er vier Nächte pro Woche auf dem Fliegerhorst verbringen mußte.

David würde nun eine Ausbildung als Fallschirmjäger im Kampf mit und ohne Waffen absolvieren müssen. Ein über arabischem Gebiet abgeschossener Pilot hatte eine viel bessere Überlebenschance, wenn er diese Kampfart beherrschte.

David ging direkt vom Büro des Dauphin zum Telefon im Mannschaftsraum. Er erwischte Debra gerade noch, bevor sie das Lautermann-Gebäude verließ. »Wärm das Bett, Weib«, sagte er, »ich komme morgen abend nach Hause.«

Er und Joe fuhren zusammen im Mercedes nach Jerusalem. Joe sprach mit seiner tiefen, polternden Stimme, aber David hörte nicht hin. Ein Rippenstoß weckte ihn aus seinen Träumen.

»Entschuldige, Joe, ich war in Gedanken.«

»Na, dann komm mal zu dir. Deine Gedanken vernebeln die Scheiben.«

»Was hast du gesagt?«

»Ich habe von der Hochzeit gesprochen – Hannahs und meiner.«

David fiel plötzlich ein, daß es bis dahin nur noch ein Monat war. Er stellte sich vor, daß die Frauen schon furchtbar aufgeregt waren. Debras Briefe waren voll gewesen von Berichten über die Vorbereitungen.

»Ich möchte dich bitten, mein Trauzeuge zu sein. Da fliegst du zur Abwechslung mal als Flügelmann, und ich übernehme das Zielobjekt.«

David wußte, daß diese Bitte eine große Ehre war, und sagte mit angemessener Feierlichkeit zu. Innerlich amüsierte es ihn. Wie die meisten jungen Israelis, die David kannte, behaupteten auch Joe und Debra, daß sie gar nicht religiös seien. Er hatte aber gemerkt, daß sie nur versuchten so zu tun, als ob ihre Religion ihnen nicht wichtig sei. Sie lebten alle im Bewußtsein ihres religiösen Erbes und waren wohl bewandert in Geschichte und Gebräuchen des Judentums. Sie befolgten alle Gebote, die sie nicht als tyrannisch empfanden und die mit einer modernen Lebensweise in Einklang zu bringen waren.

Unter »religiös« verstanden sie, daß man die schwarzen Kaftane und breitrandigen Hüte der orthodoxen Mea Shearim trug und die Routinevorschriften des täglichen Lebens befolgte, die die persönliche Freiheit einschränkten.

Die Hochzeit würde ganz in den alten Traditionen mit ihren symbolischen Zeremonien vor sich gehen, lediglich die unumgänglichen Sicherheitsvorkehrungen würden allem einen etwas neuzeitlichen Charakter geben.

Die Feier sollte im Garten des Brig stattfinden, denn Hannahs Eltern lebten nicht mehr. Außerdem war der abgelegene Garten in seinen festungsähnlichen Mauern leichter zu bewachen.

Unter den Gästen würden einige prominente Persönlichkeiten aus Regierung und Militär sein.

»Nach der letzten Liste bekommen wir fünf Generale und achtzehn Obersten.« Joe zählte auf. »Außerdem kommen noch die meisten Kabinettsmitglieder, selbst Golda hat versprochen vorbeizuschauen. Du siehst also, es wäre ein lohnendes Ziel für unsere Freunde vom Schwarzen September.«

Grimmig zündete Joe zwei Zigaretten an und reichte eine davon zu David hinüber. »Du weißt ja, wie es Frauen mit Hochzeiten haben – wenn es nur nach mir gegangen wäre, würden wir es einfach auf dem Standesamt abmachen.«

»Mach mir doch nichts vor«, erwiderte David grinsend. »Du freust dich doch auch darauf.«

»Sicher.« Joes Miene hellte sich auf. »Es ist gut, sein eigenes Zuhause zu haben, so wie du und Debs. Ich wollte, Hannah hätte sich davon überzeugen lassen, dann hätten wir nicht dieses heuchlerische Jahr verloren.« Er schüttelte den Kopf. »Gott sei Dank, daß es vorüber ist.«

David setzte Joe vor dem Haus des Brig in Ein Karem ab. »Ich will dich nicht erst hereinbitten«, sagte Joe. »Ich nehme an, du hast was Besseres vor.«

»Erraten.« David lächelte. »Sehen wir dich und Hannah? Kommt doch morgen abend zum Essen.«

Joe schüttelte den Kopf. »Ich gehe morgen mit Hannah nach Aschkelon zum Grab ihrer Eltern. Das ist üblich vor einer Hochzeit. Vielleicht sehen wir uns Samstag.«

»Gut, ich will's versuchen. Debra will dich sicher sehen. Schalom, Joe.«

»Schalom, Schalom«, sagte Joe.

David fuhr los, schaltete in schneller Folge die Gänge hinauf und trieb den Mercedes bergan. Plötzlich hatte er es eilig. Die Terrassentür stand offen, als er eintraf. Debra zitterte vor Aufregung. Sie saß in einem der neuen Ledersessel, die Beine unter sich gekreuzt. Ihr Haar war frisch gewaschen und schimmerte. Sie trug einen wallenden Kaftan aus leichter Seide in einem zarten Honigton, der zur Farbe ihrer Augen paßte.

In einer Wolke aus Seide sprang sie vom Sessel und rannte barfuß über die Wollteppiche auf ihn zu.

»David! David!« rief sie. Er hob sie empor und drehte sie lachend im Kreise.

Später führte sie ihn stolz durch die Zimmer und zeigte ihm die Veränderungen und Neuanschaffungen, durch die sie die Wohnung während seiner Abwesenheit vollends gemütlich eingerichtet hatte. Nach einigem Zureden hatte sie David schließlich geglaubt, daß Geld keine Rolle spielte, und beide hatten zusammen die Möbel entworfen. Debras arabischer Schreiner hatte sie angefertigt und inzwischen geliefert, und Debra hatte sie so aufgestellt, wie sie es sich inzwischen ausgedacht hatten. Es war alles aus weichem Leder und dunklem Holz, glänzendem Kupfer und Messing und bildete einen Kontrast zu den hellen Teppichen. Doch etwas war neu – ein großes Ölbild. Debra hatte es ungerahmt an der frisch getünchten Wand gegenüber der Terrasse aufgehängt. Es war das einzige, was an der Wand hing, und ertrug auch nichts neben sich. Das Bild zeigte eine herbe, strenge Wüstenlandschaft. Die glühenden Farben schienen den Raum zu durchdringen wie die Strahlen der Wüstensonne.

Debra hielt seine Hand und wartete gespannt auf seine Reaktion, während er das Bild betrachtete.

»Das ist fantastisch«, sagte er schließlich.

»Magst du es?« Sie war erleichtert.

»Es ist großartig. Woher hast du es?«

»Ein Geschenk des Künstlers. Sie ist ein alter Freund von mir.«

»Sie?«

»Richtig. Wir fahren morgen zum Essen zu ihr nach Tiberias. Ich habe ihr von dir erzählt, und sie will dich kennenlernen.«

»Was ist sie denn für ein Mensch?«

»Sie ist eine unserer bekanntesten Künstlerinnen und heißt Ella Kadesh, aber darüber hinaus kann ich sie dir nicht beschreiben. Ich kann dir nur einen interessanten Tag versprechen.«

Debra hatte ein Gericht aus Lamm und Oliven zubereitet. Sie aßen auf der Terrasse unter dem Olivenbaum. Wieder kam das Gespräch auf Joes Hochzeit. Unvermittelt fragte David:

»Wieso hast du dich entschlossen, mit mir zusammenzuleben – ohne verheiratet zu sein?«

Sie zögerte einen Augenblick. »Ich habe gemerkt, daß ich dich liebe, und mir war klar, daß du zu ungeduldig sein würdest, um zu warten. Ich wußte, daß ich dich wieder verlieren würde, wenn ich es nicht täte.«

»Bis vor kurzem habe ich gar nicht geahnt, was für eine wichtige Entscheidung das war«, sagte er nachdenklich. Sie nippte an ihrem Wein, ohne etwas zu erwidern.

Plötzlich sagte er: »Laß uns heiraten, Debs.«

»Ja!« Sie nickte. »Das ist eine ausgezeichnete Idee.«

»Bald«, sagte er. »Sobald wie möglich.«

»Nicht vor Hannah. Ich möchte ihr nicht ihren Tag verderben.«

»In Ordnung«, stimmte David zu. »Aber gleich danach.«

»Morgan, das war deine Idee.«

Die Fahrt nach Tiberias dauerte drei Stunden, deshalb standen sie auf, sobald die Sonne durch die Jalousien schien und Streifen an die Wand über dem Messingbett zeichnete. Um Zeit zu sparen, badeten sie zusammen und saßen sich, bis zur Brust in Schaum gehüllt, in der Wanne gegenüber.

»Ella ist die gröbste Person, die du je kennengelernt hast«, warnte ihn Debra. An diesem Morgen sah sie aus wie ein kleines Mädchen, mit ihrem aufgesteckten Haar und dem rosa Band darin. »Je größer der Eindruck ist, den du auf sie machst, desto gröber wird sie mit dir umgehen und von dir erwarten, daß du in gleicher Münze heimzahlst. Also, bitte, David, laß dich nicht aus der Fassung bringen.«

David nahm einen Schaumklecks auf die Finger und tupfte ihn auf Debras Nase.

Sie fuhren nach Jericho hinunter und bogen dann nach Norden ins Jordantal ab, wo sie den Stacheldrahtzaun an der Grenze entlangfuhren – überall stießen sie auf Schilder, die vor Minenfeldern warnten, motorisierte Grenzpatrouillen fuhren gemächlich die Straße auf und ab.

Im Tal war es heiß, und sie hatte die Wagenfenster heruntergekurbelt. Debra schob ihren Rock hoch, um den Fahrtwind an ihre langen braunen Beine zu lassen.

»Wenn du rechtzeitig zum Essen dort sein willst, ziehst du den Rock am besten wieder hinunter«, warnte David. Eilends bedeckte sie ihre Beine.

»Vor dir ist man aber auch nie sicher«, protestierte sie. Allmählich hatten sie das kahle Land hinter sich gelassen und kamen in die fruchtbare Senke der Kibbuzim unterhalb von Galiläa. Der Duft der Orangenblüten war wieder so stark, daß er einem fast den Atem nahm.

Schließlich sahen sie den See, dessen Wellen die Dattelpalmen umspülten. Debra berührte seinen Arm. »Langsam, Davey. Ellas Wohnung ist nur noch ein paar Meilen von hier auf dieser Seite von Tiberias. Da vorn ist die Abzweigung.«

Der Weg führte vom Seeufer weg und endete an einer Mauer alter Felsblöcke. Dort parkten bereits fünf Wagen.

»Ella gibt eine ihrer Lunch-Partys«, stellte Debra fest und führte ihn zu einem Tor in der Mauer. Dahinter entdeckte er die bizarren Formen einer kleinen verfallenen Burg, deren von der Zeit geschwärzte Mauern halb verschwanden unter der üppigen Pracht der flammenden Bougainvilleen. Die hohen Palmen schwenkten ihre langen Wedel in der leichten Brise, die vom See herüberwehte. Auf dem Rasen blühten exotische Sträucher. Ein Teil der Ruinen war wieder aufgebaut zu einem ungewöhnlich malerischen Landhaus, mit großem Innenhof und einem steinernen Landesteg in den See hinaus, an dem ein Motorboot vertäut war. Am anderen Ufer des grünen Sees erhoben sich die dunklen glatten Golanhöhen wie der Rücken eines Wals.

»Das war einmal eine Kreuzritter-Festung«, erklärte Debra. »Einer der Stützpunkte für den Verkehr über den See und Teil eines Festungsgürtels, der zur großen Burg auf den Hörnern von Hittem gehörte. Diese Burg wurde von den Mohammedanern zerstört, als sie die Kreuzritter aus dem Heiligen Land vertrieben. Ellas Großvater hat diese Festung während der Allenby-Verwaltung erworben, aber erst Ella hat nach dem Unabhängigkeitskrieg einen Teil der Ruine wiederaufgebaut.«

Bei den baulichen Veränderungen war sorgfältig darauf geachtet worden, die romantische Schönheit der Anlage nicht zu zerstören. Man erkannte hier Ella Kadeshs künstlerisches Einfühlungsvermögen – das man bei der Betrachtung ihrer Gestalt nicht ohne weiteres für wahrscheinlich gehalten hätte.

Sie war gewaltig. Man konnte nicht sagen, sie sei dick und groß – sie war einfach kolossal. Die prallen Finger ihrer riesigen Hände waren mit Ringen und Halbedelsteinen bedeckt, und ihre Fußnägel in den offenen Sandalen stachen in einem grellen Karminrot hervor, als ob sie damit das Ungeschlachte ihrer Form unterstreichen wollte. Sie war so groß wie David, aber ihr Kleid, das sich wie ein Zelt um ihre Gestalt bauschte, war mit großflächigen, ausladenden Mustern verziert, die den Eindruck erweckten, daß sie in Wirklichkeit zwei Körper hätte. Sie trug eine Perücke mit flammendroten Locken, unter denen lange Ohrringe hervorbaumelten. Ihr Augen-Make-up schien mit dem Spachtel aufgetragen zu sein, das Rouge mit der Sprühdose. Sie nahm den dünnen schwarzen Stumpen aus dem Mund und küßte Debra, bevor sie sich David zuwandte und ihn kritisch betrachtete. Ihre Stimme war tief und heiser von Zigarrenrauch und Brandy.

»Ich hatte Sie mir nicht so schön vorgestellt«, sagte sie. Debra sank der Mut, als sie Davids Miene sah. »Ich liebe Schönheit nicht. Sie ist so oft trügerisch. Gewöhnlich verbirgt sie etwas Tödliches – wie die glatte Schönheit der Kobra –, oder sie ist die hübsche Verpackung von Konfekt, das widerlich süß und immer weich ist.« Sie schüttelte die steifen Locken ihrer Perücke und fixierte David mit ihren komischen kleinen Augen. »Nein, häßliche Menschen sind mir lieber.«

David lächelte sie mit allem Charme an, den er aufbringen konnte. »Ja«, stimmte er ihr zu, »nachdem ich Sie kennengelernt und einiges von Ihren Arbeiten gesehen habe, kann ich das verstehen.«

Sie gab ein gackerndes Gelächter von sich und steckte sich wieder das Zigarillo zwischen die Lippen. »Nun gut, wenigstens haben wir es nicht mit einem Praliné-Soldaten zu tun.« Sie legte einen ihrer kräftigen, männlichen Arme um Davids Schulter – dann führte sie ihn zu den anderen Gästen.

Es waren etwa zwölf Personen, alles Intellektuelle – Künstler, Schriftsteller, Lehrer, Journalisten. David genoß es, neben Debra im milden Sonnenschein zu sitzen, er schätzte das Bier und die amüsante Unterhaltung. Doch der Waffenstillstand mit Ella währte nicht lange. Als sie sich zu dem üppigen Alfresco-Mahl aus kaltem Fisch und Geflügel niedersetzten, nahm sie ihn wieder aufs Korn.

»Ihr militärisches Gehabe und Ihre Affektiertheit, Ihre Eitelkeit, Ihre Eleganz – all das können Sie sich von mir aus an den Hut stecken – und Ihren Patriotismus und Ihren Mut – Ihre Furchtlosigkeit und Ihre ritterlichen Regeln dazu. Das ist alles fauler Zauber, nur eine Entschuldigung, um die Erde mit Aas zu verpesten.«

»Ich möchte mal wissen, ob Sie immer noch so denken würden, wenn hier eine Kompanie syrischer Infanterie einbräche und Sie vergewaltigte«, hielt David ihr entgegen.

»Mein Junge, mit der Zeit ist es für mich so schwierig, mal umgelegt zu werden, daß ich um eine solche Himmelsgabe geradezu beten würde.« Sie stieß ein heulendes Gelächter aus, wobei ihre Perücke gefährlich nach vorn rutschte. Doch so etwas störte sie nicht. Sie rückte die Perücke zurecht und ging sogleich zum Angriff über. »In Ihrer männlichen Einbildung und egoistischen Arroganz betrachten Sie diese« – sie deutete mit einer Putenkeule auf Debra – »lediglich als Auffangbecken für Ihr heißes, überschüssiges Sperma. Ihnen ist doch völlig gleichgültig, ob sie eine Hoffnung für die Zukunft ist, ob ein großes schriftstellerisches Talent in ihr verborgen ist. Nein, für Sie ist sie bloß etwas, woran Sie sich reiben können, ein bequemes Mittel zum...«

Debra unterbrach sie. »Jetzt ist es aber genug, ich habe kein Bedürfnis nach einer öffentlichen Diskussion über meine Schlafzimmerangelegenheiten.«

Ella wandte sich zu ihr. Ihre Augen blitzten vor Kampfeslust. »Deine Begabung ist nicht etwas, womit du tun kannst, was du willst. Sie ist dir zu treuen Händen für die ganze Menschheit anvertraut worden, und du hast Pflichten ihr gegenüber. Die Pflicht gebietet, daß du deine Begabung nutzt, sie wachsen und blühen und Früchte tragen läßt.« Sie gebrauchte die Putenkeule wie ein Richter den Hammer, indem sie auf ihren Tellerrand schlug, um Debras Protest zum Schweigen zu bringen.

»Hast du auch nur ein einziges Wort geschrieben, seit du diesen jungen Mars in dein Herz geschlossen hast? Was ist mit der Novelle, über die wir vor einem Jahr auf dieser selben Terrasse sprachen? Haben deine tierischen Leidenschaften das alles zu Fall gebracht? Haben die Bedürfnisse deiner Eierstöcke...«

»Hör auf, Ella!« Debra war jetzt wütend geworden, ihre Wangen waren rot, und ihre braunen Augen blitzten.

»Ja, ja!« Ella warf den Knochen beiseite und leckte sich geräuschvoll die Finger ab. »Schämen sollst du dich, böse sein auf dich selbst.«

»Zum Teufel mit dir«, brauste Debra auf.

»Du kannst mich zum Teufel wünschen, solang du willst – aber du selbst gehst vor die Hunde, wenn du nicht schreibst! Schreibe,

Mädchen, schreib!« Sie lehnte sich zurück, und der Korbstuhl ächzte unter der Bewegung ihres gewaltigen Körpers. »Nun denn, laßt uns jetzt alle schwimmen gehen. David hat mich noch nicht im Bikini gesehen – wenn er das tut, wird er seine kleine magere Hexe noch lieber haben!«

In der Nacht fuhren sie sonnenverbrannt nach Jerusalem zurück. Obgleich die Sitze des Mercedes nicht für Liebespaare konstruiert waren, rutschte Debra ganz nahe an David heran.

»Sie hat recht, weißt du«, sagte er nach längerem Schweigen. »Du mußt wieder schreiben, Debs.«

»Oh, das werde ich schon«, sagte sie leichthin.

»Wann?« fragte er beharrlich. Um ihn abzulenken, kuschelte sie sich noch enger an ihn.

»Irgendwann einmal«, flüsterte sie und legte ihren dunklen Kopf an seine Schulter. »Mach mich nicht verrückt, Morgan!« Sie war bereits halb im Schlaf.

»Irgendwann einmal«, äffte er sie nach. »Du sollst mir nicht ausweichen!« Mit der freien Hand strich er über ihr Haar. »Und schlaf nicht ein, während ich mit dir rede.«

»David, mein Liebling, wir haben noch ein ganzes Leben vor uns – und mehr«, murmelte sie. »Du hast mich unsterblich gemacht. Du und ich werden tausend Jahre leben – und es wird Zeit sein für alles.«

Vielleicht hörten die finsteren Götter, wie sie prahlte. Da lachten sie böse und stießen sich heimlich an.

Am Samstag kamen Joe und Hannah zur Malikstraße. Nach dem Mittagessen beschlossen sie mit Debra, David den Berg Zion zu zeigen, den er noch nicht kannte.

Sie traten in das Labyrinth der Gänge, die zum Grab König Davids führten. Es war mit prachtvoll bestickten Tüchern, silbernen Kronen und Thoradecken geschmückt. Von dort gelangte man mit wenigen Schritten zu dem Raum, in dem das letzte Abendmahl Christi stattgefunden hatte – so eng lagen die Traditionen des Judentums und des Christentums in dieser Zitadelle beieinander. Danach traten sie durch das Ziontor in die Altstadt und gingen den Wall entlang zum Mittelpunkt des Judentums, der Klagemauer. Die hohe Mauer aus wuchtigen Felsblöcken war das einzige, was von dem sagenhaften zweiten Tempel des Herodes übriggeblieben war, den die Römer vor zweitausend Jahren zerstört hatten. Am Tor wurden sie durchsucht, dann reihten sie sich ein in die Menge der Gläubigen, die zur Mauer strömten. An der Absperrung standen sie lange in tiefem Schweigen. Wieder fühlte David etwas wie eine dunkle Erinnerung in sich aufsteigen, eine Leere im Innern, die sich nach Erfüllung sehnte.

Die Männer hatten das Gesicht zur Mauer gewandt und beteten. Viele von ihnen trugen die langen Mäntel der orthodoxen Juden. Ihre Locken hingen über die Wangen herab, während sie sich in religiöser Betrachtung hin und her wiegten. Die Frauen, die eine Absperrung an der rechten Seite der Mauer hatten, schienen zurückhaltender in ihrer Andacht zu sein.

Joe brach das Schweigen, das zwischen ihnen entstanden war. Mit rauher Stimme sagte er: »Ich glaube, ich gehe ein *sch'ma* sprechen.«

»Ich auch«, meinte Hannah. »Kommst du mit, Debra?«

»Einen Augenblick.« Debra wandte sich an David und nahm etwas aus ihrer Handtasche. »Ich habe dir das für die Hochzeit gemacht«, sagte sie, »aber setze es jetzt auf.«

Es war ein Yamulke, ein gesticktes Gebetskäppchen aus schwarzer Seide.

»Geh mit Joe. Er zeigt dir, was du tun mußt.«

Die Mädchen gingen auf die Frauenseite. David setzte das Käppchen auf und folgte Joe zur Klagemauer. Ein *schamasch*, ein alter Mann mit langem, silbernem Bart, kam auf sie zu und half David, eine kleine Ledertasche um den rechten Arm zu binden, die ein Stück Thora enthielt.

»Also sollst du diese Worte auf dein Herz und deine Seele legen, und du sollst sie binden an deinen rechten Arm.«

Dann legte er ein Tallit, einen mit Quasten geschmückten Schal aus gewebter Wolle, um seine Schultern und führte ihn zur Mauer. Dort begann David die Worte des Schamasch nachzusprechen:

»Höre, o Israel, der Herr unser Gott ist ein einziger Gott...«

Allmählich wurde seine Stimme sicherer, aus tiefer Vergangenheit stiegen die Worte in ihm auf, und er blickte an den wuchtigen Felsblöcken der Mauer empor, die sich über ihm türmten. Tausende von Andächtigen hatten ihre Gebete auf ein Stück Papier niedergeschrieben und sie in die Fugen und Löcher der Mauer gesteckt. Um ihn herum erhoben sich die monotonen Stimmen im Gebet. Es schien David, als würden alle diese Gebete wie ein goldener Strahl von dieser heiligen Mauer zum Himmel steigen.

Danach verließen sie den geheiligten Bezirk und gingen die Treppe zum jüdischen Viertel hinauf. Die Augenblicke an der Klagemauer klangen noch lange in David nach.

An jenem Abend saßen sie bis spät in die Nacht auf der Terrasse, tranken Goldstar-Bier und knackten Sonnenblumenkerne. Das Gespräch drehte sich natürlich um Gott und die Religion.

Joe sagte: »Ich bin zuerst Israeli und dann Jude. Erst kommt mein Land und lange danach meine Religion.« Aber David dachte an den Ausdruck seines Gesichts, als er an der Klagemauer betete.

Die Diskussion nahm kein Ende, und David begann das Ausmaß des religiösen Erbes zu erkennen, das er bis jetzt so vernachlässigt hatte. »Ich möchte ein bißchen mehr über all das erfahren«, sagte er. Debra erwiderte nichts, doch als sie an jenem Abend seine Sachen für die Rückkehr zum Fliegerhorst packte, legte sie oben auf seine frische Uniform ein Buch von Herman Wouk: »Dies ist mein Gott«.

Er las es, und als er das nächste Mal wiederkam, bat er um weitere Bücher. Sie gab ihm zunächst englische, dann, als er immer größere Fortschritte im Hebräischen machte, auch hebräische. Es waren nicht nur Bücher religiösen, sondern auch geschichtlichen Inhalts, dazu historische Romane, die sein Wissen über dieses altehrwürdige Zentrum der Zivilisation erweiterten, das seit dreitausend Jahren Treffpunkt und Schlachtfeld der verschiedensten Religionen und Kulturen war. Was immer sie in seinen Koffer packte, von Josephus Flavius bis Leon Uris, er las es.

Nun erwachte in ihm der Wunsch, den historischen Boden selbst kennenzulernen – so kam es, daß sie häufig Ausflüge machten. Sie begannen mit Massada, der Bergfestung des Herodes, wo sich die Zeloten gegenseitig umgebracht hatten, um sich den Römern nicht unterwerfen zu müssen. Von dort suchten sie abseits der Touristenwege die weniger bekannten historischen Stätten auf.

In diesen langen sonnenhellen Tagen packten sie ihr Mittagessen in einen Korb und verzehrten es auf den Ruinen eines römischen Aquädukts. Ein Falke kreiste über den Thermalquellen, die aus dem Wüstensand emporstiegen. Zuvor hatten sie im Flußbett eines ausgetrockneten Baches gesucht, ob sie alte Münzen oder Pfeilspitzen fänden, die vom letzten Regen freigelegt worden waren.

Rings umher erhoben sich die hohen Pfeiler aus gelbrotem Stein, und das Licht war so rein und stark, daß es schien, als ob es nie dunkel werden könne. In der tiefen Stille schienen sie beide die einzigen Lebewesen auf der Welt zu sein.

Es waren die glücklichsten Tage, die David je erlebt hatte. Sie gaben den ermüdenden Stunden des Bereitschaftsdienstes Sinn und Inhalt. Wenn der Tag zur Neige ging, wartete stets das Haus in der Malikstraße mit Wärme, Lachen und Liebe.

Für die Hochzeit hatten Joe und David Urlaub erhalten. Es ging gerade ruhig zu, und der Dauphin verzichtete auf alle Formalitäten, denn er war ebenfalls eingeladen. Am Vortage fuhren sie nach Jerusalem und wurden sofort für die letzten Vorbereitungen angestellt. David arbeitete emsig als Taxi- und Lastwagenfahrer. Der Mercedes transportierte alles – von Blumen bis zu Musikinstrumenten und entfernten Verwandten.

Der Garten des Brig war mit Palmenblättern und bunten Flaggen dekoriert. In der Mitte stand der Chuppah, ein Baldachin, der mit religiösen Symbolen in Blau und Gold geschmückt war: dem Davidsstern, den Trauben, Kornähren und Granatäpfeln und all den anderen Sinnbildern der Fruchtbarkeit. Darunter würde die Hochzeitszeremonie stattfinden. Lange Tische mit bunten Dekken, auf denen Blumenkrüge und Obstschalen standen, waren zwischen den Olivenbäumen aufgebaut. Es gab Plätze für dreihundert Gäste, eine freie Fläche zum Tanzen und ein fähnchengeschmücktes erhöhtes Holzpodium für die Kapelle.

Das Festmahl wurde nach sorgfältiger Absprache zwischen dem

Küchenchef und den Damen von einem Restaurant geliefert. Es würde zwei Höhepunkte haben: einen gewaltigen gefüllten Thunfisch, wiederum ein Symbol der Fruchtbarkeit, und ein Lammgericht nach Beduinenart, auf riesigen Kupfertellern serviert. Am Hochzeitstag brachte David Debra zum Hause des Chefchirurgen vom Hadassah-Hospital. Hannah war eine seiner Operationsschwestern, und er hatte darauf bestanden, daß sie sich in seinem Haus für die Hochzeit herrichtete. Debra sollte ihr dabei helfen. David ließ die beiden allein und fuhr nach Ein Karem. Die Straße, die zum Hause führte, war abgesperrt, überall standen Geheimpolizisten und Fallschirmjäger.

Während er zusah, wie Joe sich anzog, den Ring verlor und schließlich wiederfand und dabei vor Aufregung fast wahnsinnig wurde, lag David auf Joes Bett und machte faule Witze. Man hörte, wie sich die Gäste unten im Garten einfanden. David stand auf und ging zum Fenster. Am Tor wurde gerade ein Luftwaffenoberst sorgfältig kontrolliert und durchsucht, aber er ließ es gutgelaunt über sich ergehen.

»Die sind ziemlich gründlich«, bemerkte David.

»Hannah hat gebeten, möglichst wenig Wachen im Garten aufzustellen. Deshalb müssen sie verdammt genau aufpassen, wen sie hereinlassen.« Joe war endlich fertig angezogen, und unter den Achselhöhlen seiner Uniform begannen sich bereits Schweißränder abzuzeichnen.

»Wie sehe ich aus?« fragte er besorgt.

»Gut, du Zuchthengst!«

»Verpiß dich, Morgan«, sagte Joe grinsend, stülpte sich die Mütze auf den Kopf und blickte auf seine Uhr. »Komm, wir gehen.« Der Oberrabbi der Armee wartete zusammen mit dem Vater des Bräutigams und anderen im Arbeitszimmer des Brig.

Der Rabbi war ein Mann von sanftem Wesen, der im Krieg von 67 persönlich das Grab der Patriarchen befreit hatte. Beim Vormarsch auf Hebron war er mit einem Jeep durch die in Auflösung begriffenen Linien der Araber gefahren, hatte mit einer Maschinenpistole die Tür zum Grab aufgeschossen und die schreienden arabischen Wächter über die Mauer davongejagt.

Joe saß am Schreibtisch des Brig und unterschrieb den *Ketubbah*, den Heiratskontrakt. Dann reichte ihm der Rabbi ein seidenes Tuch, das Joe in einem formalen Akt der Aneignung hochhob, während die Zeugen im Chor ihre beglückwünschenden »Mazal tovs« aussprachen.

Der Bräutigam begab sich nun mit seiner Begleitung in den Garten, um die Ankunft der Braut zu erwarten. Sie kam an der Seite des Chefarztes, der ihren verstorbenen Vater vertrat, gefolgt von einer Reihe festlich gekleideter Damen, unter ihnen Debra und ihre Mutter. Alle trugen brennende Kerzen.

David hatte Hannah nie sonderlich attraktiv gefunden, sie war ihm zu groß und insgesamt zu kräftig im Typ. Doch das weiße Brautkleid und der Schleier hatten sie ganz verwandelt.

Sie schien wolkengleich in den weißen, bauschigen Falten des Gewandes zu schweben. Ihre Gesichtszüge waren durch den Schleier ganz zart, und das Glück strahlte aus ihren grünen Augen. Rotgoldenes Haar umrahmte ihre Wangen, und die Sommersprossen waren unter dem von Debras kundiger Hand aufgetragenen Make-up verschwunden. Hannah war so schön, wie sie es überhaupt sein konnte.

Joe, groß und stattlich in seiner Luftwaffenuniform, ging ihr ungeduldig zum Gartentor entgegen, wo er ihr in der Zeremonie des *bedeken dikalle* den Schleier über das Gesicht zog.

Dann begab er sich zum Chuppah, dem Baldachin, wo ihn der Rabbi mit einem *Tallit* über den Schultern erwartete.

Hinter Joe kamen die Frauen mit Hannah. Alle trugen noch brennende Kerzen in ihren Händen. Der Rabbi sang den Segen, während die Frauen und die Braut siebenmal im Kreis um Joe herumgingen. Der magische Kreis sollte ursprünglich die bösen Geister fernhalten. Endlich standen Braut und Bräutigam nebeneinander, mit dem Gesicht in Richtung des Tempels. Gäste und Trauzeugen umringten sie, als nun die eigentliche Trauung begann.

Der Rabbi sprach das Dankgebet über einem Pokal mit Wein, von dem beide tranken. Dann wandte sich Joe zu Hannah, deren Gesicht immer noch verschleiert war, und streifte ihr den einfachen, goldenen Ring auf den rechten Zeigefinger.

»Sehet, ihr seid geweiht durch diesen Ring nach dem Gesetz Moses und Israels!«

Dann zertrat Joe das Glas unter seinem Absatz. Das helle Klirren gab das Signal für den Beginn der Musik und des Festes. David verließ Joe und bahnte sich einen Weg durch die fröhlich Menge der Gäste zu Debra, die auf ihn wartete.

Sie trug ein gelbes Kleid und hatte frische Blumen in ihr dunkel glänzendes Haar gesteckt. David sog den Duft ihres Parfüms ein, als er sie verstohlen um die Hüfte faßte und ihr ins Ohr flüsterte: »Und du bist die nächste, meine Schöne!« Sie flüsterte zurück: »Ja, bitte!«

Joe ergriff Hannahs Arm, und beide gingen auf den Tanzplatz. Bald folgten ihnen alle jüngeren Leute, während die älteren sich an den palmengeschmückten Tischen niederließen.

Doch die allgegenwärtigen Uniformen gaben dem Lachen und der Fröhlichkeit einen düsteren Akzent; fast jeder zweite Mann trug die Abzeichen des Krieges, und am Tor zum Garten und zur Küche standen uniformierte Fallschirmjäger Wache – jeder mit seiner Uzzi-Maschinenpistole über der Schulter. Auch die Geheimpolizisten waren leicht zu erkennen, sie trugen Zivil und bewegten sich, ohne zu lächeln, wachsam zwischen den Gästen.

David und Debra tanzten zusammen. Sie lag so leicht und warm und fest in seinen Armen, daß er ärgerlich war, als die Kapelle eine Pause machte. Er führte sie in einen stillen Winkel. Dort standen sie zusammen und machten böse Bemerkungen über die anderen Gäste, bis Debra über eine besondere Respektlosigkeit anfing zu kichern.

»Du bist schrecklich.« Sie lehnte sich an ihn. »Ich sterbe vor Durst, würdest du mir wohl etwas zu trinken holen?«

»Ein Glas kühlen Weißwein?« schlug er vor.

»Sehr gut«, antwortete sie und lächelte ihm zu. Einen Augenblick sahen sie sich forschend an. David fühlte plötzlich etwas Finsteres in sich aufsteigen, eine unbestimmte Trauer, wie die Vorahnung eines drohenden Unheils. Es war ein Gefühl, das er körperlich wahrnehmen konnte, das kalt in seine Brust drang und Glück und Freude daraus vertrieb.

»Was ist, David?« Auch ihre Miene veränderte sich, glich sich der seinigen an, und sie faßte seinen Arm fester.

»Nichts.« Abrupt entzog er sich ihrem Griff und versuchte, das Gefühl niederzukämpfen. »Es ist nichts«, wiederholte er, aber er spürte es immer noch in seinem Magen. Ihm war fast übel. »Ich hole dir jetzt den Wein«, sagte er und ging.

Er drängelte sich behutsam durch die Menge in Richtung auf die Bar. Der Brig fing seinen Blick auf und lächelte kühl zu ihm herüber. Joe stand neben seinem Vater und rief David lachend zu. Er hatte den Arm um seine Braut gelegt, die nun ihren Schleier gelüftet hatte. Hannahs Sommersprossen tauchten wieder unter dem Make-up auf und leuchteten in rosiger Frische. David winkte ihnen zu, ging aber weiter zur Bar am Ende des Gartens. Seine traurige Stimmung war noch nicht verflogen, und er hatte jetzt keine Lust zu einer Unterhaltung.

So war er in dem Augenblick von Debra getrennt, als eine Prozession weißbefrackter Kellner durch das Eisentor in den Garten marschierte. Jeder trug ein riesiges kupfernes Tablett, von dem man, selbst in der warmen Sonne, die dampfende Hitze aufsteigen sah. Der Duft von Fleisch, Fisch und Gewürzen erfüllte den Garten. Rufe der Bewunderung und Beifall wurden unter den Gästen laut, die eine Gasse zum erhöhten Tisch auf der oberen Terrasse öffneten, von wo es zu den Küchentüren und zum Haus weiterging. Die Kellner marschierten ganz nahe an David vorbei. Plötzlich wurde seine Aufmerksamkeit von den kulinarischen Genüssen abgelenkt. Er schaute sich das Gesicht des zweiten Kellners in der Reihe genauer an. Der Mann war mittelgroß, dunkelhäutig und trug einen kräftigen, hängenden Schnurrbart.

Er war schweißgebadet. Das war es, was David stutzig gemacht hatte. Sein Gesicht troff vor Schweiß, und auch unter den Armen, mit denen er das große Tablett hochhob, dehnten sich große Schweißflecke aus. Als er auf gleicher Höhe mit David war, trafen sich ihre Blicke für einen Augenblick. David sah, daß der Mann im Banne irgendeiner tiefen Erregung war – vielleicht Angst oder Glück. Der Kellner schien Davids forschenden Blick zu merken, und seine Augen glitten nervös ab.

David spürte einen Verdacht in sich aufsteigen und eiskalt seine Arme hinunterlaufen, während die drei Aufwärter die Steintreppe hinaufstiegen und sich hinter dem Tisch aufstellten. Wieder blickte der zweite Kellner rasch zu David und sah, daß dessen Augen immer noch starr auf ihn gerichtet waren. Darauf machte er aus dem Mundwinkel eine Bemerkung zu einem seiner Begleiter. Auch dieser blickte nun auf David, und sein Gesichtsausdruck allein genügte, um dessen Herz zum Jagen zu bringen. Sein Gehirn begann fieberhaft zu arbeiten. Er wußte nun, daß etwas geschehen würde, etwas Gefährliches und Entsetzliches. Wild um sich blickend suchte er die Wachen. Zwei von ihnen waren auf der Terrasse hinter den Kellnern postiert, einer stand in Davids Nähe neben dem Tor.

Verzweifelt bahnte er sich einen Weg zu ihm, ohne Rücksicht auf die empörten Bemerkungen der Umstehenden. Dabei behielt er fortgesetzt die drei Kellner im Auge, und so sah er, wie es begann. Alles mußte bis in die kleinsten Einzelheiten vorbereitet und geprobt worden sein. Denn als die drei Kellner unter dem Lachen und dem Applaus der sich unten im Garten drängenden Gäste die Tabletts auf den Tisch stellten, rissen sie die Plastiktücher heraus, auf denen eine dünne Schicht des köstlichen Mahles gelegen hatte, um den tödlichen Inhalt der Kupferschalen zu tarnen.

Der dunkelhäutige Kellner zog eine Maschinenpistole hervor, drehte sich blitzschnell um und feuerte im Halbkreis eine Salve auf die beiden Fallschirmjäger, die direkt hinter ihm standen. Das Krachen der automatischen Schüsse hallte ohrenbetäubend in dem von Mauern umgebenen Garten wider. Die Geschosse zerfetzten die Leiber der beiden Soldaten und schnitten sie wie ein monströses Hackmesser fast auseinander.

Der Kellner links von David hatte ein verhutzeltes Affengesicht mit blanken Brombeeraugen. Auch er riß eine Maschinenpistole von seinem Tablett, lehnte sich über den Tisch und zielte auf den Fallschirmjäger am Tor. Offenbar wollten sie zuerst die Wachen erledigen. Die Maschinenpistole rüttelte und dröhnte in seinen Fäusten, und die Geschosse klatschten mit einem gummiartigen dumpfen Laut in die menschlichen Leiber.

Der Posten am Tor hatte seine *Uzzi* feuerbereit und versuchte zu zielen, als ihn eine Kugel in den Mund traf. Sein Kopf wurde mit solcher Wucht nach hinten gerissen, daß das Fallschirmjägerbarett in die Höhe flog. Die Waffe entglitt seinen Händen, als er zusammensackte und auf die Fliesen stürzte. David warf sich flach auf die Steintreppe der Terrasse, während die Terroristen ihre Maschinenpistolen auf die Hochzeitsgäste richteten. Wie aus Gartenschläuchen spritzten sie einen dreifachen Strom tödlicher Geschosse in den Hof, wo sich die von Panik ergriffene Menge zusammendrängte. Das Knattern der Maschinenpistolen vermengte sich mit den schrillen Schreien und dem verzweifelten Wimmern der Opfer.

Auf der anderen Seite des Hofes hatte ein Geheimbeamter seine Pistole aus dem Schulterhalfter gezogen, ging in Scharfschützen-Stellung und zielte mit ausgestreckten Armen. Er gab zwei Schüsse ab und traf den Terroristen mit dem Affengesicht. Der Mann taumelte gegen die Wand, blieb aber auf den Beinen. Er erwiderte das Feuer aus seiner Maschinenpistole. Der Geheimbeamte brach zusammen, ohne einen weiteren Schuß abgeben zu können, und rollte tot über die Fliesen.

Zwei Kugeln trafen Hannah in die Brust. Sie stürzte rücklings über einen Tisch mit Gläsern und Flaschen, die krachend zersplitterten. Helles Blut sickerte aus den Wunden und durchtränkte ihr weißes Hochzeitskleid. Der Attentäter in der Mitte ließ seine leergeschossene Maschinenpistole fallen, beugte sich rasch über das Kupfertablett und zog zwei Handgranaten hervor. Er warf sie mitten in die um ihr Leben kämpfende, schreiende Menge. Die zweimalige Detonation war verheerend.

Die Schreie der Frauen wurden lauter, sie schienen die Gewehrsalven zu übertönen – da beugte sich der Attentäter wieder vor und hielt zwei neue Handgranaten in den Fäusten.

All das hatte sich innerhalb weniger Sekunden abgespielt. Ein kurzer Augenblick hatte genügt, um die festliche Freude in einem Blutbad zu ersticken.

David verließ den Schutz der Steintreppe. Er robbte schnell über die am Boden liegenden Fähnchen zu der herrenlosen *Uzzi*, ergriff sie und richtete sich auf den Knien mit der Waffe in der Hüfte auf. Seine Fallschirmjägerausbildung ließ ihn ganz automatisch handeln.

Der verwundete Terrorist sah ihn. Er drehte sich leicht schwankend zu ihm um und stieß sich mit einem schwachen Ruck von der Mauer ab. Ein Arm war zerschmettert und hing lose in dem zerfetzten, blutdurchtränkten Ärmel seines Jacketts; dennoch richtete er die Maschinenpistole auf David.

Doch David schoß zuerst. Die Kugeln schlugen Mörtelbrocken aus der Wand hinter dem Araber, und David zielte erneut. Die Geschosse trieben den Attentäter zurück, sie nagelten ihn förmlich an die Wand, während sein Körper hüpfte und zuckte. Er sackte in sich zusammen und hinterließ einen schmierigen Streifen Blut an der weißen Wand.

David schwenkte den Gewehrlauf herum und richtete ihn auf den Araber neben der Küchentür, der gerade die nächste Handgranate werfen wollte. Der Mann hatte den Arm nach hinten gestreckt, in der Faust die tödliche Stahlkugel. Er stieß irgendeinen Laut aus, es hörte sich an wie eine Herausforderung oder ein Kriegsruf, ein rauhes, triumphierendes Brüllen, das die Schmerzensschreie seiner Opfer übertönte.

Bevor er jedoch die Handgranate wegschleudern konnte, traf David ihn mit einer vollen Salve. Ein Dutzend Geschosse klatschten in den Bauch und in die Brust des Arabers. Er ließ beide Handgranaten vor seine Füße fallen und legte die Arme über seinen zerschmetterten Körper, als wollte er versuchen, das ausströmende Blut mit bloßen Händen aufzuhalten.

Die Handgranaten waren kurz gezündet und detonierten fast auf der Stelle. Sie hüllten den sterbenden Mann in einen Feuerschleier und rissen seinen Körper von der Hüfte abwärts in Fetzen. Dieselbe Detonation schleuderte auch den dritten Mann am Ende der Terrasse zu Boden. David sprang auf und rannte die Treppe hinauf. Der dritte und letzte Terrorist war tödlich verwundet, Kopf und Brust durchlöchert von Granatsplittern, aber er lebte noch, schlug mit schwachen Bewegungen um sich und versuchte, die Maschinenpistole zu erreichen, die neben ihm in einer Lache seines eigenen Blutes lag. Der Araber hatte die Maschinenpistole aufgenommen und richtete sie mit der grimmigen Konzentration eines Betrunkenen auf David. In diesem Augenblick feuerte David – aber es war nur ein einziger Schuß, der ohne sichtbare Wirkung blieb. Der Schlagbolzen seiner *Uzzi* fiel mit einem hohlen Klicken auf das leere Magazin. Der Araber lag am äußersten Ende der Terrasse, zu weit entfernt, als daß sich David hätte auf ihn stürzen können. Sein von Blut und Schweiß verschmiertes Gesicht war verzerrt vor Anstrengung, als er versuchte, mit der schwankenden Maschinenpistole zu zielen. Er war fast tot, aber seine letzten Lebensfunken nahm er zusammen, um David zu töten.

David stand wie erstarrt mit der leergeschossenen Waffe in der Hand. Die nackte Mündung der Pistole suchte ihn und blieb auf ihn gerichtet. Die Augen des Arabers verengten sich, und David sah, wie sich plötzlich ein mörderisches Grinsen auf dem dunklen Gesicht breitmachte, als er ihn im Visier hatte und sein Finger sich um den Abzug krümmte.

Aus dieser Entfernung würden die Kugeln ihr Ziel nicht verfehlen. David machte eine Bewegung, um sich die Treppe hinunterfallen zu lassen, aber wußte, daß es zu spät war. Der Araber drückte eben ab. Im selben Augenblick krachte direkt neben David ein Revolverschuß. Das schwere Bleigeschoß riß den halben Kopf des Arabers weg. Er sackte nach hinten, während das graugelbe Innere seines Schädels an der weißgetünchten Wand herunterlief. Sein Finger am Abzug entleerte die Maschinenpistole mit harmlosem Knattern in die über ihm hängenden Weintrauben.

David löste sich aus seiner Erstarrung. Er wandte sich um und sah den Brig neben sich stehen, die Pistole des toten Sicherheitsbeamten in der Hand. Einen Augenblick starrten sich die beiden Männer wortlos an. Dann ging der Brig an ihm vorbei zu den am Boden liegenden Leichen der Araber. Er jagte jedem von oben eine Pistolenkugel in den Kopf. David ließ die *Uzzi* zu Boden fallen und ging die Treppe hinunter.

Im Garten lagen Tote und Verwundete durcheinander. Das leise Wimmern und Stöhnen der Verwundeten, das verzweifelte Weinen eines Kindes, das Schreien einer Mutter, all das zusammen war grauenvoller als der Lärm der Schießerei und der Explosionen. Der Garten war mit Blut übergossen. An den weißen Wänden waren Spritzer und Flecke, auf dem Pflaster breiteten sich Lachen aus, Rinnsale krochen wie Schlangen am Boden und versickerten im Staub. Blutstropfen fielen wie Regen vom Körper eines Musikers, der über dem Geländer des Podiums hing. Der ekelhaft süßliche Geruch des Blutes mischte sich mit dem würzigen Duft der Speisen und des vergossenen Weins, dem mehligen Geschmack des Kalkstaubs und den beizenden Schwaden verbrannten Sprengstoffs. Der Schleier von Rauch und Staub, der immer noch über dem Garten hing, konnte das verheerende Bild, das er bot, nicht verbergen. Die Rinde der Olivenbäume war von den umherfliegenden Metallsplittern zerfetzt, und das nasse, weiße Holz lag bloß. Alle Überlebenden standen noch unter Schock des schrecklichen Erlebnisses. Man hörte Fluchen und Beten, Wimmern und Stöhnen. Die Verwundeten riefen um Hilfe; einige versuchten, über Glassplitter und Geschirrscherben zu kriechen, um sich in Sicherheit zu bringen.

David wankte die Treppe hinunter. Seine Beine bewegten sich automatisch, sein ganzer Körper war ohne Gefühl, und nur in seinen Fingerspitzen verspürte er ein Kribbeln. Joe stand unter einem der zerfetzten Olivenbäume, aufrecht wie ein Koloß, die dicken, kräftigen Beine gespreizt, den Kopf zurückgeworfen und das Gesicht zum Himmel gerichtet. Aber seine Augen waren zugepreßt und sein ganzen Gesicht verzerrt in einem stummen Aufschrei des Schmerzes – denn Hannah lag leblos in seinen Armen.

Der Brautschleier war herabgeglitten, und ihr kupferfarbenes Haar hing über Joes Arm bis fast auf die Erde. Auch ihre Beine und Arme hingen locker herab, schlaff und leblos. Die goldenen Sommersprossen traten deutlich auf der hellen Haut ihres Gesichts hervor, und die großen Wunden auf ihrer Brust breiteten sich auf dem weißen Stoff des Kleides aus wie tiefrote Blüten.

David blickte fort. Er konnte Joe in seinem Schmerz nicht ansehen. Langsam ging er durch den Garten, in furchtbarer Angst vor dem, was ihn erwartete.

»Debra!« Er versuchte zu rufen, aber seine Stimme war nur ein heiseres Krächzen. Er glitt in einer dicken, dunklen Blutlache aus und stieg über den leblosen Körper einer Frau in einem blumengemusterten Kleid, die mit dem Gesicht nach unten lag, beide Arme weit ausgebreitet. Er erkannte nicht, daß es Debras Mutter war.

»Debra!« Er versuchte zu laufen, aber seine Beine gehorchten ihm nicht. Dann sah er sie. Sie kauerte in der Ecke, wo er sie zurückgelassen hatte.

»Debra!« Sein Herz begann schneller zu schlagen. Sie schien unverletzt. Sie kniete unter einer der griechischen Marmorstatuen, die Blumen waren noch in ihrem Haar, und die gelbe Seide ihres fröhlichen, festlichen Kleides war ohne dunkle Flecken. Sie hatte ihr Gesicht der Mauer zugewandt und hielt den Kopf wie zum Gebet gebeugt. Ihr dunkles Haar war über das Gesicht geglitten, das sie in den Händen verbarg.

»Debra!« Er kniete neben ihr nieder und berührte sanft ihre Schulter.

»Liebste, bist du unverletzt?« Langsam hob sie das Gesicht. Ein eiskalter Hauch durchfuhr ihn, als er sah, daß ihre Hände voll Blut waren – dunklem, rotem Blut, das glänzte wie in einer Schale.

»David«, flüsterte sie und drehte sich zu ihm. »Bist du es, Liebling?«

Ein kurzer atemloser Schmerzenslaut brach aus ihm hervor, als er die blutgefüllten Augenhöhlen sah, die dunkle gallertartige Masse, die unter den langen dunklen Augenlidern gerann und das liebliche Gesicht in eine blutige Maske verwandelte.

»Bist du es, David?« fragte sie wieder, und ihr Kopf neigte sich blind und horchend.

»O Gott, Debra.« Er starrte entsetzt auf ihr Gesicht.

»Ich kann nicht sehen, David.« Sie faßte nach ihm. »Oh, David, ich kann nicht sehen.«

Da nahm er ihre blutverklebten, nassen Hände in die seinen und meinte, sein Herz müsse brechen.

Die mächtige moderne Silhouette des Hadassah-Krankenhauses erhob sich am Horizont hinter Ein Kareim. Die Krankenwagen waren schnell zur Stelle, so daß viele Verletzte, deren Zustand kritisch war, gerettet werden konnten. Das Hospital war immer auf die plötzliche Masseneinlieferung von Kriegsopfern eingerichtet. Die drei Männer – der Brig, Joe und David – warteten die ganze Nacht zusammen auf den harten Holzbänken des Wartezimmers. Ab und zu erschien ein Sicherheitsbeamter und erstattete dem Brig flüsternd Bericht über die letzten Informationen bezüglich der Planung und Hintergründe des Anschlags. Einer der Terroristen war in dem Restaurant angestellt gewesen, wo das Essen bestellt worden war, und galt als vertrauenswürdig. Die beiden anderen Männer waren »Vettern« von ihm, die auf seine Empfehlung hin aushilfsweise beschäftigt worden waren. Ihre Papiere waren zweifellos gefälscht.

Die Premierministerin und ihr Kabinett hatten sich wegen einer wichtigen Sitzung verspätet. Sie befanden sich aber auf dem Weg zur Hochzeit, als die Aktion begann, der sie nur durch einen glücklichen Zufall entkommen waren.

Um zehn Uhr verbreitete Radio Damaskus einen Bericht, in dem die El Fatah die Verantwortung für den Anschlag übernahm, der von Mitgliedern eines Selbstmordkommandos durchgeführt worden sei.

Kurz vor Mitternacht kam der Chefchirurg aus dem Operationssaal. Er trug noch den grünen Operationskittel und die Gesichtsmaske über Mund und Nase. Ruth Mordechai war außer Lebensgefahr. Man hatte eine Kugel entfernt, die durch die Lunge gegangen und im Schulterblatt steckengeblieben war. Sie hatten die Lunge erhalten können.

»Gott sei Dank«, murmelte der Brig und schloß für einen Augenblick die Augen. Erst jetzt wagte er sich vorzustellen, was nach fünfundzwanzigjähriger Ehe ein Leben ohne seine Frau bedeutet hätte. Dann blickte er auf: »Was ist mit meiner Tochter?« Der Chirurg schüttelte den Kopf. »Die Operation dauert noch an.« Er zögerte. »Colonel Halman ist vor wenigen Minuten im Operationssaal gestorben.«

Die Zahl der Toten lag bisher bei elf. Vier Menschen schwebten noch in Lebensgefahr.

Am frühen Morgen kamen die Beerdigungsunternehmen mit ihren schwarzen Limousinen und den langen Weidenkörben. David gab Joe die Schlüssel des Mercedes, damit er der Überführung von Hannahs Leiche folgen und die Einzelheiten der Bestattung regeln konnte.

David und der Brig saßen nun allein nebeneinander auf der Holzbank. Ihre Gesichter waren eingefallen mit schlaflosen, verquollenen Augen. Sie tranken Kaffee aus Pappbechern.

Am späten Morgen erschien der Augenchirurg. Es war ein glattgesichtiger, jugendlich wirkender Mann in den Vierzigern. Sein graues Haar schien nicht zu seinem faltenlosen Gesicht und den klaren blauen Augen zu passen. »General Mordechai?«

Der Brig erhob sich steif. Er schien in dieser Nacht um zehn Jahre gealtert zu sein.

»Ich bin Doktor Edelmann. Wollen Sie bitte mit mir kommen?«

David erhob sich, um ihnen zu folgen, aber der Doktor blieb stehen und sah den Brig fragend an.

»Ich bin ihr Verlobter«, sagte David.

»Es ist vielleicht besser, wenn wir erst allein miteinander sprechen, General.« Edelmann versuchte, ihm einen warnenden Blick zuzuwerfen. Der Brig nickte.

»Aber...«, begann David. Der Brig legte eine Hand auf Davids Schulter. Es war das erste Zeichen von Sympathie, das zwischen ihnen ausgetauscht wurde.

»Bitte, mein Junge«, und David kehrte auf die Bank zurück. In seinem winzigen Büro setzte sich Edelmann auf die Kante des Schreibtisches und zündete sich eine Zigarette an. Seine Hände waren schlank und schmal wie die eines Mädchens. Er gebrauchte sein Feuerzeug mit den gleichen nüchternen und sparsamen Bewegungen wie ein Skalpell oder eine Nadel.

»Ich nehme an, daß man in Ihrem Beruf Offenheit schätzt.« Er hatte den Brig sorgfältig taxiert und redete weiter, ohne auf eine Antwort zu warten. »Beide Augen Ihrer Tochter sind unverletzt.« Dann hob er eine Hand, um dem Ausdruck der Erleichterung, der sich auf dem Gesicht des Brig abzeichnete, zu wehren. Er wandte sich zu einer Glaswand, vor der eine Reihe von Röntgenaufnahmen hing, und schaltete die rückwärtige Beleuchtung ein.

»Die Augen sind unversehrt, auch das Gesicht ist fast unbeschädigt geblieben – der Schaden sitzt hier...« Er zeigte auf einen scharfen, eisgrauen Schatten in den verschwommenen Mustern des Röntgenbildes. »Das ist ein Stahlsplitter, offensichtlich von einer Handgranate. Er ist nicht größer als die Spitze eines Bleistifts. Er ist durch den äußeren Rand der rechten Schläfe in den Schädel eingedrungen und hat die große Vene verletzt. Das war die Ursache der heftigen Blutung. Danach führte sein Weg schräg hinter die Augäpfel, ohne daß er jedoch diese oder anderes wichtiges Gewebe des Gehirns beschädigt hätte. Dann aber ist er durch die Knocheneinfassung der Sehnervkreuzung gedrungen«, er zeichnete den Weg nach, den der Splitter durch Debras Kopf genommen hatte – »und scheint die Sehnerven durchschnitten zu haben, bevor er in dem dahinterliegenden Knochen steckenblieb.«

Edelmann tat einen tiefen Zug aus seiner Zigarette und wartete auf eine Reaktion des Brig. Er wartete vergebens.

»Wissen Sie, was das bedeutet, General?« fragte er. Der Brig schüttelte verständnislos den Kopf. Der Arzt schaltete das Licht hinter den Röntgenaufnahmen aus und ging zum Schreibtisch zurück. Er riß einen Zettel vom Rezeptblock ab und nahm einen Drehbleistift aus der oberen Jackentasche. Mit einfachen Strichen zeichnete er eine Skizze der Augäpfel, des Gehirns und der Sehnerven.

»Zu jedem Auge gehört ein Sehnerv. Die beiden Nerven laufen durch diese schmale Knochenöffnung nach hinten, wo sie sich vereinigen und dann wieder trennen, um zu den entgegengesetzt angeordneten Hirnlappen zu laufen.«

Der Brig nickte, und Edelmann stieß mit der Spitze seines Bleistiftes durch den Punkt, an dem die Nerven zusammentrafen. Allmählich dämmerte es auf den überanstrengten und müden Zügen des Brig.

»Blind?« fragte er. Edelmann nickte.

»Für immer?« fragte er weiter.

»Sie kann weder Formen noch Farben, weder Licht noch Dunkelheit erkennen. Der Splitter hat die Sehnervkreuzung durchbohrt, und alle Anzeichen deuten daraufhin, daß beide Nerven verletzt sind. Die Medizin kennt keine Methoden, eine solche Verletzung wieder zur Heilung zu bringen.« Edelmann machte eine Pause. Er atmete tief durch, bevor er fortfuhr. »Mit einem Wort also, Ihre Tochter ist für immer und vollständig blind auf beiden Augen.«

Der Brig holte tief Luft und blickte auf. »Haben Sie es ihr gesagt?«

Edelmann konnte seinem Blick nicht standhalten. »Ich habe eigentlich gehofft, daß Sie das tun würden.«

»Ja.« Der Brig nickte. »Das ist am besten. Kann ich sie jetzt sehen? Ist sie wach?«

»Wir haben ihr ein leichtes Beruhigungsmittel gegeben. Sie hat keine Schmerzen, denn die äußere Wunde ist unbedeutend und bereitet nur ein gewisses Unbehagen. Wir werden nicht versuchen, den Metallsplitter zu entfernen, weil das einen größeren neurochirurgischen Eingriff erforderlich machen würde.« Er stand auf und wies zur Tür. »Ja, Sie können sie jetzt sehen. Ich bringe Sie hin.«

An beiden Wänden des Korridors, der zu den Operationsräumen führte, waren Betten aufgestellt, und der Brig erkannte unter den Verwundeten manchen seiner Gäste wieder. Er blieb kurz stehen, um mit dem einen oder anderen zu sprechen, bevor er Edelmann in das Zimmer am Ende des Korridors folgte.

Debra lag in dem großen Bett unter dem Fenster. Sie war sehr bleich. An ihrem Haar klebte noch Blut, ein dicker Watteverband bedeckte beide Augen.

»Ihr Vater besucht Sie, Miß Mordechai«, sagte Edelmann. Sie wandte rasch ihren Kopf.

»Daddy?«

»Ich bin hier, mein Kind.«

Der Brig nahm ihre ausgestreckte Hand. Dann beugte er sich über seine Tochter, um sie zu küssen. Ihre Lippen waren kalt, und sie roch stark nach Desinfektions- und Betäubungsmitteln.

»Was ist mit Mama?« fragte sie voll Angst.

»Sie ist außer Gefahr«, beruhigte sie der Brig, »aber Hannah...«

»Ja. Das haben sie mir schon gesagt«, unterbrach ihn Debra mit erstickter Stimme. »Wie trägt es denn Joe?«

»Er ist stark«, sagte der Brig. »Er wird es überstehen.«

»Und David?« fragte sie.

»Er ist hier.«

Ungeduldig stützte sie sich auf den Ellbogen und wandte den Kopf hin und her. Ihre Miene wurde hell vor Erwartung.

»David«, rief sie, »wo bist du denn? Dieser verdammte Verband. Mach dir keine Sorgen, David, es ist nur, damit sich meine Augen erholen.«

»Nein«, der Brig legte eine Hand auf ihren Arm und drückte sie auf das Bett zurück. »Er wartet draußen.«

Enttäuscht legte sie den Kopf in die Kissen.

»Er kommt gleich«, sagte der Brig. »Aber erst müssen wir beide etwas besprechen – ich muß dir etwas sagen.« Sie mußte geahnt haben, was es war, der Ton seiner Stimme mußte sie gewarnt haben, denn plötzlich wurde sie ganz still. Es war dieses ihr eigene Stillsein, das sie wie ein ängstliches Tier auf offenem Felde erscheinen ließ.

Der Brig war Soldat, und seine direkte Art war die eines Soldaten. Er hatte sich vorgenommen, schonungsvoll zu sein, aber seine Stimme war rauh vom eigenen Schmerz, und so brachte er es schnell und brutal hervor. Nur das heftige Zucken ihrer Hand zeigte an, daß sie ihn verstanden hatte. Sie krampfte sich zusammen wie ein verwundetes Lebewesen, dann lag sie wieder ganz still und schmal in seiner großen, knochigen Faust.

Sie stellte nicht eine einzige Frage. Als er es gesagt hatte, sprach keiner von ihnen eine lange Zeit ein Wort. Schließlich stand er auf.

»Ich schicke jetzt David zu dir.« Sie umklammerte heftig seine Hand.

»Nein!« rief sie. »Bitte – ich kann jetzt nicht mit ihm sprechen. Ich muß erst damit fertig werden.«

Der Brig kehrte ins Wartezimmer zurück. David erhob sich, als er eintrat. Die klaren Linien seines Gesichts waren wie aus blassem, glattem Marmor gemeißelt, und das dunkle Blau seiner übermüdeten Augen stach im scharfen Kontrast heraus. Fast grob hielt ihn der Brig zurück. »Keine Besuche.«

Er nahm Davids Arm. »Sie können sie erst morgen sehen.«

»Ist irgend etwas nicht in Ordnung? Was ist los?« David versuchte sich loszumachen, doch der Brig hielt ihn eisern fest und geleitete ihn zur Tür.

»Nichts. Sie kommt durch – aber sie muß jede Aufregung meiden. Morgen dürfen Sie sie sehen.«

Hannah wurde am selben Abend im Familiengrab auf dem Olivenberg beigesetzt. Die kleine Trauerfeier bestand nur aus den drei Männern und einigen Verwandten. Manche von ihnen hatten noch andere Opfer der Bluthochzeit zu beklagen. Nach der Trauerzeremonie brachte ein Dienstwagen den Brig zu einer Konferenz des Oberkommandos, auf der über Vergeltungsmaßnahmen beraten werden sollte.

Joe und David stiegen in den Mercedes. Schweigend saßen sie nebeneinander. David machte keine Anstalten, den Wagen zu starten. Joe zündete für jeden eine Zigarette an.

»Was wirst du jetzt machen?« fragte David.

»Wir hatten zwei Wochen«, antwortete Joe. »Wir sollten nach Aschkelon...« Seine Stimme versagte. »Ich weiß nicht. Es gibt doch jetzt nichts mehr, nicht wahr?«

»Wollen wir irgendwo etwas trinken?«

Joe schüttelte den Kopf. »Mir ist nicht nach Trinken zumute«, sagte er. »Ich glaube, ich gehe zum Fliegerhorst zurück. Heute gibt es sicher Nachteinsätze.«

»Ja«, stimmte David rasch zu. »Ich komme mit.« Er konnte Debra nicht vor morgen sehen, und das Haus in der Malikstraße würde einsam und kalt sein. Plötzlich sehnte er sich nach dem Frieden des Nachthimmels.

Der Mond hing wie ein blitzender Sarazenensäbel am weichen,

dunklen Himmel, und die Sterne funkelten groß und silbern wie klare Diamanten.

Sie flogen hoch über der Erde, fern von Kummer und Leid, umhüllt von der Einsamkeit des Fliegens.

Das Ziel war eine Mirage ihrer eigenen Staffel. Sie entdeckten sie mit Radar weit entfernt über der Wüste Negev. Joe verfolgte sie auf dem Radarschirm und nannte Route und Entfernung. David machte sie schließlich als fliegenden Stern aus, dessen Düsenstrahl rot in der samtigen Schwärze der Nacht brannte. Er näherte sich zu einem präzisen Abfangmanöver und kam im Steigflug unter dem Bauch des Ziels hervor, so wie ein Barracuda unter der Oberfläche des Wassers auf der Lauer liegt und blitzschnell nach oben auf den Meeresspiegel schießt. Sie rasten so nahe vorbei, daß die Ziel-Mirage, die sie bis zu diesem Augenblick noch nicht bemerkt hatte, erschreckt über Backbord kippte.

Joe schlief in jener Nacht vor Kummer und Erschöpfung rasch ein. David lag in der Koje unter ihm wach und lauschte auf die Geräusche der Nacht. Im Morgengrauen stand er auf, duschte und verließ Joe, der immer noch schlief. Er fuhr nach Jerusalem und kam vor dem Hospital an, als gerade die Sonne aufging und die Hügel in Strahlen von sanftem Gold und Perlenrosa tauchte. Die Nachtschwester am Schreibtisch war kurz angebunden und beschäftigt. »Besuchszeit ist erst am Nachmittag.«

Aber David bot allen Charme auf, dessen er in seiner Müdigkeit noch fähig war.

»Ich möchte nur wissen, ob es ihr gut geht. Ich muß heute früh zu meiner Einheit zurück.«

Die Schwester war weder gegen sein Lächeln noch gegen seine Luftwaffenuniform gefeit. Bereitwillig ging sie ihre Liste durch.

»Sie müssen sich irren«, sagte sie schließlich. »Die einzige Mordechai, die wir haben, ist Mrs. Ruth Mordechai.«

»Das ist ihre Mutter«, erwiderte David, und die Schwester blätterte in ihrem Buch nach vorn.

»Kein Wunder, daß ich sie nicht finden konnte«, murmelte sie ärgerlich, »sie wurde gestern abend entlassen.«

»Entlassen?« Verständnislos blickte er sie an.

»Ja, sie ist gestern nach Hause gegangen. Ich erinnere mich jetzt auch. Ihr Vater holte sie ab, gerade als ich meinen Dienst antrat. Ein hübsches Mädchen – mit einem Augenverband.«

»Ja.« David nickte. »Ich danke Ihnen. Ich danke Ihnen vielmals.«

Erleichtert rannte er die Treppe hinunter zum Mercedes. Endlich waren Angst und Zweifel vorbei. Debra war zu Hause. Es war alles in Ordnung.

Der Brig öffnete ihm die Tür. Er hatte seine zerknitterte Uniform immer noch nicht gewechselt. Die Züge seines Gesichts waren hart und zerfurcht. Seine Augen lagen tief in den Höhlen.

»Wo ist Debra?« fragte David ungeduldig. Der Brig atmete tief und trat zur Seite, um ihn einzulassen. Das Haus war ganz still.

»Wo ist sie?« wiederholte David. Wortlos führte ihn der Brig in sein Arbeitszimmer und deutete auf einen Stuhl.

»Warum sagen Sie nichts?« David wurde ungeduldig. Der Brig ließ sich am anderen Ende des großen Raumes in einen Stuhl fallen. Das Zimmer war mit seinen Büchern und archäologischen Funden in mönchischer Kargheit eingerichtet.

»Ich konnte es Ihnen gestern nicht sagen, David. Sie hatte mich darum gebeten. Tut mir leid.«

»Was ist los?« David war in höchster Angst.

»Sie brauchte Zeit, um nachzudenken – um einen Entschluß zu fassen.« Der Brig erhob sich wieder und begann, auf und ab zu gehen. Seine Schritte hallten auf dem kahlen Holzfußboden wider. Ab und zu blieb er stehen, um eine antike Statue zu berühren, die er dann während des Sprechens streichelte, als ob er daraus irgendeinen Trost gewinnen könnte.

David hörte schweigend zu. Hin und wieder schüttelte er den Kopf, als könne er nicht glauben, was er da hörte. »Sie sehen also, daß es für immer ist, endgültig, hoffnungslos. Sie ist blind, David, völlig blind. Sie ist in eine dunkle Welt gegangen, in die ihr niemand folgen kann.«

»Wo ist sie? Ich will zu ihr«, flüsterte David. Aber der Brig überhörte seine Frage und fuhr mit seinem Bericht fort.

»Sie brauchte Zeit, um sich zu entscheiden – ich gab ihr diese

Zeit. Gestern abend, nach der Beerdigung, ging ich noch einmal zu ihr. Sie war bereit. Sie hatte sich damit auseinandergesetzt, ihr Gewissen geprüft und eine Entscheidung getroffen.«

»Ich will sie sehen«, wiederholte David. »Ich will mit ihr sprechen.«

Jetzt sah ihn der Brig an, sein Blick wurde weich, und als er antwortete, war seine Stimme rauh vor Mitleid geworden. »Nein, David! Sie hat beschlossen, daß Sie sie nicht wiedersehen werden. Debra ist gestorben. Sie trug mir folgendes auf: Sag ihm, daß ich tot bin und daß er sich meiner nur so erinnern soll, wie ich früher war.«

David sprang auf und unterbrach ihn. »Herrgott, wo ist sie?« Seine Stimme bebte. »Ich will sie sehen – sofort – jetzt!«

Er eilte zur Tür und riß sie auf. Aber der Brig fuhr fort: »Sie ist nicht hier.«

»Wo ist sie?« David wandte sich um.

»Ich kann es nicht sagen. Ich habe es ihr feierlich geschworen.«

»Ich werde sie finden...«

»Das können Sie, wenn Sie sich große Mühe geben – aber Sie werden dabei alle Achtung und alle Liebe, die Debra für Sie empfinden mag, verlieren«, fuhr der Brig unerschütterlich fort.

»Ich wiederhole Ihnen noch einmal genau, was sie sagte: ›Sage ihm, daß ich bei unserer Liebe und bei allem, was wir füreinander gewesen sind, von ihm verlange, daß er mich in Frieden läßt, daß er niemals zu mir kommt.‹«

»Aber warum, warum?« fragte David verzweifelt. »Warum verstößt sie mich?«

»Sie weiß, daß nun alles anders geworden ist, daß es keine Hoffnung und keinen Ausweg für sie gibt. Sie weiß, daß es nie wieder so werden kann, wie es war. Sie weiß, daß sie niemals wieder das für Sie sein kann, worauf Sie ein Anrecht haben...« Er schnitt Davids Protest mit einer heftigen Handbewegung ab. »Hören Sie, sie weiß, daß es nicht so bleiben würde. Sie kann niemals mehr Ihre Frau sein. Sie sind zu jung, zu lebenshungrig, zu arrogant...« David erstarrte. »Sie weiß, daß es eines Tages vorbei wäre. In einer Woche, in einem Monat, vielleicht in einem Jahr. Sie würden sich unfrei fühlen, gebunden an eine blinde Frau. Das will sie nicht. Sie will, daß es jetzt aus ist, sie will ein schnelles, barmherziges Ende ihrer Liebe, kein langsames Dahinsiechen.«

»Hören Sie auf«, rief David. »Aufhören, verdammt noch mal – ich kann nichts mehr hören.« Er schwankte zum Stuhl zurück und ließ sich hineinfallen. Beide schwiegen. David saß zusammengesunken, den Kopf in den Händen vergraben. Der Brig stand vor der schmalen Fensternische, durch die das frühe Morgenlicht auf sein hartes altes Soldatengesicht fiel.

»Sie bat mich, Ihnen das Versprechen abzunehmen«, er zögerte, und David sah auf, »daß Sie nicht versuchen würden, sie zu finden.«

»Nein.« Hartnäckig schüttelte David den Kopf.

Der Brig seufzte. »Falls Sie es nicht versprechen wollen, soll ich Ihnen etwas sagen – sie meinte, Sie würden es schon verstehen, obgleich ich nicht weiß, was es bedeuten soll: Sie sagte, in Afrika gäbe es ein schönes, wildes Tier, die Säbelantilope, und manchmal werde eines aus der Herde durch einen Jäger verwundet oder von einem Löwen gerissen.«

Diese Worte trafen David wie ein Peitschenhieb. Wie ein Schmerz stieg die Erinnerung an den Abend in ihm auf, als er ihr von der Säbelantilope erzählt hatte, damals – als sie beide jung und stark, unverwundbar schienen. »Nun gut«, sagte er schließlich mit leiser Stimme, »wenn das wirklich ihr Wille ist, dann verspreche ich, daß ich nicht versuchen werde, sie zu finden, aber ich werde alles tun, um sie davon zu überzeugen, daß sie unrecht hat.«

»Vielleicht ist es am besten, Sie verlassen Israel«, meinte der Brig. »Vielleicht sollten Sie dahin zurückgehen, woher Sie gekommen sind, und alles vergessen, was hier war.«

David überlegte kurz, bevor er erwiderte: »Nein, alles was ich habe, ist hier – und deshalb werde auch ich hierbleiben.«

»Gut.« Der Brig akzeptierte diese Entscheidung. »Mein Haus steht Ihnen immer offen.«

»Ich danke Ihnen, Sir«, sagte David und ging hinaus. Als er das Haus in der Malikstraße betrat, merkte er sofort, daß jemand vor ihm da gewesen war.

Langsam ging er in das Wohnzimmer. Die Bücher waren verschwunden, das Kadesch-Gemälde hing nicht mehr an der Wand. Aus dem Schrank im Badezimmer waren all ihre Toilettenartikel entfernt worden, die Reihen duftender Fläschchen, die Tuben und Cremetöpfe, selbst der Halter für ihre Zahnbürste neben dem seinen war leer.

Ihre Kleider waren weg, die Bücherregale leer, jede Spur von Debra war ausgelöscht. Nur der Duft ihres Parfüms hing noch in der Luft. Und auf dem Bett lag die cremefarbene Spitzendecke. Er setzte sich darauf, strich über das zarte Muster und dachte an alles, was nun vergangen war.

Plötzlich spürte er auf dem Kissen etwas Hartes, Viereckiges. Er schlug die Decke zurück – da lag das dünne grüne Buch.

»Dieses Jahr in Jerusalem.« Das also war ihr Abschied. Der Titel begann vor seinen Augen zu verschwimmen, und sein Blick verschleierte sich. Das war alles, was ihm von ihr geblieben war.

Das Blutbad von Ein Karem schien das Signal für den Ausbruch neuer Feindseligkeiten und Gewalttaten im ganzen Nahen Osten gegeben zu haben. Die internationalen Spannungen steigerten sich zur Krise. Die arabischen Staaten drohten mit dem riesigen Waffenarsenal, das sie mit Hilfe ihrer enormen Ölgewinne zusammengekauft hatten, und schworen einmal mehr, keinen einzigen Juden in dem Land zu lassen, das sie immer noch Palästina nannten.

Ungeschützte Botschaften und Konsulate in aller Welt wurden zum Ziel brutaler Angriffe ebenso wie Schulbusse, die nächtlich in einsamen Gegenden überfallen wurden, und Postämter, in denen Briefbomben explodierten.

Dann wurden die Provokationen dreister, richteten sich gegen Israel selbst: Grenzüberschreitungen, Kommandounternehmen, Verletzungen des Luftraums, Artilleriefeuer und schließlich eine bedrohliche Zusammenziehung bewaffneter Streitkräfte an den langen, verwundbaren Grenzen des kleinen Landes.

Die Israelis warteten. Sie beteten um Frieden und rüsteten sich für den Krieg.

Tag für Tag, Monat für Monat waren David und Joe in der Luft, um sich jenen hohen Grad des Könnens anzueignen, bei dem bewußte Überlegung und logisches Handeln durch Instinkt und Geistesgegenwart ersetzt werden.

Bei den rasenden Geschwindigkeiten jenseits der Schallgrenze konnte eine Truppe allein durch Training der anderen überlegen werden. Selbst die blitzschnelle Reaktionsfähigkeit der einzeln ausgewählten jungen Männer trug nur dazu bei, die mächtigen Maschinen erfolgreich zum Einsatz zu bringen, wenn sie im Training zu dieser nahezu instinktmäßigen Perfektion weiterentwikkelt wurden. Hier wurden Abweichungen in Hundertstln von Sekunden gemessen – und die Aufgabe, den Feind aufzuspüren, zu erkennen, sich zu nähern, ihn zu vernichten und sich wieder zu lösen, ließ glücklicherweise wenig Zeit zum Grübeln.

Und doch schienen Kummer und Zorn, die David und Joe gemeinsam trugen, sie doppelt zu wappnen. Ihr Bedürfnis nach Rache war unersättlich.

Bald gehörten sie zu jenem ausgewählten halben Dutzend Teams, die von Wüstenblume zu den heikelsten Einsätzen abkommandiert wurden. Immer und immer wieder wurden sie in den Kampf geschickt, und mit jedem Erfolg wuchs das Vertrauen, das das Oberkommando in sie setzte.

David saß im Cockpit, von Kopf bis Fuß in die enge, steife Druckausgleichskombination gezwängt, und atmete durch seine geschlossene Sauerstoffmaske, obgleich die Mirage auf dem Erdboden kauerte. Unter dem Cockpit waren vier kleine, schwarzrot-weiße Kokarden auf den Rumpf gemalt – die Skalps seiner Feinde.

Es war ein Zeichen des Vertrauens, daß die Staffel »Bright Lance« für die Alarmbereitschaft »Rot« in extremen Höhen eingeteilt worden war. Die Statorkabel waren eingestöpselt, um jederzeit Druckluft in die Kompressoren zu blasen und die großen Maschinen in Gang zu setzen. Das Bodenpersonal stand neben den Triebwerken. Innerhalb von Sekunden konnten die Mirages startbereit sein. David und Joe konnten sich mit ihrer Ausrüstung in die fast drucklosen Höhen über 18 Kilometer wagen, wo das Blut eines Menschen ohne Schutzanzug in den Adern perlen würde wie Champagner.

David hatte längst aufgehört, die ermüdenden und unbequemen Tage und Stunden zu zählen, in denen er, in seinem Cockpit eingezwängt, Bereitschaft für Alarmstufe »Rot« hatte. Die Eintönigkeit dieser Dienstzeit wurde nur durch die regelmäßigen, viertelstündlichen Überprüfungen unterbrochen.

»Checking 11 Uhr 15 – 15 Minuten Unterbrechung«, sagte David ins Mikrofon. Er hörte Joe atmen, bevor die Antwort kam.

»Zwo ebenfalls. Beseder.«

Unmittelbar zu Beginn der Pause, sobald eine andere Crew die mühselige Alarmbereitschaft übernommen hatte, pflegte David einen Trainingsanzug anzuziehen und fünf oder sechs Meilen zu laufen, um seine steifen Beine zu lockern und die eingerosteten Glieder vom Schweiß ölen zu lassen. Darauf freute er sich, und danach wollte er... Plötzlich gab es ein scharfes Krachen in seinem Kopfhörer, und eine andere Stimme kam durch.

»Alarmbereitschaft ›Rot‹. – Los! Los!«

Der Befehl wurde über Lautsprecher im unterirdischen Bunker wiederholt. Das Bodenpersonal trat wie aus der Pistole geschossen in Aktion. Da er alle Abflugproben und Routineprüfungen längst hinter sich hatte, brauchte David nur noch den Gashebel in Startposition zu bringen. Sofort heulten die Statoren auf. Das Triebwerk zündete, und er jagte seine Leistung auf hundert Prozent.

Vor ihm öffneten sich die Kipptore.

»Bright Lance Zwo, hier Führer, ich starte.«

»Zwo folgt«, sagte Joe, dann rasten sie das Vorfeld entlang und donnerten in den Himmel.

»Hallo, Wüstenblume, hier Bright Lance, haben abgehoben und steigen.«

»Bright Lance, hier Brig.« Es überraschte David nicht, daß der Brig die Befehlsleitung hatte. Vertraute Stimmen und die Verwendung persönlicher Namen machten es dem Gegner schwerer, mit falschen Befehlen Verwirrung zu stiften.

»David, wir haben einen Eindringling, der in großer Höhe näherkommt und, wenn er seinen Kurs beibehält, unseren Luftraum in vier Minuten erreicht. Das bedeutet, daß es sich entweder um eine amerikanische U2 handelt, was ich für sehr unwahrscheinlich halte, oder um ein russisches Spionageflugzeug, das sich bei uns umschauen will.«

»Beseder, Sir«, bestätigt David.

»Wir wollen einen Angriff im Steigflug versuchen und das Ziel abfangen, sobald es in unseren Luftraum eindringt.«

»Beseder, Sir.«

»Gehen Sie bei sechstausend Meter auf Horizontalflug, drehen auf 186 und dann Höchstgeschwindigkeit für Angriff.«

Bei sechstausend Metern ging David in den horizontalen Flug über. Im Rückspiegel sah er Joes Mirage fast an seinem Heck kleben.

»Bright Lance Zwo, hier ist Führer. Nehmen jetzt Anlauf.«

»Zwo folgt.«

David beleuchtete sein Heck und schob den Gashebel bis zur maximalen Nachbrennposition. Er senkte die Nase der Maschine geringfügig, um die Beschleunigung zu steigern. Mit einem Knall durchstießen sie die Schallgrenze. David trimmte für den Überschallflug wieder aus, indem er mit dem Daumen kurz den kleinen Zylinder am Ende seines Steuerknüppels drückte.

Ihre Geschwindigkeit kletterte rasch von 1.2 auf 1.5 Mach. Die Mirages hatten keinen Ballast. Keine Raketen hingen unter den Tragflächen, und nirgends gab es Reservetanks, die dem Luftstrom Widerstand entgegensetzen konnten. Das einzige, was sie an Bord hatten, waren zwei 30-mm-Kanonen. So kletterten sie auf der Machskala nach oben und jagten von Beerscheba nach Eilat in der gleichen Zeit, die man braucht, um einmal um den Block zu spazieren. Ihre Geschwindigkeit stabilisierte sich bei 1.9 Mach, knapp unter der Hitzegrenze. »David, hier ist der Brig. Wir verfolgen euch. Kurs und Geschwindigkeit zum Abfangen korrekt. Fertigmachen zum Steilflug in sechzehn Sekunden.«

»Beseder, Sir.«

»Ich zähle jetzt. Acht, sieben, sechs... zwo, eins. Los!« Jeder Muskel in David war angespannt, als er die Nase der Mirage hochzog. Er öffnete den Mund und stieß einen lauten Schrei aus, um die Wirkung der Schwerkraft abzuschwächen. Dennoch preßte ihn der plötzliche Richtungswechsel in seinen Sitz und zog ihm das Blut aus dem Kopf, so daß ihm erst grau, dann schwarz vor Augen wurde.

Die Mirage flog fast senkrecht und immer noch knapp unterhalb der zweifachen Schallgeschwindigkeit. Als er wieder klar sehen konnte, warf David einen Blick auf den Schwerkraftmesser. Er hatte seinen Körper der neunfachen Schwerkraft ausgesetzt, um diese Steilfluglage ohne Geschwindigkeitseinbuße zu erreichen. Auf dem Rücken liegend starrte er in den leeren Himmel, und während die Nadel seines Höhenmessers nach oben kletterte, ging die Geschwindigkeit allmählich zurück.

Ein kurzer Blick nach hinten zeigte ihm, daß Joes Mirage den Kurs zäh durchhielt und gleichmäßig mit ihm nach oben stieg. Seine Stimme war ruhig und gelassen: »Führer, hier Zwo. Ich habe Kontakt mit dem Zielobjekt.«

Selbst unter dem Streß des Steigfluges hatte Joe sein Radar nicht aus den Augen gelassen und so das Spionageflugzeug hoch über ihnen entdeckt. Sie flogen wie zwei senkrecht abgeschossene Pfeile dahin. Bis zu einem bestimmten Punkt konnten sie die Kraft des Bogens emporschnellen lassen, dann würden sie für einige Augenblicke im Raum schweben, bevor sie unwiderstehlich zur Erde zurückgezogen würden. In diesen wenigen Augenblicken mußten sie den Feind finden und vernichten.

David lag in seinem Sitz und sah wieder einmal mit Staunen, wie das Blau des Himmels immer dunkler wurde und nach und nach ins mitternächtliche Schwarz des Weltraumes überging, das durchlöchert war vom flackernden Blitzen der Sterne.

Sie waren am äußersten Rand der Stratosphäre, weit über den höchsten Wolken oder Wetterzeichen, die man von der Erde aus erkennen kann. Außerhalb des Cockpits war die Luft zu dünn, als daß sich menschliches Leben darin erhalten konnte – es war kaum genügend Sauerstoff für die Düsen der Mirage. Die Temperatur lag bei sechzig Grad minus.

Beiden Flugzeugen ging allmählich die Kraft aus. Schließlich endete der Höhenflug an der Spitze einer gewaltigen Parabel. Das Gefühl des Fliegens war weg, es war, als ob sie durch die dunklen, verbotenen Ozeane des Weltraumes schwammen. Weit unter ihnen leuchtete fremd die Erde in einem unheimlichen Licht. Aber sie hatten keine Zeit, die Aussicht zu bewundern. Ihre Maschinen glitten durch die dünne, verräterische Luft, und ihre Kontrollinstrumente rutschten und hüpften, ohne zu greifen. Joe hielt das Ziel ruhig und stetig im Auge. Behutsam näherten sie sich dem Steuerkurs, doch das Flugzeug taumelte müde und fing an, aus diesen ungastlichen Höhen abzusinken.

David blickte nach vorn und hielt die Nase der Mirage hoch, um weiter an Höhe zu gewinnen, aber seine Warnleuchten blinkten bereits gelb und rot. Sie verloren Zeit und Höhe.

Dann sah er es plötzlich. In der dünnen Luft schien es überraschend nahe, auf seinen riesigen Flügeln glitt es wie ein unheimlich schwarzer Rochen durch den dunklen, endlosen Raum dahin – etwas unterhalb schwebte es vor ihnen dahin.

Seine Höhe gab ihm offenbar ein falsches Gefühl der Sicherheit. »Wüstenblume, hier Bright Lance, Eindringling vor mir, bitte Angriffserlaubnis.« Davids kühler Ton verbarg die Welle von Haß und Zorn, die beim Anblick des Flugzeugs in ihm aufgestiegen war.

»Nennen Sie Ihr Zielobjekt«, sagte der Brig vorsichtshalber, denn es war gefährlich, den Befehl zum Angriff auf ein unbekanntes Ziel zu geben.

»Wüstenblume, es ist eine Iljushin Mark 17-11. Keine Hoheitszeichen.«

Es bedurfte keiner Hoheitszeichen – die Maschine konnte nur einer Nation gehören. David näherte sich schnell, denn er konnte die Geschwindigkeit nicht weiter drosseln. Er setzte zum Überholen der Maschine an, deren gewaltige Tragflächen eigens für das Schweben in der dünnen Luft der Stratosphäre konstruiert waren.

»Ich komme schnell näher«, warnte er Wüstenblume. »Angriffschance ist in etwa zehn Sekunden vorbei.« Die Stille in seinem Kopfhörer summte. Er machte die Kanonen schußbereit und sah, wie die Iljushin immer größer wurde.

Der Brig traf die Entscheidung, die sein Land möglicherweise schwerster Vergeltung aussetzte, in wenigen Sekunden. Aber er wußte, daß die Kamera der Iljushin ständig wichtige Einzelheiten der israelischen Verteidigungsanlagen aufnahm und daß die Informationen schnell an ihre Feinde weitergegeben wurden. »David!« Seine Stimme war kurz und rauh. »Hier ist der Brig. Gib's ihm!«

»Beseder.« David senkte die Nase der Mirage ein wenig. »Zwo, Führer greift an.«

»Zwo folgt.«

Er ging schnell auf die Iljushin hinunter, weil er wußte, daß ihm nur wenige Sekunden zum Feuern blieben. Er drückte den Abzug, als die Tragflächenhalterung direkt im Visier war. Die große Maschine bäumte sich auf wie ein riesiger Fisch, der von einer Harpune getroffen ist. Drei Sekunden lang feuerte er und sah, wie die Geschosse die schwarze Silhouette trafen und aufsprühten.

Als er seine gesamte Munition verschossen hatte, drehte er unterhalb des Riesenleibes ab und ließ sich zur Seite fallen wie die ausgebrannte Hülle einer Rakete.

Joe kam hinter ihm herunter führte den Angriff fort. Die Iljushin hing hilflos an ihren weiten Tragflächen, ihre lange runde Nase zum schwarzen Himmel mit den kalten, gleichgültigen Sternen gerichtet. Auch Joe feuerte seine Geschosse ab, und das Flugzeug brach inmitten der hellen Blitze detonierender Geschosse auseinander. Eine Seitenfläche löste sich ab, und die Trümmer fielen taumelnd vom Himmel.

»Hallo, Wüstenblume, hier ist Bright Lance Führer. Objekt vernichtet.« David bemühte sich, ruhig zu sprechen, aber seine Hände zitterten, und seine Eingeweide waren eiskalt vor Schmerz von dem übermäßigen Haß, den selbst der Tod des Feindes nicht besänftigen konnte. Er drückte den Knopf seines Funkgerätes. »Joe, das war wieder einer für Hannah«, sagte er. Doch dieses Mal kam keine Antwort. Nachdem er einige Sekunden lang vergeblich dem Pochen der Richtfrequenz gelauscht hatte, schaltete er ab und aktivierte den Verstärker für das Rückkehrsignal. Schweigend folgte Joe ihm zurück zum Fliegerhorst.

Debra hatte einen mäßigenden Einfluß auf David gehabt. In der Zeit, die er mit ihr verbrachte, war er reifer geworden. Aber seitdem sie weg war, führte er sich auf wie ein Wilder, so daß Joe die Rolle des Flügelmannes auch dann spielen mußte, wenn sie beide nicht im Dienst waren. Sie verbrachten einen großen Teil ihrer Freizeit zusammen. Obgleich sie selten darüber sprachen, brachte sie der gemeinsame Verlust einander näher.

Joe schlief oft in der Malikstraße, denn Ein Karem war jetzt traurig und bedrückend für ihn. Der Brig war selten dort in dieser kritischen Zeit. Debra war fort, und ihre Mutter war durch die furchtbaren Erlebnisse weit über ihre Jahre gealtert. Sie schien grau und gebrochen. Die Wunde in ihrem Körper war zwar verheilt, doch der innerliche Schmerz würde nie mehr vergehen.

Davids Heftigkeit entstand aus seinem Verlangen nach Vergessen. Er hoffte, die Erinnerung durch ständige Betriebsamkeit zum Schweigen zu bringen. Wirklichen Frieden fand er nur beim Fliegen. Auf der Erde war er rastlos. Joe ging, groß und ruhig, an seiner Seite. Mit einem leisen Lächeln und einem flüchtigen Wort bewahrte er ihn manches Mal vor Schwierigkeiten.

Als Antwort auf den Abschuß des Spionageflugzeuges starteten die Syrer provozierende Aufklärungsflüge, mit denen der israelische Luftraum verletzt wurde. Sobald Vergeltung drohte, wurden die Flüge abgebrochen. Wenn die Abfangjäger erschienen, um einzugreifen, drehten die Syrer ab, verweigerten den Kampf und flogen in ihre eigenen Grenzen zurück.

Zweimal sah David die grünlich leuchtenden Flecken feindlicher Aufklärungsflüge auf seinem Radarschirm, und jedesmal war er selbst überrascht von der kalten Wut und dem Haß, die wie ein schwerer Stein auf seinem Herzen und seiner Brust lagen, wenn er Joe in den Kampf führte. Doch die Syrer waren immer durch ihr eigenes Radar gewarnt worden. Sie drehten mit erhöhter Geschwindigkeit ab und schienen sich hohnlachend zurückzuziehen. »Bright Lance, hier Wüstenblume. Objekt ist nicht mehr feindlich. Angriffsflug einstellen.« Die syrischen MIG 21 waren in ihre Grenzen zurückgeflogen, und jedesmal hatte David ruhig geantwortet: »Zwo, hier Führer.«

»Angriffsflug einstellen und Radarbeobachtung wieder aufnehmen.« Diese Taktik zielte darauf ab, die Nerven der Verteidiger zu strapazieren, und in allen Staffeln wuchs die Spannung. Die ständigen Provokationen brachten die Piloten an die Grenze ihrer Selbstbeherrschung. Zwischenfälle konnten oft nur noch knapp verhindert werden – die Heißsporne drängten mit ihren Abfangmanövern bis nahe an die Schwelle zum Kriege. Schließlich war ein Eingreifen von höchster Stelle nötig. Wüstenblume mußte versuchen, die Zügel zu straffen. Der Brig wurde losgeschickt, um mit seinen Besatzungen zu sprechen. Er stand auf dem Podium und blickte in den überfüllten Konferenzraum. Er wußte, daß es unfair war, einen Falken abzurichten und ihn dann, wenn Wildenten vorbeiflogen, am Handgelenk festzuhalten, mit dem Lederriemen am Fuß und der Haube über den Augen.

Er begann mit philosophischen Argumenten und machte sich den Respekt zunutze, den ihm, wie er wußte, seine jungen Piloten entgegenbrachten.

»...das Ziel des Krieges ist Frieden, die endgültige Strategie eines jeden Befehlshabers ist Frieden.« Er schien zu tauben Ohren zu sprechen. Kein Zeichen der Zustimmung war unter seinen Zuhörern wahrzunehmen.

Der Brig dachte daran, wie sich all das für Joe anhören mußte. Wie konnte er einem hochspezialisierten Soldaten, der gerade den zerschossenen Körper seiner Braut zu Grabe getragen hatte, etwas von Versöhnung erzählen? Unverdrossen sprach er weiter: »Nur ein Narr läßt sich das Gesetz des Handelns vom Gegner aufzwingen.« Allmählich kam er an. »Ich möchte nicht, daß einer von euch jungen Hunden uns in etwas hineinreißt. Ich möchte den Feinden keinen Vorwand geben. Denn darauf warten sie nur...«

Sie tauten langsam auf. Hier und da sah er schon ein nachdenkliches Kopfnicken und hörte zustimmendes Gemurmel.

»Wenn sich einer von euch prügeln will, braucht er nicht nach Damaskus zu gehen. Ihr kennt meine Adresse...« Der erste Scherz fand schwachen Widerhall. Sie lachten schon ein wenig. »Also dann! Wir wollen keinen Ärger. Wir lehnen uns weit hinten über, um ihn zu vermeiden – aber wir werden nicht auf den Arsch fallen.

Wenn die Zeit kommt, gebe ich euch das Stichwort, und es wird kein versöhnliches Wort sein oder die Geschichte von der anderen Wange...« Heftiges Murren erhob sich. Er brachte es zum Schweigen. »...aber auf dieses Wort müßt ihr warten.« Le Dauphin stand auf, als der Brig ihm das Wort übergab.

»Sehr gut! Da ich Sie alle beisammen habe, möchte ich Ihnen einige Informationen geben, die möglicherweise dazu beitragen, ein paar Hitzköpfe zu kühlen, die den MIGs über die Grenze folgen möchten.« Er gab ein Zeichen, und das Licht ging aus.

Die Folge war Füßescharren und Gehüstel.

»Bloß nicht *noch* einen Film.«

»Doch«, entgegnete der Oberst. »*Noch* einen Film.«

Die ersten Bilder flimmerten über die Leinwand. Le Dauphin kommentierte: »Dies ist ein geheimer Film unseres Nachrichtendienstes. Er zeigt ein neues Boden-Luft-Raketensystem, das den Streitkräften der arabischen Verbündeten von der sowjetischen Armee geliefert wurde. Der Code-Name für dieses System ist ›Serpent‹. Es ersetzt das bisherige ›Sam III‹-System. Soweit wir wissen, ist das System Teil der syrischen Rundumverteidigung und wird in Kürze auch von den Ägyptern aufgestellt. Es ist betriebsbereit und wird zur Zeit von russischen Instrukteuren gewartet.«

Während der Colonel sprach, lehnte sich der Brig in seinem Stuhl zurück und beobachtete im Widerschein der Filmleinwand die Gesichter der Piloten. Sie waren ernst und aufmerksam, Gesichter von Männern, die zum erstenmal die furchtbaren Maschinen sahen, die zum Instrument ihres eigenen Todes werden konnten.

»Die Rakete wird von einem Kettenfahrzeug abgefeuert. Hier sehen Sie Luftaufklärungsfotos einer motorisierten Kolonne. Jedes Fahrzeug transportiert zwei Raketen. Sie können also sehen, daß es sich hier um eine enorme Bedrohung handelt.« Der Brig entdeckte das bestechend klare Profil von David Morgan, der sich gerade vorbeugte, um die Leinwand zu studieren, und es gab ihm einen Stich. Zu der Sympathie und dem Mitgefühl, das er für ihn empfand, kam in letzter Zeit so etwas wie Respekt. Er hatte sein Urteil über David revidieren müssen. Der Junge hatte sich als zuverlässig erwiesen, er war fähig, sich ein Ideal zu eigen zu machen und ihm zu folgen.

»Die Konstruktionsverbesserung der ›Serpent‹ kennen wir noch nicht genau, aber wir nehmen an, daß die Rakete höhere Geschwindigkeiten entwickeln kann als die ›Sam III‹, wahrscheinlich in der Größenordnung um 2.5 Mach, und daß das Lenkungssystem aus einer Kombination von Infrarot-Wärmesucher und computergesteuerter Radarkontrolle besteht.«

Während er das gutgeschnittene junge Gesicht beobachtete, fragte er sich, ob Debra Davids Ausdauer nicht unterschätzt hatte. Vielleicht war er doch fähig – aber nein. Der Brig schüttelte den Kopf und nahm eine Zigarette. Er war zu jung, zu lebensgierig, zu verwöhnt durch sein Geld und sein gutes Aussehen. Er würde es nicht schaffen. Debra hatte recht, wie meistens. Sie hatte den richtigen Weg gewählt. Sie hätte ihn niemals halten können, deshalb hatte sie ihn gleich freigegeben.

»Vermutlich ist die ›Serpent‹ in der Lage, Ziele in Höhen zwischen 450 Meter und 22 500 Meter zu erreichen.«

Es gab Unruhe unter den Zuhörern, als sie begannen, die Gefährlichkeit dieser neuen Waffe zu erkennen. »Der Sprengkopf enthält eine Vierteltonne Sprengstoff und ist mit einem Zünder versehen, der ausgelöst wird, wenn sich die Rakete dem Ziel bis auf 45 Meter genähert hat. Innerhalb dieses Bereichs ist die ›Serpent‹ tödlich.«

Immer noch beobachtete der Brig David. Er war schon seit Monaten nicht mehr in Ein Karem gewesen. Seit dem Anschlag war er zweimal mit Joe gekommen, um den Sabbatabend mit ihnen zu verbringen. Die Atmosphäre war jedoch gezwungen und unnatürlich gewesen, denn jeder hatte sorgfältig vermieden, Debras Namen zu erwähnen. Nach dem zweiten Besuch war er nicht wiedergekommen, und das lag fast ein halbes Jahr zurück. »Ausweichtaktiken in diesem Stadium werden dieselben sein wie bei ›Sam III‹«.

»Gebet und Glück!« warf jemand ein und rief damit Gelächter hervor.

»...maximale Schleife auf die Rakete, um die Ausstrahlung der

Düsen abzuschirmen, und versuchen, die ›Serpent‹ zu zwingen, über das Ziel hinauszuschießen. Falls die Rakete Sie weiterhin verfolgt, müssen Sie versuchen, nach oben zu steigen und dann wieder eine maximale Schleife zu ziehen. Die Rakete wird dann möglicherweise die Infrarot-Strahlen der Sonne als ein verlockendes Ziel akzeptieren...«

»Und wenn das nicht klappt?« rief eine Stimme, und eine andere antwortete vorlaut: »Höre, o Israel, der Herr unser Gott ist ein einziger Gott.« Aber dieses Mal lachte niemand über die alte Blasphemie.

Der Brig richtete es so ein, daß er beim Verlassen des Konferenzraumes neben David ging.

»Wann sehen wir Sie mal wieder, David? Es ist lange her.«

»Es tut mir leid, Sir. Ich hoffe, Joe hat mich entschuldigt.«

»Ja, natürlich. Aber warum kommen Sie heute abend nicht mit Joe? Es ist genug zu essen da.«

»Ich habe heute abend noch sehr viel zu erledigen, Sir«, beteuerte David.

»Ich verstehe.« Als sie an der Tür zum Büro des Kommandeurs angelangt waren, blieb der Brig stehen.

»Denken Sie daran, Sie sind immer willkommen.« Er wandte sich zum Gehen.

»Sir!« Der Brig drehte sich um. Hastig und fast schuldbewußt fragte David: »Wie geht es ihr, Sir?« Und noch einmal: »Wie geht es Debra, haben Sie sie gesehen – ich meine kürzlich?«

»Es geht ihr gut«, erwiderte der Brig leise, »so gut, wie es möglich ist.«

»Werden Sie ihr sagen, daß ich nach ihr gefragt habe?«

»Nein«, antwortete der Brig und wich dem flehenden Blick aus.

»Nein. Sie wissen, daß ich es nicht kann.« David nickte und ging. Einen Moment blickte der Brig ihm nach. Dann betrat er mit finsterer Miene das Büro des Kommandeurs.

David nahm Joe nach Ein Karem mit und setzte ihn an der Abzweigung des Weges ab. Dann fuhr er weiter zum Einkaufszentrum nach Ost-Jerusalem. Er parkte vor dem großen neuen Supermarkt in Melech Georg V, um für das Wochenende einzukaufen.

Er stand über die Kühltruhe gebeugt und versuchte gerade, die schwierige Entscheidung zwischen Lammkoteletts und Steaks zu treffen, als er merkte, daß ihn jemand beobachtete. Er blickte auf und sah eine dickliche Frau mit vollem blondem Haar. Sie stand hinter ihm in einem Gang zwischen den Regalen. Der dunkle Schatten an ihren Haarwurzeln zeigte, daß das Blond nicht echt war. Sie war älter als er und hatte breite Hüften und einen schweren Busen und winzige Krähenfüße um die Augen. Sie musterte ihn von Kopf bis Fuß in einer so schamlosen sinnlichen Weise, daß ihm der Atem stockte und er fühlte, wie ihm die Erregung in die Lenden stieg. Der Verrat seines Körpers ärgerte ihn. Mit schlechtem Gewissen wandte er sich wieder dem Fleisch in der Kühltruhe zu. Es war so ewig lange her, daß er dieses Gefühl der Erregung empfunden hatte. Er hatte angefangen zu glauben, daß er für immer dazu unfähig sei.

Gerade wollte er das Steakpaket wieder in die Truhe zurücklegen und gehen, aber er blieb wie angewurzelt stehen. Sein Herz pochte, ein atemloses Gefühl preßte seine Lungen zusammen. Er spürte die Nähe der Frau, die plötzlich neben ihm stand. Er fühlte ihre Wärme an seinem Arm und roch ihren Duft – es war ein blumiges Parfüm, vermischt mit dem Geruch der sexuell erregten Frau.

»Das Steak ist ausgezeichnet«, sagte sie. Sie hatte eine helle sanfte Stimme, und er merkte, daß sie ebenso atemlos war wie er. David blickte sie an. Ihre Augen waren grün, ihre Zähne standen schief, aber sie waren blendend weiß. Auch war sie wohl älter, als er anfangs geglaubt hatte, sie ging schon auf die Vierzig zu. Sie trug ein tief ausgeschnittenes Kleid, das die etwas faltige Haut zwischen ihren Brüsten freigab. Ihr Busen war groß und mütterlich, und plötzlich sehnte er sich danach, seinen Kopf dagegen zu pressen. Das mußte weich und warm und schützend sein.

»Sie sollten es nur halb durchbraten, dazu Pilze, Knoblauch und Rotwein«, sagte sie, »das schmeckt sehr gut.«

»Wirklich?« fragte er heiser.

»Ja«, nickte sie lächelnd. »Wer kocht denn für Sie? Ihre Frau? Ihre Mutter?«

»Nein«, sagte er, »ich koche selbst. Ich lebe allein.«

Sie lehnte sich ein wenig näher an ihn, ihre Brust berührte seinen Arm.

David war heiß und schwindlig vom Brandy. Er hatte im Supermarkt eine Flasche gekauft und sie mit Ginger Ale gemixt, um den Alkoholgeschmack zu überdecken. Er beugte sich über das Waschbecken im Badezimmer. Der Boden unter ihm schwankte. Er mußte sich am Rand des Beckens festhalten, um nicht umzufallen. Er ließ kaltes Wasser über sein Gesicht laufen und schüttelte die Tropfen ab. Dann grinste er sich stumpfsinnig im Spiegel an. Sein Haar war naß geworden und hing strähnig in die Stirn. Er machte ein Auge zu, und das verschwommene Bild im Spiegel wurde deutlicher und schielte ihn an.

»Hallo, alter Junge«, murmelte er und griff nach dem Handtuch. Er hatte Wasser auf seinen Uniformrock gespritzt, und das ärgerte ihn. Er warf das Handtuch über den Toilettensitz und ging ins Wohnzimmer zurück.

Die Frau war fort. Auf der Ledercouch war noch der Abdruck ihres Körpers zu erkennen, das schmutzige Geschirr stand noch auf dem Tisch. Die Luft war geschwängert mit Zigarettenrauch und ihrem Parfüm.

»Wo bist du?« brachte er mühsam hervor, während er sich schwankend am Türrahmen festhielt.

»Hier, du großer Junge.« Er ging ins Schlafzimmer. Sie lag auf dem Bett, nackt, plump und weiß, mit großen, weichen Brüsten und rundem Bauch. Er starrte sie an.

»Komm, David.« Ihre Kleider waren quer über den Frisiertisch geworfen. Das Korsett, das obenauf lag, war grau und ungewaschen. Ihr Haar stach gelb gegen das Elfenbein der Spitzendecke ab.

»Komm zu Mama«, flüsterte sie mit heiserer Stimme und öffnete langsam die Beine. Sie lag auf dem Messingbett, auf Debras Spitzendecke – und er spürte, wie ihn die Wut packte.

»Steh auf«, sagte er halb erstickt.

»Komm, Süßer.«

»Runter von diesem Bett!« Seine Stimme wurde fester. Leise beunruhigt richtete sie sich auf.

»Was ist denn los, Davey?«

»Raus hier!« Seine Stimme überschlug sich. »Verschwinde, du Sau. Los, raus hier!« Er fing an zu zittern, sein Gesicht wurde bleich, und seine Augen blitzten.

Zitternd vor Angst kletterte sie aus dem Bett. Ihre großen, weißen Brüste und ihr Hinterteil wackelten in lächerlicher Hast, während sie das schmutziggraue Korsett anzog. Als sie weg war, rannte David ins Badezimmer und übergab sich. Dann säuberte er das ganze Haus, scheuerte Pfannen und Teller, rieb die Gläser, bis sie glänzten, leerte die Aschenbecher und riß Läden und Fenster auf, um den Geruch hinauszulassen. Dann ging er ins Schlafzimmer. Er nahm die Laken ab und bezog das Bett mit frischer Wäsche. Zum Schluß strich er sorgfältig die Spitzendecke glatt, bis keine Falte mehr zu sehen war. Er zog eine saubere Uniformjacke an, setzte seine Fliegermütze auf und fuhr zum Jaffa-Tor. Dort stellte er den Wagen ab und ging durch die Altstadt zur wiederaufgebauten sephardischen Synagoge im jüdischen Viertel.

Es war sehr still und friedlich in dem hochgewölbten Raum, und er saß lange auf der harten, hölzernen Bank.

Mit sorgenvoller Miene und gekrauster Stirn saß Joe David gegenüber und studierte das Schachbrett. Drei oder vier andere Piloten hatten ihre Stühle herangerückt und konzentrierten sich ebenfalls auf das Spiel. Wettkämpfe zwischen David und Joe waren gewöhnlich Ereignisse, die zahlreiche Zuschauer anzogen. David hatte Joes Turm über ein halbes Dutzend Züge verfolgt. Nun hatte er ihn in der Falle. Zwei weitere Züge würden die Deckung des Königs aufbrechen, und der dritte mußte die Niederlage erzwingen. David grinste zufrieden, als Joe ihm mit seinem nächsten Zug schließlich den Läufer wegnahm.

»Das rettet dich nicht, mein lieber Freund.« David schenkte dem Läufer kaum einen Blick und nahm den Turm. »Matt in fünf Zügen«, kündigte er an und warf den Turm in den Kasten. Erst jetzt bemerkte er, daß Joes theatralische Sorgenmiene sich allmählich in ein hämisches Lächeln verwandelt hatte. Es war zu spät. Joseph Mordechai täuschte immer, um den Gegner in die Falle zu locken. Verwirrt blickte David auf das anscheinend harmlose Pferd und erkannte plötzlich die schlaue Intrige, bei der der Turm lediglich ein Köder war. »Oh, du Schwein«, schimpfte David. »Du hinterlistiger Schuft.«

»Schach!« Mit schadenfrohem Gesicht setzte Joe das Pferd auf ein Feld, von dem es Dame und König gleichzeitig bedrohen konnte. Davids Königin war nicht gedeckt.

»Schach«, sagte Joe erneut und stieß einen wohligen Seufzer aus, als er die weiße Königin vom Brett nahm. Der verfolgte König trat den einzigen Fluchtweg an, der ihm noch offen stand. »Und matt«, sagte Joe aufatmend, nachdem seine Dame die hintere Reihe verlassen hatte, um sich dem Angriff anzuschließen. »Nicht in fünf Zügen, wie du meinst, sondern in dreien.«

Unter den Zuschauern erhob sich Applaus, und Joe sah David von der Seite an.

»Eine Revanche?« fragte er, aber David schüttelte den Kopf.

»Spiel mit einem deiner Fans«, sagte er. »Ich bin erst mal eine Stunde sauer.« Er machte seinen Stuhl frei, der sofort vom nächsten eifrigen Opfer besetzt wurde. Joe stellte die Schachfiguren auf.

David ging mit schwerfälligen Bewegungen in seinem engen Fliegerdreß zur Kaffeemaschine hinüber, füllte einen Becher mit der dicken, schwarzen Brühe und rührte vier Löffel Zucker hinein. Dann setzte er sich in einer ruhigen Ecke des Aufenthaltsraumes neben einen schlanken, kraushaarigen Kibbuznik, mit dem er sich angefreundet hatte.

»Schalom, Robert. Wie geht's?«

Robert brummte, ohne von seinem Buch aufzusehen. Er las einen dicken Roman. David schlürfte den süßen, heißen Kaffee. Robert rutschte unruhig auf seinem Platz hin und her. David war mit seinen eigenen Gedanken beschäftigt. Zum erstenmal seit Monaten dachte er wieder an zu Hause. Wie es wohl Mitzi und Barney Venter gehen mochte? Er fragte sich, wie viele Gelbschwänze es wohl in False Bay in diesem Jahr gab, und stellte sich vor, wie die Proteas auf den Hängen des Helderbergs jetzt aussahen. Robert rutschte wieder auf seinem Stuhl hin und her und räusperte sich. David blickte ihn von der Seite an und merkte, daß er ganz gefesselt war; seine Lippen zitterten, und seine Augen glänzten feucht.

»Was liest du da?« David beugte sich interessiert vor, um den Titel zu sehen. Die Illustration auf dem schmutzigen Schutzumschlag war ihm irgendwie vertraut. Sie zeigte eine große, tiefe Landschaft in kräftigen Farben. In der Ferne wanderten zwei Gestalten, ein Mann und eine Frau, Hand in Hand durch die Wüste. Die Stimmung, die über dem ganzen Bild lag, war beklemmend. David erkannte, daß es nur ein Mensch gemalt haben konnte – Ella Kadesch.

Robert ließ das Buch sinken. »Das ist unheimlich.« Seine Stimme war heiser vor Ergriffenheit. »Ich sage dir, Davey, es ist wunderbar. Das ist bestimmt eins der schönsten Bücher, die je geschrieben wurden.«

Ein eigenartiges Gefühl einer Vorahnung überkam David. Es wurde fast zur sicheren Gewißheit, während er seinem Kameraden das Buch aus der Hand nahm. Er drehte es um und las den Titel: »Ein Platz für uns allein.«

Robert sprach immer noch. »Meine Schwester hat es mir empfohlen, sie arbeitet in dem Verlag. Sie sagte, sie habe es in einer Nacht durchgelesen und dabei die ganze Zeit geweint. Es ist ganz neu, erst in der vergangenen Woche herausgekommen. Aber es ist das bedeutendste Buch, das je über unser Land geschrieben wurde.«

David hörte nichts mehr. Er starrte gebannt auf den Namen des Verfassers, der klein gedruckt unter dem Titel stand: Debra Mordechai.

Er strich mit den Fingern zärtlich über den Namen auf dem glänzenden Umschlag. »Ich möchte es lesen«, sagte er leise.

»Ich gebe es dir gleich, wenn ich fertig bin«, versprach Robert.

»Ich möchte es jetzt lesen!«

»Von wegen!« rief Robert entrüstet und entriß David das Buch.

David blickte auf. Joe beobachtete ihn vom anderen Ende des Raumes, und David sah ihn vorwurfsvoll an. Rasch wandte sich Joe wieder dem Schachspiel zu, und David erkannte, daß er von dem Buch gewußt hatte. Er stand auf und wollte zu ihm gehen, um ihn darauf anzusprechen. Im selben Augenblick ertönte der Lautsprecher.

»Alle Flüge Lance Staffel Rot in Bereitschaft.« Auf der Alarmtafel leuchteten die roten Lampen neben dem Flugkennzeichen auf.

»Bright Lance.«

»Red Lance.«

»Fire Lance.«

David griff nach seinem Helm und schloß sich den anderen an, die sich in ihrer Fliegerkombination schwerfällig zum Elektrowagen drängelten, der im Betontunnel vor der Tür des Bereitschaftsraumes stand. Er stellte sich neben Joe.

»Warum hast du mir das nicht erzählt?« fragte er.

»Ich wollte, Davey. Wirklich, ich hatte es vor.«

»Ja, ich wollte...«, sagte David bissig. »Hast du es gelesen?«

Joe nickte, und David fragte weiter: »Wovon handelt es?«

»Kann ich dir nicht sagen, du mußt es selbst lesen.«

»Darauf kannst du dich verlassen«, murmelte David grimmig. »Das werde ich.«

Als sie bei der Maschine angelangt waren, sprang er vom Elektrowagen und eilte zu seiner Mirage.

Zwanzig Minuten später waren sie in der Luft. Wüstenblume schickte sie zum Mittelmeer, um einer Caravelle der El Al zu Hilfe zu kommen, die von einer ägyptischen MIG 21 J belästigt wurde.

Als die Mirages erschienen, drehte der Ägypter zur Küste ab, um in den Schutz seiner eigenen Raketenbatterien zu gelangen. Sie nahmen die Verfolgung nicht auf, sondern eskortierten die Passagiermaschine bis zum Flughafen Lod. Dann kehrten sie zu ihrer Basis zurück. Ohne sich umzuziehen, ging David ins Dienstzimmer des Dauphin und holte sich einen Urlaubsschein für 24 Stunden.

Zehn Minuten vor Ladenschluß stürmte er in ein Buchgeschäft auf der Jaffastraße. Auf einem gesonderten Tisch stapelte sich »Ein Platz für uns allein«.

»Ein sehr schönes Buch«, sagte die Verkäuferin, als sie es einpackte.

Er machte ein Bier auf, schleuderte die Schuhe weg und streckte sich auf der Spitzendecke des Bettes aus. Dann begann er zu lesen. Nur einmal stand er auf, um Licht anzuschalten und sich ein neues Bier zu holen. Es war ein dickes Buch, und er las es langsam. Er nahm jedes einzelne Wort in sich auf und blätterte zuweilen zurück, um einen Absatz noch einmal zu lesen.

Es war ihre Geschichte, seine und Debras. Sie hatte sie in die Romanhandlung eingewoben, die sie ihm damals auf der Insel in Spanien beschrieben hatte. Das Buch war erfüllt von der Atmosphäre Israels und seiner Menschen. Viele der Nebenfiguren erkannte er wieder und lachte ab und zu laut auf. Doch am Schluß überwältigten ihn Trauer und Schmerz. Die Heldin des Buches liegt sterbend im Hadassah-Hospital. Ihr Gesicht ist von der Bombe eines Terroristen halb zerrissen, und sie will den Mann, den sie liebt, nicht mehr sehen, um ihm ihren Anblick zu ersparen; er soll sie so in Erinnerung behalten, wie sie früher war.

David hatte nicht bemerkt, wie die Nacht verging. In der Morgendämmerung erhob er sich vom Bett, ganz benommen vom fehlenden Schlaf. Er war voll Bewunderung darüber, wie echt Debra alles wiedergegeben hatte, und voll Staunen, weil das Buch ihm gezeigt hatte, daß sie Empfindungen in ihm erkannt hatte, die er nie ausgesprochen hatte und von denen er geglaubt hatte, daß man sie nicht in Worte kleiden könne.

Er badete und rasierte sich. Dann zog er bequeme Zivilkleidung an und ging zurück zum Bett, wo das Buch lag. Er betrachtete erneut den Umschlag und schlug das Deckblatt um. Da war die Bestätigung: »Umschlagentwurf von Ella Kadesch.«

Zu dieser frühen Stunde war die Straße fast ausgestorben. David brauste nach Osten. Bei Jericho bog er ab und fuhr an der Grenze entlang weiter. Er erinnerte sich, wie sie neben ihm gesessen hatte, das Kleid über die braunen Knie hochgezogen, die dunklen Haare im Wind.

Das Pfeifen des Fahrtwindes schien ihn zur Eile zu drängen – »schnell, schnell«. Die Reifen surrten, und bald war er oben am See.

Er parkte den Mercedes neben der alten Burgmauer und betrat den Garten am Wasser. Ella saß in dem geräumigen Innenhof vor ihrer Staffelei. Sie trug einen riesigen Strohhut, der mit Plastikkirschen und Straußenfedern überladen war. Ihr weiter Kittel bauschte sich um sie wie ein Zelt. Er war steif von getrockneten bunten Farbklecksen.

Ruhig sah sie von ihrer Malerei auf, während sie den Pinsel in die Luft streckte. »Heil, junger Mars!« war ihr Gruß. »Schön, Sie hier zu sehen, wirklich. Und wie kommt solcher Glanz in meine Hütte?«

»Lassen wir die Floskeln, Ella, Sie wissen genau, warum ich hier bin.«

»Wie nett Sie das sagen!« Ihre hellen kleinen Augen flackerten unstet. »Eine Schande, daß aus einem so schönen Mund derartig ordinäre Worte kommen können. Möchten Sie ein Bier, Davey?«

»Nein, ich will kein Bier. Ich will wissen, wo sie ist!«

»Vielleicht sagen Sie mir vorher, wen Sie meinen?«

»Wir brauchen doch nicht darum herumzureden. Ich habe das Buch gelesen. Ich sah den Umschlag. Sie wissen es genau – Sie müssen es wissen.«

Sie blickte ihn schweigend an. Dann neigte sie langsam den überladenen Kopf.

»Ja«, gab sie zu, »ich weiß es.«

»Sagen Sie mir, wo sie ist.«

»Ich kann es nicht, Davey, wir haben doch beide ein Versprechen gegeben. Ja – ich weiß auch von Ihrem.« Sie sah, wie sein Zorn schwand. Der kräftige Körper mit den arroganten, breiten Schultern schien zusammenzufallen. Unsicher stand er in der hellen Sonne.

»Wie steht es jetzt mit dem Bier, David?« Schwerfällig erhob sie sich von ihrem Stuhl und überquerte mit festem Schritt die Terrasse. Dann brachte sie ihm ein großes Glas mit schäumendem Bier, und sie setzten sich zusammen in eine windgeschützte Ecke der Terrasse, die im milden Licht der Wintersonne lag. »Ich warte schon seit einer Woche auf Sie«, begann sie, »seitdem das Buch veröffentlicht ist. Es ist ja auch herzzerreißend – selbst ich habe tagelang wie ein defekter Wasserhahn getränt«, kicherte sie verschämt. »Das können Sie sich wohl kaum vorstellen, was?«

»Das Buch sind wir – Debra und ich«, sagte David. »Sie hat über uns geschrieben.«

»Ja«, Ella nickte. »Aber dadurch ändert sich ihr Entschluß nicht. Nebenbei bemerkt, scheint mir dieser Entschluß völlig berechtigt zu sein.«

»Sie hat genau beschrieben, was ich fühle, Ella – alles, was ich fühlte und jetzt noch fühle. Dabei hätte ich selbst es nie in Worte fassen können.«

»Das ist wunderbar, aber sehen Sie denn nicht, daß es Debras Auffassung nur bestätigt?«

»Aber ich liebe sie, Ella – und sie liebt mich«, rief er leidenschaftlich.

»Und genauso soll es bleiben. Sie will nicht, daß es langsam abstirbt, sie will nicht, daß es schwächer wird.«

Er wollte protestieren, doch sie packte seinen Arm so heftig, daß er stillschwieg.

»Sie weiß, daß sie mit Ihnen nicht mehr Schritt halten kann. Überlegen Sie doch einmal, David, Sie sehen gut aus, sind voller Leben und wollen weiterkommen – sie wäre ein Hemmnis für Sie –, und eines Tages würden Sie des Ganzen überdrüssig werden.« Wieder versuchte er, sie zu unterbrechen. Aber sie schüttelte seinen Arm mit ihrer großen kräftigen Hand. »Sie wären an sie gekettet. Sie könnten sie nie mehr verlassen, denn sie ist hilflos. Sie wäre ein Leben lang eine Last für Sie – denken Sie daran, David.«

»Ich will sie wiederhaben«, murmelte er hartnäckig. »Ich hatte nichts, bevor ich sie kannte – und ich habe auch jetzt nichts.«

»Das wird sich ändern. Vielleicht haben Sie etwas von ihr gelernt, und junge Gefühle heilen ebenso rasch wie junges Fleisch. Sie will, daß Sie glücklich werden, David. Sie liebt Sie so sehr, daß sie Ihnen Ihre Freiheit schenkt. Sie liebt Sie so sehr, daß sie selbst diese Liebe verleugnen wird.«

»O Gott«, stöhnte er. »Wenn ich sie nur sehen könnte, wenn ich nur bei ihr sein könnte – ein paar Minuten mit ihr sprechen könnte.«

Sie schüttelte ihr gewaltiges Haupt, und ihre Hängebacken wackelten schmerzlich.

»Das wird sie nicht wollen.«

»Warum denn, Ella, sagen Sie mir, warum?« Seine Stimme wurde wieder lauter und verzweifelter vor Kummer.

»Sie hat Angst vor sich selbst, sie weiß, daß sie schwankend werden könnte, wenn Sie zu ihr kämen, und das würde noch größeres Unheil über Sie beide bringen.«

Dann schwiegen sie und blickten über den See. Gewaltige Wolkenberge bauten sich jenseits der Golanhöhen auf. Eine Wolkenkette nach der anderen zog strahlend weiß mit blauen Rändern und grauen Flecken über das Wasser. David fröstelte, als ein kühler Windstoß über die Terrasse fegte und sie in ihrer Ecke aufschreckte. Er trank sein Bier aus und drehte das Glas langsam zwischen den Händen.

»Würden Sie ihr denn etwas von mir ausrichten?« fragte er.

»Ich glaube nicht.«

»Bitte, Ella. Nur diese eine Nachricht.«

Sie nickte.

»Sagen Sie ihr, daß ich sie genauso liebe, wie sie es in ihrem Buch geschrieben hat. Sagen Sie ihr, daß diese Liebe groß genug ist, um alles zu überwinden. Sagen Sie ihr, sie solle mir eine Gelegenheit geben, um es zu beweisen.«

Sie hörte schweigend zu, und David machte eine weite Handbewegung, als wolle er Worte vom Himmel greifen, die sie überzeugen könnten.

»Sagen Sie ihr ...« Er hielt inne und schüttelte den Kopf. »Nein, das ist alles. Sagen Sie nur, daß ich sie liebe und bei ihr sein will.«

»Gut, David, ich werde es ihr sagen.«

»Und die Antwort?«
»Wo kann ich Sie erreichen?«
Er gab ihr die Telefonnummer des Bereitschaftsraumes im Fliegerhorst.
»Sie rufen mich doch bald an, Ella? Bitte, lassen Sie mich nicht warten.«
»Morgen«, versprach sie. »Morgen früh.«
»Es muß aber vor zehn sein.«
Er stand auf und beugte sich plötzlich vor, um ihre dicken, roten bemalten Backen zu küssen.
»Ich danke Ihnen«, sagte er. »Sie sind doch sehr lieb.«
»Jetzt machen Sie aber, daß Sie hier wegkommen mit Ihrem Schmus. Ihr Flehen würde selbst die Sirenen aus der Odyssee heranrufen.« Sie zog die Nase hoch. »Und jetzt verschwinden Sie, ich glaube, ich fange an zu heulen, und das möchte ich ungestört genießen.«
Sie sah ihm nach, wie er über den Rasen unter den Dattelpalmen zum Tor ging. An der Mauer blieb er stehen und schaute zurück. Eine Sekunde lang blickten sie einander an, und dann war er gegangen.
Sie hörte den Motor des Mercedes anspringen und den Wagen langsam den Weg hinauffahren. Als er die Straße erreicht hatte, heulte er auf und brauste südwärts davon. Ella erhob sich schwerfällig und überquerte die Terrasse. Sie stieg die Treppen zum Bootsanlegeplatz hinunter und schlug den Weg zu den kleinen Steinhäusern ein, die hinter den alten Mauern verborgen lagen.
Sie ging an ihrem Motorboot vorbei, das heftig auf dem Wasser schaukelte, und gelangte schließlich zum größten Bootshaus, am äußersten Ende der Reihe. Sie blieb im offenen Eingang stehen.
Das Innere war sauber und frisch gestrichen. Die Einrichtung war einfach und zweckmäßig. Auf dem Steinboden lagen handgewebte Teppiche aus dicker, grober Wolle, die für Wärme sorgten. Das große Bett befand sich in einem Alkoven neben dem Kamin und war durch Vorhänge abgeschirmt.
An der gegenüberliegenden Seite stand ein Gasherd mit zwei Flammen, über dem eine Reihe kupferner Kochtöpfe hing. Dahin-

ter führte eine Tür zum Badezimmer, das Ella vor kurzem hatte einbauen lassen.

Der einzige Schmuck des nüchternen Raumes war Ellas Bild, das an der kahlen weißen Wand gegenüber der Tür hing. Es schien das ganze Zimmer lichter und wärmer zu machen. Das Mädchen saß unter dem Bild an einem Tisch und arbeitete. Sie lauschte aufmerksam dem Tonband, das ihre eigene Stimme in hebräischer Sprache wiedergab. Die Augen hielt sie starr auf die Wand vor sich gerichtet.

Dann nickte sie zufrieden, schaltete das Tonband ab, wandte sich in ihrem Drehstuhl zu einem zweiten Gerät und drückte die Aufnahmetaste. Sie hielt das Mikrofon nahe am Mund, während sie begann, den hebräischen Text ins Englische zu übersetzen. Ella war in der Türöffnung stehen geblieben und beobachtete sie bei der Arbeit. Ein amerikanischer Verleger hatte die Rechte von »Ein Platz für uns allein« erworben. Man hatte Debra für das Buch einen Vorschuß von dreißigtausend US-Dollar gezahlt und zusätzlich fünftausend für ihre Übersetzung, die jetzt schon fast abgeschlossen war.

Aus der Entfernung konnte Ella die Narbe erkennen. Ihre glasige, rötlich-weiße Färbung stach gegen die dunkle Sonnenbräune von Debras Gesicht ab. Es war ein Grübchen an der Schläfe, das wie eine von Kinderhand gezeichnete fliegende Möwe aussah, V-förmig und nicht größer als eine Schneeflocke. Es schien sie eher zu verschönen – wie ein Schönheitsfleck, ein winziger Makel, der eine Unregelmäßigkeit in ihre streng ebenmäßigen Züge brachte.

Sie hatte nicht versucht, die Narbe zu verdecken. Ihr dunkles Haar war zurückgekämmt und im Nacken mit einer Lederschlaufe gebunden. Sie trug kein Make-up, ihre Haut war gebräunt und glatt.

Trotz der weiten Fischerjacke und der wollenen Hose erschien ihr Körper schmal und sehnig. Sie schwamm jeden Tag im See, selbst wenn der eisige Wind vom Norden wehte.

Ella ging leise auf den Tisch zu. Wie schon oft blickte sie in Debras Augen. Eines Tages würde sie den Ausdruck dieser Augen malen. Nichts in ihnen wies darauf hin, daß sie blind waren. Der ruhige, gerade Blick schien eher tiefer, durchdringender. Sie strahlten eine heitere Gelassenheit aus, die etwas Rätselhaftes hatte. Das Verstehen, das in diesen Augen lag, beunruhigte Ella seltsam.

Debra schaltete das Mikrofon ab. Dann sagte sie, ohne sich umzuwenden: »Bist du es, Ella?«

»Wie hast du das gemerkt?« fragte Ella erstaunt.

»Ich spürte eine Luftbewegung, als du hereinkamst. Außerdem rieche ich dich.«

»Ich bin sicher dick genug, um einen Sturmwind zu entfesseln, aber rieche ich denn so schlecht?« protestierte Ella.

»Du riechst nach Terpentin, Knoblauch und Bier.« Debra holte tief Luft, und beide lachten.

»Ich habe gemalt, ich habe Knoblauch für den Braten gehackt, und ich habe mit einem Freund Bier getrunken.« Ella ließ sich in einen Stuhl fallen. »Was macht das Buch?«

»Fast fertig. Ich kann es morgen zum Tippen geben. Möchtest du einen Kaffee?« Debra erhob sich und ging zum Gasherd.

Ella wußte, daß man ihr nicht helfen durfte, obgleich sie sich jedesmal auf die Zunge beißen mußte, wenn sie Debra mit Feuer und kochendem Wasser hantieren sah. Das Mädchen war von einem leidenschaftlichen Unabhängigkeitsstreben beseelt. Es war entschlossen, sein Leben ohne das Mitleid oder die Hilfe anderer zu meistern.

Der Raum war pedantisch ordentlich. Jeder Gegenstand war an seinem Platz, wo er für Debra ohne Schwierigkeiten greifbar sein mußte. Auf diese Weise konnte sie sich sicher in ihrer kleinen Welt bewegen, ihre Hausarbeit verrichten, kochen und arbeiten.

Einmal in der Woche kam ein Fahrer von ihrem Verlag in Jerusalem, um die Tonbänder abzuholen. Ihre Arbeiten wurden dann zusammen mit ihrer Korrespondenz abgeschrieben.

Ebenfalls einmal pro Woche fuhr sie mit Ella zusammen im Motorboot über den See nach Tiberias zum Einkaufen, und vom gemauerten Bootsanlegeplatz ging sie täglich eine Stunde schwimmen. Oft kam auch ein alter Fischer, mit dem sie sich angefreundet hatte, den See heruntergerudert und holte sie ab. Dann fuhren sie zusammen hinaus und lösten sich beim Rudern ab.

Sie brauchte nur den Rasen zu überqueren, um Ellas Gesellschaft und anregende Unterhaltung zu finden – und in ihrer kleinen Hütte war Ruhe, waren Sicherheit und Arbeit, mit der sie die langen Stunden ausfüllen konnte. Nur in der Nacht überkam sie das Alleinsein. Doch niemand erfuhr von den bitteren Tränen dieser Stunden.

Debra stellte einen Becher Kaffee neben Ella und nahm den ihren mit zum Tisch. »Nun«, sagte sie, »mußt du mir aber erzählen, warum du die ganze Zeit so auf deinem Stuhl herumrutschst und mit dem Finger auf die Lehne trommelst.« Sie lächelte, als sie Ellas Überraschung spürte. »Du willst mir irgend etwas sagen, und das bringt dich fast um.«

»Ja«, erwiderte Ella nach kurzem Zögern. »Ja, du hast recht.«

Sie holte tief Luft und fuhr fort. »Er war hier, Debra. Er kam, um mit mir zu sprechen, wie wir es erwartet hatten.«

Debra stellte den Becher auf den Tisch. Ihre Hand war ruhig und ihre Miene völlig ausdruckslos.

»Ich habe ihm nicht gesagt, wo du bist.«

»Wie geht es ihm, Ella, wie sieht er aus?«

»Er ist schmaler, ein bißchen schmaler geworden, glaube ich, und blasser als das letzte Mal, aber das steht ihm gut. Er ist immer noch der schönste Mann, den ich je gesehen habe.«

»Hat er sein Haar ein bißchen länger wachsen lassen?«

»Ich glaube, ja. Er hat jetzt richtige Locken im Nacken und hinter den Ohren.«

Debra nickte lächelnd. »Wie schön, daß er es nicht schneiden ließ.« Sie schwiegen wieder, bis Debra fast schüchtern fragte:

»Was hat er denn gesagt? Was wollte er?«

»Er hat mir etwas für dich aufgetragen.«

»Was?«

Und Ella wiederholte die Nachricht mit Davids eigenen Worten. Als sie geendet hatte, wandte Debra ihr Gesicht zur Wand.

»Bitte geh jetzt, Ella. Ich möchte allein sein.«

»Er bat mich, ihm deine Antwort auszurichten. Ich habe versprochen, ihn morgen früh anzurufen.«

»Ich komme nachher hinüber – aber laß mich jetzt, bitte, allein.« Ella sah helle, glänzende Tropfen über das glatte, braune Gesicht gleiten. Schwerfällig erhob sie sich und ging zur Tür. Hinter sich hörte sie Debra schluchzen. Sie überquerte den Bootssteg und stieg zur Terrasse hinauf. Dann setzte sie sich vor ihre Leinwand, nahm den Pinsel in die Hand und begann, mit breiten, zornigen Strichen zu malen.

David wartete unruhig neben dem Telefon. Alle paar Minuten warf er einen Blick auf die Uhr des Bereitschaftsraumes. Er sollte zusammen mit Joe um zehn Uhr zum Aufklärungsflug »Rot« antreten. Es blieben nur noch sieben Minuten, und Ella hatte nicht angerufen.

»Los, komm, Davey!« rief Joe vom Eingang her. Er stand schwerfällig auf und folgte Joe zum Elektrowagen. Gerade als er sich setzen wollte, hörte er das Telefon klingeln. »Warte«, sagte er zum Fahrer. Er sah, wie Robert den Hörer abnahm und ihm durch die Glasverkleidung zuwinkte.

»Es ist für dich, Davey«, sagte er und übergab den Hörer.

»David – es tut mir leid...« Ellas Stimme kam von weit her. »Ich habe schon eher versucht, aber die Verbindung hier...«

»Ja, ja, ich weiß«, unterbrach David sie ungeduldig. »Haben Sie mit ihr gesprochen?«

»Ja, Davey, das habe ich. Ich habe es ihr ausgerichtet.«

»Und was ist ihre Antwort?« fragte er.

»Es gibt keine Antwort.«

»Was soll das denn, Ella? Sie muß doch etwas gesagt haben.«

»Sie sagte...« Ella zögerte. »...sie sagte wörtlich: Die Toten können nicht mit den Lebenden sprechen. Für David starb ich vor einem Jahr.«

Der Hörer zitterte in Davids Hand. Er umklammerte ihn fester. Nach einer Weile sprach Ella: »Sind Sie noch da?«

»Ja«, sagte er leise, »ich bin noch da.«

Wieder folgte ein langes Schweigen, bis David schließlich hervorbrachte: »Das wär's dann wohl.«

»Ich fürchte, ja, Davey.«

Joe steckte seinen Kopf in die Tür. »He, Davey, mach endlich Schluß. Es wird Zeit, wir müssen los.«

»Ich muß jetzt gehen, Ella. Dank für alles.«

»Auf Wiedersehen, David.« Trotz der schlechten Verbindung glaubte er, Mitleid in ihrer Stimme zu hören. Das machte den dunklen Zorn, der in ihm aufstieg, nur stärker.

An diesem Tag fühlte sich David im Cockpit einer Mirage zum erstenmal unbehaglich. Er kam sich eingesperrt vor und konnte keine Minute still sitzen. Der Schweiß rann ihm herab, und die fünfzehn Minuten zwischen den Checks schienen endlos zu sein.

Das Bodenpersonal spielte Halma auf dem Betonboden unter ihm, und er konnte sehen, wie die Männer lachten. Seine Verbitterung wuchs.

»Tubby«, bellte er in sein Mikrofon, und seine Stimme dröhnte aus den Lautsprechern an der Decke. Der rundliche, ernsthaft blickende junge Mann, Chefingenieur der Staffel »Lance«, kletterte schnell nach oben und spähte besorgt durch das Plexiglas in das Cockpit.

»Meine Scheibe ist verdreckt«, fauchte David ihn an. »Wie soll ich eine MIG schnappen, wenn man erst mal eure Frühstücksreste von der Scheibe kratzen muß, verdammt noch mal?« Anlaß für Davids Zorn war ein Rußfleck, der den Glanz seiner Plexiglasscheibe trübte. Tubby selbst hatte das Polieren und Abledern überwacht. Das Rußflöckchen war danach vom Zugwind herangeweht worden. Sorgfältig entfernte er den beleidigenden Fleck und polierte die Stelle liebevoll mit einem gelben Ledertuch nach.

Die Rüge war öffentlich erteilt worden. Das war unfair und paßte gar nicht zu Davey. Doch jeder wußte, daß die Nerven der Besatzungen der Alarmbereitschaft »Rot« überreizt waren – und Flecke auf der Scheibe der Kanzel machten sowieso jeden Piloten wütend – wenn ein solcher Fleck ins Blickfeld geriet, sah er aus wie eine angreifende MIG.

»In Ordnung«, sagte David barsch. Er wußte, daß er unfair gewesen war. Tubby grinste, zeigte mit dem Daumen nach oben und kletterte wieder hinunter.

In diesem Augenblick schnarrte es in Davids Kopfhörer. Es war die energische Stimme des Brig:

»Bereitschaft ›Rot‹ – los! Los!«

Während er von der Antriebskraft der Nachbrenner nach oben geschleudert wurde, rief David:

»Hallo, Wüstenblume, Bright Lance abgehoben und steigt.«

»Hallo, David, hier ist der Brig. Wir haben Feindkontakt. Sieht aus wie eine neue Provokation der Syrer. Sie nähern sich unserer Grenze in 7800 Metern und werden voraussichtlich in drei Minuten in unseren Luftraum eindringen. Wir leiten Angriffsplan Gideon ein. Ihre neue Richtung ist 42°. Halten Sie sich sofort bereit zum Kampf.« David bestätigte und drehte die Nase der Mirage nach unten. Plan Gideon sah eine Annäherung aus niedriger Höhe vor, damit die Bodenstörungen das feindliche Radar verunsicherten und die Position der Angreifer verschleierten, die dann im Steigflug einen Angriffsbereich über und hinter dem Ziel zu erreichen suchten. Sie gingen also zunächst tief über den Erdboden hinunter und folgten im Flug der Linie der welligen Hügel. Die schwarzen Karakul-Schafherden stoben vor Schreck auseinander, als sie über sie hinweg ostwärts zum Jordan donnerten.

»Hallo, Bright Lance, hier Wüstenblume – wir haben Sie nicht mehr auf dem Schirm.«

Gut, dachte David, dann hat uns der Feind auch nicht.

Der Brig gab die Koordinaten des Feindobjekts an: »Stellen Sie selbst Kontakt her.«

Gleich danach kam Joes Stimme. »Führer, hier Zwo. Ich habe Feindkontakt.«

David blickte auf seinen eigenen Radarschirm und betätigte seinen Abtaster, als Joe Entfernung und Richtung nannte. Das war beim Fliegen mit hoher Unterschallgeschwindigkeit in einer so geringen Höhe eine gefährliche Ablenkung – und zudem zeigte sein eigener Schirm keine feindlichen Ziele.

Sie flogen noch einige Sekunden weiter, bis David einen schwach leuchtenden Fleck am äußersten Rande seines Gerätes entdeckte. »Feindkontakt bestätigt. Entfernung neun sechs Seemeilen. Flugrichtung und Kurs parallel. Höhe 7500 Meter.«

David fühlte das erste vertraute Kribbeln und Prickeln des Hasses in sich aufsteigen, als ob eine naßkalte Schlange sich in seinem Bauch aufrollte.

»Beseder, Zwo. Objekt im Auge behalten und auf Abfanggeschwindigkeit gehen!«

Während sie die Schallmauer durchbrachen, blickte David hinauf zu dem Gewitter, das sich über den silbrig-blaßblauen Wolkenbänken zusammenzog. Der Himmel darüber war unnatürlich dunkelblau und von den dünnen Streifen der Zirruswolken durchzogen. Bis jetzt war noch nichts von dem Ziel zu sehen; es mußte dort irgendwo zwischen den Wolkenbergen sein. David blickte wieder auf seinen Radarschirm, auf dem er die ungefähre Position des feindlichen Flugzeuges abschätzen konnte, dem sie sich jetzt rasch näherten. Der Gegner flog parallel zu ihnen, etwa 20 Meilen entfernt an ihrer Steuerbordseite. Er flog sehr hoch und nur etwa halb so schnell wie sie, mit der Sonne im Rücken, die knapp vor dem Zenit stand. David berechnete den Annäherungskurs, der ihn in einen Angriffsbereich oberhalb und steuerbord des Ziels bringen sollte.

»Wir drehen jetzt nach Steuerbord«, rief er Joe zu, gemeinsam beschrieben sie eine Kurve, kreuzten im Rücken des Gegners, um ihrerseits die Sonne im Rücken zu haben. Joe gab mit ruhiger Stimme Entfernung und Flugrichtung des Feindes durch. Bisher gab es kein Anzeichen dafür, daß er die Jäger bemerkt hatte, die tief unter ihm in seinem Rücken näherkamen.

»Zwo, hier Führer. Feuerbereitschaft!«

Ohne die Augen vom Radarschirm zu nehmen, drückte David den Hauptschalter auf dem Waffenbrett. Er entsicherte die beiden Luft-Luft-Sidewinder-Raketen, die unter den Tragflächen hingen, und hörte sofort den weichen elektronischen Ton in seinem Kopfhörer schwingen. Der Ton zeigte an, daß die Raketen noch lauerten, daß sie noch nicht von der infraroten Lichtquelle erfaßt worden waren, durch die sie gezündet wurden. Wenn es so weit war, erhöhten sie Lautstärke und Frequenz ihrer Schwingungen und begannen zu heulen wie Jagdhunde, die an ihren Leinen reißen. Er stellte den Ton leiser.

Dann machte er seine 30-mm-Zwillingskanone in ihrer Lagerung direkt unter dem Sitz schießbereit. Der Abzug schnellte aus dem Kopf des Steuerknüppels, und er krümmte seinen Zeigefinger um den Hebel, um sich wieder an das Gefühl zu gewöhnen.

»Zwo, hier Führer. Ich fliege jetzt auf Kontakt.«

Es war eine Aufforderung an Joe, seine ganze Aufmerksamkeit auf den Radarschirm zu konzentrieren und ihn mit Richtungsdaten zu versorgen.

»Ziel ist jetzt 10 Uhr hoch, Entfernung zwo sieben Seemeilen.«

Aufmerksam spähend, suchte David die sich auftürmenden weißen Wände ab. Zwischendurch wandte er den Blick kurz ab, und fixierte einen Punkt am Erdboden oder einen Wolkengipfel, um klare Augen zu behalten und um den toten Winkel zu überprüfen, damit aus den Jägern nicht die Gejagten wurden.

Dann plötzlich sah er sie. Es waren fünf. Sie stießen hoch über ihnen durch die Wolkendecke und zeichneten sich deutlich gegen den Himmel ab – wie winzige schwarze Fliegen auf einem frisch gebügelten Bettuch. In diesem Augenblick kam Joes neue Entfernungsmeldung:

»Eins drei Seemeilen.«

Aber die Ziele waren so klar zu erkennen, daß David mit bloßem Auge ihre Deltaflügel und die hochgezogene Höhenflosse erkannte. Das konnten nur MIG 21 J sein.

»Ich sehe das Zielobjekt«, meldete er Joe. »Fünf MIGs 21 J.« Seine Stimme klang ruhig und beherrscht. Doch das täuschte. Endlich hatte seine Wut einen Gegenstand gefunden. Sie veränderte sich, sie war nicht mehr dunkel und schmerzlich, sondern kalt, glänzend und scharf wie eine Rasierklinge.

»Objekt immer noch feindlich.« Joe bestätigte, daß die fünf Maschinen innerhalb des israelischen Luftraums waren. Seine Stimme war nicht so ruhig. David konnte die Heiserkeit heraushören und wußte, daß auch Joe die Wut gepackt hatte.

Es würde noch weitere fünfzehn Sekunden dauern, bis sie die Drehung vollendet hatten, die sie hinter das Heck des Feindes brachte. David schätzte die Positionen ab und stellte fest, daß die Annäherung bisher perfekt war. Die Formation glitt gemächlich dahin. Ahnungslos über den Feind unter ihrem Heck geriet sie vor die Sonne und in die tote Zone, wo ihr Radar den Gegner nicht entdecken konnte. Waren die Mirages erst einmal dort angelangt, würde David auf Angriffsgeschwindigkeit gehen und im Steigflug eine Position von überlegener Höhe und taktischem Vorteil gegenüber der feindlichen Formation zu erreichen suchen. Während er nach vorne schaute, erkannte er, daß der Zufall ihm eine zusätzliche Chance beschert hatte, denn einer der riesigen Wolkenberge hatte sich genau so verschoben, daß sein Flug in die Sonne verborgen blieb. Das würde er nutzen, um seine Annäherung zu decken, so wie der Burenjäger in Afrika sich hinter einer Ochsenherde versteckt, um sich an die wilden Büffel heranzuschleichen.

»Zielobjekt ändert Kurs nach Steuerbord«, meldete Joe.

Die MIGs drehten in Richtung der syrischen Grenze ab. Sie hatten ihre Provokation beendet, hatten stolz mit den Farben des Islams vor den Nasen der Ungläubigen gewedelt und suchten nun das Weite, um sich in Sicherheit zu bringen.

David fühlte die kalte Woge des Zorns in seinem Innern ansteigen und scharf und schneidend werden. Mit mühsamer Beherrschung wartete er die letzten Sekunden ab, bevor er zum Steigflug ansetzte. Aber jetzt war der Augenblick gekommen. Seine Stimme war immer noch ruhig und leidenschaftslos, als er Joe rief:

»Zwo, hier Führer, gehe zum Angriffssteigflug über.«

»Zwo folgt.«

David zog den Knüppel hoch. Das atemberaubende Tempo, mit dem sie stiegen, schien ihnen die Eingeweide aus dem Leib zu reißen.

Fast im selben Augenblick, in dem sie aus den Störflecken der Bodennähe herauskamen, hatte Wüstenblume sie auf dem Radarschirm. »Hallo, Bright Lance. Wir sehen Sie jetzt, geben Sie Identifizierung.«

David und Joe lagen auf dem Rücken. Sie wurden durch die Schubkraft des steilen Angriffsfluges in ihre Sitze gedrückt. Nun schalteten beide das IFF-System ein. »Identifizierung Freund oder Feind« würde sie mit einem Lichthof umgeben, durch den sie auf dem Radar des Oberkommandos eindeutig zu erkennen waren, selbst wenn sie in einen Nahkampf mit dem Gegner verwickelt würden. »Beseder – wir haben Sie im IFF«, meldete der Brig. Im selben Augenblick flogen sie durch eine Wolkensäule. Davids Augen gingen zwischen seinen Blindflugarmaturen und dem Radar hin und her. Auf dem Schirm waren die scharfen Umrisse der feindlichen Maschinen deutlich zu erkennen, so daß er jedes einzelne Flugzeug der Formation ausmachen konnte.

»Objekt beschleunigt Geschwindigkeit und dreht schärfer nach Steuerbord«, meldete Joe. David paßte sich sofort dem gegnerischen Manöver an.

Er war sicher, daß der Feind sie noch nicht bemerkt hatte. Sein plötzliches Abdrehen war offenbar reiner Zufall. Ein erneuter Blick auf den Schirm zeigte David, daß er seine Höhenüberlegenheit erreicht hatte. Er war nur noch zwei Meilen entfernt und flog nun über ihnen, mit der Sonne im Rücken. Es war die ideale Annäherung.

»Gehe jetzt in endgültige Position«, rief er Joe zu, und dann legten sie los. Vor ihnen war das Ziel. Das Geschützvisier glühte in sanftem Licht. Die Sidewinder-Raketen fingen die ersten schwachen Ausstrahlungen der Infrarot-Strahlen ihrer Beute auf und begannen in Davids Kopfhörern zu heulen.

Sie jagten nochmals durch eine dicke graue Wolke. Als sie daraus auftauchten, blitzten direkt unter ihnen die fünf MIGs silbern im Sonnenlicht wie ein hübsches Spielzeug. Ihre rot-weiß-grünen Kokarden leuchteten in frischen Farben auf den klaren Umrissen von Tragflächen und Heck, und die weit aufgerissenen Haifischmäuler der Düsenöffnungen saugten gierig die Luft an.

Sie flogen in loser V-Formation, je zwei Maschinen gestaffelt hinter dem Anführer. Die Sekunden, die David blieben, genügten, um den Gegner zu identifizieren. Bei den vier Flügelmännern handelte es sich offensichtlich um Syrer. Sie flogen mit der Disziplinlosigkeit von Anfängern. Es waren einfache Ziele, eine leichte Beute. Auf dem Rumpf des Anführers zeichneten sich drei rote Ringe ab. Auch ohne sie wäre er als sowjetischer Instrukteur zu erkennen gewesen.

»Greif du zwei Backbordziele an«, befahl David Joe. Er selbst wollte sich den Anführer und die beiden anderen, steuerbord fliegenden Maschinen vornehmen. Die Raketen in Davids Kopfhörer heulten vor Jagdfieber, sie hatten den starken Düsenstrahl unter sich aufgespürt und wollten ausbrechen, um sich auf ihre Opfer zu stürzen. David schaltete auf Kommandoleitung.

»Hallo, Wüstenblume, hier Bright Lance am Ziel. Erbitte Angriffserlaubnis.«

Die Antwort kam sofort: »David, hier Brig« – er sprach schnell und eindringlich – »Angriff sofort abbrechen. Ich wiederhole: Sofort vom Objekt lösen. Ist nicht mehr feindlich. Angriff abbrechen.«

Darauf war David nicht gefaßt gewesen. Er blickte durch die Wolkendecke nach unten und sah, wie das lange braune Jordantal hinter ihnen zurückblieb. Sie hatten die Grenzlinie überquert und damit ihre Rollen getauscht – aus Verteidigern waren sie zu Angreifern geworden. Aber sie näherten sich rasch ihrem Ziel. Und vielleicht hatten sie noch die Möglichkeit, so zu tun, als hätten sie die Lage nicht erfaßt.

»Wir schießen!« Der glühende Zorn in seinem Innern zwang ihm diese Entscheidung auf. Er schaltete die Kommandoleitung ab und sagte zu Joe:

»Zwo, Führer greift an.«

»Negativ! Ich wiederhole, negativ!« warnte Joe eindringlich. »Objekt ist nicht mehr feindlich!«

»Denk an Hannah!« rief David in sein Kehlkopf-Mikrofon. »Los!« Er krümmte seinen Finger um den Abzug, drückte das linke Seitenruder und gierte geringfügig um die Hochachse, damit er die erste MIG in sein Visier bekam. Sie schien sich in seinem Visier wie ein Ballon aufzublähen, während er sich näherte. Einen Herzschlag lang schwieg Joe, dann kam seine Stimme wieder, sie klang rauh und erstickt.

»Zwo folgt!«

»Schieß sie ab, Joe«, schrie David gellend und drückte gegen die Sprungfederspannung des Abzuges. Es folgte ein weicher doppelter Zischlaut, im Düsenlärm kaum wahrnehmbar, und unter den Tragflächen lösten sich die Raketen. Sie torkelten hin und her, während sie sich auf das Ziel einpendelten, und hinterließen dunkle Rauchspuren vor Davids Frontscheibe. Erst jetzt wurden sie von den MIGs entdeckt.

Die Formation wurde offenbar von ihrem Führer gewarnt. Sie fiel plötzlich auseinander, und die fünf Maschinen strebten nach allen Seiten wie ein silberner Sardinenschwarm beim Angriff eines Barracuda.

Der hinterste Syrer war nicht schnell genug. Er wollte gerade abdrehen, als eine Sidewinder sich an seinen Schwanz hängte, seiner Drehung folgte und sich dann in einer tödlichen Umarmung mit ihm vereinigte.

Davids Maschine vibrierte unter der Schockwelle der Explosion, und die MIG zerbarst in einem grün-blauen Feuerkranz. Eine Tragfläche brach ab, wirbelte durch die Luft. Der Rauch wehte rasch über David hinweg.

Die zweite Rakete hatte sich die Maschine mit den roten Ringen, den Führer der Formation, ausgewählt. Aber der Russe hatte schnell reagiert und so scharf abgedreht, daß sie an ihm vorbeischoß und ihr Ziel verfehlte. Sie verlor die Spur und war nicht mehr in der Lage, der MIG in die Kurve zu folgen. Als David die Mirage herumzog, um den Russen zu verfolgen, sah er, wie sich die Rakete, in einer grünen Rauchwolke weit hinten am Horizont, selbst zerstörte.

Der Russe drehte eine scharfe Rechtskurve. David folgte ihm. Er konnte jede Einzelheit der gegnerischen Maschine erkennen – den scharlachroten Helm des Piloten, die auffälligen Farben seiner Kokarde, die arabischen Schriftschnörkel und sogar die einzelnen Nieten auf der glänzenden Metallverkleidung der MIG.

Mit aller Kraft hielt David den Steuerknüppel zurück, denn die Schwerkraft lastete immer stärker auf der Steuerung und setzte sich seinen Bemühungen entgegen, noch mehr aus seiner Maschine herauszuholen, ohne die Tragflächen abzubrechen.

Die Schwerkraft lastete auch auf David. Sie zog ihm das Blut aus dem Kopf, und sein Blick trübte sich. Die Helmfarbe des gegnerischen Piloten verblich zu mattem Braun. Die Windungen seiner Kombination verengten sich um Hüfte und Beine und preßten ihn zusammen wie eine hungrige Pythonschlange, um zu verhindern, daß alles Blut aus seiner oberen Körperhälfte entwich.

David spannte angestrengt jeden Muskel seines Körpers und zog die Mirage nach oben. Wie ein Motorradfahrer an der Todeswand stieg er in einem Kreisel aufwärts, um Überlegenheit an Höhe zu erringen.

Sein Blick verengte und trübte sich, sein Blickfeld beschränkte sich auf das Cockpit. Wie angekettet saß er in seinem Sitz, mit offenem Mund und hängenden Lippen, die Augenlider wurden ihm schwer. Es kostete ihn fast übermenschliche Anstrengung, die rechte Hand am Steuerknüppel zu halten. In der Ecke seines Visiers blinkte die Kontrollampe abwechselnd gelb und rot, um anzuzeigen, daß er am Rande einer Katastrophe war, daß er die Maschine überzog und das Schicksal herausforderte.

David holte tief Luft und schrie mit aller Kraft. Seine eigene Stimme drang durch den grauen Nebel zu ihm. Die Anstrengung preßte etwas Blut in sein Gehirn zurück, und sein Blick wurde vorübergehend etwas klarer. Jedenfalls reichte es aus, um ihn erkennen zu lassen, daß die MiG sein Manöver erwartet hatte und ihm folgte, daß auch sie die Todeswand hinaufklomm, und zwar direkt auf seine ungedeckte Flanke und seinen ungeschützten Bauch zu.

Das einzige, was David tun konnte, war, aus der Kurve herauszubrechen, bevor die Kanonen der MIG schießen konnten. Er machte eine Rolle und ging sofort in eine scharfe, steile Linkskurve über. Seine Nachbrenner donnerten immer noch mit Vollgas. Sie verbrauchten eine derartige Menge Kraftstoff, daß seinen verzweifelten Manövern schon allein deshalb bald ein Ende gesetzt sein würde. Exakt und graziös wie ein Ballettänzer folgte ihm der Russe aus der Kurve heraus und setzte zu seinem nächsten Angriff an. Im Rückspiegel sah ihn David näherkommen. Er machte wieder eine Rolle und ging nach rechts oben, während ihm durch die Drehung schwarz vor Augen wurde. Es ging um sein Leben. Der Russe war ein lebensgefährlicher Gegner, schnell und hart, er sah alle Kniffe Davids voraus und war immer kurz vor dem Angriff. Drehen und immer wieder drehen, in großen, weitausholenden Schleifen, immer steigend, während ihre Kondensstreifen silbernglänzende Arabesken an den kalten blauen Himmel zeichneten.

Davids Arme und Schultern schmerzten, während er gegen das Gewicht der Schwerkraft ankämpfte und zugleich durch die Blutleere im Gehirn und das Adrenalin in seinem Kreislauf immer schwächer wurde. Seine kalte Kampfeswut hatte sich allmählich in eisige Verzweiflung gewandelt, nachdem alle seine Bemühungen, den Russen loszuwerden, fehlgeschlagen waren und mit Gegenzügen beantwortet wurden. Das offene Haifischmaul der MIG hing immer irgendwo über seiner Schulter oder unter seinem Bauch. Davids ganzes Können, sein brillantes fliegerisches Talent kamen nicht gegen die umfangreiche Kriegserfahrung seines Gegners an. Einmal, als sich für einen Moment ihre Flügelspitzen fast berührten, warf David einen Blick hinüber und sah das Gesicht des anderen: Nur die Augen und die Stirn waren über der Sauerstoffmaske zu erkennen. Die Haut waren knochenbleich und die Augen tief eingesunken wie bei einem Totenschädel. Dann drehte David wieder ab, drehte sich und schrie und kämpfte gegen die Schwerkraft und gleichzeitig gegen die Angst, die ihn wie mit Fangarmen zu umklammern begann.

Er rollte halb aus der Kurve, um das Manöver unbewußt gleich wieder rückgängig zu machen. Die Mirage vibrierte und verlor an Geschwindigkeit. Der Russe sah es und stieß von oben auf ihre Steuerbordseite hinab. David drückte den Steuerknüppel ganz nach links vorn und trat voll ins linke Seitenruder. Die Mirage duckte sich unter der Salve des feindlichen Feuers und trudelte nach unten. Das Blut, das die Schwerkraft vom Kopf abgesogen hatte, schoß nun in seinem Körper aufwärts und füllte sein Gehirn und seine Augen mit heller Röte. Unter dem Druck platzte eine Ader in seiner Nase, und die Sauerstoffmaske war plötzlich voll von warmem, erstickendem Blut.

Der Russe war hinter ihm, folgte seinem Sturzflug und ging für die zweite Salve in Stellung. David spürte den metallisch-salzigen Geschmack des Blutes im Mund, er schrie, während er den Steuerknüppel mit aller Kraft zurückholte. Die Nase der Mirage ging mit einem Ruck nach oben, aus dem Sturzflug wurde wieder Steigflug – und wieder floß das Blut vom Gehirn ab. In Sekundenbruchteilen wurde ihm wieder schwarz statt rot vor Augen. Er sah, wie der Russe sich von dieser List verleiten ließ und ihm folgte. David warf sich mit einer abbrechenden Rolle über die eigene Längsachse. Er erwischte den Russen, der eine Hundertstelsekunde zu langsam konterte und plötzlich wie betrunken vor Davids Visier taumelte. In einer fast unmöglichen Seitenstreuung stoben die Geschosse seiner Bordkanone über den Himmel, als spritzte er den Horizont mit einem Gartenschlauch ab. Die MIG war höchstens einen winzigen Augenblick in Davids Visier, aber er nahm einen Feuerblitz, ein helles Leuchten unter der Pilotenkanzel des Gegners wahr. David machte wieder eine Rolle, drehte eine scharfe Kurve und sah, wie der Russe immer noch im Kreise flog und dabei langsam an Höhe verlor. Er zog eine weiße Rauchfahne hinter sich her, die unter dem Dach der Pilotenkanzel hervorquoll.

Ich habe ihn, dachte David triumphierend. Seine Angst war plötzlich verschwunden, sie wurde wieder zum Zorn, zu einer leidenschaftlich überlegenen Wut. Noch einmal zog er die Mirage hoch. Die MIG konnte nicht mithalten. David kippte seine Maschine vornüber und hatte jetzt die MIG direkt in der Mitte seines Visiers. Er feuerte eine Salve von einer Sekunde und sah, wie die Leuchtspurgeschosse das silbrige Heck der MIG mit kleinen feurigen Sternen säumten. Der Russe geriet im Abgleiten allmählich aus seiner Kurve und flog horizontal, ohne auszuweichen. Wahrscheinlich hing der Pilot tot über seinem Steuer. David war ihm auf den Fersen und richtete sein Geschützvisier auf ihn. Er feuerte nochmals eine Salve von einer Sekunde – und die MIG brach auseinander. Kleine Wrackteile flogen auf David zu, aber der Russe blieb in seiner Maschine.

Wieder traf ihn David. Die jetzige Salve dauerte zwei Sekunden. Erst da senkte sich die Nase der MIG, sie kippte vornüber und fiel immer schneller wie ein silberner Speer zur Erde.

David konnte ihr nicht folgen, ohne die eigenen Tragflächen abzubrechen. Er fing seine Maschine ab und beobachtete, wie der Russe mit einer Geschwindigkeit, die zwei Mach überschritten haben mußte, in die Tiefe sauste. Er explodierte wie eine Bombe in einem riesigen Staub- und Rauchpilz, der viele Sekunden über den braunen Ebenen von Syrien stand.

David stellte die Nachbrenner ab und sah auf die Treibstoffanzeiger. Alle Nadeln waren nur noch einen schmalen Strich über der Leermarke. Der letzte rasende Sturzflug hinter der MIG hatte ihn auf eine Höhe von eintausendfünfhundert heruntergebracht. Er flog über feindlichem Gebiet und war zu niedrig – viel zu niedrig.

Er verbrauchte wiederum kostbaren Treibstoff, um nach Westen abzudrehen und auf Abfanggeschwindigkeit zu gehen, damit er so schnell wie möglich dem feindlichen Flakbereich entkam. Er suchte den Himmel nach Joe oder den anderen MIGs ab, obwohl er annahm, daß die Syrer längst entweder bei Allah im Garten der Huris oder bei Mutter zu Hause waren.

»Bright Lance Zwo, hier Führer. Kannst du mich verstehen?«

»Führer, hier Zwo.« Joes Stimme war sofort da. »Ich kann dich sehen. Um Gottes willen, komm da raus!«

»Hast du meine Position?«

»Wir sind fünfzig Meilen in syrischem Territorium, unser Heimatkurs ist 250°.«

»Wie ging es dir?«

»Ich habe einen von meinen beiden erwischt. Der andere ist abgehauen, und danach war ich zu sehr damit beschäftigt, auf dich aufzupassen...«

David kniff die Augen zu. Er merkte erst jetzt, daß ihm unter seinem Helm der Schweiß in Strömen über die Stirn lief und daß seine Maske naß und klebrig vom Blut war. Arme und Schultern schmerzten. Die Auswirkungen der Schwerkraft und die Anspannung des Kampfes hatten ihn völlig ausgepumpt. Er fühlte sich wie betrunken. Seine Hände zitterten auf dem Steuerknüppel.

»Ich habe zwei erledigt«, sagte er, »zwei von diesen Schweinen – einen für Debra und einen für Hannah.«

»Halt's Maul, Davey.« Joes Stimme war rauh vor Ungeduld. »Mach, daß du hier rauskommst! Du bist im Bereich von Flak und Bodenraketen. Heb deinen Schwanz – wir müssen abziehen.«

»Negativ«, antwortete David. »Ich bin knapp an Treibstoff. Wo bist du?«

»Sechs Uhr hoch 7500.« Während er antwortete, richtete Joe sich in seinem Sitz auf und lehnte sich in die Schultergurte, um den winzigen keilförmigen Umriß von Davids Maschine zu beobachten, die weit unter ihm flog. Sie stieg langsam zu ihm hoch – viel zu langsam. David flog zu niedrig. Er war ungeschützt, und Joe hatte Angst um ihn. Sein Gesicht unter der Sauerstoffmaske war vor Anstrengung verzerrt, während er Himmel und Erde unablässig nach dem ersten Anzeichen einer Gefahr absuchte. In zwei Minuten würden sie es geschafft haben, aber die Sekunden schlichen nur so dahin.

Fast hätte er die erste Rakete übersehen. Die feindliche Batterie hatte gewartet, bis David ihre Abschußrampe überflogen hatte, bevor sie feuerte. Joe entdeckte die Rauchspur. Die Rakete strich hinter David her und näherte sich rasch.

»Rakete, links abdrehen«, rief Joe gellend in sein Kehlkopfmikrofon. »Los! Los! Los!« Er sah, wie David sofort eine scharfe Wendung vollzog und dem zischenden Angriff der Rakete auswich. »Sie hat dich verloren«, rief Joe, als die Rakete ihre wilde Jagd durch den Luftraum fortsetzte, auf der Suche nach einem Ziel anfing, von einer Seite zur anderen zu schwanken, und schließlich explodierte.

»Weiter so, Davey«, ermutigte ihn Joe. »Aber paß auf, da kommen noch mehr.«

Beide sahen, wie die nächste Rakete von einem getarnten Fahrzeug aufstieg. Dort unten auf dem Gebirgskamm über der sonnendurchglühten Ebene mußte ein ganzes Nest sein. Die Serpent schoß aus den Felsen empor, erhob sich in die Lüfte und stieg rasch in Richtung auf Davids kleine Maschine.

»Schwanz hoch«, rief ihm Joe zu. »Warte, bis sie kommt!« Er beobachtete, wie die Rakete mit schwindelerregendem Tempo auf Davids Mirage zustrebte.

»Rechts abdrehen! Los! Los! Los!« schrie Joe, und David bog scharf zur Seite. Wieder glitt die Serpent an ihm vorbei. Aber dieses Mal verlor sie den Kontakt nicht, sondern wendete zu einem erneuten Angriff. Ihr Zielanfluggerät hatte sich an Davids Maschine geheftet. »Sie hängt noch an dir dran«, schrie Joe jetzt. »Nimm Kurs auf die Sonne – versuche, nach oben zu kommen.«

Und die Mirage richtete ihre Nase auf den großen flammenden Feuerball über den dunklen Wolkenbergen. Die Serpent folgte ihr aufwärts und kam mit unerbittlicher Zielstrebigkeit näher. »Sie ist gleich dran, Davey. Laß dich jetzt fallen! Los! Los! Los!«

David kippte die Maschine aus ihrer senkrechten Lage und ließ sich wie ein Stein fallen, während die Serpent, von der gewaltigen Infrarotstrahlung abgelenkt, ihr Ziel verlor.

»Du bist sie los. Komm jetzt raus, Davey, komm raus!« flehte Joe. Aber einen Augenblick lang war die Mirage hilflos. In ihrem verzweifelten Steigflug zur Sonne hatte sie an Manövrierfähigkeit verloren und taumelte nun unbeholfen nach unten.

Kostbare Sekunden würden vergehen, bis David sie wieder im Griff hatte – und dann würde es zu spät sein. Joe sah, daß bereits die dritte Rakete abgeschossen worden war und mit ihrem Schweif von Feuer und Rauch auf Davids Mirage zuraste.

Joe handelte, ohne zu überlegen. Erst als er seitlich abgedreht war und mit Vollgas nach unten jagte, wußte er, was er tat. Sein Machmeter zeigte zweifache Schallgeschwindigkeit, als er auf Davids Höhe angelangt war. Er flog horizontal weiter und kreuzte hinter David vor der Nase der herankommenden Serpent.

Das Radarauge der Rakete entdeckte ihn. Die Hitze seiner Düsenstrahlen war frischer, verführerischer als die von David, und sie akzeptierte ihn als Ersatzziel, setzte hinter ihm her und ließ David unbehelligt weiterfliegen. David hatte gesehen, wie Joes Flugzeug in rasender Geschwindigkeit an seiner Flügelspitze vorbeiflog und wie sich die Serpent an ihn hängte. Er erkannte, daß Joe die Rakete absichtlich abgelenkt hatte und sich nun anstatt seiner der sicheren Vernichtung aussetzte.

Starr vor Schrecken beobachtete er, wie Joe die Geschwindigkeit, die er im Sturzflug gewonnen hatte, benutzte, um erneut Kurs auf die Sonne zu nehmen. Die Rakete flog mühelos im Steigwinkel und überholte Joes Maschine. Im allerletzten Moment ließ Joe sich aus der Steigung fallen – doch dieses Mal konnte er die Serpent nicht täuschen. Sie schwenkte ebenfalls, und während Joe nun mit seiner Maschine hilflos taumelte wie zuvor David, war er ein hilfloses Opfer. Er hatte sein Glück versucht – und verspielt. Die Rakete erreichte ihn. In einem Aufbersten von Glut, Licht und Feuer starben Joe und seine Mirage.

David flog allein weiter. Seine Maschine hatte inzwischen ihre Manövrierfähigkeit wieder erreicht. Seine Kehle war zugeschnürt vor Schrecken, Angst und Entsetzen. Er hörte sich selbst reden: »Joe, nein. Joe. O Gott, nein! Das durftest du doch nicht tun!« Durch die Löcher in den Wolkenmassen sah er den Jordan vor sich liegen. »Du müßtest jetzt nach Hause fliegen, Joe. Nicht ich, Joe, hörst du!« Seine Worte erstickten im Kummer.

Aber sein Selbsterhaltungstrieb zwang ihn zur Aufmerksamkeit. David versuchte zu gieren und sah zurück, um den toten Winkel zu überblicken. Er sah die letzte Rakete wie einen kleinen schwarzen Fleck auf sich zukommen. Sie war noch weit weg, von einem Rauchkranz umgeben, aber sie blitzte hungrig aus ihrem tückischen Auge. David wußte mit tödlicher Sicherheit, daß diese Rakete vom Schicksal für ihn bestimmt war. Die Ausweichmanöver der vorhergehenden Angriffe hatten seine Nerven zermürbt und seine Reaktionsfähigkeit ermüdet. Nun sah er mit einer Art starrer Ergebenheit die Rakete näherkommen. Halbherzig sammelte er seine erlahmenden Kräfte zur letzten Anstrengung.

Seine Augen verengten sich zu Schlitzen, während ihm der Schweiß über das Gesicht strömte und seine Maske durchnäßte. Mit der linken Hand hielt er den Gashebel voll offen, die rechte umfaßte den Steuerknüppel mit der Kraft der Verzweiflung. Er wartete, bis sein Augenblick gekommen war.

Die Rakete hatte ihn jetzt fast erreicht. Er schrie wieder aus Leibeskräften, während er die Mirage herumriß. Doch dieses Mal hatte er sich um Sekundenbruchteile verschätzt. Die Rakete glitt zwar an ihm vorbei, als er abdrehte, aber sie war nahe genug gewesen, um den Schatten der Mirage mit der Fotozelle ihrer Zündungsvorrichtung einzufangen. Sie explodierte, während die Mirage ihr gerade voll die Pilotenkanzel zuwandte. Sie traf das Flugzeug mit solcher Wucht, daß es taumelte und vornüber stürzte wie ein Rennläufer, der stolpert. Es verlor an Auftrieb und Manövrierfähigkeit.

Fliegende Stahlsplitter drangen in die Kanzel. Ein Splitter prallte klirrend von Davids gepanzertem Sitz ab und traf seinen linken Arm oberhalb des Ellbogens. Er durchschlug den Knochen, so daß der Arm kraftlos herabhing.

Eisiger Wind pfiff durch die Löcher der Kanzel, während die Mirage mit selbstmörderischer Geschwindigkeit durch den Raum geschleudert wurde. Ihre Nase wurde trudelnd und taumelnd hin und her gerissen. David wurde so heftig in die Gurte gepreßt, daß es seine Rippen quetschte und die Haut an den Schultern aufschürfte. Der durchschossene Arm pendelte schmerzhaft hin und her.

Er versuchte, sich aufrecht in seinem Sitz zu halten, und faßte über seinen Kopf, um den Mechanismus des Schleudersitzes zu betätigen. Dann zog er das Visier seines Helmes zu. Er wartete darauf, aus der verlorenen Mirage herausgeschleudert zu werden – aber nichts geschah.

Verzweifelt ließ er den Griff los und versuchte mit aller Anstrengung, den zweiten Schleudermechanismus unter dem Sitz zwischen seinen Füßen auszulösen. Vergeblich zerrte er an dem Hebel – nichts rührte sich. Der Schleudersitz funktionierte nicht, die Detonation hatte irgendein wichtiges Teil beschädigt. Er mußte also die Mirage zur Landung bringen, mit nur einem Arm und aus der geringen Höhe, die er noch hatte. Er klammerte seine rechte Hand um den Griff des Steuerknüppels, und in dem wilden Stürzen und Taumeln begann David den fast hoffnungslosen Kampf, die Herrschaft über die Steuerung wiederzuerlangen. Er war schwer verwundet und flog jetzt nur noch nach Gefühl – Himmel und Horizont, Erde und Wolken tanzten vor seinen Augen. Er war sich bewußt, daß er rasch an Höhe verlor, denn jedesmal, wenn die Erde in seinem Blickfeld auftauchte, war sie näher und drohender, aber hartnäckig bemühte er sich, dem Trudeln der Maschine gegenzusteuern.

Die Erde war schon sehr nahe, als er einen ersten Erfolg spürte: Er schien die Mirage wieder im Griff zu haben. Plötzlich reagierte sie wieder – und flog horizontal. Aber die Maschine war schwer angeschlagen. Die Explosion der Rakete hatte sie tödlich getroffen. Er spürte, wie das rauhe Vibrieren des Motors sie schüttelte, und konnte sich ausrechnen, daß der Kompressor einen Flügel verloren hatte und nun aus dem Gleichgewicht geraten war. Binnen weniger Augenblicke würde sie sich selbst in Stücke reißen. Er durfte nicht mehr versuchen, sie hochzuziehen. Als er sich einmal kurz umsah, erkannte er mit Schrecken, wie tief er durch das Trudeln herabgekommen war. Die Maschine schwebte nur noch sechzig bis neunzig Meter über dem Boden. Er hatte keine Ahnung, in welcher Richtung er flog. Aber als er auf den Kompaß schaute, stellte er überrascht fest, daß er sich immer noch auf dem Heimflug befand.

Das Vibrieren des Motors wurde stärker, er hörte schon das schrille Kreischen von zerreißendem Metall. Nach Hause konnte er es nicht mehr schaffen, und er hatte nicht mehr genügend Höhe, um die Kanzel herauszuschleudern, seine Gurte zu lösen und zu versuchen, aus dem Cockpit zu klettern. Es blieb ihm nur noch ein Weg: Er mußte aufsetzen.

Noch während er diese Entscheidung traf, war seine gesunde Hand bereits bei der Ausführung. Den Steuerknüppel zwischen den Knien, fuhr er das Fahrwerk aus. Das Bugrad würde ihn vielleicht lange genug halten, um die Geschwindigkeit etwas zu vermindern, so daß er nicht auf einer Tragfläche landete.

Vor sich sah er eine niedrige Gebirgskette, auf der sich eine dürftige grüne Vegetation ausbreitete. Dahinter lagen weite Felder, gepflügtes Land, gepflegte Obstgärten und Siedlungen. Der Anblick gab ihm ein Gefühl der Geborgenheit, denn er zeigte ihm, daß er die Grenze überquert haben mußte und wieder in Israel war. David flog über den Felsenkamm und zog dabei seinen Bauch ein, als ob die Mirage sein eigener Körper sei. Dann flog er über die Felder. Er sah Frauen, die ihre Arbeit in den Obstgärten unterbrachen, um zu ihm aufzublicken. Sie waren so nahe, daß er Überraschung und Besorgnis auf ihren Gesichtern lesen konnte.

Ein Mann sprang von einem blauen Traktor und warf sich auf die Erde, als David nur wenige Meter über seinem Kopf hinwegglitt. Sämtliche Treibstoffhähne waren geschlossen, auch der Hauptschalter war zugedreht, als David zur Landung ansetzte. Vor ihm lag ein braunes, übersichtliches, freies Feld. Vielleicht ging es doch noch gut. Das Tempo der Mirage verringerte sich immer mehr. Ihre Nase kam hoch, während der Geschwindigkeitsmesser von 200 Meilen auf 190, 180 und schließlich auf die Abreißgeschwindigkeit von 150 herabsank.

Plötzlich erkannte David, daß das Feld vor ihm von tiefen, betonierten Bewässerungskanälen durchzogen war. Sie waren etwa sechs Meter breit und drei Meter tief. Das war eine tödliche Gefahr. Er konnte nichts mehr tun, um ihren weit aufgerissenen Rachen zu entgehen. Die Mirage ging hinunter und setzte weich auf.

Weich wie ein Kater, der auf ein Stück Samt pißt, dachte er noch. All sein Können nutzte ihm nichts mehr. Das Feld war uneben, aber die Mirage paßte sich an, hüpfte und torkelte und schüttelte David rücksichtslos im Cockpit hin und her. Sie hatte mit allen drei Rädern aufgesetzt und verlor spürbar an Tempo. Ihre Geschwindigkeit betrug aber immer noch neunzig Meilen in der Stunde, als sie in einen Bewässerungsgraben rollte. Das Fahrgestell brach ab wie Brezelstangen. Die Nase kippte vornüber und schlug auf der anderen Seite des Betongrabens auf, der das Metall wie mit einer Sichel durchtrennte und den Flugzeugrumpf, in dem David noch angegurtet saß, quer über das Feld wirbelte. Die Tragflächen brachen ab, der Rest glitt über die weiche Erde, bis er endlich, aufgerichtet wie ein gestrandeter Wal, zum Stillstand kam.

Davids linke Körperhälfte war wie gelähmt. Er hatte kein Gefühl in Armen und Beinen. Die Gurte hielten ihn immer noch in ihrem brutalen Griff. Wie betäubt saß er in der plötzlich eintretenden Stille. Viele Sekunden lang hockte er da, unfähig, sich zu rühren oder irgend etwas zu denken. Dann roch er plötzlich den durchdringenden Gestank des Avtur-Düsentreibstoffes, der aus den zerbrochenen Tanks und Leitungen rann. Der Geruch brachte ihn zu sich, die Todesangst des Piloten vor dem Feuer packte ihn. Mit der rechten Hand griff er nach dem Öffnungshebel des Verdecks und versuchte es zu heben. Zehn kostbare Sekunden verschwendete er daran, aber es war fest verklemmt. Dann suchte er in der Nische unter dem Bremshebel die Brechzange, die für den Notfall vorgesehen war. Er fand sie, legte sich in seinen Sitz zurück und hämmerte wie wahnsinnig gegen die Plexiglasdecke über seinem Kopf. Der Gestank des Düsentreibstoffes wurde übermächtig und erfüllte das Cockpit. Er hörte das helle, zischende Geräusch des weißglühenden Metalls.

Sein linker Arm war nicht zu gebrauchen und behinderte ihn. Die Gurte zogen ihn in den Sitz zurück, und er mußte die Arbeit am Verdeck unterbrechen, um sie zu lockern. Dann machte er weiter. Er hatte eine handgroße Öffnung in das Plexiglas gebrochen, als plötzlich aus einer geplatzten Treibstoffdruckleitung irgendwo am zerstörten Heck eine Fontäne Avtur hoch in die Luft spritzte. Wie aus einem Rasensprenger ergoß es sich über das Verdeck, rann an der gewölbten Oberfläche herunter und tropfte durch das offene Loch. Die Tropfen fielen ihm ins Gesicht, rollten eiskalt über seine Wangen, brannten in seinen Augen und durchnäßten seine Schultern. In diesem Augenblick begann David zu beten. Zum erstenmal in seinem Leben bekamen die Worte Bedeutung für ihn, und er fühlte, wie seine Angst nachließ.

»Höre, o Israel, der Herr unser Gott ist ein einziger Gott.« Er betete laut, hämmerte gegen das Plexiglas und spürte den sanften Todesregen auf seinem Gesicht. Er begann weitere Stücke des durchsichtigen Materials mit der Hand herauszubrechen, aber sein Handschuh zerriß dabei, und Blut verschmierte die schartigen Ränder der Öffnung.

»Gepriesen sei Sein Name, dessen Reich und Herrlichkeit für immer...«

Endlich war die Öffnung groß genug. Er zog sich vom Sitz hoch, wurde aber von den Sauerstoff- und Radioleitungen, die an seinem Helm befestigt waren, zurückgehalten. Mit seinem verletzten linken Arm, aus dessen zerrissenem Ärmel Blut sickerte, konnte er nicht darankommen. Er fühlte keinen Schmerz, doch der Arm stand in einem grotesken Winkel vom Ellbogen ab.

»Du sollst Gott den Herrn mit deinem ganzen Herzen lieben...«, flüsterte er, löste mit der rechten Hand den Kinnriemen und ließ den Helm zu Boden fallen. Der Treibstoff tropfte jetzt in seine weichen dunklen Haare und lief hinter seinen Ohren in den Nacken. Er mußte an die Flammen der Hölle denken.

Mit äußerster Anstrengung zwängte er sich nun durch die Öffnung des Verdecks. Nun konnten selbst Gebete nicht mehr die dunklen Wolken der Angst verscheuchen, die auf seine Seele einstürmten.

»Denn der Zorn Gottes wird aufflammen über dir...«

Mühsam kletterte er über das schlüpfrige, glatte Metall der Tragflächenhalterung und fiel mit dem Gesicht nach unten auf die Erde. Einen Augenblick lang lag er dort, total erschöpft von Angst und Anstrengung.

»Denk an alle Gebote Gottes...«

Während er auf der staubigen Erde lag, hörte er Stimmen. Er hob den Kopf und sah die Frauen aus dem Obstgarten über das freie Feld auf ihn zulaufen. Aus ihren aufgeregten Stimmen erkannte er, daß sie Hebräisch sprachen. Nun wußte er endgültig, daß er zu Hause war.

David zog sich an den Trümmern der Mirage hoch und kam auf die Beine. Er versuchte den Frauen zuzurufen: »Geht zurück! Vorsicht!« Aber seine Stimme war nur ein heiseres Krächzen. Sie kamen näher, ihre Kleider und Schürzen stachen bunt gegen die trockene, braune Erde ab.

Er stieß sich von dem Flugzeugwrack ab und wankte den herbeieilenden Frauen entgegen.

»Geht zurück!« rief er wieder, verzweifelt und mit heiserer Stimme. Die Kombination behinderte seine Bewegungen, der eiskalte Treibstoff dampfte über seinem Kopf.

In den Trümmern der Mirage wurde eine Treibstofflache von dem weißglühenden Mantel des Düsenkompressors erhitzt. Schließlich hatte sie den Siedepunkt erreicht, und ein einziger schwacher Funke oder Stromimpuls der elektronischen Geräte genügte, um sie zu entzünden.

Es gab einen dumpfen, wuchtigen Knall: dunkelrote Flammen und schmieriger, schwarzer Rauch stiegen aus dem Wrack empor. Der Wind zerfetzte das Feuer in weite wehende Fahnen und flatternde Wimpel, die die Trümmer und ihre ganze Umgebung einhüllten. Und inmitten des glühenden Schmelzofens, der die ganze Luft zu verzehren schien, taumelte David vorwärts.

Er hielt den Atem an, damit die Flammen seine Lungen nicht versengten. Die Augen fest geschlossen, rannte er blindlings drauflos, um dem Inferno zu entkommen. Sein Körper und seine Glieder waren durch die feuerfeste Kombination, die Stiefel und die Handschuhe geschützt, aber den Helm hatte er abgesetzt, und Haar und Gesicht waren von Treibstoff übergossen.

Plötzlich loderte sein Kopf wie eine Fackel auf. Das Haar verbrannte knisternd in einem einzigen stinkenden Feuerstoß, der Kopfhaut und Nacken kahl werden ließ. Dann schmolzen Ohren und Nase unter den Flammen, die zuvor die Haut in platzenden Blasen abgeschält hatten. Sie fraßen sich weiter ins rohe Fleisch, verzehrten die Lippen und legten Zähne und Kieferknochen bloß. Sie verbrannten die Augenlider und versengten das Fleisch auf seinen Wangen.

Und er lief weiter durch Feuer und Rauch. Der Schmerz schien ihm unfaßbar. Er war größer als alles, was er sich je vorstellen konnte. Er überflutete seinen Geist und alle Sinne. David wußte, daß er nicht schreien durfte. Der Schmerz war wie schwarze Dunkelheit, umgeben vom flackernden Feuer vor seinen festgeschlossenen Augen. Es brauste in seinen Ohren und brannte auf seinem Fleisch wie alle Folterwerkzeuge der Hölle. Er wußte, daß er es nicht in seinen Körper dringen lassen durfte, und so lief er weiter, ohne einen Laut von sich zu geben. Die Frauen aus dem Obstgarten waren voll Entsetzen vor der Wand aus Feuer und Qualm stehengeblieben, die sich vor dem Rumpf des zerquetschten Wracks aufgetürmt hatte und die gespenstische Gestalt des um sein Leben rennenden Piloten einhüllte.

Dann blies ein plötzlicher Windstoß ein Loch in den ölschwarzen schweren Rauchvorhang, und durch die Öffnung taumelte eine Gestalt mit qualmendem Körper und lichterloh brennendem Kopf. Blind tappte sie aus dem Rauch auf wankenden Beinen, die die Füße durch die weiche Erde hinter sich herzogen, und mit einem leblos schwenkenden Arm an der Seite. Wie gebannt starrten die Frauen auf die Erscheinung, die langsam auf sie zuging.

Mit einem Aufschrei des Mitgefühls löste sich ein kräftiges, dunkelhaariges Mädchen aus der erstarrten Gruppe. Während sie lief, riß sie sich ihren großen, schweren Rock aus dicker Wolle vom Leib. Als sie bei ihm war, schlug sie den Rock über seinem Kopf zusammen und erstickte so die Flammen, die sich immer noch in sein Fleisch fraßen. Nun kamen auch die anderen Frauen nach und umwickelten den am Boden Zusammengebrochenen mit Kleidungsstücken. Erst jetzt öffnete sich Davids lippenloser Mund mit den freiliegenden Zähnen zu einem gräßlichen Schrei. Keine der Frauen würde diesen Laut je vergessen. Während er schrie, öffneten sich die Augen, an denen Wimpern und Brauen und fast die ganzen Lider versengt waren. Sie waren von dunklem Indigoblau und stachen wie das einzig Menschliche hervor aus der glänzenden Maske von nassem, verbranntem Fleisch. Es tropfte und spritzte aus den kleinen Blutgefäßen, die in der Hitze geplatzt waren. Das Schreien trieb Blut und Blutwasser in Blasen aus den Nasenlöchern. Der Körper wand und krümmte sich in den Zukkungen unerträglicher Qualen. Die Frauen mußten ihn festhalten, um zu verhindern, daß seine Finger sich in das verbrannte Gesicht krallten. Er schrie noch immer, als der Arzt vom Kibbuz den Ärmel seiner Kombination mit einem Skalpell aufschlitzte und die Morphiumspritze in die zuckenden Armmuskeln stieß.

D er Brig sah das letzte helle Radarbild vom Schirm verschwinden und hörte die Meldung des Radaroffiziers: »Kontakt abgebrochen.«

Im Befehlsbunker breitete sich tiefe Stille aus. Alle blickten auf den Brig. Er stand über das Gerät gebeugt, die großen, knochigen Fäuste in die Seite gestemmt. Nicht ein Muskel rührte sich in seinem Gesicht, aber der Ausdruck seiner Augen war herzzerreißend. Es schien, als ob die verzweifelten Stimmen der beiden Piloten noch immer aus den Lautsprechern hallten. Der Raum war noch erfüllt von den Worten, die sie sich in der äußersten Not des tödlichen Kampfes zugerufen hatten.

Sie alle hatten Davids Stimme gehört, die rauh und leise war vor Trauer und Entsetzen:

»Joe! Joe! Joe! O Gott, nein!«

Und sie alle wußten, was das bedeutete. Nun waren beide verloren. Der Brig stand wie betäubt von dem unvorhergesehenen Ausgang, den dieser Einsatz genommen hatte. In dem Augenblick, in dem er die Kontrolle über die beiden Jagdflieger verloren hatte, war ihm klar gewesen, daß das Unheil unabwendbar war. ...Und nun war sein Sohn tot. Für einige Sekunden preßte er die Augen zu. Dann hatte er sich wieder in der Gewalt.

»Großalarm«, sagte er mit fester Stimme. »Alle Staffeln Bereitschaft ›Rot‹.« Er wußte, daß dieser Zwischenfall eine internationale Krise auslösen würde.

»Luftsicherung über dem Gebiet, wo sie heruntergegangen sind. Vielleicht sind sie mit dem Schleudersitz ausgestiegen. Schirmen Sie das Gebiet mit zwei Phantomen ab. Schicken Sie sofort Hubschrauber mit Fallschirmjägern und Sanitätern hin...«

Im Befehlsbunker lief der Plan für den Großalarm an. »Geben Sie mir den Premierminister«, sagte er. Er würde eine Menge erklären müssen, aber die wenigen Sekunden, die ihm noch blieben, verwendete er daran, David Morgan glühend und bitterlich zu verfluchen.

Der Luftwaffenarzt warf einen Blick auf Davids versengten Kopf und schimpfte leise vor sich hin:

»Wir können froh sein, wenn wir den durchbringen.«

Er umwickelte den Kopf mit leichten Vaselin-Verbänden. Dann brachten sie David, der in eine Wolldecke gehüllt war, auf einer Trage zum Hubschrauber, der im Obstgarten wartete. Auf dem Hubschrauberplatz stand schon ein Ärzteteam bereit. Eine Stunde und dreiundfünfzig Minuten, nachdem die Mirage in dem Bewässerungskanal zu Bruch gegangen war, hatte David die sterile Schleuse passiert und war in die Spezialabteilung für Verbrennungen eingeliefert worden – in eine stille, abgeschiedene kleine Welt, in der jedermann Masken und lange, grüne, sterile Kittel trug. Der Kontakt mit der Außenwelt war nur durch verglaste Doppelfenster möglich. Selbst die Luft, die man atmete, war wie gescheuert, desinfiziert und gefiltert. David war in den weichen, dunklen Wolken des Morphiums versunken, er hörte die ruhigen Stimmen der Gestalten mit den Schutzmasken nicht, die über ihm arbeiteten.

»Überall dritten Grades...«

»Nicht zu säubern versuchen und nicht berühren, Schwester, bis sich die Sache stabilisiert hat. Ich werde ihn mit Epigard besprühen, und dann müssen wir alle vier Stunden intramuskulär Tetracylin spritzen, um einer Infektion vorzubeugen.«

»Wir können frühestens in zwei Wochen riskieren, es zu berühren.«

»Er bekommt alle sechs Stunden fünfzehn Milligramm Morphium. Wir werden viel Mühe mit ihm haben.«

Der Schmerz war die Ewigkeit, ein unendlicher Ozean, dessen Wogen nie zur Ruhe kamen und sich an den Küsten seiner Seele brachen. Zuweilen war die Brandung so stark, daß jeder Wellenschlag ihm den Verstand zu rauben drohte. Dann wieder war sie flach und fast sanft in ihrer Regelmäßigkeit, und er trieb weit hinaus auf dem Ozean der Schmerzen, wo die Nebel des Morphiums ihn einhüllten. Sobald sich der Nebel wieder teilte, prallte ihm eine gnadenlose, nackte Sonne auf den Schädel, daß er sich krümmte und wand und schrie vor lauter Qual. Sein Kopf schien sich aufzublähen und anzuschwellen, er drohte jeden Augenblick zu platzen, und die bloßliegenden Nervenenden schrien um Gnade.

Aber dann gab es endlich wieder den scharfen Stich der Nadel, und die Nebel schlossen sich erneut über ihm.

»Das gefällt mir gar nicht. Haben wir eine Bakterienkultur angelegt, Schwester?«

»Ja, Doktor.«

»Was entwickelt sich da?«

»Sieht fast so aus wie Streptokokken.«

»Das dachte ich mir fast. Dann gehen wir zu Cloxacillin über – achten Sie darauf, ob das besser anspricht.«

Zusammen mit dem Schmerz nahm David immer deutlicher einen bestimmten Geruch wahr. Er ähnelte den Ausdünstungen von Aas und Verwesung, dem Gestank von Ungeziefer in schmutzigen Wolldecken, von Erbrochenem und von Exkrementen und dem

Geruch von nassen Abfällen, die in schmutzigen Gassen verfaulen. Schließlich merkte er, daß es der Geruch seines eigenen Fleisches war, das unter der Einwirkung der Streptokokken begann, sich zu zersetzen.

Er erhielt Medikamente gegen die Infektion, aber durch das Fieber und den verzehrenden Durst steigerten sich seine Qualen. Mit dem Fieber kamen die Alpträume und Phantasien, die ihn über die Grenzen des Erträglichen hinaus verfolgten.

»Joe...«, schrie er in seiner Verzweiflung, »steig auf in Richtung Sonne, Joe. Links abkippen, jetzt. Los! Los!« Und dann kam es schluchzend über die verbrannten Lippen:

»Joe! O Gott, nein! Joe.«

Es endete erst, als die Nachtschwester es nicht mehr ertragen konnte und ihm die erlösende Spritze gab. Dann wurden seine Schreie allmählich leiser und wurden zu einem leisen Wimmern und Stöhnen und verstummten.

»Jetzt fangen wir mit den Trypaflavin-Verbänden an, Schwester.«

Alle achtundvierzig Stunden wurden die Verbände gewechselt. Das konnte nur unter Vollnarkose geschehen, denn der ganze Kopf war rohes Fleisch, mit einem leeren, ausdruckslosen Gesicht, dessen grobe Linien und grelle Farben aussahen, wie von einem Kind gezeichnet. Die Ohren fehlten, und die rötliche Fläche war mit gelben Flecken von Eiter und Fäulnis übersät.

»Das Cloxacillin schlägt an, er sieht schon erheblich besser aus, Schwester.«

Das bloße Fleisch der Augenlider war zusammengeschrumpft. Es hatte sich zurückgeschoben – wie die rosa Blütenblätter einer verwelkenden Rose – und setzte die Augäpfel unablässig dem Licht aus. Man hatte die Augenhöhlen mit einer gelben Salbe gefüllt, um sie anzufeuchten und den Schmerz zu lindern, auch um die ekelerregende Entzündung, die seinen ganzen Kopf erfaßte, von den Augen fernzuhalten. Doch nun konnte er nichts sehen.

»Ich denke, wir machen jetzt einen abdominalen Pediculatus. Bereiten Sie alles für die Nachmittagsoperation vor, ja, Schwester?«

Jetzt begann die Arbeit mit dem Messer, und David lernte eine neue Art des Schmerzes kennen. Sie lösten einen großen Streifen Haut und Fleisch von seinem Bauch ab, ließen ihn jedoch an einem Ende mit der Bauchdecke verbunden. Sie rollten den Streifen zusammen und schnallten den Arm, der nicht in Gips lag, am Rumpf fest und nähten den zusammengerollten Streifen mit seinem freien Ende an den Oberarm. Anschließend brachten sie ihn in sein Zimmer zurück und ließen ihn dort hilflos und blind liegen.

»Ausgezeichnet! Wir haben beide Augen erhalten können.« Die Stimme klang stolz, fast begeistert. David blickte auf und sah sie zum erstenmal. Sie standen um sein Bett herum, ein Kreis ausgestreckter Hälse, Münder und Nasen von Operationsmasken verdeckt. Aber seine Augen waren immer noch verschmiert, und durch die Tropfspülung, die an die Stelle der Salbe getreten war, konnte er kaum etwas wahrnehmen.

»Nun kommen die Augenlider dran.«

Wieder setzten sie das Messer an. Sie schlitzten die zusammengeschrumpften und aufgewölbten Augenlider auf und formten sie neu. Der Schmerz war schon fast wie ein Bekannter für David – ebenso wie der widerwärtige Geschmack und Geruch der Betäubungsmittel, die aus jeder Pore seines Körpers zu treten schienen.

»Sehr schön, wirklich prima – die Infektion haben wir sauber weggekriegt. Jetzt können wir anfangen.«

Der Kopf wurde vom sickernden Eiterfluß befreit, er war jetzt glänzend, feucht, kahl und knallrot, wie eine Cocktailkirsche, während sich langsam Schorf zu bilden begann. An Stelle der Ohren waren zwei verbogene und verkrümmte Knorpel. Dort, wo sonst die Lippen waren, leuchtete die Doppelreihe der Zähne verblüffend weiß und vollkommen. Eine längliche unbedeckte Knochenschaufel erinnerte an das Kinn, während der Nasenstumpf mit seinen Löchern aussah wie die Mündung einer Doppelflinte. Nur die Augen waren schön – sie glänzten dunkelblau und makellos weiß zwischen den erschreckend roten Lidern und den säuberlichen schwarzen Stichen. »Wir wollen im Nacken anfangen. Bereiten Sie alles für die Nachmittagsoperation vor, ja, Schwester?«

David nahm kaum mehr Unterschiede zwischen den Operationen wahr. Diesmal lösten sie Haut von seinen Oberschenkeln ab und nähten die Stücke lose zusammen, um größere Flächen zu bekommen. Dann bedeckten sie in jeder Operation mehr von dem rohen Fleisch und beobachteten den Erfolg jedes einzelnen Versuchs, während David in seinem Bett lag und wehrlos den Schmerz über sich ergehen ließ.

»Diese Stelle ist nicht gut geworden. Wir müssen es ablösen und noch einmal anfangen.«

Unterdessen reifte auf seinen Oberschenkeln neue Haut heran, die immer wieder verwendet wurde, so daß nun auch der Spendenbereich ein Zentrum dauernder Schmerzen war.

»Großartig! Diese hier wächst nahtlos an!«

Nach und nach breitete sich die Hautschicht vom Nacken über seinen ganzen Schädel aus. Das Muster, das die Nähte zwischen den einzelnen übertragenen Hautteilen bildeten, sah häßlich aus wie Fischschuppen.

»Wir können den Pediculatus jetzt versetzen.«
»Heute nachmittag OP, Doktor?«
»Ja bitte, Schwester!«

David kam allmählich dahinter, daß in der Spezialabteilung für Verbrennungen jeden Donnerstag operiert wurde. Er hatte Angst vor den Donnerstagmorgen-Visiten, wenn der Chefarzt und sein Gefolge sich um sein Bett drängten, ihn betasteten und stachen und über die Neubildung seines Fleisches mit einer Offenheit diskutierten, die ihm kalte Schauer über den Rücken jagte.

Nun wurde das eine Ende der fetten Fleischrolle, die wie ein grotesker weißer Blutegel an seinem Arm hing und wie ein Tier ein eigenes Leben zu haben schien und sich aus dem festgebundenen Unterarm ernährte, vom Bauch abgetrennt.

Daraufhin legten sie den Arm quer über die Brust und nähten das Stück, das sie gerade vom Bauch abgeschnitten hatten, an sein Kinn und den Nasenstumpf an.

»Es ist sehr gut angewachsen. Heute nachmittag fangen wir mit der Plastik an. Wir setzen ihn an den Anfang der Operationsliste. Können Sie dafür sorgen, Schwester?«

Das lebende Fleisch aus seinem Bauch bildeten sie zu einer unförmigen Nase und straffen schmalen Lippen. Außerdem blieb noch etwas übrig, um den Kiefer zu bedecken. »Das Ödem ist zurückgegangen. Heute machen wir uns an die Knochentransplantation am Kinn.«

Sie öffneten seine Brust und spalteten seitlich von der vierten Rippe einen langen Splitter ab, der auf den beschädigten Kieferknochen übertragen wurde. Dann legten sie das Fleisch des Pediculatus darüber und nähten es fest.

Der Donnerstag war durch das Messer und den Geruch der Narkose gekennzeichnet. Die Tage dazwischen verwischten sich in den Qualen des mißhandelten, heilenden Fleisches.

Sie verfeinerten die neue Nase, schnitten Löcher hinein und beendeten die Arbeit an den Augenlidern. Die letzten Transplantationen wurden hinter den Ohren vorgenommen. Dann setzten sie einen doppelten Schnitt unter dem Kinn, um zu verhindern, daß das Gewebe sich bei der Narbenbildung zusammenzog und das Kinn auf der Brust festhielt. Die neuen Lippen bekamen festen Halt an den Muskeln, die noch da waren, und David lernte, sie zu bewegen, so daß er Worte bilden und klar aussprechen konnte.

Als sich die letzten offenen Stellen unter dem Flickwerk geschlossen hatten, war David nicht mehr infektionsgefährdet und konnte auf eine andere Abteilung gebracht werden. Endlich sah er wieder menschliche Gesichter und nicht nur Augen über Operationsmasken. Die Gesichter waren freundlich und aufmunternd. Die Männer und Frauen waren stolz darauf, sein Leben gerettet und seinen entstellten Schädel wieder mit Haut und Fleisch bedeckt zu haben.

»Sie dürfen jetzt Besuch bekommen – das wird Sie sicher freuen«, sagte der Chefarzt. Er war ein gutaussehender junger Chirurg, der seinen hochbezahlten Posten in einer Schweizer Klinik aufgegeben hatte, um die Abteilung für Verbrennungen und plastische Chirurgie zu übernehmen. »Ich glaube kaum, daß ich Besuch bekomme.« David hatte während dieser neun Monate in der abgeschirmten Spezialabteilung jeden Gedanken an die Außenwelt verloren. »Aber sicher werden Sie das«, erwiderte der Chirurg. »Wir bekamen von einer ganzen Anzahl Leute regelmäßig Nachfragen über Ihr Befinden. Nicht wahr, Schwester?«

»Ganz recht.«

»Sie können ihnen jetzt sagen, daß er Besuch empfangen darf.« Der Arzt und sein Gefolge wollten weitergehen.

»Doktor«, rief David ihn zurück. »Ich möchte einen Spiegel.« Diese Bitte hatte man ihm während der vergangenen Monate viele Male abgeschlagen. Jetzt verharrte alles in verlegenem Schweigen.

David wurde ärgerlich. »Sie können es mir nicht für immer verheimlichen.«

Auf ein Zeichen des Arztes verließen alle den Raum. Der Arzt selbst kehrte an Davids Bett zurück.

»Gut, David«, sagte er leise. »Sie bekommen einen Spiegel – obgleich wir so etwas hier selten brauchen.«

Zum erstenmal während all der Monate, die er sein Patient war, entdeckte David sein Mitgefühl und wunderte sich, daß ein Mann, der ständig in einer Welt der Schmerzen und der schrecklichsten Entstellungen lebte, solcher Empfindungen noch fähig war.

»Sie müssen sich klarmachen, daß Sie nicht immer so aussehen werden wie jetzt. Alles, was ich bisher tun konnte, war, die Wunden zu heilen und die Funktionen Ihres Gesichtes wiederherzustellen. Sie sind wieder lebensfähig. Keine Ihrer Funktionen ist zerstört – doch ich will nicht behaupten, daß Sie gut aussehen. Es bleibt noch vieles, was man verschönern kann. Zum Beispiel habe ich Material übrigbehalten, um Ihre Ohren wiederherzurichten.« Er deutete auf den Rest des Pediculatus, der noch an Davids Unterarm hing. »Auch an Ihrer Nase, am Mund und an den Augen kann mit Gesichtsplastik noch viel getan werden.« Er schritt langsam durch das Krankenzimmer und sah einen Augenblick in die Sonne hinaus, bevor er sich umdrehte und auf David zuging.

»Ich will aufrichtig mit Ihnen sein. Meine Kunst hat ihre Grenzen. Die Muskeln, die dem Gesicht seinen Ausdruck verleihen, empfindliche Muskeln um Augen und Mund, sind zerstört. Ich kann sie nicht ersetzen. Die Haarwurzeln an Wimpern, Brauen und Schädel sind verbrannt. Sie können natürlich eine Perücke tragen, aber...«

David richtete sich auf und holte seine Brieftasche aus der Nachttischschublade. Er öffnete sie und nahm eine Fotografie heraus. Es war die Aufnahme, die Hannah vor so langer Zeit von Debra und ihm gemacht hatte – damals, als sie lachend am Felsenteich in der Oase von Ein Gedi saßen. Er reichte sie dem Chirurgen.

»So haben Sie ausgesehen, David? Das wußte ich nicht.« Dann schwieg er lange.

»Schaffen Sie es, daß ich wieder so aussehe?«

»Nein«, sagte er. »Nicht einmal annähernd.«

»Das ist alles, was ich wissen wollte.« David nahm ihm das Foto wieder ab. »Sie sagen, ich bin wieder funktionsfähig. Sollten wir es dann nicht besser so lassen?«

»Sie wollen keine weiteren kosmetischen Operationen? Wir können noch eine ganze Menge tun...«

»Doktor, ich habe jetzt neun Monate unter dem Messer gelebt. Ich habe die ganze Zeit den Geschmack der Antibiotika und Betäubungsmittel im Mund gehabt – und dazu noch den Gestank in meiner Nase. Das einzige, was ich mir wünsche, ist, keine Schmerzen mehr zu haben, sondern in Ruhe zu leben und wieder einmal frische Luft zu atmen.«

»Gut«, sagte der Chirurg bereitwillig. »Es muß ja auch nicht gleich sein. Sie können jederzeit wiederkommen.« Er wandte sich zum Gehen. »Wenn Sie jetzt mit mir gehen wollen, suchen wir einen Spiegel.«

Es gab einen im Schwesternzimmer, das jenseits der Doppeltür am Ende des Korridors lag. Der Raum war leer. Der Spiegel hing über dem Waschbecken.

Der Chirurg blieb am Eingang, gegen den Türpfosten gelehnt. Er zündete sich eine Zigarette an und beobachtete, wie David zum Spiegel ging und starr vor Entsetzen stehenblieb, als er sein eigenes Spiegelbild sah.

Er trug einen blauen Morgenrock über seinem Pyjama. Er war hochgewachsen und gut gebaut mit breiten Schultern und schmalen Hüften. Sein geschmeidiger, männlich-schöner Körper hatte sich nicht verändert.

Aber der Kopf, der auf diesem Körper saß, schien einem Alptraum entstiegen. Unwillkürlich stieß David einen lauten Schrei aus und öffnete dabei das klaffende Loch, das sein Mund war. Es war eng und lippenlos, wie das Maul einer Kobra mit weißen scharfen Rändern.

Gebannt von seinem eigenen Schreckensbild, trat David näher an den Spiegel heran. Seine dichten schwarzen Haare hatten bisher die eigenartige, längliche Form des Schädels verdeckt, die eine eigentümliche Ausbuchtung auf dem Oberkopf zeigte. Die kahle Wölbung war nun mit angestückelter Haut bedeckt.

Haut und Fleisch in seinem Gesicht waren ein einziges Flickwerk, das durch Narbenränder zusammengehalten war. Das Gewebe war straff über die Wangenknochen gezogen und verlieh ihm ein fast asiatisches Aussehen. Die runden Augenhöhlen waren mit schweren Lidern und aufgequollenen Wülsten bedeckt.

Die Nase war ein formloser Klumpen. Seine Ohren waren verkrümmte Auswüchse, scheinbar willkürlich an den Seiten befestigt. Dem Ganzen fehlte jegliche Spur von Übereinstimmung. Es hatte die Färbung von gekochtem Fleisch.

Die Mundhöhle zuckte und klaffte plötzlich weit auf – dann erstarrte sie wieder.

»Ich kann nicht lächeln«, sagte David.

»Nein«, gab der Chirurg zu. »Sie können den Ausdruck Ihres Gesichts nicht beeinflussen.«

Das war das Schlimmste. Nicht das verzerrte Fleisch mit den noch deutlich sichtbaren Narben und Nähten – sondern die Ausdruckslosigkeit dieser Maske. Die erstarrten Züge schienen tot und ohne menschliche Wärme oder Regung zu sein.

»Ja! Früher hätten Sie mich sehen sollen!« sagte David leise – und der Chirurg lachte unfroh.

»Morgen ziehen wir die letzten Fäden hinter Ihren Ohren und entfernen den Rest Pediculatus von Ihrem Arm, und dann können Sie entlassen werden. Sie können zurückkommen, wann immer Sie wollen.«

David strich vorsichtig mit der Hand über seinen kahlen, gemusterten Schädel.

»Ich werde ein Vermögen an Haarschneiden und Rasierklingen einsparen«, sagte er.

Der Arzt wandte sich rasch ab, ging den Gang hinunter und überließ David der Aufgabe, seinen neuen Kopf näher kennenzulernen. Die Kleidung, die man ihm zur Entlassung gab, war billig und paßte nicht. Sie bestand aus Hosen, einem Sporthemd, einer dünnen Jacke und einem Paar Sandalen. Er bat um eine Kopfbedeckung, um die auffallende neue Gestalt seines Schädels zu verdecken. Eine der Schwestern beschaffte ihm eine Tuchmütze und sagte, daß jemand im Verwaltungsgebäude des Krankenhauses auf ihn warte.

Es war ein Major von der Kommandatur der Militärpolizei, ein schlanker, grauhaariger Mann mit kalten, grauen Augen und strengen Zügen. Er stellte sich vor, ohne die Hand zur Begrüßung zu reichen, und öffnete eine Akte, die vor ihm auf dem Schreibtisch lag.

»Ich bin von meiner Dienststelle beauftragt, Sie zu ersuchen, offiziell um Ihren Abschied aus der israelischen Luftwaffe zu bitten«, begann er.

David war wie vom Schlag gerührt. In den schmerzerfüllten, fieberheißen Nächten war der Gedanke, wieder zu fliegen, wie der Ausblick auf ein Paradies gewesen.

»Ich verstehe nicht«, murmelte David. Er griff nach einer Zigarette, brach das erste Streichholz ab und machte ein paar hastige Züge, als das zweite aufflammte. »Sie wollen meinen Abschied – und wenn ich mich weigere?«

»Dann haben wir keine andere Wahl, als Sie vor das Kriegsgericht zu stellen, weil Sie sich im Angesicht des Feindes geweigert haben, die rechtmäßigen Befehle Ihres vorgesetzten Offiziers auszuführen.«

»Ich verstehe.« David nickte langsam und zog an der Zigarette. Der Rauch stach ihm in die Augen. »Es wird mir wohl nichts anderes übrigbleiben.«

»Ich habe entsprechende Papiere vorbereitet. Bitte, unterschreiben Sie hier und hier – und ich selbst unterzeichne als Zeuge.«

David beugte sich über die Papiere und unterschrieb. Das Kratzen der Feder erfüllte den stillen Raum.

»Danke.« Der Major packte seine Unterlagen zusammen und

verschloß die Aktentasche. Er nickte David kurz zu und ging zur Tür.

»Nun bin ich also ausgestoßen«, sagte David leise. Der Mann blieb stehen und wandte sich um. Beide starrten sich einen Augenblick an. Dann veränderte sich die Miene des Majors, und die kalten, grauen Augen wurden grimmig.

»Sie sind verantwortlich für die Zerstörung von zwei unersetzlichen Kriegsflugzeugen, deren Verlust uns unübersehbaren Schaden zugefügt hat. Sie sind verantwortlich für den Tod eines Offizierskameraden und haben unser Land an den äußersten Rand eines offenen Krieges gebracht, der das Leben vieler Tausender anderer junger Menschen gekostet und möglicherweise die Existenz unseres gesamten Staates aufs Spiel gesetzt hätte. Sie haben unsere internationalen Freunde in größte Verlegenheit gebracht – und unsere Feinde gestärkt.« Er hielt inne und holte tief Luft. »Die Empfehlung meiner Dienststelle war, Sie vor ein Kriegsgericht zu stellen und die Todesstrafe zu beantragen. Lediglich die persönlichen Interventionen des Premierministers und des Generalmajors Mordechai haben Sie davor bewahrt. Meiner Meinung nach haben Sie keinen Anlaß, Ihr Schicksal zu beweinen, sondern sollten sich im Gegenteil glücklich schätzen.«

Er drehte sich um, und seine Schritte hallten auf dem Steinfußboden, als er den Raum verließ.

Plötzlich widerstrebte es David, aus der nüchternen, unpersönlichen Halle des Krankenhauses durch die gläserne Drehtür in die Frühlingssonne hinauszutreten. Er hatte gehört, daß auch langjährige Häftlinge bei ihrer Entlassung derartige Empfindungen haben. Vor der Tür bog er ab und ging seitlich zur Synagoge des Krankenhauses.

Lange Zeit saß er in einer Ecke des stillen, viereckigen Raumes. Die Sonne schien durch die bunten Glasfenster hoch oben im Mittelschiff und erfüllte den Raum mit farbigem Licht. Ein wenig vom Frieden und von der Schönheit dieses Ortes blieb in ihm haften und gab ihm schließlich den Mut, auf den Platz hinauszutreten und einen Bus nach Jerusalem zu besteigen.

Er saß ganz hinten am Fenster. Der Bus fuhr mit einem Ruck an und kroch langsam den Hügel zur Stadt hinauf. David merkte, daß er beobachtet wurde, und hob den Kopf. Eine Frau mit zwei kleinen Kindern saß auf der Bank vor ihm. Sie war armselig gekleidet und sah verhärmt und vorzeitig gealtert aus. Sie hielt ein schmutziges Baby auf dem Schoß und gab ihm aus einer Plastikflasche zu trinken. Das andere Kind war ein Mädchen von vier bis fünf Jahren. Mit seinen großen, dunklen Augen und der Lockenmasse auf seinem Kopf hatte es etwas Engelhaftes. Es stand auf dem Sitz und wandte das Gesicht nach hinten, während es hingegeben am Daumen lutschte. Es betrachtete David mit naiver, kindlicher Neugier. In einer Aufwallung von Zärtlichkeit und dem Verlangen nach menschlicher Berührung, die er in all diesen Monaten entbehrt hatte, beugte sich David vor, versuchte zu lächeln und griff nach dem Arm der Kleinen. Sie riß den Daumen aus dem Mund, drehte sich heftig um und verbarg ihr Gesicht an der Brust der Mutter.

An der nächsten Haltestelle stieg David aus, verließ die Straße und wanderte zu Fuß den steinigen Hügel hinauf. Es war ein warmer Tag. Die Bienen summten einschläfernd, und Blütenduft stieg aus den Pfirsichgärten. Er kletterte die Terrasse hinauf und setzte sich oben auf eine Mauer, denn er war zittrig und ganz außer Atem. Er war keine Bewegung mehr gewöhnt. Aber das war es nicht allein. Das Erlebnis mit dem Kind hatte ihn tief erschüttert.

Sehnsüchtig blickte er zum Himmel. Klar und strahlend blau wölbte er sich über ihm mit einigen Silberwölkchen hoch oben im Norden. Er wünschte sich weit oben, über diesen Wolken – dort würde er Frieden finden!

Ein Taxi brachte ihn zur Malikstraße. Die Vordertür war nicht verschlossen.

Beunruhigt trat er ins Wohnzimmer. Es war genauso, wie er es vor vielen Monaten verlassen hatte. Aber irgend jemand hatte geputzt, und auf dem Tisch standen frische Blumen in einer Vase – ein riesiger Strauß bunter Dahlien.

Ein würziger Essensduft durchzog die Wohnung – nach der faden Krankenhauskost ließ sie David das Wasser im Munde zusammenlaufen.

»Hallo«, rief er. »Wer ist da?«

»Willkommen daheim!« Eine vertraute Stimme drang aus dem verschlossenen Badezimmer. »Ich habe Sie nicht so früh erwartet – und nun überraschen Sie mich gerade, wo ich den Rock hoch und die Hosen runter habe.«

Es folgten ein schlurfendes Geräusch und das Rauschen der Toilettenspülung. Dann flog die Tür auf. Majestätisch erschien Ella Kadesch im Türrahmen. Sie trug einen ihrer gewaltigen bunten Kaftane. Die Krempe ihres apfelgrünen Hutes war an einer Seite hochgesteckt wie bei einem australischen Buschhut und mit einer riesigen Jadebrosche und einem Wedel von Straußenfedern geschmückt.

Ihre dicken Arme waren weit ausgebreitet, und auf ihrem Gesicht lag ein erwartungsvolles Lächeln. Sie ging auf ihn zu, und das Lächeln hielt noch an, nachdem der Schrecken längst ihre kleinen hellen Augen überschattet hatte. Sie zögerte.

»David?« Ihre Stimme klang unsicher. »Sind Sie es denn, David?«

»Hallo, Ella.«

»O Gott, barmherziger Gott, was haben sie mit dir gemacht, mein schöner, junger Mars...«

»Hör zu, du alte Hexe«, sagte er schroff, »wenn du anfängst zu flennen, schmeiß ich dich die Treppe hinunter.« Sie gab sich die größte Mühe, die Tränen zurückzuhalten, die ihr in die Augen schossen. Aber ihre Kinnbacken zitterten, und ihre Stimme war belegt, als sie ihn in ihre dicken Arme schloß und an ihren Busen drückte.

»Ich habe einen Kasten Bier in den Kühlschrank gestellt – und Curryreis für uns gekocht. Das wirst du mögen – es ist meine Spezialität...«

David aß mit gewaltigem Appetit und spülte das scharfe Essen mit dem kalten Bier hinunter, während er Ellas Redestrom über sich ergehen ließ. Sie redete wie ein Wasserfall, um ihr Mitgefühl und ihre Verlegenheit zu verbergen.

»Ich durfte dich nicht besuchen. Aber ich habe jede Woche angerufen und habe mich so auf dem laufenden gehalten. Durch die regelmäßigen Anrufe wurde ich ein bißchen mit der Schwester bekannt. Sie sagte mir, daß du heute kommen würdest. Deshalb bin ich hergefahren, damit jemand zum Empfang da ist...« Sie vermied es nach Möglichkeit, ihm direkt ins Gesicht zu sehen. Wenn es doch geschah, legte sich ein düsterer Ausdruck auf ihr Gesicht, obgleich sie sich redlich Mühe gab, fröhlich zu sein. Als er endlich mit dem Essen fertig war, fragte sie:

»Was willst du jetzt machen, David?«

»Ich wäre am liebsten zur Luftwaffe zurückgegangen, um weiterzufliegen. Aber sie haben mich gezwungen, meinen Abschied zu nehmen. Ich habe Befehle verweigert. Joe und ich verfolgten die Syrer über die Grenze, und nun wollen sie mich nicht mehr.«

»Es ist beinahe zum Krieg gekommen, David. Es war Wahnsinn, was ihr beide, Joe und du, gemacht habt.«

David nickte. »Ich war auch wahnsinnig. Ich habe nicht mehr klar denken können an dem Tag – als Debra nicht einmal...« Ella unterbrach ihn hastig. »Ja, ich weiß. Trinken wir noch ein Bier zusammen?«

David nickte geistesabwesend. »Wie geht es ihr, Ella?« Die ganze Zeit schon hatte er diese Frage stellen wollen.

»Es geht ihr gut, Davey. Sie schreibt an einem neuen Buch, das auf jeden Fall noch besser ist als das erste. Ich glaube, sie wird eine bedeutende Schriftstellerin.«

»Und ihre Augen? Gibt es da eine Wendung zum Besseren?«

Ella schüttelte den Kopf. »Sie hat sich damit abgefunden und scheint nicht mehr darunter zu leiden – ebenso wie du dich eines Tages mit dem Geschehenen abgefunden haben wirst...«

David hörte nicht zu. »Ella, während der ganzen Zeit im Krankenhaus hoffte ich jeden Tag – ich wußte, daß es sinnlos war, aber ich hoffte trotzdem, etwas von ihr zu hören. Eine Karte, ein Wort...«

»Sie weiß es nicht, David.«

»Sie weiß es nicht?« fragte er und beugte sich über den Tisch, um Ellas Handgelenk zu ergreifen. »Wie meinst du das?«

»Debras Vater war außer sich, als – als Joe gefallen war. Er gibt dir die Schuld daran.«

David nickte. Die leere Maske seines Gesichts drückte nichts von seinem Schuldgefühl aus.

»Ja – und dann erzählte er Debra, du habest Israel verlassen und seist nach Hause zurückgekehrt. Wir haben alle Schweigen gelobt – und das glaubt Debra jetzt.«

David gab Ellas Handgelenk wieder frei, nahm sein Bierglas in die Hand und nippte am Schaum.

»Du hast meine Frage immer noch nicht beantwortet, David. Was wirst du nun tun?«

»Ich weiß es nicht, Ella. Ich muß erst darüber nachdenken.«

Ein warmer Wind kam von den Bergen und wühlte die Oberfläche des Sees auf. Seine Wasser wurden tiefschwarz, und weiße Schaumkronen tanzten auf den Wogenkämmen. Die Fischerboote entlang dem Ufer zerrten unruhig an ihrer Vertäuung, und die Fischernetze bauschten sich in ihren Trockenrahmen wie Brautschleier. Der Wind zerzauste Debras Haar. Er preßte das dünne Kleid gegen den Körper, so daß sich Brust und Beine deutlich abzeichneten.

Sie stand auf der obersten Terrasse des Kastells, mit beiden Händen leicht auf einen Stock gestützt, und starrte über das Wasser, als ob sie weit hinausblicken könnte.

Neben ihr an einer windgeschützten Stelle saß Ella auf einem eingebrochenen Mauerstück. Sie hielt ihren Hut mit einer Hand fest und blickte forschend in Debras Gesicht, um die Wirkung ihrer Worte abzulesen.

»Damals schien es das beste zu sein. Ich war einverstanden, daß man dir die Wahrheit vorenthielt, weil ich nicht wollte, daß du dich quälst...«

»Tu das nie wieder!« unterbrach Debra sie heftig.

Ella seufzte tief und fuhr fort: »Ich hatte keine Ahnung, wie schlimm es um ihn stand, ich durfte ihn ja nicht sehen. Und so ließ ich eben den Dingen freien Lauf – jetzt bin ich nicht mehr so sicher, ob es richtig war.«

Debra schüttelte zornig den Kopf. Wieder einmal schien es Ella wie ein Wunder, daß Augen, die nichts sahen, so ausdrucksvoll sein konnten. Denn das Funkeln ihrer honigfarbenen Augen zeigte deutlich, was Debra fühlte, als sie sich Ella zuwandte.

»Man durfte dich damals nicht ablenken. Siehst du das nicht ein, Kind? Du hattest dich gerade an alles gewöhnt – und arbeitetest so gut an deinem Buch. Ich weiß nicht, ob es gut gewesen wäre, wenn wir es dir erzählt hätten. Ich entschloß mich, zunächst dem Wunsch deines Vaters zu gehorchen und abzuwarten, wie es weitergehen würde.«

»Aber warum erzählst du es mir denn jetzt?« fragte Debra. »Ist denn etwas geschehen, daß du deine Meinung geändert hast – was ist mit David?«

»David ist gestern mittag aus dem Hassadah-Krankenhaus entlassen worden.«

»Krankenhaus?« Debra schien nicht zu begreifen. »Du willst doch nicht sagen, daß er die ganze Zeit im Krankenhaus gewesen ist, Ella. Neun Monate – das ist unmöglich!«

»So ist es aber.«

»Dann muß er ja schrecklich verwundet worden sein.« Debras Zorn verwandelte sich in Sorge. »Wie geht es ihm, Ella? Was ist geschehen? Ist er jetzt wieder ganz gesund?«

Ella schwieg einen Augenblick, und Debra ging einen Schritt auf sie zu. »Nun?« fragte sie.

»Davids Flugzeug ist ausgebrannt, und er hat schwere Verbrennungen am Kopf erlitten. Nun ist er wieder ganz in Ordnung. Seine Verbrennungen sind abgeheilt – aber...«

Ella zögerte wieder, und Debra suchte nach ihrer Hand und ergriff sie. »Weiter, Ella! Aber...?«

»David ist nicht mehr der schönste Mann, den ich je gesehen habe. Er ist nicht mehr jung und lebenslustig – jede Frau, die ihn jetzt sieht, wird es schwer erträglich finden, mit ihm zusammenzusein, geschweige denn ihn zu lieben.«

Debra hörte mit größter Aufmerksamkeit zu, ihre Miene war gespannt, und ihre Augen brannten.

»Er ist sich seines Aussehens vollkommen bewußt. Ich glaube, er sucht jetzt einen Ort, wo er sich verstecken kann. Er sagt, daß er wieder fliegen möchte, als ob das ein Ausweg wäre. Er weiß, daß er jetzt allein ist, daß ihn seine Maske von der Welt trennt.«

Debras Augen verschleierten sich, und Ella versuchte, ihre rauhe Stimme sanfter zu machen, als sie fortfuhr:

»Es gibt aber jemanden, der diese Maske nie sehen wird.« Sie zog Debra näher an sich heran. »Jemand, der ihn so in Erinnerung hat, wie er früher war.« Debra faßte Ellas Hand fester und begann zu lächeln – ein Lächeln, das aus ihrem tiefsten Innern heraufzustrahlen schien.

»Er braucht dich jetzt, Debra«, sagte Ella sanft. »Du bist alles, was ihm geblieben ist. Willst du deinen Entschluß jetzt ändern?«

»Bring ihn her, Ella.« Debras Stimme bebte. »Bring ihn her, so schnell du kannst.«

David stieg die lange Treppe zu Ellas Atelier hinauf. Es war ein heller, sonniger Tag. Er trug offene Sandalen, eine beigefarbene Hose aus leichter Seide und ein kurzärmeliges Hemd. Seine Arme waren blaß von Mangel an Sonne, und sein dunkles Brusthaar stand in krassem Gegensatz dazu. Er trug einen breitkrempigen Strohhut, um die Narben vor der Sonne zu schützen und sein Gesicht durch den Schatten zu verdecken.

Einen Augenblick blieb er stehen. Sein Herz jagte, während ihm der Schweiß unter dem Hemd ausbrach. Voller Verachtung merkte er, wie schwach sein Körper war. Seine Knie zitterten, als er die Terrasse erreichte. Sie war leer. Er ging zu den Türen, an denen die Jalousien heruntergelassen waren, und trat in das Halbdunkel des Raumes. Ella Kadesch kauerte mitten auf den Fliesen auf dem Teppich aus Samarkand. Sie bot einen erstaunlichen Anblick. Der knappe Bikini, mit einem rosa Rosenmuster, verschwand fast vollständig unter den Wülsten der überall hervorquellenden Fleischmassen. Sie hatte die Joga-Stellung des Padmasana inne, die sitzende Lotosblume, und ihre gewaltigen Beine waren ineinander verschlungen wie kopulierende Pythonschlangen.

Die Hände hielt sie mit flach aneinandergelegten Handflächen vor sich, und ihre Augen waren in der Meditation geschlossen. Ihre rötlich-gelbe Perücke erinnerte an einen britischen Richter.

David blieb wie angewurzelt im Eingang stehen und fing an zu lachen, als er seine Fassung wiedererlangt hatte. Zuerst kam nur ein leises, schnaufendes Prusten, doch dann lachte er lauthals – ein Gelächter, das seinen hilflosen Körper schüttelte und seine Lungen strapazierte. Es war keine harmlose Heiterkeit, sondern eine mühsame Befreiung, die die letzten Überbleibsel seines Leidens hinwegnahm. Es war der Augenblick der neuen Lebensbejahung, die Wiederaufnahme der Herausforderung des Lebens.

Ella mußte das erkannt haben, denn sie rührte sich nicht vom Fleck, sondern hockte wie ein verschmitzter Buddha auf dem prächtigen Teppich. Sie öffnete lediglich eins ihrer kleinen Augen, was jedoch das Komische ihres Anblicks noch steigerte. David wankte ins Zimmer und ließ sich in einen der Stühle fallen.

»Deine Seele ist eine Wüste, David Morgan«, sagte Ella. »Du hast kein Auge für die Schönheit, und alles Liebliche würde auf dem Dunghaufen verfaulen, der...« Aber der Rest ging im Kichern unter, während ihre Joga-Stellung zusammenbrach und sie wie Gallerte an einem heißen Tage zusammensank und abwechselnd mit ihm weinte und lachte.

»Ich kann nicht mehr«, stieß sie schließlich völlig erschöpft hervor. »Hilf mir, Davey, du ungezogener Mensch...« Er kniete neben ihr, und sie mühten sich gemeinsam ab, um ihre ineinander verschlungenen Beine zu entflechten. Als sie es schließlich geschafft hatten, ließ sich Ella mit dem Gesicht vornüber auf den Teppich fallen.

»Raus hier«, stöhnte sie. »Laß mich in Frieden sterben. Geh und such deine Frau, sie ist unten am Bootsplatz.« Sie sah ihm nach, wie er davoneilte. Dann raffte sie sich auf und lief zur Tür. Ihr Lachen erstarb, und sie flüsterte vor sich hin: »Meine armen, kleinen Krüppel – hoffentlich habe ich das auch richtig gemacht.«

Ein Zweifel huschte über ihr Gesicht und verschwand.

»Verdammt noch mal, jetzt ist es sowieso zu spät. Kadesch, du Kuppelhexe, das hättest du dir vorher überlegen sollen.«

Ein buntes Handtuch und eine Strandjacke lagen ausgebreitet am Landungssteg, wo aus einem Transistor-Radio mit voller Lautstärke harte Rockmusik ertönte. Weit draußen in der Bucht schwamm Debra allein mit stetigen, kraftvollen Zügen. Ihre braunen Arme tauchten in regelmäßigen Abständen in der Sonne auf, und hinter ihr schäumte das Wasser unter den Stößen ihrer Füße. Sie verharrte einen Augenblick an der gleichen Stelle. Sie trug eine einfache weiße Badekappe, und David konnte erkennen, daß sie den Tönen des Radios lauschte, denn sie fing wieder an zu schwimmen und kam nun direkt auf den Landungssteg zu.

Sie stieg aus dem Wasser, zog die Badekappe ab und schüttelte ihr Haar. Ihr dunkler Körper war mit Wassertropfen übersät. Die Muskeln waren fest und kräftig, und mit ruhigem, sicherem Schritt kam sie die Steinstufen herauf und hob ihr Handtuch auf.

Während sie sich abtrocknete, stand David ganz in ihrer Nähe und betrachtete sie mit hungrigen Blicken.

Er schien sie mit den Augen zu verschlingen, als müsse er in dieser ersten Minute alle vergangenen Monate nachholen. Er hatte geglaubt, jede Einzelheit ihres Körpers vor sich zu sehen, und nun war da doch so vieles, was er vergessen hatte. Ihr Haar war viel weicher und duftiger, als er es in Erinnerung gehabt hatte. Er hatte den Glanz ihrer Haut vergessen, die jetzt dunkler geworden war – fast so dunkel wie ihre Augen. Offenbar verbrachte sie viele Stunden an der Luft. Plötzlich warf sie ihr Handtuch hin, um das Oberteil ihres knappen Badeanzuges zurechtzurücken. Sie ergriff eine der schweren Brüste und schob sie in eine bequemere Lage. Sein Verlangen nach ihr verschlug ihm den Atem. Er machte eine vorsichtige Bewegung, doch der Kies knirschte unter seinen Schuhen. Sofort drehte sie sich zu ihm um und hielt den Kopf lauschend geneigt. Die Augen waren weit offen und schienen nur wenig an ihm vorbeizusehen.

David fühlte einen mächtigen Zwang, sich umzudrehen und ihrem Blick zu folgen.

»David?« fragte sie leise. »Bist du es, David?«

Er versuchte, ihr zu antworten, aber seine Stimme versagte, und nur ein erstickter Laut rang sich aus seiner Kehle. Sie lief auf ihn zu, mit raschen, großen Schritten, wie ein aufgeschrecktes Fohlen, mit ausgebreiteten Armen und vor Freude leuchtendem Gesicht.

Er umfing sie, und sie klammerte sich leidenschaftlich, fast zornig an ihn – als sei es ihr zu lange versagt worden. »Du hast mir so gefehlt, David.« Auch ihre Stimme war voller Leidenschaft. »O Gott, du kannst gar nicht ahnen, wie sehr du mir gefehlt hast.« Sie preßte ihren Mund auf die nackte Spalte in der hautigen Maske seines Gesichts.

Sie war das erste menschliche Wesen, das ihm in all diesen Monaten ungezwungen entgegentrat – ohne Mitleid oder Abneigung. David fühlte, wie sein Herz anschwoll, und seine Umarmung war ebenso leidenschaftlich wie ihre.

Sie machte sich schließlich los und lehnte sich zurück, um ihre Hüften gegen die seinen zu pressen, glücklich über den harten Druck seiner Erregung. Rasch und forschend glitten ihre Finger über sein Gesicht, wie um sich die neuen, unbekannten Züge einzuprägen.

Sie spürte, wie er zurückwich, aber sie hielt seine Hüften fest umklammert.

»Meine Finger erzählen mir, daß du immer noch schön bist...«

»Deine Finger lügen«, flüsterte er, aber sie überhörte seine Worte.

»Und außerdem erzählt man mir weiter unten noch etwas ganz anderes.«

Sie stieß ein kurzes, atemloses Lachen aus. »Kommen Sie mit mir, Sir.«

Sie zog ihn hinter sich her und eilte die Stufen hinauf. Er war erstaunt über die Sicherheit, mit der sie sich bewegte. Sie zog ihn in ihr Häuschen und verriegelte die Tür, während er sich umsah. Der Raum war sofort kühl, dämmrig und abgeschieden.

Ihr Körper war immer noch feucht und kühl vom See. Hungrig umschlangen sich ihre Leiber – fast wie wenn sie versuchten, Schutz beieinander zu finden, Zuflucht und die Befreiung aus Einsamkeit und Dunkelheit.

Sie liebten sich unzählige Male, und doch schien es, als könne nichts ihr Verlangen stillen; selbst in den Pausen umklammerten sie sich leidenschaftlich; eng aneinander geschmiegt schliefen sie ein; einer tastete nach dem anderen, wenn die Bewegungen des Schlafs sie auch nur für einen Augenblick trennten. Sie hielten sich an den Händen, wenn sie miteinander sprachen. Immer wieder befühlte sie sein Gesicht, und er suchte den Blick ihrer blinden Augen. Selbst wenn sie das Essen zubereitete, stand er dicht hinter ihr, so daß sie sich nur umzudrehen brauchte, um ihn zu berühren. Es war, als lebten sie in ständiger Furcht, wieder auseinandergerissen zu werden.

Erst nach zwei Tagen verließen sie die Hütte zum erstenmal, um am Seeufer spazierenzugehen, zu schwimmen und danach in der warmen Sonne zu liegen. Ella winkte ihnen von der Terrasse zu, und David fragte: »Sollen wir sie besuchen?« Doch Debra sagte rasch: »Nein. Noch nicht. Ich bin noch nicht so weit, daß ich dich mit irgend jemand teilen kann. Warte noch ein bißchen, David, bitte!«

Erst nach weiteren drei Tagen kletterte sie den Weg zum Atelier hinauf. Ella hatte wieder einen gewaltigen Imbiß vorbereitet, aber diesmal waren sie die einzigen Gäste, und sie waren dankbar dafür.

»Ich dachte schon, ich müßte eine Tragbahre für dich hinunterschicken, Davey«, meinte Ella mit anzüglichem Kichern.

»Sei nicht so geschmacklos, Ella«, erwiderte Debra streng und errötete. Ella brach in ihr vertrautes, donnerndes Gelächter aus, und bald stimmten die beiden ein.

Sie saßen unter den Palmen und stürzten sich auf das Essen. Sie sprachen auch dem Wein in den Tonkrügen eifrig zu und plauderten unbeschwert. David und Debra waren so miteinander beschäftigt, daß sie nicht bemerkten, wie Ella sie ununterbrochen beobachtete.

Mit Debra war eine geradezu dramatische Wandlung vorgegangen. All die Kälte und Zurückhaltung der letzten Monate waren verschwunden. Sie glühte vor Lebhaftigkeit und Glück.

Sie saß ganz nahe bei David und lehnte sich an ihn, als ob sie sich seiner Gegenwart versichern müßte.

Ella versuchte, David ganz natürlich zuzulächeln. Aber sie

konnte den heimlichen Abscheu, den sie immer noch empfand, und das schmerzliche Mitleid nicht überwinden, das sie beim Anblick dieses monströsen Kopfes empfand. Sie wußte, daß sie sich niemals daran gewöhnen konnte.

Debra lachte wieder über irgend etwas, das David gesagt hatte. Sie wandte ihm ihr Gesicht zu und hielt ihm in rührender Ahnungslosigkeit ihre Lippen entgegen.

»Du bist wirklich unmöglich«, lachte sie. »Gib mir einen Kuß.« Und sie strahlte dem großen, entstellten Kopf entgegen, der sich über sie neigte und mit der dünnen Spalte seines Mundes ihre Lippen berührte.

Es war grauenvoll, dieses liebliche Gesicht neben der furchterregenden Fleischmaske zu sehen, und doch hatte es etwas seltsam Bewegendes.

»Dieses Mal habe ich es doch richtig gemacht«, entschied Ella, während sie die beiden mit einer Spur von Neid beobachtete. Diese zwei waren unauflöslich durch das Unglück miteinander verbunden. Früher war es hauptsächlich das brennende Verlangen gewesen, das sie zueinander zog – aber jetzt war es etwas ganz anderes. Voller Wehmut rief sich Ella die langen Reihen ihrer Liebhaber ins Gedächtnis zurück, fliehende Erscheinungen, die kaum eine Spur in ihrer Erinnerung hinterlassen hatten. Nichts verband sie mehr mit ihnen, nur halbvergessene Worte und schwindende Erinnerungen an kurze Begegnungen und heimliche Paarung. Sie seufzte, und beide blickten sie fragend an.

»Das klang so traurig, Ella«, sagte Debra. »Wir denken nur an uns, bitte verzeih.«

»Es war gar nicht traurig, Kinder«, leugnete Ella eifrig und verscheuchte die bitteren Gedanken. »Ich bin glücklich für euch. Ihr besitzt etwas Wunderbares – behütet es wie euer Leben.«

Sie ergriff ihr Glas. »Ich trinke auf euer Wohl. Auf David und Debra – und auf die Liebe, die unüberwindlich ist durch das Leid!« Für einen Moment wurden sie ernst, aber dann kehrte die alte Stimmung wieder ein.

Nachdem sie das erste, rasende Verlangen ihrer Körper gestillt hatten und bis an den Rand der Erschöpfung gekommen waren, fingen sie an, sich mit ihren gegenseitigen Gedanken und Ideen zu beschäftigen. Sie hatten vorher niemals wirklich miteinander gesprochen. Ihre Unterhaltungen in der Malikstraße waren nie über die Oberflächlichkeit des Üblichen hinausgegangen. Nun fingen sie an, richtig miteinander sprechen zu lernen. Sie verbrachten lange Nächte damit, Geist und Seele des anderen zu erforschen. Und sie erkannten, daß diese Erforschung niemals ein Ende finden würde – daß die Bezirke des Geistes grenzenlos sind.

Am Tage lehrte das blinde Mädchen David sehen. Er erkannte, daß er seine Augen nie richtig gebraucht hatte. Nun, wo er für sie beide sehen mußte, lernte er Farben, Formen und Bewegungen genau zu betrachten und zu beschreiben, denn Debra war unersättlich im Fragen.

David dagegen, dessen eigenes Selbstbewußtsein durch seine Entstellung zerstört worden war, lehrte das Mädchen, sein Selbstvertrauen wiederzugewinnen. Sie vertraute ihm bedingungslos, während er ein immer stärkeres Gefühl für ihre Wünsche und Nöte entwickelte. Sie lernte es, ohne Furcht neben ihm herzugehen, denn sie wußte, daß er sie mit einer leichten Berührung oder einem Wort vor jedem Hindernis warnen würde. Zuvor hatte ihre Welt den kleinen Bereich zwischen Hütte und Bootssteg, wo sie sich sicher bewegen konnte, nicht überschritten. Mit David öffneten sich die Grenzen.

Zuerst wagten sich die beiden nur vorsichtig hinaus und wanderten am Seeufer entlang oder stiegen auf die Hügel von Nazareth. Jeden Tag schwammen sie in dem grünen See, und jede Nacht liebten sie sich hinter den Vorhängen des Alkovens.

David wurde wieder kräftig, gelenkig und sonnengebräunt, und es schien, als ob alles so bleiben sollte, denn als Ella fragte: »Debra, wann fängst du mit dem neuen Buch an?«, lachte sie und erwiderte leichthin:

»Irgendwann innerhalb der nächsten hundert Jahre.«

Eine Woche später wiederholte Ella die Frage, die sie David schon am ersten Tag gestellt hatte:

»Hast du dich eigentlich entschieden, was du nun machen willst, Davey?«

»Genau das, was ich jetzt gerade tue«, sagte er, und Debra fügte rasch hinzu: »Für immer! Genauso bleibt es für immer.«

Und ohne viel nachzudenken, gingen sie auch wieder unter Menschen.

David lieh sich das Motorboot aus und stellte mit Ella eine Einkaufsliste zusammen. Dann fuhren sie an dem Ufer entlang nach Tiberias. Das weiße Kielwasser schäumte hinter ihnen, und der Wind sprühte ihnen die Wassertropfen der Bugwelle ins Gesicht.

Sie legten in dem winzigen Bootshafen an und gingen in die Stadt. David war so sehr von Debra in Anspruch genommen, daß er die Menge um sich her kaum wahrnahm. Er bemerkte einige neugierige Blicke, aber sie waren ihm gleichgültig.

Obgleich die Touristensaison erst anfing, war die Stadt schon voller Besucher. Der Marktplatz und die Uferstraße waren mit Bussen vollgeparkt.

Davids Einkaufstüte wurde ständig schwerer und drohte schließlich zu platzen.

»Brot – damit haben wir alles.« Im Geist hakte Debra die Liste ab.

Sie gingen den Hügel unter den Eukalyptusbäumen hinab und fanden an der Hafenmauer einen Tisch unter einem bunten, frohen Sonnenschirm.

Sie saßen eng nebeneinander, tranken Bier und aßen Pistazien und kümmerten sich um niemanden, obgleich die anderen Tische vollbesetzt waren mit Touristen. Der See glitzerte, und die sanft geschwungenen Berge schienen ganz nahe im hellen Licht. Einmal donnerte eine Staffel von Phantomjägern über das Tal. Sie flogen aus irgendeinem Grund ganz tief, und David sah sie ohne Bedauern im Süden verschwinden.

Als die Sonne sank, gingen sie zurück zu der Stelle, wo sie ihr Motorboot vertäut hatten, und David half Debra beim Einsteigen. Oben auf der Mauer saß eine ganze Gruppe von Touristen, die sich angeregt unterhielten.

David ließ den Motor an, stieß von der Mauer ab und wandte das Boot der Hafenmündung zu. Debra saß neben ihm, und der Motor blubberte leise.

Ein dicker Tourist mit rotem Gesicht blickte von der Mauer herab. Er dachte wohl, daß das Motorgeräusch seine Stimme übertönen würde, denn er sprach ganz ungeniert, als er seine Frau anstieß: »Sieh dir die beiden an, Mavis. Die Schöne und das Untier, was?«

»Nicht so laut, Bert. Vielleicht können die dich hören.«

»Ach was, Schätzchen. Die verstehen doch nur Jiddisch oder so was.«

Debra fühlte, wie sich Davids Arm unter ihrer Hand anspannte, merkte, wie er ihn voll Zorn und Wut wegziehen wollte – aber sie hielt ihn in sanfter Gewalt fest:

»Komm, wir fahren, Davey, Liebling. Laß sie, bitte.«

Selbst in der Geborgenheit der Hütte war David noch schweigsam. Sie spürte, wie die Spannung, die von ihm ausging, gleichsam den Raum erfüllte.

Sie aßen ihre Abendmahlzeit aus Brot, Käse, Fisch und Feigen, ohne zu sprechen. Debra wußte nicht, was sie sagen sollte, um ihn abzulenken, denn die törichte Bemerkung hatte auch sie tief verletzt. Später konnten beide keinen Schlaf finden. Er lag auf dem Rücken, ohne sie zu berühren, die Arme an der Seite ausgestreckt, mit geballten Fäusten. Schließlich ertrug sie es nicht länger. Sie drehte sich zu ihm um, streichelte sein Gesicht und fand immer noch keine Worte. Endlich brach David das Schweigen.

»Ich will weg von den Menschen. Wir brauchen doch niemand – oder?«

»Nein«, flüsterte sie. »Wir brauchen sie nicht.«

»Es gibt einen Ort namens Jabulani. Er liegt mitten im afrikanischen Buschveld, weit weg von der nächsten Stadt. Mein Vater hat es vor dreißig Jahren als Jagdrevier gekauft – und jetzt gehört es mir.«

»Erzähl mir davon.« Debra legte ihren Kopf auf seine Brust, und er begann, ihr Haar zu streicheln und sich zu entspannen, während er erzählte.

»Es ist eine weite Ebene, auf der Mopani- und Mohobahobabäume wachsen. Dazwischen stehen ein paar große alte Affenbrotbäume und Elfenbeinpalmen. Das Gras in der Lichtung ist goldgelb. Ganz in der Ferne erkennt man eine blaue Hügelkette. Dort entspringt eine Quelle mit klarem, süßem Wasser...«

»Was heißt Jabulani?« fragte Debra, nachdem er alles beschrieben hatte.

»Es bedeutet ›Ort der Freude‹«, erklärte David.

»Dort will ich mit dir hingehen«, sagte sie.

»Und Israel?« fragte er. »Wirst du es nicht vermissen?«

»Nein.« Sie schüttelte den Kopf. »Sieh, ich werde es mitnehmen – in meinem Herzen.«

Ella ging mit ihnen nach Jerusalem – sie füllte den ganzen Rücksitz des Mercedes aus. Sie wollte Debra helfen, die Möbel auszuwählen, die sie aus der Malikstraße mitnehmen wollten und die dann verpackt und verschifft werden mußten. Den Rest sollte sie für die beiden verkaufen. Aaron Cohen würde den Verkauf des Hauses übernehmen. Der Gedanke, daß andere Leute in ihrem Heim wohnen sollten, war für David und Debra bedrückend. David überließ die beiden Frauen ihrer Aufgabe und fuhr nach Ein Karem hinaus, wo er den Mercedes neben dem Eisentor an der Gartenmauer parkte.

Der Brig empfing ihn in seinem kargen, abweisenden Arbeitsraum. Er blickte auf, als David in der Tür stehenblieb, doch seine eiserne Miene blieb kalt und unbewegt. »An Ihren Händen klebt das Blut meines Sohnes.« David erstarrte bei seinen Worten. Der Brig wies auf den hochlehnigen Stuhl an der gegenüberliegenden Wand, und David ging mit steifen Schritten hinüber und setzte sich. »Wenn Sie selbst nicht so schwer gestraft worden wären, hätte ich mehr Antworten von Ihnen verlangt«, sagte der Brig. »Aber Rache und Haß sind sinnlose Dinge – wie Sie selbst gemerkt haben.«

Erst jetzt senkte David den Blick.

»Ich will das nicht weiter ausführen, obwohl es mich dazu drängt, denn eben das verdamme ich an Ihnen. Sie sind ein gewalttätiger junger Mann, und Gewalt ist das Vergnügen der Narren und nur die letzte Zuflucht der Weisen. Die einzige Entschuldigung für die Anwendung von Gewalt ist der Schutz rechtmäßigen Eigentums – alles andere ist Mißbrauch. Sie mißbrauchten die

Rechte, die ich Ihnen gab – und dadurch töteten Sie meinen Sohn und brachten mein Land an den Rand des Krieges.«

Der Brig erhob sich von seinem Schreibtisch, ging zum Fenster hinüber und blickte in den Garten hinunter. Beide schwiegen, während er seinen Bart strich und an seinen Sohn dachte.

Schließlich seufzte er tief auf und wandte sich wieder um. »Warum sind Sie hergekommen?«

»Ich möchte Ihre Tochter heiraten, Sir.«

»Bitten Sie mich darum – oder teilen Sie es mir mit?« fragte er. Ohne die Antwort abzuwarten, ging er an seinen Schreibtisch zurück und setzte sich. »Wenn Sie auch hier Ihre Rechte mißbrauchen – wenn Sie ihr ein Leid zufügen oder sie unglücklich machen –, dann wird mein Zorn über Sie kommen. Verlassen Sie sich darauf.«

David stand auf, setzte sich die Tuchmütze auf seinen verunstalteten Schädel und zog die Krempe tief nach unten. »Wir möchten Sie bitten, zur Hochzeit zu kommen. Es ist Debras ausdrücklicher Wunsch – an Sie und ihre Mutter.«

Der Brig nickte. »Sie können ihr sagen, daß wir kommen.«

Die Synagoge der Universität von Jerusalem ist ein eigenwilliger, weißer Betonbau, dessen Form an ein Nomadenzelt erinnert. Die Judasbäume standen in voller Blüte, und die Hochzeitsgesellschaft war größer, als sie geplant hatten. Außer den nächsten Angehörigen waren auch Debras Kollegen von der Universität erschienen, dazu Robert mit einigen Kameraden von der Flugstaffel, Ella Kadesch, Doktor Edelmann, der Augenchirurg, der Debra behandelt hatte, Aaron Cohen und ein Dutzend andere.

Nach einer einfachen Zeremonie gingen sie über das Universitätsgelände zu einem der Empfangsräume, den David gemietet hatte. Es war kein fröhliches Fest. Die jungen Piloten aus Davids alter Einheit mußten frühzeitig gehen, weil sie wieder Dienst hatten, und mit ihnen verschwand jeder Anschein von Munterkeit. Debras Mutter hatte sich noch immer nicht wieder erholt, und die bevorstehende Abreise Debras machte sie vollends zu einem Häuflein grauen Elends. Vergebens suchte Debra sie zu trösten. Doktor Edelmann nahm David beim Abschied zur Seite:

»Achten Sie auf jede Veränderung an ihren Augen, Trübung, starke Rötung – irgendwelche Klagen und Beschwerden, Kopfschmerzen...«

»Ich werde darauf achten.«

»Beim geringsten Anzeichen, oder wenn Sie sonst irgendwelche Bedenken oder Zweifel haben, müssen Sie mir schreiben.«

»Vielen Dank, Doktor.«

Sie schüttelten sich die Hände. »Viel Glück in Ihrem neuen Leben«, sagte Edelmann.

Die ganze Zeit hatte sich Debra eisern beherrscht, aber zum Schluß konnte auch sie nicht mehr. An der Sperre des Flughafens Lod brach sie zusammen mit ihrer Mutter und Ella Kadesch in Tränen aus. Weinend lagen sich die drei Frauen in den Armen. Der Brig und David standen steif und verlegen dabei und bemühten sich, von der weinenden Gruppe etwas Abstand zu halten. Schließlich wurde der Flug zum letzten Mal aufgerufen. Die beiden hatten nur noch Zeit für einen kurzen Händedruck, ehe David Debras Arm nahm und sie sanft mit sich zog.

Sie stiegen die Gangway der wartenden Boeing hinauf, ohne sich umzublicken. Das riesige Flugzeug hob ab und drehte dann nach Süden. Wie immer beim Fliegen überkam David eine tiefe Ruhe. Alle Sorgen und Spannungen fielen von ihm ab, blieben gleichsam auf der Erde zurück. Sein Herz war frei und leicht und wandte sich dem Kommenden zu.

Er streckte die Hand aus und drückte Debras Arm.

»Na du, Morgan«, sagte er, und sie wandte sich mit einem glücklichen, blinden Lächeln zu ihm.

Sie mußten sich einige Tage in Kapstadt aufhalten, bevor sie ihre Zuflucht endgültig in Jabulani fanden.

David nahm eine Suite im Mount Nelson Hotel, von wo er all

die Angelegenheiten erledigte, die sich während seiner Abwesenheit angesammelt hatten.

Die Buchhalter, die seine Treuhandvermögen verwalteten, nahmen ihn zehn Tage in Anspruch. Sie saßen im Salon der Suite und brüteten über Fondspapieren und Konten.

Während der letzten zwei Jahre hatte sein Einkommen sich weit über seine Ausgaben vermehrt, und die ungenutzten Erträge mußten neu angelegt werden. Darüber hinaus würde ihm bald sein dritter Vermögensfond zufallen, und die entsprechenden Formalitäten mußten erledigt werden.

Debra war beeindruckt von dem Ausmaß von Davids Reichtum.

»Du mußt fast ein Millionär sein«, sagte sie mit aufrichtigem Respekt, denn über diese Kategorie gingen Debras Vorstellungen von Reichtum nicht hinaus.

»Ja, ich bin nicht nur ein hübscher Junge«, gab David zu, und sie war froh, daß er so leichthin über sein Aussehen sprechen konnte.

Mitzi und ihr frischgebackener Ehemann kamen einmal zu Besuch. Aber der Abend war kein Erfolg. Obgleich Mitzi versuchte, sich so zu benehmen, als ob alles beim alten sei, und ihn weiterhin »alter Krieger« nannte, war es offensichtlich, daß sie und ihre Gefühle gegenüber David sich gewandelt hatten.

Sie war hochschwanger und unförmiger, als David je für möglich gehalten hätte. Der Abend war halb vorüber, bis David den wahren Grund ihrer Zurückhaltung erkannte. Zuerst hatte er geglaubt, seine Entstellung machte es ihr schwer, natürlich zu sein. Erst nachdem Mitzi eine halbstündige Hymne über Cecils Aufstieg im Morgan-Konzern zum besten gegeben hatte und das immense Vertrauen, daß Paul Morgan in ihn setzte, pries, fragte Cecil mit gezwungener Harmlosigkeit: »Denkst du eigentlich daran, zu uns in den Konzern zu kommen? Wir finden sicher etwas Passendes für dich – ha, ha!«

David konnte ihn beruhigen: »Nein, danke. Du brauchst dir deshalb keine Gedanken zu machen, alter Junge. Du kannst alles von Onkel Paul übernehmen – meinen Segen hast du.«

»Mein Gott, so hatte ich das nicht gemeint.« Cecil war richtig erschrocken, aber Mitzi heuchelte weniger.

»Er wird es wirklich gut machen, alter Krieger, und du warst ja doch nie ernsthaft daran interessiert, nicht wahr?«

Sie sahen die beiden nicht wieder, und da Paul Morgan sich in Europa aufhielt, waren Davids familiäre Verpflichtungen rasch und ohne großen Aufwand erledigt. Dann konzentrierten sich beide auf die Vorbereitungen für den Umzug nach Jabulani.

Barney Venter verbrachte eine Woche mit ihnen, um ein Flugzeug auszusuchen, das sich einerseits für den Busch eignen sollte und das David andererseits auch Spaß machen mußte. Schließlich entschieden sie sich für eine Piper Navajo, einen Sechssitzer mit zwei großen 300 PS Lycoming-Motoren und einem dreirädrigen Fahrwerk. Barney hatte die Arme in die Seiten gestemmt, während er um sie herumspazierte.

»Nun, es ist keine Mirage.« Er trat gegen das Bugrad, besann sich aber und warf einen raschen Blick auf Davids Gesicht.

Am letzten Tag fuhr David mit Debra zu einer Farm in der Nähe von Paarl. Die Frau des Besitzers züchtete Hunde. Als sie zu den Zwingern gingen, kam eines der Neufundländerjungen direkt auf Debra zu und drückte seine kalte Nase an ihr Bein und beschnüffelte sie. Debra beugte sich hinab, griff nach seinem Kopf und begann, mit ihm zu spielen. Schließlich steckte sie ihrerseits die Nase in das Fell des jungen Hundes.

»Er riecht wie altes Leder«, meinte sie. »Welche Farbe hat er denn?«

»Schwarz«, sagte David. »Schwarz wie ein Zulu.«

»So werden wir ihn nennen«, sagte Debra. »Zulu.«

»Hast du dir den ausgesucht?« fragte David.

»So kann man nicht sagen«, lachte Debra. »Er hat mich ausgesucht.«

Als sie am nächsten Morgen nach Jabulani flogen, war der Hund nicht damit einverstanden, alleine auf dem Rücksitz zu bleiben. Mit einem einzigen Satz sprang er über Debras Schulter und machte es sich auf ihrem Schoß bequem. Dabei schienen beide ganz glücklich.

»Sieht so aus, als ob ich Konkurrenz bekommen habe«, brummte David in gespieltem Ärger.

Das braune Plateau des hohen Veld fiel in einer steilen Böschung zum südafrikanischen Buschveld ab.

David orientierte sich an dem kleinen Dorf Bush Buck Ridge und der schmalen Schlangenlinie des Sabi-Flusses, der sich durch die offenen Wälder der Ebene schlängelte. Er korrigierte den Kurs etwas nordwärts, und binnen zehn Minuten sah er die niedrige, blaue Hügelkette, die sich aus dem flachen Land hob.

»Da vor uns ist es«, rief er. Seine Begeisterung war ansteckend. Sie drückte den Hund enger an sich und beugte sich vor.

»Wie sieht es aus?«

Die Berge waren stark bewaldet. Zwischendurch blickten graue Felsen hervor. Der Busch am Fuße der Berge war dicht und schwarz. Seen glitzerten sanft durch das dunkle Laub. Er beschrieb ihr alles.

»Mein Vater nannte die Seen ›Die Perlenkette‹, und so sehen sie auch aus. Sie entstehen durch das Regenwasser, das von den Hängen jenseits der Berge abläuft. Ebenso schnell verschwinden sie wieder in der sandigen Erde der Ebene«, erklärte David, während er die Hügel umkreiste und allmählich tieferging. »Sie sind das Besondere an Jabulani. Sie versorgen die gesamte Tierwelt der Ebene mit Wasser, Vögel und wilde Tiere werden dadurch auf Hunderte von Meilen zu diesen Seen gezogen.« Er ging auf geraden Kurs, nahm das Gas weg und ließ das Flugzeug sinken. »Da liegt das Gehöft. Es hat weiße Mauern und ein Strohdach, die es bei Hitze kühl halten, niedrige, schattige Veranden und hohe Räume – es wird dir gefallen.«

Der Landeplatz schien klar und sicher zu sein, obgleich der Windsack in schmutzigen Fetzen an seiner Stange hing. David umkreiste ihn vorsichtig, bevor er zur Landung ansetzte. Dann rollten sie auf den kleinen gemauerten Schuppen zwischen den Bäumen zu. David trat auf die Radbremse und stellte die Motoren ab.

»Da wären wir«, sagte er.

Jabulani war eines der Landgüter, die an den Krüger-Nationalpark, das großartigste Naturschutzgebiet der Erde, grenzten. Diese Latifundien waren unwirtschaftlich, da sie sich nicht für den Getreideanbau eigneten. Und nur wenige wurden als Weideland genutzt. Der ungeheure Wert dieser Gebiete lag in dem unberührten Buschveld und dem Wild – in dem Frieden und der Weite des Landes, die bei vermögenden Leuten so hoch im Kurs standen, daß sie riesige Summen für ein Stück dieses Lebensraumes zahlten.

Als Davids Großvater seinerzeit Jabulani kaufte, hatte er für einen Morgen Land nur wenige Shillinge bezahlt, denn damals war die Wildnis noch nichts wert.

Es war all die Jahre das Jagdrevier der Familie gewesen. Da Paul Morgan nie Interesse für das Veld bekundet hatte, war es zunächst auf Davids Vater und dann auf David selbst übergegangen.

Jetzt waren die achtzehntausend Morgen afrikanischer Busch und Steppe ein unschätzbarer Besitz geworden.

Die Familie Morgan hatte jedoch in den letzten fünfzehn Jahren wenig Gebrauch davon gemacht. Davids Vater war ein passionierter Jäger gewesen, und David hatte meistens seine Schulferien zusammen mit ihm hier oben verbracht. Doch nach dem Tode des Vaters waren seine Besuche kürzer und seltener geworden.

Vor sieben Jahren war er zum letzten Male mit einigen Offizierskameraden der Cobra-Staffel dagewesen.

Seitdem war das Gut von Sam, dem schwarzen Aufseher, der zugleich Butler und Wildhüter war, verwaltet worden. Sam hatte immer dafür gesorgt, daß die Betten frisch bezogen, die Fußböden auf Hochglanz gebohnert, die Außenwände der Gebäude schneeweiß und die Hecken sauber und gepflegt waren. Die Tiefkühltruhe war vollgepackt mit Steaks, und der Getränkeschrank wohlgefüllt – über jede Flasche wurde Rechenschaft abgelegt. Sam führte ein straffes Regiment über ein halbes Dutzend williger, fröhlicher Gehilfen.

»Wo ist Sam?« war daher die erste Frage, die David an die beiden Boys richtete, die vom Wohngebäude zum Flugzeug herbeigeeilt waren.

»Sam weg.«

»Wohin?« Die Antwort war nur das vielsagende Achselzucken Afrikas. Die Livree der beiden war schmutzig und abgerissen, und sie schienen sich nichts daraus zu machen.

»Wo ist der Landrover?«

»Kaputt.«

Sie gingen zum Wohnhaus hinauf, wo weitere unangenehme Überraschungen auf David warteten.

Die Gebäude waren verfallen, unter dem schwarzen, faulenden Strohdach sahen sie verlassen und verkommen aus. Die Wände waren von schmutzigem Graubraun, aus dem sich einzelne Mörtelbrocken gelöst hatten.

Die Innenräume waren mit dickem Staub bedeckt und von den Vögeln und Reptilien verschmutzt, die sich im Dach eingenistet hatten.

Das Moskitonetz, das die Insekten von der großen Veranda abhalten sollte, war zerrissen und hing in Fetzen herunter.

Die Zäune der Gemüsegärten waren zusammengefallen, überall wucherte Unkraut. Es sproßte selbst aus dem Boden des Wohnhauses, und nicht nur der Landrover war kaputt.

Ob Wasserpumpe, Regenwasserspeicher, Stromgenerator oder Motorfahrzeuge – nicht eine einzige Maschine auf dem gesamten Gehöft funktionierte mehr.

»Es ist eine unglaubliche Schweinerei«, schimpfte David, während beide auf der Treppe vor dem Haus saßen und süßen Tee aus Bechern schlürften. Glücklicherweise hatte David daran gedacht, Notrationen mitzubringen.

»O Davey! Das ist aber schade – mir gefällt es hier so gut. Es ist so feierlich, so ruhig. Ich spüre direkt, wie sich meine Nerven entspannen.«

»Du brauchst nicht traurig zu sein – so schlimm ist es auch nicht. Diese alten Hütten wurden von Gramps in den zwanziger Jahren gebaut – und selbst damals waren sie nicht besonders solide.« Davids Stimme klang energisch – voll von einer Entschlossenheit, die Debra schon lange nicht mehr in ihm verspürt hatte. »Das ist ein ausgezeichneter Anlaß, die ganze Sache hier abzureißen und neu zu bauen.«

»Einen Platz für uns allein?« fragte sie.

»Ja«, sagte David begeistert. »Das ist es. Genau das!«

Am nächsten Tag flogen sie nach Nelspruit, der nächstgrößeren Stadt. Die Woche darauf war erfüllt von geschäftigem Planen, bei dem sie ihre eigentlichen Probleme vergaßen. Zusammen mit einem Architekten entwarfen sie sorgfältig das neue Wohnhaus, das ihren besonderen Anforderungen entsprechen mußte. Sie brauchten ein luftiges Studio für Debra, eine Werkstatt und ein Arbeitszimmer für David, eine Küche, die so übersichtlich sein mußte, daß sich eine Blinde sicher und bequem darin zurechtfand. Die Zimmer durften keine gefährlichen Schwellen haben und mußten in ihren Abmessungen regelmäßig und leicht zu erfassen sein. Schließlich beschrieb ihr David die Kinderzimmer, die in einem Anbau untergebracht waren.

Debra fragte vorsichtig:

»Hast du irgendwelche Pläne, von denen ich wissen sollte?«

»Du wirst es schon rechtzeitig erfahren«, versicherte er. Das Gästehaus sollte vom Hauptgebäude getrennt sein und in gewisser Entfernung errichtet werden. Die kleinen Häuschen für die Dienerschaft würden eine Viertelmeile weiter hinten liegen, durch die Bäume und den Kopje, einen kleinen felsigen Hügel, verdeckt.

David bestach einen Bauunternehmer aus Nelspruit, alles stehen- und liegenzulassen, seine Arbeiter auf vier Lastwagen zu verladen und sie nach Jabulani zu bringen.

Sie begannen mit dem Hauptgebäude; David war unterdessen damit beschäftigt, einen neuen Belag auf der Startbahn anzubringen und die Wasserpumpen und anderen Maschinen soweit wie möglich wieder in Ordnung zu bringen. Der Landrover und der Stromgenerator waren nicht mehr zu retten und mußten durch Neuanschaffungen ersetzt werden.

Binnen zwei Monaten konnten sie in das neue Haus einziehen. Debra stellte ihre Tonbandgeräte unterhalb der großen Fenster auf, die zu dem schattigen Vorgarten gingen. Der Raum wurde durch den leichten Nachmittagswind gekühlt und war erfüllt vom Duft roten Jasmins.

Während David damit beschäftigt war, Jabulani in einen wohnlichen Ort zu verwandeln, machte sich Debra mit der neuen Umgebung vertraut.

Innerhalb weniger Wochen konnte sie sich in dem neuen Haus mit der Sicherheit eines sehenden Menschen bewegen. Der Dienerschaft hatte sie beigebracht, jedes Möbelstück wieder genau auf den gleichen Platz zu stellen. Zulu, der junge Neufundländer, war unentwegt wie ein glänzender, schwarzer Schatten an ihrer Seite. Von Anfang an hatte er erkannt, daß Debra seiner ständigen Fürsorge bedurfte, und hatte das zu seiner Lebensaufgabe gemacht. Schnell begriff er, daß es sinnlos war, sie flehend anzublicken oder mit dem Schwanz zu wedeln; um ihre Aufmerksamkeit auf sich zu lenken, mußte er winseln oder kläffen. In mancher Hinsicht war sie unbegreiflich ungeschickt, und die einzige Möglichkeit, sie vor Dummheiten zu bewahren, wie etwa die Vordertreppe hinunterzufallen oder über einen von einem vergeßlichen Diener stehengelassenen Eimer zu stolpern, war, sie mit der Schulter oder mit der Nase anzustoßen.

Sie hatte sich bald ihren Arbeitsplan zurechtgelegt. Täglich saß sie bis Mittag in ihrem Arbeitszimmer, während Zulu zusammengerollt zu ihren Füßen lag.

Unter die Bäume vor ihrem Fenster stellte David ein großes Vogelbad, so daß im Hintergrund ihrer Bandaufnahmen das Gezwitscher und der Gesang eines halben Dutzends verschiedener wilder Vogelarten zu hören waren. Jedesmal, wenn David in die Stadt flog, um einzukaufen und Post abzuholen, nahm er die Tonbänder mit und brachte die getippten Manuskripte zur Überarbeitung zurück.

Diese Arbeit erledigten sie gemeinsam. David las ihr die fertig geschriebenen Manuskriptseiten ebenso wie die Korrespondenz laut vor und fügte die Änderungen ein, die sie wünschte. Es wurde ihm zur Gewohnheit, fast alles, von der Zeitung bis zum Roman, laut zu lesen.

»Wer braucht schon Braille, wenn er dich hat«, bemerkte sie. Aber sie wollte mehr als nur das geschriebene Wort von ihm hören. Er mußte ihr jede Einzelheit der neuen Umgebung erklären. Sie hatte nie einen der unzähligen Vögel gesehen, die sich an der

Wanne unter ihrem Fenster versammelten. Doch bald schon kannte sie die einzelnen Stimmen auseinander und fand sofort heraus, wenn sich eine neue dazugesellt hatte.

»David, da ist ein neuer, was ist das für einer? Wie sieht er aus? Bitte, beschreibe ihn mir!«

Und er mußte nicht nur das Äußere beschreiben, sondern auch das Verhalten und die Gewohnheiten des neuen Vogels laut beobachten. Dann wieder mußte er ihr genau erklären, wie sich die neuen Gebäude in die Landschaft einpaßten, mußte ihr von Zulus Streichen erzählen, das Aussehen der Diener schildern und den Blick vom Fenster ihres Arbeitszimmers wiedergeben. All das erlebte sie durch ihn.

Sobald die Gebäude fertig waren, verließen die Fremden Jabulani. Aber noch fühlte sich Debra nicht ganz heimisch in Jabulani. Erst nachdem die Kisten aus Israel mit ihren Möbeln und den anderen Sachen aus der Malikstraße ankamen, fing der Ort an, ein wirkliches Zuhause zu werden.

Der Tisch wurde unter das Fenster des Arbeitszimmers gestellt. »Ich habe hier noch nie richtig arbeiten können, immer fehlte etwas...« Debras Finger strichen sacht über die Platte mit den Elfenbeinintarsien. Dann wandte sie ihr Gesicht David zu und blickte ihn strahlend an. »...bis jetzt.«

Ihre Bücher standen in Borden an der Wand neben dem Tisch, das Ledersofa und die Sessel kamen in ihre neue Diele, wo sie gut zu den Tierfellen und den wollenen Webteppichen paßten. David hängte das Gemälde von Ella Kadesch über den Kamin und folgte genau den Anweisungen, die ihm Debra mit tastenden Händen gab.

»Meinst du nicht, es sollte noch einen Zehntelmillimeter höher hängen?« fragte David ernsthaft.

»Keine weiteren Unverschämtheiten, Morgan. Ich muß genau wissen, wo es hängt.«

Dann wurde das große Messingbett im Schlafzimmer aufgestellt und die elfenbeinfarbene Spitzendecke darüber gebreitet. Debra ließ sich glücklich darauffallen.

»Jetzt fehlt uns noch eins«, erklärte sie.

»Und das wäre?« fragte er mit gespielter Besorgnis. »Ist es denn wichtig?«

»Komm her!« Sie lockte mit gekrümmtem Zeigefinger in die Richtung, wo sie ihn vermutete.

»Dann zeige ich dir, wie wichtig das ist.«

Während der ersten Monate hatten sie niemals die engere Umgebung des Hauses verlassen, aber jetzt hatten sich Eile und Geschäftigkeit plötzlich gelegt.

»Wir haben achtzehntausend Morgen Land und eine Menge vierbeinige Nachbarn – da müssen wir mal nach dem Rechten sehen«, schlug David vor.

Sie packten ein Picknick ein und kletterten alle drei in den neuen Landrover, wobei Zulu auf den Rücksitz verbannt wurde. Ein überwachsener Pfad führte zur »Perlenkette« hinunter, die der Mittelpunkt des ganzes Besitzes war. Sie ließen den Landrover zwischen den Fieberbäumen stehen und gingen zu den Überresten des heckenumfriedeten Sommerhauses am Ufer des größten Teiches hinunter.

Das Wasser weckte alle Instinkte Zulus. Er sprang hinein und schwamm bis zur Mitte des Sees. Das Wasser war klar wie die Luft, aber so tief, daß man keinen Grund sah.

David kratzte den morastigen Uferboden auf, förderte einen dicken rosa Regenwurm zutage und warf ihn ins Wasser. Sofort huschte ein dunkler Schatten, halb so lang wie ein Arm, lautlos aus der Tiefe und kräuselte die Oberfläche.

»Toll!« David lachte. »Da gibt's immer noch ein paar fette Burschen. Das nächste Mal müssen wir Angeln mitbringen. Hier habe ich als Kind ganze Tage zugebracht.« Der Wald war für ihn voller Erinnerungen. Während sie am Rande des verschilften Ufers entlangwanderten, erzählte er aus seiner Kindheit. Aber allmählich wurde er immer stiller, und schließlich verstummte er ganz.

»Ist irgend etwas nicht in Ordnung, David?« Sie fühlte jede Veränderung in seiner Stimme.

»Die Tiere sind weg«, sagte er verwundert. »Außer den Vögeln haben wir kein einziges Tier gesehen, seitdem wir das Haus verlassen haben.« An einer Stelle, wo das Schilf zurückwich und das Ufer sanft abfiel, blieb er stehen. »Dies war die Lieblingstränke. Hier war Tag und Nacht Leben – die Herden standen förmlich Schlange, um zu trinken.« Er ließ Debra stehen, ging zum Wasser und bückte sich, um den Boden zu untersuchen. »Nicht mal eine Fährte, nur ein paar Antilopen und ein kleiner Haufen Paviane. Hier ist monatelang, vielleicht sogar seit Jahren keine Herde mehr gewesen.«

Als er zurückkam, fragte sie sanft: »Bist du verstimmt?«

»Jabulani ohne Tiere ist nichts«, stieß er hervor. »Komm, wir gehen und sehen das übrige an. Irgend etwas stimmt hier nicht.« Aus dem ruhigen Ausflug wurde eine verzweifelte Suche. David durchstreifte das Dickicht und die Lichtungen, folgte ausgetrockneten Wasserläufen und hielt an, um das versandete Flußbett nach Wildfährten zu untersuchen.

»Nicht einmal ein Impala.« Er war unruhig und besorgt. »Hier gab es früher Tausende davon. Ich kann mich gut an die Herde erinnern; es waren braunseidene, zierliche Tiere. Fast unter jedem Baum standen welche.«

Er bog nach Norden ab und folgte einem überwachsenen Pfad zwischen den Bäumen.

»Hier ist eine völlig unberührte Weide.«

Kurz vor Mittag erreichten sie die staubige, holprige Landstraße, die an der Nordgrenze von Jabulani entlangführte. Der Zaun an der Straße war verfallen, der Stacheldraht hing durch, und die Pfähle lagen am Boden. »Verdammt, ist das eine Sauwirtschaft!« schimpfte er vor sich hin und fuhr durch ein Loch im Zaun auf die Straße. Nachdem sie der Straße zwei Meilen parallel zur Grenze gefolgt waren, gelangten sie an die Einfahrt zu Jabulani.

Selbst das Bronzeschild über den Steinpfeilern, auf das Davids Vater so stolz gewesen war, war verbeult und hing schief.

»Nun, hier gibt es so viel Arbeit, daß es uns kaum langweilig werden dürfte«, meinte David grimmig.

Eine Meile hinter dem Eingangstor machte der Pfad, der durch hohes Gras führte, eine scharfe Kurve. Und mitten auf dem sandigen Weg stand ein prachtvoller Antilopenbulle, graubraun, mit kalkweißen Streifen quer über dem kräftigen Körper. Er hielt den Kopf mit dem langen schwarzen Gehörn hoch in die Luft, und seine großen Lauscher waren aufgerichtet.

David sah ihn nur den Bruchteil einer Sekunde. Dann sprengte das Tier mit langen, geschmeidigen Sprüngen in einer Staubwolke panischen Schreckens davon. David beschrieb es Debra.

»Er machte sich davon, sobald er uns entdeckt hatte. Ich weiß noch, wie zahm sie früher waren. Wir mußten sie mit Stöcken aus den Gemüsegärten verjagen.«

Wieder bog er von der Hauptstraße ab und auf einen anderen überwachsenen Pfad, auf dem junge, kräftige Bäume nachwuchsen. Er fuhr mit dem kleinen Wagen über sie hinweg.

»Um Himmels willen, was machst du?« rief Debra durch das Brechen und Peitschen der Zweige.

»Wenn in diesem Land die Straße aufhört, mußt du dir selbst eine bauen.«

Vier Meilen weiter gerieten sie in die Feuerschneise, die die Ostgrenze von Jabulani bildete und den Morganschen Besitz vom Nationalpark abgrenzte, dessen Gebiet größer war als das gesamte Territorium Israels. Fünf Millionen Morgen unberührter Wildnis, dreihundertfünfundachtzig Kilometer lang und achtzig Kilometer breit, die Heimat von mehr als einer Million wilder Tiere – der bedeutendste Naturpark Afrikas lag vor ihnen.

David hielt den Landrover an, stellte den Motor ab und sprang aus dem Wagen. Nach einem Augenblick sprachlosen Schweigens begann er zu fluchen.

»Worauf bist du denn so wütend?« fragte Debra.

»Sieh mal da – schau dir das bloß an!« schimpfte David.

»Ich wollte, ich könnte es!«

»Entschuldige, Debs. Hier ist ein Zaun. Ein Wildzaun.« Er war zweieinhalb Meter hoch, mit Pfählen aus Hartholz, dick wie der Oberschenkel eines Mannes, und Maschenzaun aus starkem Stahldraht.

»Sie haben es eingezäunt. Die Leute vom Nationalpark haben uns abgeschnitten! Kein Wunder, daß keine Tiere da sind.«

Während sie zum Gehöft zurückfuhren, erklärte ihr David, daß die Grenze zum Krüger-Park immer offen gewesen war.

Daraus hatten alle Nutzen gezogen, denn Jabulanis frische Weiden und das Wasser der Teiche halfen den Herden über Zeiten des Futtermangels und der Trockenheit hinweg.

»Das mit den Wildtieren ist dir offenbar sehr wichtig.« Debra hatte schweigend zugehört und Zulus Kopf gestreichelt, während David sprach.

»Ja, plötzlich ist es sehr wichtig. Als sie noch hier waren, hielt ich es wohl für selbstverständlich – aber jetzt, wo sie fort sind, ja – jetzt sind sie mir sehr wichtig.« Er lachte kurz und bitter. »Ich möchte nicht wissen, wie oft das in Afrika schon gesagt worden ist – sobald sie weg sind, sind sie den Leuten wichtig.«

Sie fuhren eine oder zwei Meilen schweigend weiter. Plötzlich sagte David entschlossen: »Ich werde sie dazu kriegen, den Zaun abzureißen. Sie können uns nicht so ohne weiteres abschneiden. Ich werde mir mal den Chef der Wildhüter vorknöpfen, und zwar auf der Stelle.« David erinnerte sich noch aus seiner Kindheit an Conrad Berg, der damals für den südlichen Teil des Parks verantwortlich war. Um den Mann hatten sich im Laufe der Jahre zahlreiche Legenden gerankt, und zwei dieser Geschichten zeigten deutlich, aus welchem Holz dieser Mann geschnitzt war.

In einer einsamen Gegend des Reservats war er bei einer Panne von der Dunkelheit überrascht worden und hatte sich zu Fuß auf den Heimweg gemacht, als er von einem ausgewachsenen männlichen Löwen angegriffen wurde. In dem Kampf trug er schwere Wunden davon – sein halber Rücken wurde zerfleischt, ein Schulterknochen und ein Arm durchgebissen. Dennoch gelang es ihm, das Tier mit einem Buschmesser zu töten, das er ihm so lange in den Hals stieß, bis er die Schlagader getroffen hatte. Dann stand er auf und wanderte fünf Meilen durch die Nacht, erwartungsvoll gefolgt von einem Rudel Hyänen, die auf den Augenblick lauerten, in dem er zusammenbrechen würde.

Eine andere Geschichte erzählte von dem Besitzer eines angrenzenden Gutes, der einen von Bergs Löwen gejagt und eine halbe Meile innerhalb des Parkes niedergeschossen hatte. Bei dem Mann handelte es sich um ein einflußreiches Mitglied der Regierung, und über Conrad Bergs Einwände lachte er nur.

»Was wollen Sie denn tun, mein Freund? Oder möchten Sie etwa Ihren Job loswerden?«

Hartnäckig ignorierte Berg den Druck von oben, sammelte seine Beweise und erstattete Anzeige. Der Druck wurde stärker, je näher der Gerichtstermin kam, aber er blieb fest. Sein einflußreicher Gegner saß schließlich auf der Anklagebank und wurde zu tausend Pfund Geldstrafe, ersatzweise ein halbes Jahr Zwangsarbeit verurteilt. Er soll Berg danach die Hand gereicht und sich für die Lektion bedankt haben. Vielleicht war dies einer der Gründe, warum Berg nun die gesamte Wildaufsicht im Park unter sich hatte.

Er stand neben einem Wildzaun, wo er sich telefonisch mit David verabredet hatte. Er war groß und vierschrötig, mit dicken muskulösen Armen, auf denen deutlich die Narben zu erkennen waren, die der Kampf mit dem Löwen hinterlassen hatte. Über seinem roten, sonnenverbrannten Gesicht trug er den breitkrempigen Hut, der zur Tropenuniform der Wildhüter gehörte. Auf den Schulterklappen waren die grünen Tuchabzeichen zu erkennen. Hinter ihm stand sein brauner Wagen mit dem amtlichen Kennzeichen an der Wagentür. Im Fond saßen zwei seiner schwarzen Wildhüter, von denen einer einen schweren Karabiner zwischen den Knien hielt.

Berg hielt die Arme in die Seite gestemmt. Der Hut war in den Nacken zurückgeschoben, und seine Miene wirkte nicht gerade zugänglich. Er sah aus wie ein trotziges männliches Tier, das sein Territorium verteidigt, und David sagte flüsternd zu Debra: »Das gibt Ärger.«

David hielt nahe am Zaun, dann stiegen sie beide aus und gingen an den Maschendraht.

»Mr. Berg, ich bin David Morgan, ich kenne Sie noch aus der Zeit, als Jabulani meinem Vater gehörte, darf ich Sie mit meiner Frau bekannt machen?«

Bergs Miene wurde unsicher. Natürlich hatte er all die Gerüchte über den neuen Eigentümer von Jabulani gehört; die Gegend hier war einsam und verlassen, und es war seine Pflicht, sich über alles auf dem laufenden zu halten. Doch er war nicht auf diesen schrecklich verstümmelten jungen Mann und die blinde, schöne Frau gefaßt gewesen.

Mit verlegener Höflichkeit tippte Berg an seinen Hut. Dann wurde ihm klar, daß sie diese Geste ja nicht sehen konnte, und er murmelte einen verlegenen Gruß. Dann ergriff er vorsichtig die Hand, die David durch den Zaun streckte.

Debra und David wendeten gemeinsam ihren ganzen Charme gegenüber Berg auf. Die Zurückhaltung des einfachen, ehrlichen Mannes wich langsam im Gespräch. Er bewunderte Zulu. Auch er hatte Neufundländer, und so war ein erstes Gesprächsthema gefunden. Debra packte eine Thermosflasche mit Kaffee aus, und David füllte die Becher.

»Ist das nicht Sam?« David deutete auf den Wildhüter im Wagen, der Bergs Gewehr hielt.

»Ja.« Berg war auf der Hut.

»Er arbeitete früher in Jabulani.«

»Er kam aus eigenem Antrieb zu mir«, erklärte Berg.

»Er würde sich natürlich nicht an mich erinnern, so wie ich jetzt aussehe. Aber er war ein guter Aufseher, und es ging auf dem Gut offensichtlich bergab, nachdem er nicht mehr nach dem Rechten sah.« Dann ging David zum direkten Angriff über. »Was uns außerdem heruntergebracht hat, ist Ihr Zaun hier.« David trat gegen einen der Pfähle.

»Was Sie nicht sagen.« Berg schwenkte den Rest Kaffee in seinem Becher und goß den Satz aus.

»Warum haben Sie das gemacht?«

»Aus gutem Grund.«

»Mein Vater hatte ein Gentlemen's Agreement mit den Behörden. Die Grenze war immer offen. Wir haben doch Wasser und Weiden, die Sie brauchen.«

»Bei allem Respekt für den verstorbenen Mr. Morgan«, sagte Berg langsam, »ich war nie für die offene Grenze.«

»Warum nicht?«

»Ihr Vater betrieb das hier als Sport.« Er spuckte das Wort aus wie ein Stück faules Fleisch. »Wenn meine Löwen ihn erkannten und schlau genug waren, auf dieser Seite zu bleiben, dann schaffte er ein paar Maulesel her und ließ sie an der Grenze entlang laufen – um die Löwen herüberzuholen.«

David öffnete den Mund, um zu protestieren, aber dann schloß er ihn langsam wieder. Er fühlte, wie ihm Schamröte ins Gesicht stieg und die vernarbten Nähte bunt und fleckig werden ließ. Es stimmte – er erinnerte sich an die Maulesel und die nassen, weichen Löwenfelle, die hinter dem Haus zum Trocknen aufgehängt wurden.

»Er hat nie gewildert«, verteidigte David ihn. »Er hatte einen Jagdschein und hat die Tiere nur auf unserem Gebiet geschossen.«

»Das stimmt – er hat nie gewildert«, gab Berg zu. »Dazu war er viel zu schlau, verdammt noch mal. Er wußte, daß ich ihn am liebsten auf eine Rakete gesetzt hätte, um ihn zum ersten Mann auf dem Mond zu machen.«

»So, deshalb haben Sie also den Zaun angelegt.«

»Nein.«

»Warum dann?«

»Weil Jabulani vierzehn Jahre einem abwesenden Eigentümer gehört hat, der sich einen Dreck darum scherte. Der alte Sam hier...«, er deutete auf den Wildhüter auf dem Wagen, »tat, was er konnte, aber das Gelände wurde zum Wildererparadies. Sobald die Weiden und das Wasser, mit dem Sie so angeben, mein Wild aus dem Park gelockt hatten, konnte es von jedem Sportler, dem der Finger am Abzug juckte, abgeknallt werden. Als Sam versuchte, etwas dagegen zu unternehmen, wurde er fürchterlich verprügelt, und als er sich dadurch nicht einschüchtern ließ, steckte man seine Hütte an. Zwei seiner Kinder sind dabei verbrannt.«

David fühlte, wie ihn der Gedanke an brennendes Fleisch bis ins Mark schüttelte.

»Das wußte ich nicht«, sagte er kurz.

»Nein, Sie waren zu sehr damit beschäftigt, Geld zu verdienen oder was immer Ihre besondere Art von Vergnügen ist.« Berg war zornig. »So ist Sam schließlich zu mir gekommen, und ich habe ihm einen Job gegeben. Und dann habe ich diesen Zaun gezogen.«

»Es gibt nichts mehr in Jabulani – ein paar Kudus, einen oder zwei Duiker – aber sonst ist alles weg.«

»Da haben Sie recht. Es hat nicht lange gedauert, bis sie es leergeräumt hatten.«

»Ich will es zurückhaben.«

»Etwa damit Sie den gleichen Sport betreiben können wie Ihr Vater? Damit Ihre feinen Freunde von Jo-Burg zum Wochenende herüberfliegen können, um die Scheiße aus meinen Löwen herauszuknallen?« Berg warf einen Blick auf Debra, und sein Gesicht wurde dunkelrot. »Es tut mir leid, Mrs. Morgan, ich habe das nicht so gemeint.«

»Es ist doch ganz in Ordnung, Mr. Berg. Ich fand es sehr ausdrucksvoll.«

»Vielen Dank, Ma'am.« Dann wandte er sich voll Zorn zu David. »Morgans privater Safari-Dienst, ist es das, was Sie vorhaben?«

»Ich würde nicht einen Schuß in Jabulani erlauben«, sagte David.

»Gewiß nicht – nur für den Topf. Das ist die alte Geschichte. Nur für den Kochtopf, und dafür müssen Sie die Schlacht von Waterloo noch einmal von vorn ausfechten.«

»Nein«, sagte David. »Nicht einmal für den Topf.«

»Wollen Sie etwa gekauftes Fleisch essen?« fragte Berg ungläubig.

»Passen Sie auf, Mr. Berg. Wenn Sie Ihren Zaun entfernen lassen, lasse ich Jabulani zu einem privaten Naturschutzpark erklären...« Berg hatte gerade zu einer Erklärung angesetzt, aber Davids Worte raubten ihm den Atem. Sein Mund stand eine Weile offen. Dann schloß er ihn langsam.

»Wissen Sie denn, was das bedeutet?« fragte er schließlich. »Sie müßten sich vollständig unserer Zuständigkeit unterwerfen. Und wir nageln Sie fest, ganz ordnungsgemäß, mit notarieller Erklärung und all solchen Sachen: kein Jagdschein, kein Löwenschießen.«

»Ja. Ich weiß. Ich habe die Bestimmungen genau gelesen. Aber das ist nicht alles. Ich werde die drei anderen Grenzen nach Ihren Wünschen und Anordnungen sichern und außerdem so viele private Wildhüter anstellen, wie Sie für nötig befinden – auf meine Kosten.«

Conrad Berg lüftete seinen Hut und kratzte nachdenklich die langen, spärlichen grauen Haare, die seinen Schädel bedeckten. »Mann«, sagte er düster, »wie sollte ich denn dazu nein sagen.« Dann fing er zum erstenmal in dieser Unterhaltung an zu lächeln. »Sie scheinen es ja tatsächlich ernst zu meinen.«

»Meine Frau und ich werden hier für immer leben. Wir wollen nicht in einer Wüste wohnen.«

»Ja«, er nickte voller Verständnis. Der heftige Abscheu, den ihm dieses groteske Gesicht anfänglich eingeflößt hatte, schwand.

»Ich glaube, zuerst müßten wir uns einmal die Wilderer vornehmen, von denen Sie erzählten. Wir müssen ein paar davon schnappen und ein Exempel statuieren«, fuhr David fort.

Ein breites Grinsen überzog Bergs dickes, rotes Gesicht. »Ich glaube, Sie werden noch ein ganz angenehmer Nachbar«, sagte er und schob seine Hand mit einem Ruck durch den Zaun. David zuckte zusammen, als seine Knöchel unter dem Druck der gewaltigen Faust knackten.

»Wollen Sie nicht morgen abend mit Ihrer Frau zum Essen herüberkommen?« fragte Debra erleichtert.

»Aber mit dem größten Vergnügen, Ma'am.«

»Ich hole auch die Whiskyflasche heraus«, sagte David.

»Das ist sehr liebenswürdig...«, sagte Conrad Berg feierlich, »aber Missus und ich trinken nur Old Buck Dry Gin, mit etwas Wasser.«

»Wir werden entsprechend vorsorgen«, sagte David ebenso feierlich.

Jane Berg war ungefähr so alt wie ihr Mann. Sie war schlank und hatte ein von der Sonne zerknittertes und gebräuntes Gesicht. Ihr ausgebleichtes Haar war von grauen Strähnen durchzogen. Sie war, wie Debra bemerkte, wahrscheinlich das einzige Wesen in der Welt, das Conrad fürchtete.

Mit dem Satz: »Ich spreche, Connie« brachte sie ihren bulligen Mann im schwungvollsten Redefluß zum Schweigen. Ein bedeutungsvoller Blick auf ihr leeres Glas genügte, daß er es mit der schwerfälligen Behendigkeit eines Elefanten wieder füllte. Es gelang Conrad selten, irgendeine Geschichte oder eine Erklärung zu Ende zu bringen, denn Jane pflegte ständig zu unterbrechen, um Einzelheiten zu korrigieren. Dann wartete er geduldig, bis er fortfahren konnte.

Debra hatte das Essen mit großer Sorgfalt zusammengestellt. Um keinen Anstoß zu erregen, gab es Steaks aus der Tiefkühltruhe. Conrad schlang vier hinunter, lehnte aber den angebotenen Wein ab. »Das Zeug ist das reinste Gift. Ein Onkel von mir starb daran.« Er blieb beim Old Buck Gin, selbst beim Nachtisch.

Nachher saßen sie vor dem riesigen Kamin, im flackernden Schein der hellbrennenden Scheite, und Conrad erklärte David, unterstützt von Jane, welche Probleme er auf Jabulani zu erwarten habe.

»Da kommen ein paar Schwarze aus den Eingeborenengebieten im Norden...«

»Oder über den Fluß«, fügte Jane hinzu.

»Oder über den Fluß, aber die machen nicht soviel Ärger. Sie legen meistens Drahtschlingen, doch da gehen nicht so viele Tiere drauf.«

»Aber die Methode ist besonders grausam, weil die armen Tiere noch tagelang leben, während sich der Draht um ihren Hals bis auf die Knochen durchscheuert«, erklärte Jane.

»Wie ich schon sagte, wenn wir erst mal ein paar Wildhüter eingesetzt haben, hört das sofort auf. Das eigentliche Problem sind die weißen Wilderer, die mit modernen Gewehren und Jagdlampen...«

»Mordlampen«, korrigierte Jane.

»... Mordlampen ankommen. Die richten den wirklichen Schaden an. Sie haben das ganze Wild auf Jabulani innerhalb weniger Jahre erledigt.«

»Woher kommen sie?« fragte David. Sein Zorn erwachte wieder, es war der Zorn eines Hirten, der für seine Herde fürchtet – der gleiche Zorn, den er über dem Himmel von Israel empfunden hatte.

»Fünfzig Meilen nördlich, bei Phalabora, ist eine große Kupfermine mit Hunderten von Bergleuten, die nicht wissen, was sie mit ihrer Freizeit anfangen sollen, und gerne Wild essen. Die kamen in der ersten Zeit her und knallten ab, was ihnen vor die Büchse kam. Aber jetzt lohnt sich die Reise nicht mehr für sie. Außerdem waren das bloß Amateure, Sonntagsjäger.«

»Und wer sind die Professionellen?«

»Etwa dreißig Meilen von hier trifft der unbefestigte Weg von Jabulani auf die große Landstraße...«

»In einem Ort namens Bandolier Hill«, setzte Jane hinzu.

»... dort steht so etwas wie ein Kaufhaus. Die Straße, die vorbeiführt, bringt für den Laden nicht viel; er lebt hauptsächlich von den Eingeborenen der Stammesgebiete. Der Eigentümer lebt jetzt seit acht Jahren hier. Und seitdem bin ich hinter ihm her, aber er ist der gerissenste Hund, dem ich je begegnet bin.«

»Und er ist derjenige?« fragte David.

»Er ist es«, Conrad nickte. »Wenn Sie ihn schnappen, sind Sie die Hälfte Ihrer Sorgen los.«

»Wie heißt er?«

»Akkers. Johan Akkers«, half Jane wieder aus. Der Old Buck fing an zu wirken: Sie hatte Schwierigkeiten mit der Aussprache.

»Wie können wir ihn kriegen?« überlegte David. »Hier auf Jabulani gibt's ja nichts mehr, was ihn verlocken könnte – die paar Kudus, die wir noch haben, sind so scheu geworden, daß sich die Jagd nicht lohnt.«

»Nein, zur Zeit haben Sie nichts, um ihn anzulocken – aber ungefähr Mitte September...«

»Eher die erste Septemberwoche«, entschied Jane, während ihr einige Haarsträhnen in die Stirn fielen.

»...in der ersten Septemberwoche beginnen die Marulabäume an den Teichen Früchte zu tragen, und dann werden Sie meine Elefanten besuchen kommen. Den Marulabeeren können sie einfach nicht widerstehen, und sie trampeln meinen Zaun nieder, um daranzukommen. Bevor der Zaun repariert ist, wechselt eine Menge Wild auf Ihre Seite hinüber. Sie können eins zu tausend wetten, daß unser Freund Akkers in dieser Minute seine Gewehre ölt, während ihm das Wasser im Mund zusammenläuft. Es dauert keine Stunde, und er weiß, daß der Zaun weg ist.«
»Dieses Mal gibt es vielleicht eine böse Überraschung für ihn.«
»Hoffen wir's.«
»Ich glaube«, sagte David ruhig, »wir fahren morgen mal nach Bandolier Hill, um uns diesen Gentleman anzusehen.«
»Eins ist sicher...«, sagte Jane Berg mit etwas undeutlicher Aussprache, »...ein Gentleman ist er nicht.«

Die holprige Straße von Jabulani nach Bandolier Hill war mit weißem Staub bedeckt, der wie eine flatternde Fahne hinter dem Landrover aufwirbelte und noch lange in der Luft hing. Der Hügel war rundum dicht bewaldet und ragte neben der beschotterten Landstraße auf.

Der Laden war vier- bis fünfhundert Meter von der Kreuzung entfernt und lag mitten in einem Hain von Mangobäumen mit dunkelgrünem, glänzendem Laub. Das Haus sah aus wie Tausende in Afrika – ein häßliches Gebäude aus Lehmziegeln mit einem kahlen Wellblechdach, die Wände vollgeklebt mit Anschlägen, die von Tee bis zu Taschenlampenbatterien für alle möglichen Waren Reklame machten.

David stellte den Landrover auf dem staubigen Hof unterhalb der Veranda ab. Über der Vordertreppe hing ein verblichenes Schild:

»Bandolier Hill Gemischtwarenhandel.«

Neben dem Gebäude stand ein alter grüner Eintonner-Ford. Im Schatten der Veranda schwatzte ein Dutzend möglicher Käuferinnen, afrikanische Frauen aus den Eingeborenengebieten, in langen bedruckten Baumwollkleidern, ohne jedes Gefühl für Zeit und ohne Neugier über die Insassen des Landrovers. Eine der Frauen stillte ihr Jüngstes an einer Brust, die so langgezogen war, daß das Kind neben ihr stehen konnte und die Ankömmlinge beäugte, ohne die runzlige schwarze Brustwarze aus dem Mund nehmen zu müssen.

Mitten im Hof war ein etwa fünf Meter hoher, dicker Pfahl in den Boden gerammt, auf dem eine Art hölzerne Hundehütte thronte. David war überrascht, als aus der Hütte ein großes Tier mit braunem Fell auftauchte. In einer fallenden Bewegung schwang es sich leichtfüßig vom Pfahl herunter. Am Fuße des Pfahls war eine Kette befestigt, die an einem breiten Gürtel endete, der um den Leib des Tieres geschnallt war.

»Das ist eins der größten Pavianmännchen, die ich je gesehen habe.« Rasch beschrieb er Debra den Affen, der unterdessen mit den Handknöcheln am Boden gemächlich im Kreise um seinen Pfahl herumging und die klirrende Kette hinter sich herzog. Während seiner arroganten Schaustellung sträubten sich die dicken Haare über seinen Schultern. Dann setzte er sich in abstoßend menschenähnlicher Haltung dem Landrover gegenüber und streckte seinen Unterkiefer hervor, wobei er sie aus kleinen, braunen, eng zusammenliegenden Augen beobachtete.

»Ein widerliches Biest«, sagte David zu Debra. Der Pavian mußte etwa neunzig Pfund wiegen und hatte eine lange, hundeähnliche Schnauze mit gelben Fangzähnen. Nach der Hyäne ist er das meistgehaßte Tier auf dem Veld – verschlagen, grausam und habgierig; er hat alle Laster des Menschen und keine von seinen Vorzügen. Mit frechem Blick duckte er alle paar Sekunden seinen Kopf in einer raschen, provozierenden Geste.

Während David seine ganze Aufmerksamkeit auf den Pavian richtete, trat ein Mann aus dem Laden und lehnte sich an einen Pfosten der Veranda.

»Was kann ich für Sie tun, Mr. Morgan?« fragte er mit einem starken Akzent. Er war lang und mager, trug leicht zerknitterte, nicht ganz saubere Khakihosen und ein offenes Hemd, über das sich Hosenträger spannten. Die Füße steckten in schweren Stiefeln.

»Woher kennen Sie meinen Namen?« David blickte zu ihm auf. Der Mann war mittleren Alters, das angegraute Haar über einem runden Schädel war kurz geschnitten. Sein Gebiß mit dem hellrosa Zahnfleisch aus Plastik saß schlecht. Seine tiefliegenden Augen und die straffe Haut über seinen Backenknochen gaben ihm das Aussehen eines Totenschädels. Er grinste über Davids Frage.

»Konnten nur Sie sein, vernarbtes Gesicht und blinde Frau – der neue Besitzer von Jabulani. Hab' gehört, Sie haben ein neues Haus gebaut und wollen dort nun leben.«

Die Hände des Mannes waren unförmig – sie standen in keinem Verhältnis zu dem mageren Körper. Sie waren offenbar sehr kräftig, ebenso wie die Muskeln, die straff wie Taue an seinen mageren Oberarmen hervortraten. Er lehnte lässig gegen den Pfosten und zog ein Klappmesser und ein Stück Biltong – schwarzes, lufttrockenes Fleisch – aus der Tasche. Er schnitt ein Stück ab, als sei es ein Priem, und stopfte es sich in den Mund.

»Wie schon gesagt – was können wir für Sie tun?« Er kaute geräuschvoll, sein Gebiß knirschte jedesmal, wenn er die Kiefer aufeinandersetzte.

»Ich brauche Nägel und Farbe.« David stieg aus dem Landrover.

»Hab' gehört, Sie haben alle Ihre Einkäufe in Nelspruit gemacht.« Akkers blickte mit kalkulierter Frechheit zu ihm hinunter und betrachtete Davids vernarbtes Gesicht. Seine tiefliegenden Augen waren von schmutziggrüner Farbe. Er hatte sofort Davids Abneigung erweckt.

»Ich dachte, es gibt ein Gesetz dagegen, wilde Tiere einzusperren oder anzuketten.« Sein Ton war scharf. Akkers grinste wieder und kaute gleichmütig weiter.

»Sind Sie Anwalt – oder?«

»Nur eine Frage.«

»Ich habe die Erlaubnis – wollen Sie sie sehen?«

David schüttelte den Kopf und wandte sich zu Debra. Auf hebräisch beschrieb er ihr den Mann.

»Ich glaube, er kann sich denken, warum wir hier sind, und nun sucht er Streit.«

»Ich bleibe im Wagen«, sagte Debra.

»Gut.« David stieg die Stufen der Veranda hinauf.

»Wie ist es mit Nägeln und Farbe?« fragte er Akkers.

»Gehen Sie nur rein«, sagte er immer noch grinsend. »Ich habe einen Nigger hinter dem Ladentisch. Der wird sich um Sie kümmern.«

David zögerte kurz, bevor er eintrat. Drinnen roch es nach Karbolseife, Petroleum und Maismehl. Auf den Borden standen billige Lebensmittel, Medikamente, Wolldecken und Ballen von bedruckten Baumwollstoffen. Bündel von Stiefeln und Übermänteln aus Heeresüberschüssen hingen von der Decke, daneben Axtstiele und Sturmlaternen. Der Fußboden war vollgestellt mit Blechkoffern, Spitzhacken, Mehlkisten und all dem anderen Zeug, das seit eh und je zum Vorrat eines Landhändlers gehört. David fand den afrikanischen Gehilfen und begann mit seinen Einkäufen.

Draußen in der Sonne stieg Debra aus dem Landrover und lehnte sich leicht gegen die Tür. Der Neufundländer krabbelte hinterher und begann, interessiert an den Pfeilern der Veranda zu schnüffeln, wo andere Hunde vor ihm ihre gelben Spuren auf dem weißgetünchten Mörtel hinterlassen hatten.

»Netter Hund«, sagte Akkers.

»Danke.« Debra nickte höflich.

Akkers warf einen raschen Blick auf seinen Pavian, und ein verschlagener Ausdruck glitt über sein Gesicht. Ein schnelles Einverständnis wurde zwischen Mann und Tier ausgetauscht. Der Pavian duckte erneut seinen Kopf, dann kam er mit seinem Gesäß hoch und ging zum Pfahl zurück. Mit einem Satz war er im Käfig verschwunden. Akkers grinste und schnitt noch ein Stück des schwarzen Biltongs ab. »Sind Sie gern dort draußen in Jabulani?« fragte er Debra, während er dem Hund das abgeschnittene Stück Dörrfleisch hinhielt.

»Wir fühlen uns dort sehr wohl«, antwortete Debra zurückhaltend. Sie wollte nicht in ein Gespräch verwickelt werden. Zulu roch den angebotenen Leckerbissen, sein Schwanz schlug wie ein

Pendel hin und her. Kein Hund kann dem intensiven Geruch des Biltongs widerstehen. Er schluckte gierig. Akkers fütterte ihn mit kleinen Stücken, und Zulus Augen wurden glänzend, seine weiche Schnauze war naß vom Speichel.

Die Frauen im Schatten der Veranda verfolgten die Geschehnisse mit lebhaftem Interesse. Sie hatten schon einmal etwas Ähnliches mit einem Hund erlebt und warteten nun gespannt, wie es diesmal ausgehen würde. David war im Haus, außer Reichweite. Debra stand blind und ahnungslos da.

Akkers schnitt ein größeres Stück Dörrfleisch ab und hielt es dem Hund hin, zog aber die Hand in dem Augenblick zurück, als Zulu danach schnappte. Der Hund war jetzt voller Gier und versuchte erneut, an das Fleisch heranzukommen. Wieder wurde es im letzten Moment weggezogen. Zulus schwarze, feuchte Nase zitterte vor Aufregung, und die weichen Ohren waren aufgerichtet.

Akkers ging die Stufen hinunter, eifrig gefolgt von Zulu. Unten hielt er dem Hund das Stück Fleisch noch einmal vor die Nase. Dann sagte er leise: »Hol's dir, Kleiner!« und warf es neben den Pfahl. Noch etwas unbeholfen auf seinen großen Pfoten, hüpfte Zulu mit ein paar Sätzen in den Bereich der Kette, wo der Pavian die Erde festgetrampelt hatte. Er lief zum Pfahl und schnappte gierig nach dem Biltong, das dort im Staub lag. Wie ein lohfarbener Blitz schoß das Pavianmännchen aus dem Käfig und ließ sich die fünf Meter nach unten fallen. Seine Arme und Beine waren während des Sprungs ausgebreitet und seine Kiefern zähnefletschend aufgerissen wie eine große rote Falle, in der bösartige, lange, gelbe Zähne blitzten. Seine Muskeln traten hervor, als er fast unhörbar auf dem Boden aufsetzte. Er warf sich mit dem ganzen Gewicht seiner neunzig Pfund auf den ahnungslosen jungen Hund.

Zulu fiel zur Seite und rollte mit einem erschreckten Jaulen auf den Rücken. Aber bevor er wieder auf die Füße kommen konnte und begriffen hatte, was geschah, war der Pavian über ihm. Debra hörte den Hund winseln und setzte sich, überrascht, aber nicht beunruhigt, in Bewegung.

Zulu lag auf dem Rücken und bot seinen spärlich mit dünnem,

schwarzem Haar bedeckten Bauch dem Pavian dar, der ihn mit seinen kräftigen, behaarten Beinen am Boden festhielt, während er seine langen, gelben Fangzähne tief in den Bauch des jungen Hundes schlug.

Zulu heulte vor Schmerz, und auch Debra schrie auf und rannte vorwärts.

Akkers stellte ihr ein Bein, als sie an ihm vorbeikam, so daß sie strauchelte und fiel.

»Lassen Sie das, Lady«, warnte er sie, immer noch grinsend. »Wenn Sie sich da einmischen, passiert Ihnen was.«

Der Pavian hatte sich im Bauch des Hundes festgebissen und riß nun mit der ganzen Kraft seiner Glieder an ihm. Die dünne Bauchdecke platzte, so daß die rosa Eingeweide herausquollen und wie eine Girlande über der Schnauze des Affen hingen. Wieder heulte das gequälte Tier laut auf, und Debra, hilflos und blind, versuchte auf die Beine zu kommen.

»David!« schrie sie wie wahnsinnig. »David – hilf mir!«

David kam aus dem Gebäude gerannt; als er im Eingang stand, erkannte er mit einem Blick die Situation. Er ergriff eine Spitzhacke, die neben die Tür gelehnt war, rannte von der Veranda und war in drei Sätzen neben dem Hund.

Der Pavian sah ihn kommen und ließ Zulu los. Mit unheimlicher Geschwindigkeit drehte er sich zum Pfahl, turnte hinauf und thronte auf dem Dach seines Käfigs. Sein Unterkiefer war rot von Blut, und er kreischte und schnatterte und hüpfte aufgeregt und voll Begeisterung auf und nieder.

David ließ die Spitzhacke fallen. Vorsichtig hob er den übel zugerichteten Hund auf. Er trug Zulu zum Landrover, riß sein Buschhemd in Streifen und versuchte, den zerfleischten Bauch zu verbinden und die herausquellenden Eingeweide mit der bloßen Hand wieder in das Loch zu stopfen.

»David, was ist geschehen?« sagte Debra in flehendem Ton. Während er sich um den Hund kümmerte, erklärte er ihr in ein paar knappen Worten auf hebräisch, was geschehen war.

»Steig ein.«

Debra kletterte auf den Beifahrersitz des Landrovers. Er legte ihr den verletzten Neufundländer auf den Schoß und lief auf seine Seite herum.

Akkers stand wieder im Eingang seines Ladens, die Daumen in die Hosenträger gehängt. Die falschen Zähne in seinem offenen Mund klickten, während er sich vor Lachen bog und auf den Zehen hin und her wippte.

Oben auf seinem Käfig kreischte der Pavian, machte Männchen und teilte offensichtlich die Schadenfreude seines Herrn.

»He, Mr. Morgan«, rief grinsend Akkers, »vergessen Sie Ihre Nägel nicht!«

David drehte sich um und blickte ihm voll ins Gesicht. Ihm wurde plötzlich ganz heiß, die Narben in seinem Gesicht glühten, und seine dunklen Augen blitzten vor rasendem Zorn. Er ging zur Treppe. Sein Mund war ein bleicher, harter Schlitz, seine Fäuste waren geballt.

Akkers wich schleunigst zurück und rannte hinter den Ladentisch. Er brachte eine alte Doppelflinte zum Vorschein und spannte mit einem Druck seines dicken, knochigen Daumens beide Hähne.

»Selbstverteidigung, Mr. Morgan, vor Zeugen«, feixte er voll sadistischer Wonne. »Wenn Sie noch einen Schritt näher kommen, können wir uns auch Ihre Eingeweide ansehen.«

David blieb oben auf der Treppe stehen. Das Gewehr war auf seinen Bauch gerichtet.

»David, komm, bitte, beeil dich«, rief Debra angstvoll aus dem Wagen, während das Tier auf ihrem Schoß winselte.

»Wir sehen uns wieder«, sagte David mit wutverstickter Stimme.

»Es wird mir ein Vergnügen sein«, antwortete Akkers. David wandte sich ab und ging die Stufen hinunter.

Akkers wartete, bis der Landrover abgefahren und in einer Staubwolke auf der Straße verschwunden war, bevor er das Gewehr aus der Hand legte. Er trat aus dem Laden heraus. Der Pavian schwang sich von seinem Pfahl und rannte ihm entgegen. Er hüpfte auf seine Hüfte und schmiegte sich wie ein Kind an ihn.

Akkers nahm ein Bonbon aus der Tasche und steckte es vorsichtig zwischen die gefährlichen gelben Reißzähne.

»Süßes, altes Kerlchen«, gluckste er und kratzte ihm das dicke, graue Fell seines hohen Schädels. Der Affe schielte aus seinen schmalen braunen Augen zu ihm hinauf und schnatterte zärtlich.

Trotz der schlechten Straße legte David die dreißig Meilen nach Jabulani in fünfundzwanzig Minuten zurück. Der Wagen geriet fast ins Schleudern, als er neben dem Flugzeugschuppen bremste und mit dem Hund im Arm zur Maschine rannte.

Während des Fluges hielt ihn Debra auf dem Schoß. Ihr Rock war mit schwarzem Blut durchtränkt. Der Hund lag ganz still und winselte gelegentlich. Über Funk bestellte David einen Wagen zum Flugplatz Nelspruit. Fünfundvierzig Minuten nach dem Start lag Zulu auf dem Operationstisch in der Tierklinik. Der Tierarzt arbeitete zwei Stunden lang, um die zerrissenen Eingeweide zu nähen und die Bauchmuskeln zu klammern.

Wegen der Infektionsgefahr wagten sie erst fünf Tage später, als Zulu außer Gefahr war, nach Jabulani zurückzukehren. David flog diesmal auf einem anderen Kurs, um über den Laden von Bandolier Hill wegzufliegen.

David fühlte, wie ihn die kalte Wut packte, als er das Wellblechdach in der Sonne glänzen sah.

»Dieser Mann ist eine Gefahr für uns«, sagte er laut. »Für uns beide und für das, was wir in Jabulani aufbauen.«

Debra nickte, während sie den Kopf des Hundes streichelte. Sie wagte nichts zu sagen, denn ihr Zorn war ebenso heftig wie seiner.

»Ich werde ihn schon kriegen«, sagte er leise, und die Stimme des Brig klang in seiner Erinnerung auf.

»Die einzige Rechtfertigung für die Anwendung von Gewalt ist der Schutz des rechtmäßigen Eigentums!«

Er drehte in einer schrägen Steilkurve ab und setzte zum Anflug auf Jabulani an.

Conrad Berg schaute einmal wieder vorbei, um den Old Buck Gin zu probieren. Er berichtete, daß Davids Antrag, Jabulani zum privaten Naturschutzgebiet zu erklären, von den Behörden genehmigt worden sei und daß die entsprechenden Papiere in Kürze zur Unterzeichnung vorlägen.

»Wollen Sie, daß ich den Zaun jetzt abreißen lasse?«

»Nein«, erwiderte David grimmig. »Lassen Sie ihn stehen. Ich möchte Akkers nicht verscheuchen.«

»Ja«, Conrad nickte langsam. »Den müssen wir erwischen.« Er rief Zulu zu sich heran und untersuchte die Narbe, die im Zickzack quer über den Bauch des Hundes lief. »Dieses Schwein«, murmelte er und blickte schuldbewußt zu Debra hinüber. »Entschuldigen Sie, Mrs. Morgan.«

»Ich kann Ihnen nur zustimmen, Mr. Berg«, sagte sie sanft.

Während sie sprach, beobachtete Zulu mit schiefem Kopf aufmerksam ihre Lippen.

Der Marula-Hain, der sich wie eine dichte Hecke am Fuße der Hügel an den Teichen hinzog, stand in voller Blüte. Die geraden, kräftigen Stämme trugen runde, dichtbelaubte Kronen. Mit ihrer roten Blütenpracht sahen sie herrlich aus.

Fast täglich wanderten David und Debra durch das Gehölz zum Wasser. Sie nahmen den Hund mit, der auf diese Weise wieder zu Kräften kam. Höhepunkt war jedesmal ein Bad Zulus im Teich. Anschließend schüttelte er möglichst nahe bei einem der beiden sein tropfnasses Fell aus.

Dann wurden die grünen, pflaumenähnlichen Marulafrüchte gelb und reif, und ihr hefeartiger Duft hing schwer in der warmen Abendluft. Die Herde kam von Sabi herauf, wo sie ihre üppigen Riedgrasweiden im Stich ließ, um dem verheißungsvollen Duft zu folgen. Angeführt wurde sie von zwei alten Bullen, die seit vierzig Jahren alljährlich hierher pilgerten. Ihnen folgten fünfzehn Kühe, von denen jede ein Kalb und ein Jungtier an den Fersen hatte.

Sie kamen langsam von Süden herauf und weideten weit auseinandergezogen. Zuweilen fand ein hoher Baum das Interesse eines der Leitbullen. Er legte seine Stirn an den dicken Stamm, begann ihn rhythmisch hin und her zu biegen, bis er genügend Schwung hatte, um bei einem plötzlichen Gegenstemmen splitternd und krachend zu brechen. Ein paar Mäuler von den zarten Blätterspitzen genügten ihm meistens. Manchmal schälte er auch die Rinde ab und stopfte sie sich unordentlich ins Maul, bevor er nach Norden weiterzog.

Conrad Bergs Zaun unterzogen die beiden Bullen zunächst einer eingehenden Untersuchung. Sie standen Schulter an Schulter nebeneinander und fächelten mit ihren großen, grauen Ohren, während sie alle paar Minuten eine große Portion Sand mit dem Rüssel über ihren Rücken warfen, um die quälenden Stechfliegen zu verscheuchen.

In den vierzig Jahren ihrer Wanderungen hatten sie die Grenzen ihres Reservats genau kennengelernt. Nachdenklich betrachteten sie den Wildzaun, und es schien, als seien sie sich völlig darüber im klaren, daß seine Zerstörung eine kriminelle Handlung war, die ihrem Ansehen und ihrem guten Ruf schaden würde.

Conrad Berg meinte es absolut ernst, wenn er David erklärte, daß »seine« Elefanten Recht und Unrecht genau zu trennen wußten. Er betrachtete sie wie Schuljungen, die man bestrafen mußte, wenn sie etwas angestellt hatten.

Es gab drei Arten von Strafen: das Treiben, das Beschießen mit Betäubungsmitteln und schließlich die Hinrichtung mit einem schweren Gewehr. Diese äußerste Strafe blieb auf die Unverbesserlichen beschränkt, die in Getreidefelder einbrachen, Autos jagten oder anderweitig Menschenleben in Gefahr brachten.

Nur mühsam widerstanden die beiden Bullen der Versuchung und schlenderten zur Herde zurück, die zwischen den Dornbüschen geduldig auf ihre Entscheidung wartete. Drei Tage lang trieb sich die Herde unentschlossen am Zaun herum, weidete, ruhte und wartete – dann drehte der Wind nach Westen und führte den satten, übersüßen Duft der Marulabeeren heran.

David stellte den Landrover in der Feuerschneise ab und lachte. »Das also war Connies Zaun!« Ob es nun unter Dickhäutern eine Prestigefrage ist oder lediglich das Vergnügen an mutwilliger Zerstörung – jedenfalls akzeptierte kein Elefant die Bresche, die ein anderer vor ihm geschlagen hatte.

Jeder hatte sich seinen eigenen Pfahl ausgesucht und umgelegt. Auf einer Breite von einer Meile war der Zaun niedergewalzt, und der Maschendraht lag quer über der Feuerschneise.

Jeder Elefant hatte seinen abgebrochenen Pfahl als Brücke über die scharfen Spitzen des Stacheldrahts benutzt. Nachdem die Herde einmal über den Zaun war, strömte sie in dichtem Haufen zu den Teichen. Dort wurde ein Festmahl abgehalten, das erst im Morgengrauen endete. Dann ging es in wilder Jagd über den ruinierten Zaun zurück in die Sicherheit des Parks – voll schlechtem Gewissen und Reue, aber zugleich in der Hoffnung, daß Conrad Berg ja nicht wissen konnte, bei welcher Herde er die Schuldigen suchen mußte.

Über den niedergerissenen Zaun strömten nun auch viele andere Tiere, die schon lange nach den frischen Weiden und dem Wasser gelechzt hatten.

Es kamen die kleinen blauen Weißschwanzgnus mit ihren unförmigen Köpfen, ihren lächerlich kriegerischen Mähnen und den geschwungenen Hörnern, die wie eine Nachahmung der mächtigen Büffelhörner wirken. Sie waren die Clowns des Busches, schlugen ausgelassene Kapriolen und jagten einander herum. Sie wurden begleitet von den Zebras, die viel würdevoller auftraten und in ernsthafter Haltung zu den Teichen hinuntertrotteten. Das gestreifte Fell glänzte über ihrem rundlichen Körper.

Conrad Berg traf David bei den Überresten seines Zauns. Vorsichtig bahnte er sich einen Weg durch das Drahtgewirr, gefolgt von Sam, dem afrikanischen Wildhüter.

Conrad schüttelte wehmütig den Kopf beim Anblick der Verwüstung. »Das waren der alte Mohammed und sein Kumpan Einauge. Die erkennt man aus allen heraus. Sie konnten nicht widerstehen – diese miesen Schufte.« Er warf einen schnellen Blick auf Debra.

»Ganz recht, Mr. Berg« kam sie seiner Entschuldigung zuvor.

Sam war inzwischen die ganze Länge des Durchbruchs abgeschritten und trat nun zu ihnen.

»Hallo, Sam«, grüßte David ihn. Es hatte viel Überredungskunst gekostet, bis Sam davon überzeugt war, daß dieses schrecklich entstellte Gesicht dem jungen *nkosi* David gehörte, dem er vor Zeiten beigebracht hatte, Fährten aufzuspüren, zu schießen und einen wilden Bienenstock zu leeren, ohne die Bienen zu vernichten.

Sam grüßte militärisch stramm. Er war sehr stolz auf seine Uniform und benahm sich auch wie ein Gardesoldat. Sein Alter war schwer zu schätzen. Er hatte das breite, glatte Mondgesicht der *Nguni* – der aristokratischen Kriegerkaste Afrikas –, aber die krausen Haare an seinen Schläfen waren wie von schneeweißem Reif überzogen. David wußte, daß er etwa vierzig Jahre auf Jabulani gearbeitet hatte, bevor er zu Conrad Berg gegangen war. Er mußte jetzt annähernd sechzig Jahre alt sein.

In knappen Worten berichtete er, welche und wie viele Tiere in Jabulani eingedrungen waren.

»Es ist auch eine Büffelherde von dreiundvierzig Tieren hinübergewechselt.« Sam sprach in einfachem Zulu, so daß David ihn verstehen konnte. »Es ist die gleiche, die zuvor an der Tränke vom Ripape-Damm bei Hlangulene war.«

»Das wird Akkers auf die Beine bringen – aus jungen Büffellenden macht man das feinste Biltong, das es gibt«, bemerkte Conrad trocken.

»Wie lange dauert es, bis er weiß, daß der Zaun kaputt ist?« fragte David. Die folgende Diskussion zwischen Conrad und Sam spielte sich in derartiger Geschwindigkeit ab, daß David schon nach den ersten Sätzen nicht mehr folgen konnte. Als sie fertig waren, übersetzte Conrad:

»Sam sagt, er wisse es bereits. Alle Ihre Diener und Frauen kaufen in seinem Laden ein, und er gibt ihnen Geld, wenn sie ihm so etwas erzählen. Zwischen Sam und Akkers gibt es offenbar böses Blut. Sam hat Akkers in Verdacht, daß er ihn nachts auf einem einsamen Weg zusammenschlagen ließ. Daraufhin lag Sam drei Monate im Krankenhaus – er glaubt außerdem, daß Akkers derjenige war, der seine Hütte in Brand setzte, um ihn von Jabulani zu vertreiben.«

»Das ist auch Grund genug für böses Blut, finden Sie nicht auch?« sagte David zustimmend.

»Der alte Sam brennt darauf, sich an Akkers zu rächen. Er hat sich schon einen Plan ausgedacht, wie wir ihn erwischen können!«

»Und wie sieht der aus?«

»Nun, solange Sie auf Jabulani leben, muß Akkers sich darauf beschränken, nachts mit der Mordlampe zu wildern. Er kennt jeden Trick, und wir haben keine Möglichkeit, ihn zu fassen.«

»So?«

»Sie müssen Ihrer Dienerschaft sagen, daß Sie für zwei Wochen geschäftlich nach Kapstadt gehen. Akkers wird es wissen, sowie Sie weg sind, und glauben, daß er ganz Jabulani für sich hat.« Über eine Stunde besprachen sie alle Einzelheiten des Plans, dann gingen sie auseinander.

Auf dem Heimweg fuhren sie aus den Bäumen hervor auf eine der grasbewachsenen Lichtungen. David sah ein paar weiße Silberreiher über dem schwankenden, hohen Gras schweben.

»Da drinnen ist etwas«, sagte er und stellte den Motor ab. Ruhig warteten sie, bis David Bewegung im Gras entdeckte, das Auf und Ab schwerfälliger Gestalten. Drei hintereinander sitzende Silberreiher bewegten sich langsam auf sie zu. Sie saßen auf dem Rücken eines im Gras verborgenen Tieres, das sich langsam vorwärts bewegte.

»Die Büffel!« rief David aus, als die erste der großen rinderartigen Gestalten erschien. Das Tier verharrte beim Anblick des am Waldrand haltenden Landrovers und betrachtete ihn mit aufmerksamem Blick unter seinen weitgeschwungenen Hörnern. Es zeigte keinerlei Unruhe, denn die Tiere aus dem Park waren fast ebenso zahm wie Haustiere.

Allmählich tauchten auch die restlichen Tiere der Herde aus dem hohen Gras auf. Jedes unterzog den Wagen einer eingehenden Betrachtung und nahm dann das Grasen wieder auf. Es waren dreiundvierzig Stück, genau wie Sam festgestellt hatte, darunter einige prachtvolle Exemplare von etwa 1,80 Meter Schulterhöhe und einem Gewicht von kaum weniger als 2000 Pfund. Der Schwung ihrer wulstigen Hörner endete in glänzend schwarzen abgerundeten Spitzen.

Über ihren schweren Rumpf und die dicken kurzen Beine hüpften zahlreiche Madenhacker, farblos gefiederte Vögel mit roten Schnäbeln und runden glänzenden Augen. Kopfüber pickten sie die Zecken und anderes Ungeziefer aus den Hautfalten zwischen den Beinen. Zuweilen schnaubte eins der großen Tiere, machte einen Satz und peitschte mit seinem Schwanz nach einem Vogel, dessen scharfer Schnabel sich unter seinem Schwanz oder um den schweren Hodensack herum zu schaffen machte. Mit schrillem Pfeifen flatterten die Vögel, warteten, bis der Büffel sich beruhigt hatte, um ihr Trippeln und Suchen fortzusetzen.

David fotografierte die Herde, bis es zu dunkel wurde. Dann fuhren sie durch die Nacht nach Hause.

Vor dem Abendessen öffnete David eine Flasche Wein. Dann saßen sie eng nebeneinander auf der Veranda und lauschten den nächtlichen Lauten aus dem Busch – den Schreien der Nachtvögel, den Insekten, die gegen die Fliegengitter stießen, und allem übrigen geheimnisvollen Huscheln und Rascheln.

»Erinnerst du dich, daß ich dir einmal sagte, du seiest verwöhnt und keineswegs ideal zum Heiraten?« fragte Debra zärtlich, den dunklen Kopf an seine Schulter gelehnt.

»Das werde ich nie vergessen.«

»Ich möchte diese Bemerkung ganz offiziell zurücknehmen«, fuhr sie fort. Sanft schob er sie von sich, um in ihr Gesicht zu blicken. Sie spürte, daß er sie ansah, und lächelte ihr scheues, zartes Lächeln. »Ich hab' mich damals in einen verwöhnten kleinen Jungen verliebt, der nichts anderes im Kopf hatte als schnelle Autos und das nächste Mädchen«, sagte sie. »Aber jetzt habe ich einen Mann, einen erwachsenen Mann«, sie lächelte wieder, »und er gefällt mir viel besser.«

Er zog sie wieder an sich und küßte sie, bis sie glücklich aufseufzte und ihren Kopf an seine Schulter zurücklehnte.

Sie schwiegen eine Weile, dann sagte Debra:

»Diese wilden Tiere – die dir so wichtig sind…«

»Was ist damit?«

»Ich fange an, das zu verstehen. Ich habe sie zwar nie gesehen – aber mit der Zeit werden sie auch mir wichtig.«

»Das ist schön.«

»David, dieser Platz für uns – ist so friedlich, so vollkommen. Er ist ein kleiner Garten Eden vor dem Fall.«

»Jedenfalls werden wir ihn dazu machen«, versprach er. Aber in dieser Nacht weckten ihn Gewehrschüsse. Er erhob sich rasch, ließ Debra ruhig schlafend im warmen Bett zurück und ging auf die Veranda hinaus.

Wieder klang es gedämpft durch die Stille der Nacht. Aus der Ferne hörte es sich wie eine harmlose Knallerei an. Beim Gedanken an die Mordlampe fühlte er die Wut in sich aufsteigen. Der lange, weiße Strahl streifte unablässig suchend durch den Wald, bis er plötzlich ein Tier entdeckt hatte, das vom Licht hypnotisiert stehenblieb. Die blinden, glühenden Augen gaben einen perfekten Richtpunkt für das Zielfernrohr des Gewehrs ab.

Dann krachte es plötzlich in der Dunkelheit und blitzte aus der Mündung. Der prachtvolle Kopf wurde vom Einschlag des Geschosses zurückgerissen, und der weiche Körper fiel dumpf auf die harte Erde. Ein letztes verkrampftes Ausschlagen der Hufe – und dann war wieder Stille.

David wußte, daß es sinnlos war, jetzt an eine Verfolgung zu denken. Der Schütze hatte sicher einen Komplizen oben in den Hügeln, der ihn warnte, wenn irgendwo auf dem Gut Lichter angingen oder ein Automotor angelassen wurde. Dann würde die Todeslampe verlöschen. Der Wilderer würde sich davonmachen, und David würde das weite Gebiet von Jabulani vergeblich absuchen. Sein Widersacher war gerissen und konnte nur durch eine List zur Strecke gebracht werden.

David fand keinen Schlaf mehr. Er lag neben Debra und lauschte auf ihren leisen Atem in der Stille, die nur zwischendurch von fernen Gewehrfeuern unterbrochen wurde. Das Wild war zahm, die schützende Sicherheit des Parks hatte es arglos gemacht. Nach jedem Schuß würde es nur wenige Sprünge flüchten und dann wieder stehenbleiben und verständnislos auf das rätselhafte und verwirrende Licht starren, das die Nacht durchbrach.

Im Morgengrauen kamen die Geier. Immer zahlreicher erschienen die schwarzen Flecken am Himmel, schwebten hoch oben und ließen sich in weiten Kreisen zur Erde nieder.

David rief Conrad Berg im Skukuza Camp an. Dann zogen sie sich warm an und stiegen mit dem Hund in den Landrover. Sie folgten den niedergehenden Vögeln und kamen an die Stelle, wo der Wilderer die Büffelherde überfallen hatte.

Als sie sich dem ersten Kadaver näherten, schreckten sie eine Gruppe Leichenfledderer auf – Hyänen schlichen sich zwischen die Bäume, indem sie feige zurückschielten, kleine rote Schakale trotteten davon und blieben in respektvoller Entfernung stehen.

Die Geier waren nicht so furchtsam. Wie fette, braune Maden wühlten sie in dem Kadaver herum, kreischten und zankten und übersäten ihre Beute mit stinkenden Exkrementen und losen Federn. Sie ließen erst ab, als der Landrover schon sehr nahe war. Dann hoben sie sich mit schwerem Flügelschlag in die Bäume, wo sie sich niederhockten und ihre kahlen, schäbigen Köpfe reckten.

Sechzehn Büffel waren tot, ausgestreckt entlang dem Fluchtweg der Herde. Jedem Tier war der Bauch aufgeschlitzt, damit die Geier herankonnten – Lenden und Filet waren fachmännisch entfernt.

»Bloß wegen ein paar Pfund Fleisch soll er sie getötet haben?« fragte Debra ungläubig.

»Nur deshalb«, bestätigte David grimmig. »Aber das ist noch nicht mal so schlimm – manchmal töten sie ein Gnu, nur um einen Fliegenwedel aus seinem Schwanz zu machen, oder schießen eine Giraffe, weil das Mark aus ihren Knochen so gut schmeckt.«

»Ich verstehe das nicht. Warum macht ein Mensch so etwas? Er braucht doch das Fleisch nicht so nötig.«

»Nein«, stimmte David zu. »Darum geht es auch nicht. Es geht um den Nervenkitzel. Dieser Mann tötet wegen der Erregung, er tötet, um das Tier fallen zu sehen, um den Todesschrei zu hören, um den Geruch des frischen Blutes zu schmecken...« Seine Stimme versagte fast. »Wenigstens dieses eine Mal kannst du dankbar sein, daß du es nicht siehst«, sagte er leise.

Conrad Berg traf sie neben den Tierleichen an. Er ließ die erlegten Tiere von seinen Jagdaufsehern ausschlachten.

»Es ist Unsinn, das ganze Fleisch ungenutzt zu lassen. Das gibt Nahrung für eine ganze Menge Leute.«

Dann setzte er Sam auf die Fährte. Der Wilderertrupp hatte aus vier Mann bestanden, von denen einer Schuhe mit Gummisohlen getragen hatte, während die anderen barfuß gegangen waren.

»Ein weißer Mann, großer Mann, lange Beine. Drei schwarze Männer, tragen Fleisch, überall Blutstropfen.«

Sie folgten Sam langsam durch den lichten Wald. Er teilte das Gras mit seinem langen, schmalen Spurenstab und führte sie in die Richtung der ungepflasterten Landstraße.

»Hier gehen sie rückwärts«, stellte Sam fest. Conrad erklärte es mit grimmigem Gesicht:

»Das ist ein alter Wilderertrick. Wenn sie eine Grenze überschreiten, gehen sie rückwärts. Wenn man bei einer Kontrolle ihre Fährte entdeckt, glaubt man, sie hätten das Gebiet verlassen – und man macht sich nicht die Mühe, ihnen zu folgen.« Die Spur verlief durch ein Loch im Zaun, quer über die Straße in das Eingeborenengebiet. Sie endete an einer Stelle, wo ein Auto im schützenden Dickicht wilder Ebenholzbäume gewartet hatte. Die Reifenspuren führten über den Sandboden und mündeten dann in die Landstraße.

»Machen wir Gipsabdrücke von den Reifenspuren?« fragte David.

»Zeitverschwendung.« Conrad schüttelte den Kopf. »Sie können sicher sein, daß sie vor jeder Unternehmung ausgewechselt werden. Er hat einen Satz Reifen, den er nur zum Wildern benutzt und versteckt, wenn sie nicht in Gebrauch sind.«

»Wie ist es mit den leeren Patronenhülsen?«

Conrad lachte kurz. »Sie sind in seiner Tasche, darauf können Sie Gift nehmen. Der Bursche ist gerissen. Er verstreut keine Beweise über das ganze Land. Er sammelt sie auf, während er vorwärts geht. Nein – wir müssen ihn reinlegen.« Seine Miene wurde geschäftsmäßig. »Haben Sie sich einen Platz ausgedacht, wo wir den alten Sam aufstellen können?«

»Ich meine, wir setzen ihn auf einen der Kopjes in der Nähe der ›Perlenkette‹. Von dort kann er das ganze Gelände überblicken und jede Staubwolke auf der Straße sehen. Die Höhe wird dem Funksprechverkehr genügend Reichweite geben.«

Nach dem Mittagessen verlud er ihre Koffer in den Gepäckraum der Navajo. Er zahlte den Dienern zwei Wochen Lohn im voraus. »Paßt gut auf«, sagte er ihnen. »Ich komme erst gegen Monatsende zurück.« Er stellte den Landrover im offenen Flugzeugschuppen ab und ließ den Zündschlüssel stecken, so daß alles für einen schnellen Start bereit war. Dann flogen sie in westlicher Richtung direkt über Bandolier Hill und seinen Häusern zwischen den Mangobäumen. Kein Lebenszeichen war zu sehen, aber David behielt seinen Kurs bei, bis der Ort am Horizont verschwunden war. Dann flog er in weitem Bogen südwärts in Richtung Skukuza, der Hauptsiedlung im Krüger-Nationalpark.

Conrad Berg erwartete ihn am Landestreifen mit seinem Wagen. Jane hatte frische Blumen ins Gästezimmer gestellt. Sie waren fünfzig Meilen von Jabulani entfernt.

Es war wieder wie Alarmbereitschaft »Rot« bei der Staffel: Die Navajo stand startbereit unter den großen schattigen Bäumen am Ende des Landestreifens von Skukuza, das Sprechgerät war eingeschaltet und krachte leise auf der Sendefrequenz von Sam, der geduldig auf dem Hügel über der »Perlenkette« wartete.

Es war ein drückendheißer Tag. Im Osten zeichnete sich ein drohendes Gewitter ab, und riesige Wolken glitten über dem Buschveld hin.

Debra, David und Conrad Berg hatten sich in den Schatten der Tragflächen gesetzt, denn die Hitze im Cockpit war unerträglich. Sie redeten über dies und jenes, horchten aber aufmerksam auf das Krachen im Sprechgerät. Die Spannung stieg.

»Er kommt nicht«, meinte Debra kurz vor Mittag.

»Er kommt sicher«, widersprach Conrad. »Diese Büffel sind zu verlockend. Vielleicht noch nicht heute – aber morgen oder übermorgen kommt er.«

David stand auf und kletterte durch die offene Tür des Cockpits. »Sam«, sagte er ins Mikrofon, »kannst du mich hören?« Lange Zeit war nichts zu hören, wahrscheinlich kämpfte Sam mit der Radiotechnik. Dann kam seine Stimme schwach, aber deutlich: »Ich höre dich, *nkosi*.«

»Hast du was gesehen?«

»Hier ist nichts.«

»Paß gut auf.«

»*Yebho, nkosi.*«

Jane brachte ein kaltes Picknick zum Mittagessen heraus, und alle stürzten sich ausgehungert darauf. Sie waren gerade bei den Sahnetörtchen, als plötzlich das Funkgerät knackte und summte. Sams Stimme drang deutlich zu ihnen:

»Er ist da.«

»Alarm ›Rot‹ – Los! Los!« rief David, und sie eilten zur Kabinentür. Debra trat mitten in eins von Janes Sahnetörtchen, bevor David ihren Arm nahm und ihr in die Maschine half. »Bright Lance abgehoben und steigt.« David lachte aufgeregt, doch dann gab ihm die Erinnerung einen scharfen Stich. Er sah Joe vor sich, wie er dort um sechs Uhr gegangen hatte. Er schob die Gedanken beiseite und nahm in steiler Schräglage seinen Kurs auf. Er vergeudete keine Zeit damit, höher zu steigen, sondern blieb auf der Höhe der Baumwipfel. Conrad Berg kauerte hinten. Sein Gesicht war rot und vor Aufregung angeschwollen wie eine überreife Tomate.

»Wo ist der Zündschlüssel vom Landrover?« fragte er nervös.

»Steckt. Der Tank ist voll.«

»Geht es nicht schneller?« brummte Conrad.

»Haben Sie Ihr Walkie-talkie?« fragte David ihn.

»Hier!« Er hielt es in einer seiner großen Tatzen und die doppelläufige 450er Magnum in der anderen.

Das Flugzeug hüpfte über die größeren Bäume hinweg und glitt mit nur wenigen Metern Abstand über die Bodenerhebungen. Schließlich hatten sie den Grenzzaun überflogen. Vor ihnen lagen die Hügel von Jabulani.

»Machen Sie sich fertig«, sagte David zu Conrad, bevor die Navajo auf dem Landestreifen niederging und zum offenen Schuppen rollte, wo der Landrover bereitstand. Noch ehe die Maschine zum Stillstand gekommen war, sprang Conrad hinaus, knallte die Kabinentür hinter sich zu und rannte zum Landrover. David gab sofort Gas, drehte das Flugzeug herum und setzte zum Start an, bevor die Navajo voll in Schwung gekommen war. Während er aufstieg, sah er den Landrover über den Landestreifen rasen, gefolgt von einer dichten Staubwolke. »Können Sie mich verstehen, Connie?«

»Klar und deutlich«, tönte Conrads Stimme aus dem Lautsprecher. David flog zur Landstraße, die jenseits der Hügel zwischen den Bäumen durchschimmerte.

Er folgte ihr in hundertfünfzig Meter Höhe und suchte die offene Parklandschaft ab.

Der grüne Ford war wieder in einem dichten Ebenholzwäldchen versteckt. Aus der Luft war er jedoch leicht zu entdecken. »Connie, ich hab' den Wagen. Er ist in einem Ebenholzdickicht versteckt, etwa eine halbe Meile unterhalb des Flußufers. Am besten folgen Sie der Straße bis zur Brücke, fahren dann durch das ausgetrocknete Flußbett, versuchen, ihm den Weg abzuschneiden, bevor er zum Wagen gelangt.

»Okay, David.«

»Beeilen Sie sich, Mann.«

»Mach' ich.«

David sah den Staub, den der Landrover aufwirbelte, aus den Bäumen aufsteigen.

»Ich werde versuchen, Akkers aufzuspüren und Ihnen in die Arme zu treiben.«

»Tun Sie das.«

David flog in einer weitausholenden Kurve auf die Hügel zu und strich suchend darüber hin. Die Teiche unter ihm glitzerten, und er gab etwas Gas, um über die Hügelrücken zu kommen. Ganz oben stand eine winzige Gestalt, die wild gestikulierte. »Sam«, brummte er. »Führt einen richtigen Kriegstanz auf.« Er änderte den Kurs etwas, um ganz nahe an ihm vorbeizufliegen. Sam hörte auf, seine Arme wie Windmühlenflügel zu drehen, und wies nach Westen. David drehte bei und flog die westlichen Abhänge hinunter.

Vor ihm breitete sich die große dunkle Ebene aus, auf der sich die grasbewachsenen Lichtungen wie Flecken abhoben. Schon nach wenigen Augenblicken entdeckte er eine schwarze Masse, die in wirrem Durcheinander vorwärts zog. Es waren die Reste der Büffelherde, die in einem ziellosen Haufen durcheinanderrannte.

»Büffel«, berichtete er Debra. »Auf der Flucht. Sie sind völlig durcheinander.«

Still und aufmerksam saß sie neben ihm und starrte blind geradeaus, die Hände im Schoß gefaltet.

»Ah«, rief David. »Ich hab' ihn – auf frischer Tat!«

Mitten in einer größeren Lichtung lag der schwarze, aufgeblähte Körper des toten Büffels wie ein Käfer auf dem Rücken, die Beine steif von sich gestreckt.

Vier Männer standen im Kreis um ihn her und wollten offensichtlich gerade mit dem Ausschlachten beginnen. Drei von ihnen waren Afrikaner, einer davon hielt ein Messer in der Hand. Der vierte Mann war Johan Akkers. Seine große hagere Gestalt war eindeutig zu erkennen. Er trug einen alten schwarzen Filzhut, der bei der Arbeit, die er gerade verrichtete, eigentümlich förmlich wirkte. Seine Hosenträger spannten sich gekreuzt über das Khakihemd. In der rechten Hand hielt er ein Gewehr am Riemen. Beim Geräusch der Flugzeugmotoren drehte er sich und blickte starr vor Schreck zum Himmel auf.

»Du Schwein. Du dreckiges Schwein«, flüsterte David. Er kochte vor Wut.

»Halt dich fest!« warnte er Debra und flog im Sturzflug direkt auf den Mann zu.

Die Gruppe um den toten Büffel stob auseinander, als das Flugzeug auf sie niederging, jeder lief in einer anderen Richtung davon. David nahm die hastende Gestalt mit dem schwarzen Hut aufs Korn und ging hinter ihr hinunter. Die Spitzen seiner Propeller wirbelten das trockene Gras auf, während er den flüchtenden Akkers einholte. In finsterem Zorn setzte er zum Anflug an, um ihn mit den kreisenden Propellerblättern niederzumähen. Im letzten Moment warf Akkers einen Blick über seine Schulter. Sein Gesicht mit den tiefliegenden Augen war aschgrau vor Angst. Er sah die mörderischen Propeller nur ein paar Zentimeter von sich entfernt und warf sich auf den Bauch. Die Navajo brauste wenige Zoll über die Gestalt im Gras hinweg. David riß die Maschine in einer scharfen Kurve herum, daß die Flügelspitzen durch das Gras fegten. Als er gewendet hatte, sah er, daß Akkers hochgekommen war und weiterrannte. Er war nur noch fünfzig Schritt von einer Baumgruppe entfernt.

David flog wieder horizontal hinter dem Flüchtenden her. Aber er erkannte, daß er ihn nicht mehr rechtzeitig erreichen konnte. Als Akkers im Schutz eines großen Bleibaumes angelangt war, drehte er sich blitzschnell um und riß das Gewehr von der Schulter. Er zielte mit unsicherer Hand auf das herannahende Flugzeug; die Entfernung verringerte sich immer mehr.

»Runter!« rief David. Er drückte Debras Kopf unter die Windschutzscheibe, gab Gas und brauste im Steilflug davon. Durch den Motorenlärm hörte er den Einschlag des Geschosses.

»Was ist geschehen, David?« fragte Debra flehentlich.

»Er hat auf uns geschossen, aber wir haben ihn in die Flucht gejagt. Er wird jetzt zu seinem Wagen zurückgehen, und dort wartet Conrad vermutlich schon auf ihn.«

Akkers hielt sich von nun an im Schutz der Bäume. David, der über ihm kreiste, erhaschte ab und zu einen flüchtigen Blick von der langen Gestalt, die zielstrebig auf ihrem Fluchtweg trabte.

»David, können Sie mich hören?« Conrads Stimme erfüllte plötzlich das enge Cockpit.

»Was gibt's, Connie?«

»Wir haben Ärger. Ich bin mit dem Landrover auf einen Stein gefahren und habe dabei die Ölwanne aufgerissen. Das ganze Öl läuft aus.«

»Wie ist denn das passiert?« fragte David.

»Ich wollte den Weg abkürzen.« Conrads Kummer war deutlich über den Äther zu hören.

»Wie weit sind Sie vom Fluß entfernt?«

»Ungefähr drei Meilen.«

»Verdammt, dann schaffen Sie es nicht.« David fluchte. »Er ist nur zwei Meilen von seinem Wagen entfernt und rennt, als ob ihm Steuereinnehmer auf den Fersen sind.«

»Sie haben den alten Connie noch nicht laufen sehen. Ich werde ihn beim Wagen in Empfang nehmen«, versprach Berg.

»Viel Glück«, rief David, und die Verbindung brach ab. Unten ging Akkers am Fuße der Hügel entlang, man sah seinen Hut zwischen den Bäumen auf und nieder wippen. David hielt den Steuerbordflügel auf ihn gerichtet und kreiste über ihm. Plötzlich bewegte sich etwas am Abhang oberhalb von Akkers. Im ersten Augenblick dachte David, es sei ein Tier, doch dann erkannte er seinen Irrtum.

»Was ist?« fragte Debra, die seine Unruhe spürte.

»Sam, dieser verdammte Narr! Connie hatte ihm ausdrücklich befohlen, seinen Posten nicht zu verlassen – und jetzt jagt er den Abhang hinunter und versucht, Akkers aufzuhalten. Er ist unbewaffnet!«

»Kannst du ihn nicht zurückhalten?« fragte Debra besorgt. David nahm sich nicht mehr die Zeit zu antworten.

Er mußte Conrad viermal rufen, bevor eine Antwort kam. Die Stimme klang erstickt von der Anstrengung des Laufens.

»Sam geht auf Akkers los. Ich glaube, er will ihn stellen.«

»Dieser Idiot«, stöhnte Conrad. »Ich werde ihn in seinen schwarzen Hintern treten.«

David sah alles ganz deutlich. Er war nur hundert Meter über ihnen, als Akkers die Gestalt am Abhang bemerkte. Er blieb sofort stehen und hob sein Gewehr; David konnte nicht hören, ob er ihm eine Warnung zurief. Jedenfalls lief Sam in großen Sprüngen weiter über den felsigen Boden auf den Mann zu, der seine Kinder in den Flammen hatte umkommen lassen.

Akkers legte an und zielte in aller Ruhe. Der Rückstoß riß den Lauf des Gewehrs nach oben, und während Sams Beine noch weiterrannten, wurde sein Oberkörper von dem Einschlag des schweren Geschosses nach hinten geworfen.

Die winzige Gestalt in ihrer Khakiuniform rollte den Abhang hinunter und blieb mit ausgestreckten Gliedern in einem Busch hängen.

David sah, wie Akkers das Gewehr von neuem lud und sich bückte, um die leere Patronenhülse aufzuheben. Dann blickte er zu dem über ihm kreisenden Flugzeug hinauf. David mochte sich irren, aber es kam ihm vor, als ob der Mann lachte – das widerliche Feixen, bei dem sein Gebiß klapperte –, dann setzte er sich wieder in Trab, um zu seinem Wagen zu gelangen.

»Connie«, sagte David mit heiserer Stimme in sein Funkgerät, »er hat Sam erschossen.«

Conrad Berg rannte schwerfällig über den weichen, lockeren Sandboden. Er hatte seinen Hut verloren, und der Schweiß rann ihm über sein rundes rotes Gesicht und brannte ihm in den Augen. Die glatten, grauen Haare klebten an der Stirn. Das Funkgerät schlug ihm beim Laufen gegen den Rücken, während der Gewehrkolben im Takt an seiner Hüfte scheuerte.

Das Laufen kostete ihn große Anstrengung, aber er versuchte durchzuhalten, obwohl sein Herz jagte und er mühsam nach Atem rang. Er riß sich an einem Zweig den Arm auf, daß er blutete, aber er blieb nicht stehen. Davids Maschine kreiste links über ihm. Das zeigte ihm an, wie weit Akkers schon gekommen war und daß er wenig Aussicht hatte, das verzweifelte Wettrennen zu gewinnen.

Das Funkgerät auf seinem Rücken summte, aber er konnte nicht antworten. Wenn er jetzt stehenbliebe, würde er vor Erschöpfung zusammenbrechen. Drei Meilen war er in der glühenden Hitze über den Sand gelaufen. Seine Kräfte gingen zur Neige.

Plötzlich schien die Erde unter ihm wegzurutschen, er stürzte vornüber und rollte das Steilufer des Flusses hinab. Er fand sich im weißen, körnigen Flußsand wieder. Das Funkgerät bohrte sich schmerzhaft in seinen Rücken, und er zog es unter sich hervor.

Blind vom Schweiß und keuchend blieb er liegen und suchte den Sprechknopf des Gerätes. »David«, ächzte er mit erstickter Stimme. »Ich bin im Flußbett – können Sie mich sehen?« Das Flugzeug kreiste direkt über ihm, und Davids Antwort kam sofort.

»Ich sehe Sie, Connie, Sie befinden sich hundert Meter stromabwärts vom Lastwagen. Akkers ist gerade beim Wagen angekommen und wird jeden Augenblick das Flußbett hinunterfahren.«

Mit schmerzenden Gliedern und mühsam nach Luft ringend kam Conrad auf die Knie hoch – alle seine Glieder schmerzten. Da hörte er einen Motor anspringen. Er schnallte das schwere Funkgerät ab und legte es neben sich. Dann nahm er das Gewehr von der Schulter und sah nach, ob es geladen war. Schließlich erhob er sich.

Er war von seiner Mattigkeit überrascht und wankte zur Mitte des Flußbettes.

Es war zweieinhalb Meter tief und an dieser Stelle fünf Meter breit, mit schnurgerade verlaufenden Ufern. Der Boden bestand aus lockerem, weißem Sand, auf dem vom Wasser abgeschliffene Steine verstreut lagen, die nicht größer als Tennisbälle waren. Das Flußbett war um diese Jahreszeit ein günstiger illegaler Zugang nach Jabulani, und die Reifenspuren von Akkers Wagen waren deutlich im Sande zu sehen.

Conrad hörte den Wagen auf Touren kommen.

Er stellte sich breitbeinig mitten in den Weg, das Gewehr in der Hüfte, und bemühte sich, seine Atmung unter Kontrolle zu bekommen. Der Motorenlärm wurde schlagartig lauter, als der Wagen in wildem Tempo um eine Biegung des Flußbettes schlidderte und auf ihn zuraste. Die Hinterräder drehten durch und schleuderten den Sand hoch.

Johan Akkers hockte hinter dem Steuer. Sein schwarzer Hut war bis zu den Augenbrauen in das schweißnasse, fahle Gesicht gezogen. Da sah er Conrad.

»Halt!« schrie Conrad und hob das Gewehr. »Halt! Oder ich schieße!«

Der Lastwagen schlingerte mit aufheulendem Motor in rasender Fahrt durch den Sand. Akkers fing an zu lachen, Conrad konnte den offenen Mund und die zuckenden Schultern sehen. Das Tempo des Wagens verringerte sich nicht,

Conrad legte an und richtete die kurze Doppelflinte auf die Windschutzscheibe. Auf diese Entfernung hätte er durch jedes von Akkers tiefliegenden Augen eine Kugel schießen können. Der Mann machte jedoch nicht den geringsten Versuch, sich zu decken oder sonst irgendwie dem Gewehr zu entgehen. Er lachte immer noch, und Conrad erkannte sein wackelndes Gebiß. Er zielte, während der Wagen noch sechzehn Meter von ihm entfernt war und auf ihn zuraste.

Um absichtlich und kaltblütig einen Mann zu erschießen, muß man in einer besonderen Verfassung sein. Conrad Berg war nicht in einer solchen. Er war im Grunde ein sanftmütiger Mensch. Sein ganzes Denken und Trachten drehte sich um den Schutz und die Erhaltung des Lebens – er brachte es nicht fertig, abzudrücken.

Als der Wagen bis auf fünf Meter herangekommen war, warf er sich zur Seite. Mit wildem Griff riß Johan Akkers das Steuer herum und fuhr direkt auf ihn los.

Er erfaßte Berg mit der Seite des Wagens und schleuderte ihn zu Boden. Der Wagen raste vorüber, drehte sich um die eigene Achse und geriet außer Kontrolle. Etwas weiter flußabwärts prallte er gegen den Uferrand, daß eine Fontäne von Sand und Steinen aufsprühte. Akkers kämpfte mit dem widerspenstigen Steuer um sein Leben. Dann hatte er die Herrschaft über den Wagen wiedergewonnen, trat den Gashebel durch und jagte das Flußbett hinunter. Conrad blieb bewegungsunfähig liegen. Beim Zusammenprall hatte Conrad seinen Hüftknochen wie Glas zersplittern gefühlt. Der heftige Aufprall preßte ihm die Luft aus den Lungen.

Er lag auf der Seite im Sand und spürte, wie langsam Blut in den Mund lief. Eine seiner gebrochenen Rippen mußte seine Lunge wie eine Lanze durchstoßen haben. Er wandte den Kopf und sah das Funkgerät zehn Schritte von sich entfernt im Flußbett liegen. Mühsam zog er sich bis zu der Stelle, während sein zerschmettertes Bein in einem grotesken Winkel vom Körper abstand.

»David«, flüsterte er ins Mikrofon, »ich konnte ihn nicht aufhalten. Er ist entwischt.« Dann spuckte er einen Mundvoll Blut in den weißen Sand.

David entdeckte den Lastwagen, als er gerade das Flußufer unter der Betonbrücke hinaufklomm und über den Straßengraben rumpelte. Kaum war er auf der Straße, beschleunigte er das Tempo und fuhr mit Vollgas nach Westen in Richtung auf Bandolier Hill. David flog zwei Meilen vor ihm und drehte dann bei, um der Staubwolke zu folgen, die unter dem grünen Lastwagen hervorquoll. Nach der Brücke beschreibt die Straße einen weiten Bogen um einen Felsen und verläuft dann zwei Meilen lang schnurgerade durch dichtes Gehölz. Wellig wie eine Berg- und Talbahn überquert sie die Wasserscheide und geht durch Getreidefelder weiter.

Als David beigedreht hatte, fuhr er das Fahrwerk aus und nahm Gas weg. Die Navajo senkte sich rasch auf die staubige Straße zu, als sei sie ein Landestreifen.

Die Staubwolke des dahinrasenden Wagens war direkt vor ihm. Kaltblütig konzentrierte sich David darauf, die Navajo auf das schmale Band zwischen den hohen Baumreihen hinunterzubringen. Er sprach ruhig auf Debra ein, die ängstlich neben ihm saß, und erklärte, was er unternehmen wollte.

Behutsam setzte er das Flugzeug auf der schmalen Straße auf. Erst als es ganz niedergegangen war, beschleunigte er wieder und rollte mit Vollgas die Straße entlang. Er hatte genug Tempo, um wieder abzuheben, falls Akkers eher einen Zusammenstoß riskierte als sich ergab.

Vor ihnen stieg die Straße wieder an, und während sie sie hinaufrollten, erschien oben plötzlich der grüne Lastwagen, nur noch knapp hundert Meter von ihnen entfernt. Beide Fahrzeuge fuhren schnell. Zusammen hatten sie etwa eine Geschwindigkeit von zweihundert Meilen in der Stunde.

Das Flugzeug, das mitten auf der Straße mit seinen drohend kreisenden Propellern direkt auf ihn zuraste, war zuviel für Akkers.

Er riß das Steuer herum, und der Lastwagen stellte sich quer. Nur um Haaresbreite verfehlte er die Backbordtragfläche der Navajo, als er von der engen Straße rutschte.

Er landete mit den Vorderrädern im Straßengraben, überschlug sich zweimal und kippte vornüber. Die Wagenfenster zersplitterten krachend, und die Türen flogen auf.

Schließlich landete er seitlich an einem Baum.

David nahm das Gas weg, trat hart auf die Radbremsen und brachte seine Maschine zum Stehen.

»Warte hier«, rief er Debra zu und sprang auf die Straße. Die

Augen blitzten in seinem vernarbten Gesicht, als er auf das zertrümmerte Auto zulief.

Akkers sah ihn und kam mit zitternden Knien auf die Beine. Er war herausgeschleudert worden und wankte nun zum Wagen zurück. Er sah sein Gewehr im Führerhaus liegen, doch das Blut, das aus einer Wunde an seiner Stirn lief, erschwerte ihm die Sicht. Er wischte es mit dem Handrücken ab und blickte sich um.

David kam näher; er sprang über den Straßengraben und rannte auf ihn zu. Akkers griff nach dem Jagdmesser, das er im Gürtel trug.

Es war acht Zoll lang, hatte einen beinernen Griff und war scharf wie eine Rasierklinge.

Er hielt es in einer Hand verborgen. Mit der anderen wischte er sich das Blut aus dem Gesicht, während er sich duckte, um David zu erwarten.

David blieb direkt vor ihm stehen und wandte den Blick nicht von der Hand mit dem Messer. Da fing Akkers erneut an zu lachen. Es war das krächzende, hysterische Gelächter eines Wahnsinnigen. Mit der langsamen, unerbittlichen Bewegung einer sich aufrichtenden Kobra hob er die Hand. Das Messer funkelte in der Sonne. David ließ kein Auge davon. Er erinnerte sich an seine Erfahrungen im Fallschirmjägertraining und duckte sich, um mit bloßen Händen gegen die blanke Klinge des Gegners vorzugehen.

Akkers sprang in einem Scheinangriff nach vorn. Als David zurückwich, brach er erneut in sein irres Gelächter aus.

Wieder umkreisten sie sich schweigend. Akkers lutschte an seinem lockeren Gebiß und blickte lauernd aus den schmutziggrünen Augen in ihren tiefliegenden Höhlen. Langsam trieb er David gegen das Autowrack, um ihn dort zu stellen.

Dann stürzte er sich mit der katzenhaften Geschmeidigkeit eines Raubtiers auf ihn. Das blitzende Messer war direkt auf Davids Bauch gerichtet.

David erwischte das Handgelenk, fing den Stoß ab und zwang die Klinge nach unten. Sie standen Brust an Brust, wie zwei Liebende. Ein fauliger Geruch drang aus Akkers' Mund.

Sie rangen schweigend miteinander.

David spürte, wie die Hand sich seinem Griff zu entwinden suchte. Akkers hatte Fäuste und Arme wie Stahl. Es würde nur wenige Sekunden dauern, bis er sich befreit hatte und die Klinge in seinen Leib bohrte.

David stemmte beide Beine gegen den Boden und bog sich zur Seite. Akkers verlor das Gleichgewicht, und David schloß auch seine andere Hand um den bewaffneten Arm. Aber selbst mit beiden Händen konnte er ihn kaum halten.

Ächzend schwankten sie hin und her, stürzten schließlich zusammen gegen die Motorhaube des Wagens. Das Metall war glühend heiß und roch nach Öl.

Plötzlich spürte er Akkers freie Hand an seiner Kehle. Er drückte sein Kinn mit aller Kraft auf die Brust, aber die stahlharten Finger waren unbarmherzig. Sie zwangen sein Kinn hoch, legten sich um seinen Hals und begannen, ihm den Atem abzuschnüren.

Verzweifelt zerrte David an der Hand, die das Messer hielt. Sie war jetzt leichter zu bewegen, weil Akkers seine Kräfte auf die Hand am Hals seines Gegners konzentrierte.

Neben Davids Schulter war die Windschutzscheibe. Das Glas war herausgebrochen, aber einige ausgezackte Scherben hingen noch im Metallrahmen.

David spürte, wie sich die Finger tief in seinen Hals gruben und anfingen, Luftröhre und Arterien abzuschnüren. Mit letzter Kraft riß David die Hand herum, die das Messer hielt, drückte sie auf den Rand der zersplitterten Windschutzscheibe und begann verzweifelt zu sägen.

Akkers brüllte. Sein Griff lockerte sich. Aber David sägte unablässig weiter und schnitt eine tiefe Wunde in Haut, Fett und Fleisch. Das Glas grub sich tief in Nerven, Adern und Sehnen des Handgelenks, bis das Messer den leblosen Fingern entfiel. Akkers schrie mit gellender Stimme wie eine Frau.

David löste die Hand von seinem Hals. Immer noch schreiend stürzte Akkers in die Knie, während David nach Atem rang und die strangulierte Kehle massierte, bis wieder frisches Blut in sein Gehirn strömte.

»Herrgott, ich sterbe! Ich verblute! Oh, lieber Jesus, hilf mir!« heulte Akkers und krümmte sich über seinen verstümmelten Arm. »Hilf mir, o Gott, laß mich nicht sterben. Rette mich, Jesus, rette mich!«

Das Blut schoß aus dem Handgelenk und durchtränkte seine Hose. Beim ersten Aufschrei war ihm das Gebiß aus dem Mund gefallen und hatte ein dunkles Loch in dem bleichen, schweißglänzenden Gesicht hinterlassen. »Du hast mich umgebracht! Ich verblute!« Er wandte sein Gesicht zu David empor. »Du mußt mich retten – du kannst mich hier nicht verrecken lassen!«

David trat ein paar Schritte zurück, nahm einen kurzen Anlauf und stieß mit dem Schwung seines ganzen Körpers dem knienden Mann seinen Fuß unter das Kinn. Akkers Kopf schnellte zurück, der Körper fiel nach hinten über und blieb regungslos liegen. David stand schluchzend über ihm und rang nach Luft.

Bei der Urteilsfindung zog der Richter des Obersten Gerichtshofes, Mr. Barnard vom Bezirksgericht Transvaal, vier Vorstrafen in Betracht, die Akkers schon erteilt worden waren – zwei wegen Verstoßes gegen das Gesetz zum Schutz wildlebender Tiere, eine wegen schwerer Körperverletzung und die vierte wegen versuchten Totschlages.

Er befand Akkers in zwölf Fällen für schuldig, gegen das Gesetz zum Schutz wildlebender Tiere verstoßen zu haben, und verurteilte ihn zu drei Jahren Zwangsarbeit und Ablieferung der Waffen und Fahrzeuge, die zur Ausführung der Taten verwendet wurden.

Er befand ihn ferner der schweren Körperverletzung schuldig, was ihm drei weitere Jahre Zwangsarbeit einbrachte.

Die Beschuldigung des versuchten Mordes wandelte der Anklagevertreter um in versuchten Totschlag. Auch in diesem Punkt wurde Akkers für schuldig befunden und zu fünf Jahren Freiheitsentzug verurteilt.

Im letzten Punkt der Anklage wurde er des Mordes für schuldig befunden. Richter Barnard sagte in der öffentlichen Urteilsbegründung:

»In diesem Punkt mußte ich erwägen, ob die Todesstrafe zu verhängen war. Ich mußte jedoch in Betracht ziehen, daß der Angeklagte sich durch die Tat aus einer Falle zu befreien suchte, und stellte daher fest, daß es sich nicht um vorsätzlichen Mord handelte...«

Für dieses Verbrechen lautete das Urteil auf achtzehn Jahre Gefängnis. Alle Strafen waren nacheinander abzubüßen.

In der Berufung wurde das Urteil bestätigt.

Conrad Berg lag im Krankenhaus. Sein eingegipstes Bein hing im Streckverband. Er hielt ein Glas Old Buck Gin in der Hand und sagte: »Na, für die nächsten achtundzwanzig Jahre brauchen wir uns nicht den Kopf zu zerbrechen wegen dieses verdammten Schweins – Verzeihung, Mrs. Morgan«, und Jane Berg verbesserte ihn: »Neunundzwanzig Jahre, mein Lieber!«

Im Juli erschien die amerikanische Ausgabe von »Ein Platz für uns allein« und verschwand in jenem unersättlichen, bodenlosen Abgrund von Gleichgültigkeit, in dem so viele gute Bücher untergehen.

David empfand den Mißerfolg als persönliche Beleidigung. Eine Woche lang rannte er schimpfend durch das Gelände. Zwischendurch schien es ganz so, als ob er tatsächlich nach Amerika reisen wollte, um dem Land einen Tritt zu versetzen.

Bobby Dugan, Debras Agent in Amerika, schrieb ihr, wie leid es ihm tue – und wie enttäuscht er sei.

»Die müssen ja völlig stumpfsinnig sein«, empörte David sich. »Es ist das schönste Buch, das je geschrieben wurde.«

»Aber David!« versuchte Debra ihn zu besänftigen.

»Es ist doch so! Ich würde am liebsten hinfahren und sie mit der Nase draufstoßen.«

Debra malte sich aus, wie er die Türen aller New Yorker Redaktionsbüros aufriß, während die Feuilletonchefs von Panik erfüllt aus den Fenstern der Wolkenkratzer sprangen oder sich in Damentoiletten einschlossen, um Davids Zorn zu entgehen.

»David, mein Liebling, du bist wundervoll«, sagte sie lachend, aber auch sie war verletzt. Sie spürte, wie die Gleichgültigkeit ihren Schaffensdrang schwächte.

Wenn sie an ihrem Arbeitstisch saß, kamen die Worte nicht mehr von selbst auf ihre Lippen, und sie mußte die Ideen suchen. Während sie früher die Gestalten lebendig vor sich sah und die Handlung wie ein Film vor ihr ablief, war es jetzt ganz dunkel in ihrer Phantasie. Stundenlang konnte sie an ihrem Arbeitstisch sitzen und den Vögeln im Garten unter ihrem Fenster lauschen.

David spürte, daß sie in einer Krise war, und versuchte, ihr zu helfen. Wenn sie fruchtlose Stunden am Schreibtisch zugebracht hatte, bestand er darauf, daß sie mit ihm an den neuen Zäunen entlangging oder sich zum Angeln an einen der Teiche setzte.

Nachdem sie nun das Haus und seine nähere Umgebung genau kannte, begann David sie zu lehren, sich auch in größerem Umkreis zu bewegen. Jeden Tag wanderten sie zu den Teichen hinunter, und Debra prägte sich alle Kennzeichen am Weg ein; sie tastete nach ihnen mit dem geschnitzten Stock, den David ihr gegeben hatte. Zulu erkannte bald seine Pflichten bei diesen Ausflügen, und es war Davids Idee, eine kleine silberne Glocke an seinem Halsband zu befestigen, so daß Debra ihm leichter folgen konnte. Bald wagte sie sich ohne David hinaus.

David war in dieser Zeit damit beschäftigt, Conrads Zaun zu entfernen und die neuen Zäune an den drei gefährdeten Grenzen von Jabulani zu errichten. Darüber hinaus mußte ein Trupp afrikanischer Wildhüter angeworben und ausgebildet werden.

David entwarf Uniformen für sie und baute an allen wichtigen Zugängen seines Gebietes Unterkünfte. In regelmäßigen Abständen flog er nach Nelspruit, um seine Maßnahmen mit Conrad zu besprechen, der immer noch im Krankenhaus lag. Auf seinen Vorschlag hin verschaffte sich David einen Überblick über die Wasserverhältnisse auf seinem Besitztum. Er wollte auch in den Gebieten Jabulanis, die weit weg von den Teichen waren, Oberflächenwasser haben und begann, die Möglichkeiten für den Bau von Dämmen zum Auffangen des Wassers und für das Bohren von Wasserlöchern zu prüfen. Seine Tage waren mit Tätigkeit erfüllt. Dennoch verbrachte er viele Stunden mit Debra.

Die Farbdias, die David von der Büffelherde aufgenommen hatte, bevor Johan Akkers sie dezimierte, kamen entwickelt zurück. Sie waren miserabel. Die großen Tiere schienen am Horizont zu verschwinden, und die Madenhacker auf ihrem Rücken waren winzige graue Flecken. Beim nächsten Flug nach Nelspruit kaufte sich David ein 600-mm-Teleobjektiv.

Während Debra zu arbeiten schien, stellte David seine Kamera neben ihr auf und fotografierte die Vögel durch das offene Fenster. Die ersten Resultate waren unterschiedlich. Von sechsunddreißig Abzügen konnte er fünfunddreißig wegwerfen. Der sechsunddreißigste war großartig: Er zeigte einen grauköpfigen Buschwürger im Flug mit ausgebreiteten Flügeln, während die Sonnenstrahlen auf dem bunten Gefieder glänzten.

David war von einer neuen Leidenschaft gepackt. Immer neue Linsen, Kameras, Stative kamen, bis Debra schließlich protestierte mit der Begründung, es handele sich um ein Hobby, das ausschließlich die Augen angehe und von dem sie deshalb ausgeschlossen sei.

David hatte einen genialen Einfall. Er ließ sich Schallplattenaufnahmen von Vogelstimmen schicken, und Debra war entzückt. Sie lauschte aufmerksam und strahlte vor Freude, wenn sie einen vertrauten Vogelruf erkannte.

Es kam ganz selbstverständlich dazu, daß Debra nun versuchte, Vogelstimmen aufzunehmen. Doch auf den ersten Bändern hörte man vor allem das Bimmeln von Zulus silberner Glocke, das Motorengeräusch des Landrovers, die Stimmen der Diener, die sich in der Küche zankten. Schwach, ganz schwach im Hintergrund das Zwitschern eines Prachtstares.

»Es ist nichts zu machen«, beklagte sich Debra. »Ich möchte wissen, wie sie es angestellt haben, so klare Aufnahmen zu bekommen.«

David besorgte sich ein paar Bücher über dieses Problem. Dann baute er eine Parabolantenne. Es sah nicht besonders hübsch aus, aber es funktionierte. Die Antenne sammelte die Schallwellen aus der Geräuschquelle, auf die sie gerichtet war, und leitete sie in das Mikrofon.

Nachdem sie einige Zeit an Debras Fenster gearbeitet hatten, wurden sie kühner und wagten sich ins Freie. David baute Tarnhütten neben den Trinkplätzen an den Teichen, und wenn seine Wildhüter den Brutplatz einer interessanten Vogelart entdeckten, errichteten sie provisorische Wände aus Stroh und Leinwand – zuweilen auf Hochständen, wo David und Debra ruhige und genußreiche Stunden verbrachten, Filme drehten und Tonbänder aufnahmen. Selbst Zulu hatte gelernt, still zu liegen. Seine Glocke wurde ihm für solche Gelegenheiten abgenommen.

Allmählich bauten sie aus Fotos und Tonbändern ein Archiv auf, das hohen fachlichen Ansprüchen genügte. Und eines Tages gab sich David einen Stoß und schickte dem »African Wild Life Magazine« ein Dutzend seiner besten Dias. Zwei Wochen später erhielt er ein Schreiben, seine Bilder seien angenommen. Dem Brief lag ein Scheck über hundert Dollar bei. David war außer sich vor Begeisterung, und Debra freute sich mit ihm. Zur Feier des Ereignisses tranken sie zwei Flaschen Veuve Cliquot.

Als Davids Fotografien mit einem Text von Debra in »Wild Life« veröffentlicht wurden, erhielten sie aus aller Welt Zuschriften. Der Herausgeber bestellte einen ausführlichen illustrierten Beitrag über Jabulani und Davids Pläne, das Gebiet in ein Wildreservat umzuwandeln.

Debra war fast auf allen Fotos, die David für den Artikel zusammenstellte. Außerdem arbeitete sie eifrig am Text, wobei David sie mit Ideen und Kritik unterstützte.

Debras neues Buch geriet über der gemeinsamen Arbeit in Vergessenheit.

Der Briefwechsel mit anderen Naturschutzanhängern brachte ihnen viele Anregungen, und die gelegentliche Gesellschaft von Conrad Berg und Jane befriedigte ihr Bedürfnis nach menschlicher Gesellschaft. Sie scheuten das Zusammentreffen mit anderen Leuten immer noch. Der Artikel für »Wild Life« war fast fertig, als ein Brief von Bobby Dugan aus New York eintraf. Die Herausgeber vom »Cosmopolitan Magazine« hatten zufällig »Ein Platz für uns allein« gelesen. Das Buch hatte ihnen gefallen, sie wollten es in Fortsetzungen abdrucken – und vielleicht auch einen Artikel über

Debra bringen. Bobby bat Debra um eine Auswahl von Fotografien und eine Biographie von etwa viertausend Worten.

Die Fotos konnten sie unter denen aussuchen, die sie für »Wild Life« aufgenommen hatten. Die viertausend Worte schrieb Debra in drei Stunden, wobei David ihr Ratschläge erteilte, von denen sich einige als nützlich erwiesen, andere waren eher unpassend.

Sie schickten alles mit gleicher Post ab. Fast einen Monat lang hörten sie nichts, und dann geschah etwas, das alles andere in Vergessenheit geraten ließ.

Sie saßen ruhig in ihrem kleinen mit Stroh getarnten Versteck am Hauptteich, die abendliche Betriebsamkeit der Tiere hatte sich gelegt. Davids Stativ stand vor einem der Ausgucklöcher, und über dem Dach ragte Debras Reflektor empor, der mit Tarnfarbe bemalt war und von innen mit einem Griff bedient werden konnte.

Die unbewegliche Wasseroberfläche wurde nur ab und zu von einer der Brassen gestört, die aus dem Wasser herausschnappten. Ein paar Lachtauben neben einer schnatternden Gruppe von gepunkteten Perlhühnern am Ufer tauchten ihre Schnäbel ins Wasser und reckten sie dann empor, um es die Kehle hinunterlaufen zu lassen. Plötzlich faßte David sie am Handgelenk, und Debra erkannte an seinem Griff, daß er etwas Ungewöhnliches gesehen hatte. Sie lehnte sich ganz nahe an ihn, damit sie seine geflüsterten Erklärungen verstehen konnte. Ihre rechte Hand schaltete das Bandgerät ein, während sie mit der linken zum Hebel griff, um die Antenne auszurichten.

Eine Herde der seltenen Nyalaantilopen näherte sich vorsichtig der Tränke. Bis zum allerletzten Augenblick blieben sie in der Deckung des Waldes. Mit aufgerichteten Lauschern und bebenden Nüstern nahmen sie Witterung auf.

Neun zart nußbraungefärbte Kühe mit weißen Streifen folgten vorsichtig den beiden Bullen. Diese waren den weiblichen Tieren so unähnlich, als seien es ganz andere Tiere, ihr Fell war rötlichschwarz und zottig, mit einer struppigen Mähne, die von den Lauschern bis zur Kruppe reichte. Sie trugen ein dickes Korkenziehergehörn mit hellen Spitzen und hatten zwischen den Augen eine auffällige weiße Zeichnung.

Sie gingen nur schrittweise vorwärts und hielten immer wieder inne, um sich forschend umzublicken. Langsam kamen sie an das Ufer.

Sie gingen so nahe am Versteck vorbei, daß David nicht wagte, den Auslöser seiner Kamera zu drücken, aus Furcht, sie durch das Klicken des Verschlusses zu verscheuchen.

Gebannt beobachteten sie, wie die Tiere das Wasser erreichten. Debra strahlte, als die ersten Laute ertönten. Das Tonband lief. Mit einem sanften Schnauben blies der Leitbulle ins Wasser, bevor er anfing, es zu schlürfen.

Erst als alle tranken, stellte David sorgfältig sein Objektiv ein, doch das Klicken des Auslösers schreckte den Bullen auf, der am nächsten stand. Er stieß einen Warnruf aus.

Sofort ergriff die gesamte Herde die Flucht und verschwand zwischen den dunklen Bäumen.

Die Aufregung in Jabulani war fieberhaft. Nyalaantilopen waren nie zuvor in diesem Gebiet gesehen worden, nicht einmal zu Zeiten von Davids Vater, und es wurde alles unternommen, um sie zum Bleiben zu ermuntern. Allen Wildhütern und Dienstleuten wurde der Zugang zu den Teichen untersagt, damit die Gegenwart von Menschen die Herde nicht abschreckte, bevor sie Gelegenheit hatte, sich dort niederzulassen und ihr Revier zu sichern.

Conrad Berg erschien und beobachtete die Herde zusammen mit David und Debra aus ihrem Versteck. Er humpelte noch stark und würde zeitlebens nicht mehr ohne Stock gehen können. Am Abend vor dem Kaminfeuer genoß er Debras Steaks und trank Old Buck.

»Ich glaube nicht, daß sie aus dem Park sind, sonst hätte ich den Bullen wiedererkannt. Sie kommen wahrscheinlich aus einem der angrenzenden Gebiete – im Süden haben Sie doch noch keinen Zaun, oder?«

»Noch nicht.«

»Nun, dann sind sie von dort gekommen – wahrscheinlich haben sie es satt, ständig von Touristen angestarrt zu werden, und finden es hier friedlicher.« Er nahm einen Schluck Gin. »Sie kriegen hier was ganz Schönes zusammen, Davey – in ein paar Jahren wird Ihr Gelände eine richtige Sehenswürdigkeit sein. Haben Sie schon irgendwelche Pläne, das Ganze für Besucher zugänglich zu machen? Fünf-Sterne-Safaris zu günstigen Preisen...«

»Connie, ich bin ein grenzenloser Egoist, das hier teile ich mit niemandem.«

Durch all diese Ereignisse war Debra über den Fehlschlag der amerikanischen Ausgabe von »Ein Platz für uns allein« hinweggekommen. Eines Morgens setzte sie sich an ihren Tisch und nahm die Arbeit an ihrem zweiten Roman wieder auf. An jenem Abend sagte sie zu David:

»Ein Grund, weshalb es mir so schwer fiel, an diesem Buch etwas zu tun, ist, daß ich keinen Namen dafür wußte. Es ist wie bei einem Baby – solange man ihm keinen Namen gibt, existiert es gar nicht.«

»Und jetzt hast du einen Namen dafür?«

»Ja.«

»Wie soll es denn heißen?«

Sie zögerte, als wenn sie sich schämte, darüber zu sprechen. »Ich dachte, ich nenne es – ›Das Helle und das Heilige‹«, sagte sie. Er dachte einen Augenblick darüber nach und wiederholte es leise.

»Wie findest du es?« fragte sie unsicher.

»Es ist wunderbar«, erwiderte er. »Es gefällt mir sehr.«

Nachdem Debra wieder mit ihrem Roman beschäftigt war, schienen ihre Tage zu kurz zu sein für all die Liebe, das Lachen und die Arbeit, die sie erfüllten.

Der Anruf kam, als David und Debra beim Grillen im Vorgarten waren. David rannte zum Haus hinauf, während das Telefon unablässig klingelte.

»Miß Mordechai?« David war leicht verwirrt, der Name kam ihm irgendwie bekannt vor.

»Ich habe ein Gespräch aus New York mit Voranmeldung für Miß Debra Mordechai«, wiederholte die Vermittlung ungeduldig, und endlich hatte David geschaltet.

»Einen Augenblick bitte«, sagte er und rief laut nach Debra. Es war Bobby Dugan, der amerikanische Agent. »Tolles Mädchen«, schrie er über den Draht. »Setzen Sie sich erst mal. Der Pappi hat Neuigkeiten für Sie, die hauen Sie einfach um! ›Cosmopolitan‹ hat vor zwei Wochen den Artikel über Sie gebracht. Sie sind ganz groß herausgekommen, Liebling, ganzseitiges Foto – Sie sehen ja hinreißend aus...«

Debra lachte verlegen und gab David ein Zeichen, mitzuhören. »...das Heft erschien am Samstag, und Montag morgen wurden die Buchläden gestürmt. Sie haben förmlich die Türen eingedrückt. Sie sind hier der Star, Liebling. In fünf Tagen haben wir siebzehntausend Exemplare verkauft, und Sie sind Nummer fünf auf der Bestseller-Liste der ›New York Times‹ – Sie sind ein Hit, ein Phänomen, ein wahnsinniger Verkaufsschlager, Liebling, wir verkaufen im Handumdrehen eine halbe Million von diesem Buch. Alle großen Zeitungen und Zeitschriften schreien nach Besprechungsexemplaren, weil sie die, die wir ihnen vor drei Monaten schickten, inzwischen verloren haben. Doubleday druckt fünfzigtausend nach – ist natürlich viel zu wenig – es müßten hunderttausend sein – nur für den Anfang. Nächste Woche wird es an der Westküste losgehen, und im ganzen Land werden sie das Buch einander aus der Hand reißen...« Er redete immer weiter und war selig, schmiedete Pläne, während Debra nur ungläubig lachte und immer wiederholte: »Das kann doch nicht wahr sein!«

An diesem Abend tranken sie drei Flaschen Veuve Cliquot, und kurz vor Mitternacht wurde Debra von David Morgan schwanger. »Miß Mordechai verbindet eine überragende Ausdrucksfähigkeit und sicheren literarischen Stil mit der Lesbarkeit eines populären Bestsellers«, schrieb die »New York Times«.

»Wer sagt, gute Literatur müsse langweilig sein?« fragte »Time«. »Debra Mordechais Begabung brennt wie eine reine, weiße Flamme.«

»Miß Mordechai packt einen an der Kehle, schleudert einen an die Wand, wirft einen zu Boden und tritt einen in die Eingeweide. Sie läßt einen zitternd und schwach zurück, wie nach einem Zusammenstoß im Auto«, fügte »Free Press« hinzu.

Stolz überreichte David Conrad Berg ein signiertes Exemplar von »Ein Platz für uns allein«. Conrad hatte es schließlich über sich gebracht, das »Mrs. Morgan« fallen zu lassen und Debra mit dem Vornamen anzureden. Aber er war so beeindruckt von dem Buch, daß er sofort einen Rückfall hatte.

»Wie können Sie sich diese Dinge nur ausdenken, Mrs. Morgan?« sagte er ehrfurchtsvoll.

»Debra«, korrigierte ihn Debra.

»Sie denkt sich das nicht aus«, erklärte Jane eifrig. »Es fällt ihr einfach zu – man nennt das Inspiration.«

Bobby Dugan behielt recht – es mußten noch mal fünfzigtausend Exemplare nachgedruckt werden.

Es schien fast, als ob das Schicksal sich der grausamen Schläge schämte, die es David und Debra versetzt hatte, und nun entschlossen war, die beiden mit Glück zu überschütten.

Wenn Debra sich zur Arbeit niedersetzte, kamen die Worte wieder ganz von selbst. Neben ihrem eigenen Buch half sie David bei dem illustrierten Artikel, den er über die Raubvögel des Buschvelds zusammenstellte, begleitete ihn auf seinen täglichen Ausflügen in die verschiedenen Gegenden Jabulanis und plante zusammen mit ihm die Einrichtung des leeren Kinderzimmers, denn ihr Leibesumfang nahm täglich zu.

Conrad Berg besuchte sie eines Tages heimlich, um sich ihrer Unterstützung zu versichern. Er wollte David für den Aufsichtsrat des Nationalpark-Komitees nominieren. Sie sprachen lange und ausführlich darüber. Ein Sitz im Aufsichtsrat war mit hohem Prestige verbunden und blieb für gewöhnlich älteren Männern mit größerem Einfluß vorbehalten. Doch Conrad war überzeugt, daß der Name Morgan zusammen mit Davids Reichtum und der Tatsache, daß er als Besitzer von Jabulani offensichtliches Interesse für den Naturschutz bewies und auch viel Zeit dafür aufbrachte, den Ausschlag geben würde.

»Ja«, entschied Debra. »Auf diese Weise kommt er ein bißchen unter Menschen. Das wird ihm guttun. Hier draußen leben wir ja wie die Einsiedler.«

»Wird er es tun?«

»Keine Sorge«, beruhigte ihn Debra. »Ich bringe ihn schon dazu.«

Debra hatte recht. Nach dem Unbehagen der ersten Sitzungen des Komitees hatten sich seine Mitglieder langsam an das schrecklich entstellte Gesicht gewöhnt und erkannt, daß ein warmherziger, energischer Mensch dahinter steckte. David wurde mit jeder Reise nach Pretoria, wo Sitzungen stattfanden, zuversichtlicher. Debra flog jedesmal mit, und während seiner Sitzungen ging sie mit Jane einkaufen. Sie besorgten Sachen für das Baby und alles mögliche sonst, was es in Nelspruit nicht gab.

Im November fühlte sie sich zu unbehaglich für den langen Flug im Cockpit der Navajo. Überdies nahte die Regenzeit, und die Luft war durch starke Hitze und Sturmwolken voller Turbulenzen. Es würde kein angenehmer Flug werden, und sie steckte gerade mitten in den letzten Kapiteln des neuen Buches.

»Es kann mir hier ja nichts passieren«, beteuerte sie. »Ich habe ein Telefon und außerdem sechs Wildhüter, vier Diener und einen scharfen Hund zu meinem Schutz.«

Fünf Tage lang wehrte sich David dagegen. Erst als er einen Zeitplan ausgearbeitet hatte, war er einverstanden. »Wenn ich hier frühmorgens vor Sonnenaufgang losfliege, kann ich um neun in der Sitzung sein. Gegen drei Uhr sind wir fertig, so daß ich spätestens gegen sechs Uhr dreißig zurück bin«, murmelte er. »Wenn es nicht um die Abstimmung über das Budget ginge, würde ich krankmachen«.

»Es ist wichtig, Liebling, du mußt gehen.«

»Glaubst du wirklich?«

»Ich werde nicht einmal merken, daß du weg bist.«

»Freu dich nicht zu früh«, sagte er grimmig. »Am Ende bleibe ich da, nur um dich zu ärgern.«

Die Gewitterwolken schillerten rot und gelb, als sich Davids Flugzeug in den Himmel hob.

David flog ruhig durch die offenen Luftkorridore, allein und in

Frieden schwebte er in der Begeisterung des Fliegens, die ihn nie verließ. Ab und zu änderte er den Kurs, um den gefährlichen Wolkenbergen auszuweichen, in denen heftige Windstöße die Tragflächen der Maschine abreißen und die Trümmer hoch hinaufwirbeln konnten, in Höhen, wo ein Mensch an Sauerstoffmangel zugrunde gehen mußte.

Er landete auf dem Zentralflughafen, wo ein Wagen auf ihn wartete. Während der Fahrt nach Pretoria blätterte er die Zeitung durch. Als er den Wetterbericht las, überkam ihn ein leichtes Unbehagen. Es wurde darin eine Sturmfront angekündigt, die vom Moçambique-Kanal herüberzog.

Bevor er das Konferenzzimmer betrat, meldete er bei der Sekretärin ein Gespräch nach Jabulani an.

»Zwei Stunden Verzögerung, Mr. Morgan.«

»Okay, sagen Sie mir dann Bescheid.«

Während der Mittagspause fragte er nach:

»Was ist mit meinem Gespräch?«

»Entschuldigen Sie, Mr. Morgan. Ich wollte es Ihnen gerade sagen, die Leitungen sind zusammengebrochen. Im unteren Veld sind schwere Wolkenbrüche.«

Sein Unbehagen verwandelte sich in leichte Unruhe.

»Können Sie mich bitte mit dem Wetteramt verbinden?«

Das Wetter war überall gleich. Von Barberton bis Mpunda Milia, von Lourenço Marques bis Machadodorp regnete es unablässig. Die Wolkendecke war zwanzigtausend Fuß (6500 Meter) dick und hing bis zum Boden. Die Navajo hatte kein Sauerstoffgerät und keine elektronische Navigationsausrüstung.

»Wie lange wird's dauern?« fragte David den Beamten des Wetterdienstes. »Wann klart es auf?«

»Schwer zu sagen, Sir. In zwei oder drei Tagen.«

»Verdammt noch mal!« sagte David zornig und ging zur Kantine im Erdgeschoß des Regierungsgebäudes hinunter. Conrad Berg saß mit zwei anderen Komiteemitgliedern an einem Ecktisch. Als er David sah, sprang er auf und eilte ihm schwerfällig humpelnd entgegen.

»David«, er ergriff seinen Arm, und sein rundes rotes Gesicht war todernst. »Es ist etwas passiert – Johan Akkers ist letzte Nacht ausgebrochen. Er hat den Wärter getötet und konnte entwischen. Er läuft seit siebzehn Stunden frei herum.«

David starrte ihn an, er war sprachlos vor Schreck.

»Ist Debra allein?«

David nickte, die Augen in seinem starren Gesicht waren dunkel vor Angst.

»Sie fliegen am besten sofort hin.«

»Das Wetter – alle Maschinen haben Startverbot.«

»Nehmen Sie meinen Wagen!« drängte Conrad.

»Das geht nicht schnell genug.«

»Wollen Sie, daß ich mitkomme?«

»Nein«, erwiderte David. »Wenn Sie heute nachmittag nicht da sind, werden die Mittel für die neue Umzäumung nicht bewilligt. Ich gehe alleine.«

D ebra arbeitete an ihrem Schreibtisch, als sie den Wind aufkommen hörte. Sie schaltete das Tonbandgerät ab und trat, dicht gefolgt von Zulu, auf die Veranda.

Sie stand da und war nicht sicher, was die Laute, die sie hörte, bedeuteten.

Es war ein fernes Rauschen und Stöhnen, wie von Wellen auf einem steinigen Strand.

Der Hund drängte sich an ihre Beine, und sie hockte sich neben ihn und legte den Arm um seinen Hals. Sie horchte hinaus in den aufziehenden Sturm, dessen Stärke rasch zunahm und der an den Marulabäumen zerrte, daß sie ächzten.

Zulu winselte, und sie zog ihn näher an sich heran.

»Ist schon gut. Ruhig, ruhig«, flüsterte sie.

Das Fliegenfenster flog krachend zu, die ungesicherten Fenster und Türen schlugen im Wind.

Debra sprang auf und lief in ihr Arbeitszimmer. Das Fenster schwang hin und her, Staub wirbelte durchs Zimmer. Sie drückte es mit der Schulter zu und verriegelte es. Dann rannte sie los, um die anderen Fenster zu schließen, und stieß dabei mit einem der Hausdiener zusammen.

Gemeinsam machten sie alle Fenster und Türen dicht.

»Madam, der Regen kommt jetzt. Sehr viel Regen.«

»Geht jetzt nach Hause«, befahl Debra.

»Das Essen, Madam?«

»Das mache ich schon«, sagte sie, und dankbar eilten sie davon. Der Wind zerrte an ihren Kleidern.

Nach einer Viertelstunde hörte der Wind ebenso plötzlich wieder auf, wie er gekommen war. Sie lauschte, wie er heulend und tosend über die Hügel bei den Teichen davonzog.

In der gespannten Stille, die folgte, schien die ganze Natur auf den Ausbruch der Elemente zu warten. Die Temperatur fiel plötzlich ab, als ob die Tür eines riesigen Kühlschrankes geöffnet worden sei. Debra verschränkte die Arme und fröstelte. Sie konnte die dichten dunklen Wolkenbänke, die über Jabulani hinwegzogen, nicht sehen, aber sie spürte, daß Gefahr in der Luft lag.

Der erste Blitz schlug krachend ein und schien die Luft ringsum zu versengen. Debra schrie laut auf vor Schreck. Der Donner brüllte, als ob er Himmel und Erde erschüttern wollte.

Debra wandte sich um und tastete sich ins Haus zurück, wo sie sich in ihrem Zimmer einschloß. Aber auch durch die Wände nahm sie die rasende Wut des Regens wahr, der nun einsetzte. Es trommelte und rauschte ohrenbetäubend, hämmerte gegen die Fensterklappen und überflutete die Veranda.

Aber es waren die Blitze und der Donner, die an Debras Nerven zerrten. Jeder Donnerschlag ließ sie vor Angst zusammenzucken, als ob er direkt gegen sie gerichtet sei.

Sie verkroch sich im Bett und umklammerte trostsuchend den weichen, warmen Körper des Hundes. Hätte sie nur die Diener nicht weggeschickt.

Schließlich konnte sie es nicht länger aushalten und ging ins Wohnzimmer. In ihrer Verzweiflung hätte sie sich fast in ihrem eigenen Hause verlaufen, aber schließlich fand sie das Telefon und nahm den Hörer ab.

Die Leitung war tot. Sie gab keinen Ton von sich, aber dennoch drehte Debra wie wahnsinnig die Kurbel und rief verzweifelt in die Sprechmuschel, bis sie es schließlich aufgab und den Hörer an der Schnur baumeln ließ. Schluchzend taumelte sie in ihr Arbeitszimmer zurück, ließ sich auf das Sofa fallen und hielt sich mit beiden Händen die Ohren zu.

»Aufhören«, schrie sie. »Aufhören! Lieber Gott, laß es doch aufhören!«

Bis Witbank war die neue Autobahn breit und glatt, mit sechs Fahrstreifen. David lenkte den gemieteten Pontiac auf die Überholspur und fuhr mit voll durchgetretenem Gaspedal. Der Wagen machte hundertdreißig Meilen in der Stunde und lag gut auf der Straße, so daß David kaum zu steuern brauchte. Er rief sich Johan Akkers Gesicht in Erinnerung, wie er auf der Anklagebank saß und mit haßerfüllten Blicken zu ihnen hinüberstarrte. Die tiefliegenden, schmutzigfarbenen Augen funkelten, und der Mund bewegte sich, als ob er ausspucken wollte. Als die Bewacher ihn die Treppen zu den Gefängniszellen hinunterführten, hatte er sich losgerissen und geschrien:

»Ich kriege dich noch, du Narbenfratze. Und wenn ich neunundzwanzig Jahre warten muß – du entkommst mir nicht!« Dann brachten sie ihn fort.

Hinter Witbank wurde die Straße schmaler. Der starke Verkehr und die gefährlichen Kurven zwangen David, sich auf die Straße zu konzentrieren, und lenkten ihn von seiner furchtbaren Angst ab.

Er nahm die Abzweigung bei Lydenburg. Der Verkehr ließ nach. David konnte wieder voll Gas geben und die hohe Straßenböschung entlangjagen. Dann kam plötzlich eine Kurve, und danach ging es in das flache Veld hinunter.

Als er aus dem Erasmustunnel herauskam, schlug ihm der Regen entgegen wie ein undurchdringlicher Vorhang, der die Luft erfüllte und gegen die Karosserie des Pontiac schlug. Das Wasser flutete über die Straße, so daß David Mühe hatte, ihre Begrenzung zu erkennen. Die Scheibenwischer mühten sich vergeblich auf der Windschutzscheibe ab.

David schaltete die Scheinwerfer ein und fuhr so schnell wie irgend möglich. Er beugte sich in seinem Sitz vor, um besser durch den undurchdringlichen, blaugrauen Regen zu spähen.

Unter den niedrigen schwarzen Regenwolken brach die Dunkelheit früh herein. Der Widerschein seiner Scheinwerfer auf der nassen Straße blendete ihn, die dicken Tropfen schienen so groß wie Hagelkörner zu sein. Als er die Kurven nach Bandolier Hill hinunterfuhr, mußte er sein Tempo erheblich verringern.

In der Dunkelheit hätte er fast die Abzweigung verfehlt, er setzte wieder zurück und bog auf die unbefestigte Landstraße ein.

Sie war aufgeweicht und glitschig. Er mußte noch langsamer fahren. Einmal kam er vom Weg ab und landete mit der Breitseite im Straßengraben. Erst nachdem er Steine unter die Räder gelegt hatte und den Motor hochjagte, schaffte er es, den Wagen aus dem Graben zu bringen, er konnte weiterfahren.

Als er die Brücke erreichte, hatte er sechs Stunden am Steuer gesessen. Es war inzwischen kurz nach acht Uhr. Oben auf der Brücke hörte der Regen schlagartig auf. Die Sterne schimmerten verschwommen durch die Wolken, die sich langsam im Kreise bewegten, als drehten sie sich um die Achse eines riesigen Rades.

Davids Scheinwerfer drangen durch die Dunkelheit über die tosenden, braunen Fluten hinweg zum hundert Meter entfernten Ufer. Die Brücke stand etwa fünf Meter unter Wasser. In der braunen, quirlenden Strömung glitten entwurzelte Bäume flußabwärts. Es war unvorstellbar, daß dieser reißende Strom das sandige Flußbett war, in dem Conrad von Johan Akkers mit seinem grünen Ford überfahren worden war.

David stieg aus und ging bis zum Rand des Wassers. Langsam kam es bis zu seinen Füßen. Es stieg also immer noch.

Er blickte zu den Wolken hinauf und hatte den Eindruck, daß die Atempause des Unwetters nicht mehr lange anhalten würde. Entschlossen eilte er zum Pontiac zurück. Er fuhr den Wagen zu einer Stelle, die den Straßengraben überragte, so daß das Licht der Scheinwerfer direkt auf das andere Flußufer gerichtet war. Dann zog er sich bis auf Hemd und Unterhose aus, band sich einen Gürtel um die Hüfte und machte seine Schuhe daran fest.

Barfuß lief er zum Uferrand und tastete sich langsam zum Wasser hinunter. Die Böschung fiel steil ab, und nach ein paar Schritten war er bis zu den Knien im Wasser. Die Strömung war so heftig, daß sie ihn fast umriß. Er versuchte, das Gleichgewicht zu halten, indem er sich gegen die Strömung stemmte. Dann wartete er, bis er einen Baumstamm mit hoch in die Luft ragenden Wurzeln sah. Er drehte sich fortwährend in der Strömung und mußte ganz nahe an ihm vorbeikommen.

David paßte den richtigen Augenblick ab, dann stürzte er sich in das schlammige Wasser. Mit einem halben Dutzend Schwimmzügen hatte er den Baumstamm erreicht und eine der Wurzeln erfaßt. Schon war das Licht seiner Scheinwerfer weit hinter ihm. Der Baum rollte über und hüpfte, tauchte ihn unter und brachte ihn hustend und nach Luft ringend wieder nach oben.

Plötzlich erhielt er einen heftigen Schlag. Er spürte, wie sein Hemd riß und die Haut zerschrammt wurde. Dann war er wieder unter Wasser und klammerte sich verzweifelt an, während er herumgewirbelt wurde. Um ihn war schwarze Nacht, erfüllt vom Rauschen des tosenden Wassers. Er wurde hin und her gestoßen, Steine und Treibholz schürften ihm die Haut ab.

Auf einmal ging es nicht mehr weiter. Der Baum war offenbar gegen ein Hindernis gestoßen und drehte sich in der Strömung auf der Stelle. Davids Augen waren von dem schmutzigen Wasser so verschmiert, daß er nichts mehr sah. Er wußte, daß seine Kräfte bald erschöpft waren. Seine Bewegungen wurden langsamer, er konnte kaum mehr denken.

Er ließ die Baumwurzel los und stieß sich mit letzter Kraft seitlich zur Strömung ab.

Seine ausgestreckte Hand bekam die herabhängenden Zweige eines Dornbusches am Ufer zu fassen. Die Dornen drangen tief in die Handfläche. Er schrie laut vor Schmerz – aber er ließ nicht los.

Langsam kroch er aus dem Wasser und hustend und spuckend das Ufer hinauf. Oben fiel er mit dem Gesicht in den Schlamm und erbrach das geschluckte Wasser.

Erschöpft lag er da und wartete darauf, daß das Würgen nachließ und er wieder freier atmen konnte. Seine Schuhe waren von der Strömung weggerissen worden. Mühsam raffte er sich auf. Während er durch die Dunkelheit stolperte, zog er sich mit den Zähnen die Dornen aus der Hand. Über ihm waren noch immer ein paar Sterne zu sehen, und in ihrem schwachen Lichtschein fand er die Straße. Dann begann er zu laufen. Um ihn herrschte Stille, die nur durch das Fallen der Tropfen von den Bäumen und manchmal durch das weit entfernte Grollen des Donners unterbrochen wurde.

Zwei Meilen vom Haus entfernt entdeckte David dunkle Umrisse neben der Straße. Erst als er sich bis auf ein paar Schritte genähert hatte, erkannte er, daß es ein Auto war. Es war offensichtlich dort stehengelassen worden, nachdem es in einem der tiefen Löcher, die der Regen ausgewaschen hatte, steckengeblieben war.

Die Wagentüren waren unverschlossen. David schaltete Innenbeleuchtung und Standlicht an. Auf dem Sitz war ein dunkler Fleck von getrocknetem Blut, und hinten lag ein Kleiderbündel. David entfaltete es rasch und erkannte das grobe Drillichzeug der Gefängniskleidung. Einen Augenblick starrte er verständnislos darauf. Dann traf ihn die Erkenntnis wie ein Blitzschlag.

Der Wagen war gestohlen, das Blut stammte vermutlich von dem ermordeten Besitzer.

Jetzt gab es keinen Zweifel mehr, daß Johan Akkers in Jabulani war und daß er mit dem Auto bis zu dieser Stelle gefahren war, bevor die Brücke unpassierbar wurde, also bereits vor etwa drei bis vier Stunden.

David warf das Kleiderbündel in den Wagen zurück und rannte los.

Johan Akkers war mit dem Wagen über die Brücke gefahren, als die steigenden Fluten das Geländer zu umspülen begannen und der Regen in grauen, undurchsichtigen Schleiern herabströmte.

Das Schlammwasser drückte gegen den Wagen, drang unter

den Türen ins Innere und setzte den Boden unter Wasser, so daß Akkers' Füße naß wurden. Aber er erreichte das andere Ufer und fuhr mit aufheulendem Motor das Ufer hinauf. Die Reifen drehten in dem weichen Morast durch, und der Wagen schleuderte hin und her. Je näher er an Jabulani herankam, desto rücksichtsloser behandelte er den Wagen.

Schon vor seiner Verurteilung war Akkers ein krankhaft veranlagter, schwermütiger und jähzorniger Mann gewesen. Er fühlte sich von seinen Mitmenschen verachtet und hatte sich eine Welt defensiver Gewalttätigkeiten geschaffen, die aber die äußersten Grenzen der Vernunft noch gewahrt hatte.

Die ersten Jahre der Zwangsarbeit hatten diese Grenze gesprengt. Er hatte die Rache zum einzigen Inhalt seiner Existenz gemacht. Er plante einen Ausbruch aus dem Gefängnis, der ihm drei Tage Freiheit geben würde – was danach kam, war ihm gleichgültig. Drei Tage genügten ihm.

Er hatte sich eine Kieferentzündung beigebracht, indem er eine Nadel in sein Zahnfleisch bohrte, die mit seinen Exkrementen verunreinigt war. Er wurde entsprechend in die Zahnklinik eingeliefert. Den Wärter hatte er schnell erledigt, und der Zahnarzt half mehr oder weniger freiwillig, als er das Skalpell an der Kehle spürte.

Nachdem sie das Gefängnis verlassen hatten, gab Akkers dem Skalpell einen heftigen Ruck und war einigermaßen erstaunt über die Menge Blut, die aus einer menschlichen Kehle fließen konnte. Er ließ den Zahnarzt über seinem Lenkrad zusammengesackt auf einem verlassenen Grundstück zurück und stellte sich mit dem weißen Arztkittel über seiner Gefängniskluft an eine Verkehrsampel.

Das blanke neue Auto hielt bei Rotlicht an. Akkers öffnete die Tür zum Beifahrersitz und schlüpfte hinein.

Der Mann war kleiner als Akkers, etwas rundlich und gut gekleidet. Sein Gesicht war glatt und blaß und die Hände auf dem Steuer weich, klein und unbehaart. Ängstlich folgte er der Aufforderung, weiterzufahren.

Als Akkers den schlaffen weißen Körper in das hohe, dichte

Gras neben einem unbefahrenen Seitenweg rollte, war er nur noch mit Unterwäsche bekleidet. Vierzig Minuten bevor die ersten Straßensperren errichtet wurden, verließ Akkers das Stadtgebiet.

Er fuhr auf Nebenstraßen und bewegte sich so allmählich in Richtung Osten. Die Entzündung an seinem Kiefer schmerzte unerträglich, trotz der Antibiotika, die ihm der Zahnarzt injiziert hatte. Seine verkrüppelte Hand lag schlaff und gefühllos auf der Gangschaltung, denn die zerschnittenen Nerven und Sehnen waren niemals wieder zusammengewachsen. Mit Hilfe der Radiodurchsagen schlüpfte er umsichtig durch das Netz, das für ihn ausgelegt war. Dann war er endlich in Jabulani.

Mit siebzig fuhr er in ein Schlammloch, und der Wagen rutschte mit dem Heck so tief in den Morast, daß die Karosserie auf dem Boden aufsetzte und steckenblieb. Er stieg aus und eilte mit großen Schritten durch den Regen weiter. Einmal kicherte er und schnalzte mit der Zunge, aber dann war er wieder still.

Es wurde schon dunkel, als er auf dem Kopje hinter dem Wohnhaus von Jabulani anlangte. Zwei Stunden lag er auf der Lauer und spähte durch den Regen.

Als die Dämmerung hereinbrach und er kein Licht sehen konnte, wurde er unruhig.

Er verließ die Anhöhe und ging vorsichtig den Hügel hinunter. Er machte einen Bogen um die Behausungen der Dienerschaft und gelangte im Schutz der Bäume bis zum Landestreifen.

Leise schlich er zur Außenwand des Flugzeugschuppens und tastete sich im Dunkeln zur Tür.

Zitternd vor Aufregung streckte er die Arme aus, um das Flugzeug zu finden – aber er stieß ins Leere. Als ihm klar wurde, daß die Maschine weg war, stöhnte er laut vor unerträglicher Wut und Enttäuschung.

Es war alles vergeblich. Sein ganzes verzweifeltes Bemühen, die sorgfältige Planung waren umsonst.

Brüllend wie ein Tier schmetterte er die Faust seiner gesunden Hand gegen die Wand und genoß den Schmerz. Sein fiebriger Körper schüttelte sich vor Haß und Zorn, während er erstickte, unmenschliche Laute ausstieß.

Plötzlich hörte der Regen auf. Das heftige Trommeln auf das Wellblechdach des Schuppens endete so abrupt, daß Akkers aufschreckte. Er ging zum Tor und sah hinaus. Die Sterne über ihm schimmerten schwach, nur das Gurgeln des abfließenden Wassers und das Tropfen der Bäume waren zu hören. Plötzlich drang ein Lichtschein vom Haus herüber, und er konnte die weißen Mauern hinter den Stämmen erkennen.

Es war also doch jemand da. Er würde irgend etwas finden, woran er seine fürchterliche Wut auslassen konnte. Er würde die Möbel zertrümmern – und wenn er das Strohdach von innen anzündete, würde es sogar bei diesem Wetter lichterloh brennen. Vorsichtig schlich er durch die dunklen, triefenden Bäume zum Haus.

Sie lauschte aufmerksam, aber außer dem sanften Gluckern des Wassers in den Regenrinnen und dem fernen Grollen des Donners hörte sie nichts. Sie erinnerte sich ihrer Angst und schämte sich dafür.

Sie fröstelte und stand vom Sofa auf. Mit den Zehen angelte sie nach den leichten, flachen Schuhen auf den Fliesen und schlüpfte hinein.

Sie ging ins Ankleidezimmer, um sich einen Pullover zu holen. Danach wollte sie sich eine Tasse Suppe heiß machen.

Der Hund schlug an. Er war im Vordergarten. David hatte ihm eine Klappe in die Verandatür einbauen lassen, durch die er jederzeit hinausschlüpfen konnte. Der Hund hatte verschiedene Arten zu bellen, von denen jede eine andere Bedeutung hatte. Debra verstand sie alle. Dieses Mal war es ein Bellen, das höchste Gefahr ankündigte. Es endete in einem langgezogenen Knurren. Debra trat auf die Veranda hinaus. Ihre leichten Schuhe waren sofort durchnäßt. Sie hörte, wie Zulu im Vordergarten etwas verfolgte. Dann klang es wie ein Balgen – wie wenn er mit jemandem kämpfte. Still und unsicher stand sie da; sie wußte nur, daß sie dem Hund nicht helfen konnte. Während sie unschlüssig verharrte, hörte sie ganz deutlich einen heftigen Schlag, das Brechen von Knochen und den dumpfen Fall eines Körpers. Zulus Knurren hörte abrupt auf. Tiefe Stille umschloß sie. Aber nein – sie hörte etwas – ein schweres, keuchendes Atmen. Debra wich an die Mauer der Veranda zurück und wartete lauschend.

Sie hörte Schritte, die durch den Garten auf die Haustür zukamen. Das Wasser gluckste bei jedem Tritt. Sie wollte den Eindringling anrufen, aber ihre Stimme gehorchte nicht. Sie wollte wegrennen, aber ihre Beine waren wie gelähmt, während das Geräusch der Schritte die Vordertreppe heraufstieg. Eine Hand strich über das Drahtgitter, fand den Griff und rüttelte vorsichtig daran.

Endlich fand Debra ihre Stimme wieder. »Wer ist da?« rief sie mit hoher, schreckerfüllter Stimme in das nächtliche Schweigen.

Sofort verstummten die leisen Geräusche. Der Eindringling hielt den Atem an. Sie konnte sich vorstellen, wie er auf der obersten Stufe stand und durch den Maschendraht auf die dunkle Veranda spähte, um sie in der Finsternis zu erkennen. Erleichtert fiel ihr ein, daß sie eine dunkle Bluse und eine schwarze Hose anhatte.

Ohne sich zu rühren, lauschte sie. Ein leichter Wind streifte durch die Baumwipfel, so daß die Tropfen von den Blättern herabprasselten. In der Nähe des Staudammes schrie eine Eule. Der Donner grollte hinter den Hügeln, und ein Ziegenmelker kreischte gellend aus den Weihnachtssternbüschen.

Die Stille vor dem Haus dauerte lange, doch Debra wußte, daß sie es nicht mehr lange aushalten würde. Sie merkte, wie ihre Lippen zu zittern anfingen. Die Kälte, die Angst und das Gewicht des Kindes drückten auf ihre Blase, und sie wollte fortlaufen.

Plötzlich wurde die Stille unterbrochen. In der Dunkelheit kicherte jemand. Es war erschreckend nahe und hörte sich an wie das Gelächter eines Wahnsinnigen. Der Schreck preßte ihr das Herz zusammen. Ihre Beine wurden schwach und begannen zu zittern; der Druck auf die Blase war unerträglich – sie erkannte das kranke, irrsinnige Lachen wieder.

Eine Hand rüttelte am Türgriff. Dann warf sich eine Schulter krachend in den schmalen Rahmen. Es war eine leichte Fliegentür – sie würde einem kräftigen Druck nicht lange widerstehen. Debra fing an zu schreien. Der Klang ihrer eigenen Stimme brachte sie wieder zu sich. Sie konnte endlich ihre Beine wieder bewegen, und ihr Gehirn arbeitete fieberhaft.

Blitzschnell drehte sie sich um und rannte in ihr Arbeitszimmer, warf die Tür hinter sich zu und schloß ab.

Angstvoll hockte sie neben der Tür. Ihr war klar, daß Akkers, sobald er in das Haus eingedrungen war, nur die Beleuchtung anzumachen brauchte. Im Licht würde sie Akkers gnadenlos ausgeliefert sein. Ihr einziger Schutz war die Dunkelheit, denn in ihr fühlte sie sich sicher und dem Gegner gegenüber im Vorteil. Sie hörte den Ziegenmelker und die Eule rufen. Es mußte also schon Nacht sein, und die Regenwolken bedeckten wahrscheinlich immer noch den Himmel. Sie mußte aus dem Haus hinauskommen und versuchen, die Häuschen der Bediensteten zu erreichen.

Sie tastete sich zur Rückseite des Hauses. Unterwegs dachte sie an eine Waffe. Pistolen und Gewehr waren im Stahlschrank von Davids Arbeitszimmer eingeschlossen – den Schlüssel hatte er bei sich. Sie kam zur Küche, wo ihr schwerer Blindenstock an seinem Platz stand. Erleichtert packte sie ihn und öffnete vorsichtig die Hintertür.

In diesem Augenblick hörte sie, wie die verriegelte Haustür nachgab und Akkers mit schweren Schritten ins Wohnzimmer wankte. Leise schloß sie die Tür hinter sich und ging über den Hof. Sie bemühte sich, nicht zu laufen, denn sie mußte ihre Schritte zählen. Sie durfte den Weg nicht verlieren. Sie mußte den Fußpfad finden, der um Kopje herum zu den Bedienstetenwohnungen führte.

Ihre erste Wegmarkierung war das Tor im Zaun, der das Haus umgab. Noch bevor sie es erreicht hatte, hörte sie den Stromgenerator im Elektrizitätshäuschen anspringen. Akkers hatte also einen Lichtschalter gefunden.

Sie war etwas vom Weg abgekommen und lief dem Stacheldraht zu. Wie wild tastete sie sich an ihm entlang, um das Tor zu finden. Über sich hörte sie das Summen und Knacken in den Leuchtröhren entlang dem Zaun, die den Garten in helles Licht tauchten.

Akkers mußte den Schalter neben der Küchentür entdeckt haben, denn Debra hatte das Gefühl, mitten im hellen Licht der Bogenlampen zu stehen. Sie hörte, wie er hinter ihr herrief, und wußte, daß er sie gesehen hatte. In diesem Augenblick fand sie das Tor, riß es auf und begann zu laufen.

Sie mußte aus dem Licht der Bogenlampen in die Dunkelheit gelangen. Licht war eine tödliche Gefahr, Dunkelheit ihre einzige Rettung.

Der Weg gabelte sich. Links ging es zu den Teichen, rechts zu den Häusern. Sie nahm den rechten Weg und lief weiter. Sie hörte die Küchentür zuschlagen. Er war hinter ihr her.

Sie zählte während des Laufens. Fünfhundert Schritte waren es bis zum Stein an der linken Seite, dann kam die nächste Weggabelung. Sie stolperte über den Stein, stürzte und schürfte sich über dem Schienbein die Haut auf.

Auf den Knien tastete sie nach dem Stock, der ihr aus der Hand gefallen war. Aber sie konnte keine kostbare Zeit mit Suchen vergeuden und hastete ohne den Stock weiter.

Nach fünfzig Schritten bemerkte sie, daß sie die falsche Abzweigung benommen hatte. Dieser Weg führte zum Pumpenhaus – und sie kannte ihn kaum, weil er nicht zu ihren regelmäßigen Spaziergängen gehörte.

Sie verfehlte eine Wegbiegung und geriet auf gepflügten Ackerboden. Sie stolperte weiter, bis eine Ranke sich um ihre Knöchel schlang und sie wieder zu Fall brachte.

Sie hatte völlig die Orientierung verloren, wußte aber, daß sie nicht mehr im Bereich der leuchtenden Bogenlampen war. Mit etwas Glück würde die vollständige Dunkelheit sie schützen, aber ihr Herz pochte wie rasend, und ihr war übel vor Angst.

Verzweifelt bemühte sie sich, ihren schluchzenden Atem zu beherrschen und zu horchen.

Da hörte sie stampfende Schritte näher kommen, die selbst auf dem regenweichen Boden deutlich zu hören waren. Er schien direkt auf sie zuzugehen, und sie preßte sich flach an die nasse Erde, drückte ihren Kopf in die Arme, um ihr Gesicht zu verbergen und das Geräusch ihres Atems zu dämpfen.

Im allerletzten Augenblick stapften seine Schritte an ihr vorbei und gingen weiter. Ihr wurde ganz flau vor Erleichterung; aber plötzlich verharrten die Schritte. Er war so nahe, daß sie sein heftiges Atmen hörte.

Horchend blieb er stehen. Endlose Minuten vergingen. Debra

kam es wie eine Ewigkeit vor – bis schließlich seine Stimme die gespannte Stille unterbrach.

»Ach, da sind Sie«, kicherte er, »da sind Sie. Ich kann Sie sehen.«

Vor Schreck setzte ihr Herz fast aus. Er war näher, als sie geglaubt hatte. Fast wäre sie aufgesprungen und weitergelaufen – aber ein tiefer Instinkt hielt sie zurück

»Ich kann Sie sehen in Ihrem Versteck«, wiederholte er und wieherte vor Lachen. »Ich habe ein großes Messer bei mir, ich halte Sie fest und schneide...«

Zitternd und bebend lag sie im Gras und hörte die grausigen Obszönitäten, die er von sich gab. Doch plötzlich wurde ihr klar, daß er sie nicht sehen konnte. Die dunkle Nacht und das hohe Gras verbargen sie, und er versuchte lediglich, sie einzuschüchtern, damit sie versuchte wegzulaufen, um sich auf diese Weise zu verraten. Sie nahm ihre ganze Kraft zusammen, um sich nicht zu rühren.

Akkers' Drohungen und sein sadistisches Geschwätz endeten schließlich. Mit der ausdauernden Geduld des Jägers horchte er. Wieder vergingen lange Minuten.

Der Schmerz in ihrer Blase peinigte sie wie ein rotglühendes Eisen. Irgend etwas Ekelhaftes krabbelte aus dem nassen Gras über ihren Arm. Sie hätte laut weinen mögen vor Angst und Erschöpfung.

Das Insekt kroch über ihren Nacken, und sie wußte, daß es nur noch eine Sache von Sekunden war, ehe ihre Nerven reißen würden.

Plötzlich redete Akkers wieder. »Nun gut«, sagte er. »Ich werde eine Taschenlampe holen. Da sehen wir ja, wie weit Sie kommen. Den alten Akkers können Sie nicht bescheißen. Der hat schon mehr Tricks vergessen, als Sie je kennen werden.«

Er ging geräuschvoll davon. Sie wollte das Insekt von ihrer Wange streifen und aufstehen, aber wieder warnte sie ein Instinkt. Sie wartete fünf Minuten, dann zehn. Das Tier krabbelte in ihr Haar.

Da hörte sie die Stimme wieder, ganz nahe bei ihr in der Dunkelheit. »Okay, du schlaues Biest. Wir kriegen dich schon«, und sie hörte ihn weggehen.

Sie streifte das Tier aus ihrem Haar und schüttelte sich vor Ekel. Dann stand sie auf und ging leise in den Wald. Mit steifen, kalten Fingern löste sie die Schnallen ihrer Hose und hockte sich nieder, um sich von dem brennenden Schmerz in ihrem Unterleib zu befreien.

Als sie aufstand, fühlte sie, wie sich das Kind in ihrem Leib bewegte. Dieses Gefühl weckte alle ihre mütterlichen Instinkte. Sie mußte einen sicheren Platz für ihr Kind finden, und sie dachte an das Versteck am Teich.

Doch wie sollte sie dahin kommen? Sie hatte sich völlig verlaufen. Dann erinnerte sie sich daran, was David ihr über den Wind gesagt hatte, über den Regenwind, der aus dem Westen kam und sich nun zu einer leichten Brise abgeschwächt hatte. Sie wartete, bis ihr der nächste Windhauch die Richtung angab, dann ging sie mit ausgestreckten Händen, um nicht gegen einen Baum zu laufen, durch den Wald. Sobald sie den Teich erreicht hatte, konnte sie am Ufer entlang gehen und das Versteck ohne Schwierigkeiten finden.

Wirbelstürme im Zentrum eines Tiefdruckgebiets drehen sich um ihre eigene Achse, wenden sich und wechseln ständig ihre Richtung. Debra merkte nichts davon. Sie folgte gewissenhaft und begann, in weitem, ziellosen Kreis durch den Wald zu laufen.

Akkers wütete durch das hellerleuchtete Wohnhaus von Jabulani, riß Schubladen auf und trat die verschlossenen Schranktüren ein.

Er entdeckte den Stahlschrank in Davids Büro und durchwühlte die Schreibtischfächer nach Schlüsseln. Er kicherte und fluchte abwechselnd vor Enttäuschung, als er keine fand.

In einem Bord auf der anderen Seite des Raumes entdeckte er eine Taschenlampe neben einem Dutzend Schachteln mit Gewehrpatronen. Begierig griff er nach der Lampe und schaltete sie ein. Er lutschte an seinem Gebiß und grunzte zufrieden.

Noch einmal rannte er in die Küche, wählte ein langes Tranchiermesser aus dem Besteckkasten und eilte dann über den Hof zum Tor hinaus.

Im Schein der Taschenlampe waren Debras Fußspuren deutlich im weichen Erdboden zu erkennen. Er folgte ihnen bis zu dem Punkt, wo sie vom Wege abgekommen war, und fand die Stelle, wo sie gelegen hatte.

»Schlaues Biest«, grunzte er wieder und folgte ihren Spuren durch den Wald. Sie hatte eine leichte Fährte hinterlassen, indem sie einen Pfad durch das regennasse Gras getreten und die Wassertropfen von den Halmen gestreift hatte.

Alle paar Minuten blieb er stehen und leuchtete die Bäume über sich ab. Das Jagdfieber hatte ihn gepackt, und daß die Beute schwer zu erwischen war, machte die Sache nur erregender.

Er ging vorsichtig weiter und folgte den ziellosen Fußabdrükken, die sich in weiten Kreisen drehten.

Wieder blieb er stehen und schwenkte die Lampe über die regennassen Grasspitzen, als er am äußersten Rand des Lichtscheins einen hellen Fleck wahrnahm, der sich bewegte.

Er richtete den Lichtstrahl direkt auf die Stelle und sah das bleiche, erschöpfte Gesicht der Frau, die sich langsam und zögernd vorwärtsbewegte. Sie schritt dahin wie eine Schlafwandlerin, mit ausgestreckten Armen und schleifenden, unsicheren Schritten.

Sie kam direkt auf ihn zu, ohne das Licht zu ahnen, das ihr blendend ins Gesicht schien. Einmal hielt sie inne, um ihren gewölbten Leib schützend zu umfassen, und er hörte, wie sie schluchzte vor Erschöpfung und Furcht.

Ihre Hosenbeine waren vom Regen völlig durchnäßt, und die dünnen Schuhe lösten sich auf. Als sie näher wankte, sah er, daß ihre Arme und Lippen blau waren und daß sie vor Kälte zitterte.

Akkers blieb stehen und ließ sie auf sich zukommen, wie ein Huhn, das magisch angezogen wird vom aufgerichteten Haupt einer Kobra. Ihr dunkles, langes Haar hing in feuchten Strähnen herunter. Die Tropfen von den Bäumen hatten ihre dünne Bluse durchweicht.

Er zögerte die Vollstreckung seiner Rache hinaus — um seine

wilde Erregung länger auszukosten. Langsam kam sie näher. Als sie nur noch fünf Schritte von ihm entfernt war, richtete er den vollen Strahl der Lampe auf ihr Gesicht und kicherte.

Sie schrie auf, ihr Gesicht verzerrte sich in panischer Angst. Dann warf sie sich blitzschnell herum und rannte davon. Zwanzig Schritte – und dann prallte sie mit voller Wucht gegen den Stamm eines Marulabaumes. Sie stürzte auf ihre Knie und hielt laut schluchzend ihre zerschundene Wange. Dann raffte sie sich wieder auf und neigte den Kopf, um das nächste Geräusch zu hören.

Schweigend umkreiste er sie, kam näher und kicherte direkt neben ihr.

Entsetzt schrie sie wieder auf und rannte vor Furcht wie von Sinnen, bis sie in ein Ameisenbärenloch trat und plump zu Boden stürzte, wo sie weinend liegenblieb. Akkers ging gemächlich und wortlos hinter ihr her. Zum erstenmal seit Jahren hatte er wieder eine Freude. Er wollte mit ihr spielen, wie die Katze mit der Maus. Er beugte sich über sie und flüsterte ihr ein obszönes Wort ins Ohr. Sofort arbeitete sie sich wieder hoch und rannte weiter – kopflos und blind zwischen den Bäumen hindurch. Er folgte ihr, und in seinem kranken Hirn wurde sie zum Symbol der vielen tausend Tiere, die er gejagt und getötet hatte.

David rannte barfuß auf der morastigen Straße. Er lief, ohne seine zerschrammte und zerschundene Haut zu spüren und ohne auf das Hämmern seines Herzens und den schwerer gehenden Atem zu achten.

An der Abzweigung zum Wohnhaus blieb er plötzlich stehen. Schwer atmend starrte er auf die Bogenlampen, die Haus und Garten in gespenstisches Licht tauchten. Es gab keinen sinnvollen Grund, warum Debra Licht eingeschaltet haben sollte, und David fühlte sich erneut alarmiert. Er hastete das letzte Stück Weg hinunter.

Vergeblich rief er ihren Namen, während er durch das Haus lief, das sich in wilder Unordnung befand.

Als er zur Veranda kam, sah er, daß sich vor der zerbrochenen Tür etwas bewegte. »Zulu!« Er lief hin. »Wo ist sie?«

Der Hund kroch die Treppe hinauf, sein Schwanz wedelte mechanisch zur Begrüßung, aber er war offensichtlich verletzt. Ein schwerer Schlag hatte den Kiefer gebrochen oder verrenkt, so daß er schief unter dem Maul hing. Er schien noch betäubt, und David kniete neben ihm nieder.

»Wo ist sie, Zulu? Wo ist sie?« Der Hund versuchte offensichtlich zu begreifen. »Wo? Zulu – such!«

Der Hund folgte ihm gehorsam um das Haus. An der Hintertür nahm er an der frischen, feuchten Erde die Witterung auf und setzte sich dann entschlossen in Richtung auf das Tor in Bewegung. David entdeckte Debras Fußabdrücke und die großen Fußspuren eines Mannes, die ihnen folgten.

Während Zulu den Hof überquerte, lief David in sein Arbeitszimmer zurück.

Die Taschenlampe war vom Regal verschwunden, aber er fand noch eine andere, die er rasch einsteckte, zusammen mit einer Handvoll Patronen.

Dann schloß er den Gewehrschrank auf, nahm das Purdeygewehr vom Ständer und lud es, während er im Laufschritt das Haus verließ und hinter Zulu herrannte, der bereits auf dem Pfad jenseits des Zaunes hintrottete.

Johan Akkers war kein Mensch mehr. Der Anblick des flüchtenden Wildes hatte den Urinstinkt des Raubtieres in ihm geweckt. Dazu empfand er eine tierische Freude an der Qual seines Opfers. Er ließ es verwundet ein Stück weghinken, packte es wieder und zögerte immer noch den Höhepunkt, den endgültigen, höchsten erregenden Augenblick des Tötens hinaus.

Doch endlich war der Augenblick gekommen. Er packte das dichte, dunkle Haar der fliehenden Beute, wickelte es um sein verkrüppeltes Handgelenk und riß ihren Kopf zurück. Der lange weiße Hals lag offen vor seinem Messer.

Mit unerwarteter Kraft drehte sie sich um. Nun, wo sie ihn fassen konnte, stürzte sie sich mit der wahnsinnigen Angst einer zu Tode Gehetzten auf ihn.

Ihr Angriff brachte ihn aus dem Gleichgewicht, er stürzte rückwärts zu Boden und riß sie mit. Das Messer und die Lampe fielen ins Gras, als er beide Hände schützend vor seine Augen hielt, denn sie fuhr ihm mit ihren langen, scharfen Nägeln ins Gesicht. Er fühlte, wie sich ihre Finger in Nase und Backen krallten, und hörte sie keuchen und fauchen wie eine Katze. Er löste seine gelähmte Hand aus ihrem Haar, drückte sie mit seiner rechten Faust von sich und fing an, auf sie einzuschlagen. Seine Pranke war wie ein Holzknüppel, steif, hart und ohne Gefühl. Ein einziger Schlag mit dieser Faust hatte den Neufundländer betäubt und seinen Kiefer gebrochen. Als er sie an der Schläfe traf, hörte es sich wie ein Axthieb auf einen Baumstamm an. Der Schlag raubte ihr fast die Besinnung; dann kam er auf dem Knie hoch, hielt sie mit seiner gesunden Hand fest und knüppelte mit der anderen unbarmherzig in einem steten Rhythmus links und rechts auf sie ein. Im Licht der Laterne sah er das schwarze Blut aus ihrer Nase schießen. Noch lange, nachdem sie längst still und besinnungslos war, krachten die Schläge weiter auf ihren Schädel. Schließlich ließ er sie fallen und erhob sich. Er nahm die Lampe, suchte das Gras ab und sah das Messer vor sich aufblitzen.

Die Jagd endet nach altem Brauch mit dem Aufbrechen des erlegten Tieres. Der Jäger schlitzt den Bauch seiner Beute auf und steckt seine Hand in die Öffnung, um die noch warmen Innereien herauszuholen. Johan Akkers hob das Messer auf und stellte die Lampe so, daß der volle Lichtstrahl auf Debras leblos ausgestreckte Gestalt fiel.

Dann rollte er sie mit dem Fuß auf den Rücken. Ihr Gesicht war von schwarzen, durchnäßten Haarsträhnen bedeckt.

Er kniete neben ihr nieder und hakte einen seiner stahlharten Finger in ihre Bluse. Mit einem einzigen Ruck riß er sie auf, und ihr großer, weißer Bauch wölbte sich im Licht.

Akkers kicherte und wischte sich mit dem Arm Regen und Schweiß aus dem Gesicht. Dann hielt er das Messer so, daß die

Klinge ganz flach in den Körper eindringen und den Bauch säuberlich vom Schritt bis zum Brustkorb öffnen würde, ohne die Eingeweide zu verletzen – ein Schnitt, den er schon tausendmal zuvor ausgeführt hatte.

Eine Bewegung in der Dunkelheit hinter der Lampe ließ ihn aufblicken. Er sah den schwarzen Hund lautlos auf sich losstürzen. Blitzschnell riß er die Arme hoch, um seine Kehle zu schützen. In diesem Augenblick war der Hund über ihm. Sie rollten zusammen ins Gras. Zulu versuchte zu beißen, aber sein zerschmetterter Kiefer konnte nicht zupacken.

Akkers drehte das Messer herum und stieß es in das schwarze Fell. Er hatte das Herz getroffen. Zulu winselte einmal kurz auf und brach zusammen. Akkers schob den glänzenden, schwarzen Körper beiseite, zog die Klinge heraus und kroch zu Debra zurück.

Während des kurzen Kampfes war David herangekommen.

Er lief auf Akkers zu, dessen schmutziggrüne Augen funkelten. Mit einem bösartigen Knurren hielt er ihm das Messer entgegen, das noch rot vom Blut des Hundes war. Er versuchte aufzustehen und duckte den Kopf, genau wie damals der Pavian.

David riß die Doppelflinte an die Wange und drückte zweimal ab. Die Schüsse trafen. Sie zerfetzten Akkers' Kopf. Er fiel mit zuckenden Beinen ins Gras zurück. David ließ das Gewehr fallen und eilte zu Debra.

Er lag auf den Knien, und während er sich über sie beugte, flüsterte er immer wieder: »Mein Liebling, o mein armes Herz, verzeih mir, bitte verzeih.« Behutsam hob er sie auf und trug sie auf den Armen heim.

In der Morgendämmerung wurde Debras Kind geboren. Es war ein winziges, verhutzeltes Mädchen und kam vor seiner Zeit. Mit fachkundiger Hilfe hätte es überleben können, denn es kämpfte tapfer. Aber David war ungeschickt und wußte nicht, was er tun mußte. Sie waren immer noch durch den reißenden Fluß von der Außenwelt abgeschnitten, und auch die Telefonverbindung war noch unterbrochen. Debra war nach wie vor besinnungslos.

Als alles vorbei war, wickelte er das winzige, blaue Körperchen in ein weiches Tuch und legte es sanft in die Wiege, die sie für das

Kind vorbereitet hatten. Er war überwältigt vom Schuldgefühl, weil er nicht bei den beiden Menschen geblieben war, die ihn brauchten. Gegen drei Uhr nachmittags kämpfte sich Conrad Berg mit seinem Lastwagen durch die tosenden Fluten des Flusses, und drei Stunden später war Debra auf der Privatstation des Krankenhauses von Nelspruit.

Nach zwei Tagen tauchte sie aus ihrer Bewußtlosigkeit auf, aber ihr Kopf war übel zugerichtet und das Gesicht war von Schwellungen und Blutergüssen bedeckt.

Nahe dem Gipfel des Kopje, der sich hinter dem Wohnhaus erhob, gab es einen Fleck, von dem man das ganze Anwesen überblicken konnte. Es war ein abgelegener, friedlicher Platz, und dort begruben sie das Kind. Aus den herumliegenden Felsbrocken baute David ein Grabmal.

Es war gut, daß Debra das Kind nie in ihren Armen oder an ihrer Brust gehalten hatte, daß sie nie sein Weinen gehört und nie den kindlichen Duft gerochen hatte. So empfand sie das, was sie verloren hatte, als nicht so schmerzlich. Sie und David besuchten regelmäßig das kleine Grab, und eines Morgens, als sie auf der Steinbank daneben saßen, sprach Debra zum erstenmal darüber, daß sie wieder ein Baby haben wolle.

»Du hast so lange für das erste gebraucht, Morgan«, beklagte sie sich, »ich hoffe, du weißt inzwischen, wie es geht.« Sie wanderten wieder zum Haus, packten Angeln und einen Picknickkorb in den Landrover und fuhren zu den Teichen.

Um elf Uhr bissen die Moçambiquebrassen an und kämpften um die dicken, gelben Maden, die David als Köder ausgeworfen hatte. Debra fing fünf Stück, alle etwa drei Pfund schwer, und David hatte ein Dutzend der großen blauen Fische an der Angel, bevor das Wasser wieder still wurde.

Dann lagen sie zusammen auf einer Decke unter den schimmernden Zweigen der Fieberbäume und tranken Weißwein, den sie in der Kühltasche mitgebracht hatten.

Der afrikanische Frühling wich jetzt langsam dem Sommer, der den Busch mit emsigem, geheimnisvollem Treiben füllte. Der Webervogel baute sein kunstvolles Kugelnest und befestigte es an den schwankenden Spitzen des Riedgrases. Seine glänzenden, gelben Flügel schwirrten, und das schwarze Köpfchen nickte bei der Arbeit. An dem anderen Ufer des Teiches thronte ein Königsfischer auf einem abgestorbenen Ast über dem stillen Wasser, er schoß plötzlich wie ein blitzender, blauer Fleck hinunter auf die ruhige Wasseroberfläche und tauchte mit einem silbernen Fisch in seinem langen Schnabel wieder auf. Schwärme von gelben, bronzefarbenen und weißen Schmetterlingen säumten den Rand des Teiches unterhalb ihres Liegeplatzes, und die Bienen schwirrten zwischen den Blumen umher. Das Wasser zog alles Lebende an, und kurz nach Mittag berührte David vorsichtig Debras Arm.

»Die Nyalas sind da«, flüsterte er.

Sie traten aus dem Dickicht auf der gegenüberliegenden Seite des Teiches. Vorsichtig und scheu kamen sie näher, blieben dann wieder stehen und blickten mit witternden Nüstern und aufgerichteten Lauschern aufmerksam umher; die Zeichnung ihres Fells hob sie kaum von dem dunklen Schatten des Gehölzes ab. »Die Hirschkühe sind jetzt alle hochtragend«, berichtete David. »Sie setzen ihre Kälber in den nächsten Wochen. Alles ist fruchtbar.«

Er drehte sich halb zu ihr herum, sie spürte es und kam ihm entgegen. Als die Nyalas getrunken hatten und wieder fort waren und nun ein weißköpfiger Fischadler über ihnen auf seinen nußbraunen Schwingen kreiste und seinen seltsamen gespenstischen Schrei ausstieß, liebten sie einander am Ufer des stillen Wassers.

David beobachtete ihr Gesicht, während er sie in den Armen hielt. Mit geschlossenen Augen lag sie unter ihm, und ihr schwarzes Haar lag ausgebreitet wie ein dunkler Schleier auf der Decke. Die blauen Flecken an ihren Schläfen waren zu hellem Gelb und bleichem Grün verblaßt, denn es waren zwei Monate vergangen, seit sie das Krankenhaus verlassen hatte. Die weiße Narbe zeichnete sich deutlich gegen die verblassenden Farben ihrer Prellungen ab. Das Blut stieg ihr in die Wangen, und feine Schweißtropfen traten auf Stirn und Oberlippe, während sie leise anfing zu stöhnen.

David betrachtete sie, und sein ganzes Sein ging in ihr auf. Ein verirrter Sonnenstrahl brach durch das Laubdach und fiel voll auf ihr Gesicht. Sie hatte die Augen geöffnet, und er blickte hinab in ihre goldgefleckten Tiefen. Ihre Pupillen waren wie große, schwarze Teiche, aber als das Sonnenlicht darauf traf, verengten sie sich plötzlich zu winzigen Punkten, und David zuckte zusammen. Doch schon hatte sie die Lider wieder geschlossen.

Danach, als sie ruhig nebeneinander lagen, fragte sie: »Was war denn, David? Stimmt irgend etwas nicht?«

»Nein, mein Liebling. Was soll sein?«

»Ich fühle es, Davey. Du bist wie ein starker Sender – ich könnte deine Signale auch auffangen, wenn ich auf der anderen Seite der Welt wäre.«

Er lachte und rückte schuldbewußt von ihr ab. Es war bestimmt nur Einbildung gewesen. David versuchte, den Gedanken zu verdrängen.

In der Abendkühle packte er Angeln und Decke ein, und sie wanderten zurück zum Wagen. Sie fuhren auf einer Abkürzung heim, denn David wollte noch den südlichen Zaun kontrollieren. Sie waren etwa zwanzig Minuten in tiefem Schweigen gefahren, als Debra ihn am Arm faßte.

»Wenn du so weit bist, daß du darüber sprechen kannst, mußt du mir sagen, was dich bedrückt.« Er begann, über dies und jenes zu reden, aber seine Ungezwungenheit täuschte sie nicht.

In der Nacht stand er auf und ging ins Badezimmer. Als er zurückkam, blieb er lange neben dem Bett stehen und sah auf ihre dunkle, schlafende Gestalt hinab. In diesem Augenblick begann ein Löwe unten bei den Teichen zu brüllen. Der Laut war deutlich durch die Nacht zu hören.

Das war der Vorwand, den David brauchte. Er nahm die große Taschenlampe vom Nachttisch und richtete ihren Strahl auf Debras Gesicht. Er mußte der Versuchung widerstehen, sich einfach über sie zu beugen und sie zu küssen. Statt dessen rief er sie an.

»Debra! Wach auf, Liebling!« Sie rührte sich und öffnete die Augen. Wieder sah er deutlich, daß sich die großen, schwarzen Pupillen verengten.

»Was ist, David?« murmelte sie schläfrig. Mit heiserer Stimme antwortete er:

»Unten bei den Teichen gibt ein Löwe ein Konzert, ich dachte nur, du würdest es vielleicht gerne hören.« Sie hob den Kopf und wendete das Gesicht etwas ab, als ob der starke Lichtstrahl ihr lästig sei.

»O ja – wie gut, daß du mich geweckt hast. Wo mag der Löwe wohl herkommen?«

David schaltete die Taschenlampe aus und schlüpfte neben sie ins Bett zurück. »Wahrscheinlich aus dem Süden. Er hat bestimmt ein Loch unter dem Zaun durchgegraben, durch das jetzt ein Lastwagen fahren könnte.« Er versuchte, ganz natürlich zu sprechen, als sie sich unter der Bettdecke aneinanderkuschelten und lauschten, wie das Brüllen verklang. Danach liebten sie sich – aber David fand in dieser Nacht keinen Schlaf mehr.

Es dauerte noch eine Woche, bis David es über sich brachte, den Brief zu schreiben.

Lieber Dr. Edelmann,
wir hatten vereinbart, daß ich Ihnen schreibe, wenn sich irgendeine Änderung im Befinden von Debras Augen oder in ihrem Gesundheitszustand abzeichnet. Vor kurzem geriet Debra in eine sehr gefährliche Situation, wobei ihr mehrere heftige Schläge auf den Kopf versetzt wurden, die sie zweieinhalb Tage besinnungslos ließen. Sie kam wegen des Verdachts auf Schädelbruch und Gehirnerschütterung ins Krankenhaus, wurde aber nach zehn Tagen entlassen.
Das alles liegt etwa zwei Monate zurück. Seidem habe ich jedoch bemerkt, daß ihre Pupillen wieder auf Lichtreize reagieren. Sie werden sich erinnern, daß dies vorher nicht der Fall war. Sie klagte dann auch über heftige Kopfschmerzen.
Ich habe meine Beobachtungen mehrere Male im Sonnenlicht und in künstlichem Licht überprüft, und es ist eindeutig, daß sich die Pupillen unter der Einwirkung einer starken Lichtquelle verkleinern, und zwar in demselben Maße, wie man es bei einem normalen Auge erwarten würde.

Es scheint mir nicht ausgeschlossen, daß Sie aufgrund dieser Tatsache Ihre ursprüngliche Diagnose revidieren – aber ich möchte ausdrücklich betonen, daß wir in diesem Fall mit äußerster Vorsicht an die Angelegenheit herangehen müssen. Ich möchte auf keinen Fall falsche oder unbegründete Hoffnungen wecken. Für Ihren Rat wäre ich Ihnen außerordentlich dankbar.

Mit herzlichen Grüßen
Ihr
David Morgan

David verschloß den Brief und adressierte ihn, aber als er in der Woche darauf von seinem Einkaufsflug nach Nelspruit zurückkehrte, war der Umschlag immer noch in der Brusttasche seiner Lederjacke. Die Tage gingen ihren üblichen, gemächlichen Gang. Debra schloß den Entwurf für ihren neuen Roman ab und erhielt von Bobby Dugan eine Einladung zu einer Reise nach Amerika mit Leseabenden in den fünf größten Städten der USA. »Ein Platz für uns allein« stand jetzt die zweiunddreißigste Woche auf der Bestseller-Liste der »New York Times« – und ihr Agent meinte, sie sei »schärfer als eine Bombe«, David bemerkte dazu, daß sie seiner Meinung nach noch ganz beträchtlich schärfer sei. Debra nannte ihn einen Wüstling und fragte sich, wie sich ein so nettes Mädchen wie sie überhaupt mit so jemandem einlassen konnte. Dann schrieb sie ihrem Agenten ab.

»Wer braucht schon andere Leute?« David stimmte ihr zu; er wußte, daß sie sich seinetwegen so entschieden hatte. Er wußte auch, daß Debra als schöne, blinde Bestsellerautorin eine Sensation wäre und daß sie durch diese Reise in die Klasse der Superstars aufgerückt wäre.

Dies machte seine Unentschlossenheit noch quälender. Er überlegte hin und her, vernünftige Gründe dafür zu finden, daß er den Brief an Dr. Edelmann noch nicht abgeschickt hatte. Er sagte sich, daß die Reaktion auf Lichtreize noch lange nicht bedeute, daß sie ihre Sehkraft wiedererlangen würde; daß sie jetzt glücklich sei, sich mit ihrer Blindheit abgefunden und ihren Platz in der Welt erobert habe, und daß es grausam wäre, dies empfindliche Gleichgewicht zu erschüttern, ihr falsche Hoffnungen zu machen und ihr möglicherweise eine schmerzliche Operation zuzumuten.

Bei all seinen Überlegungen versuchte er herauszufinden, was das Beste für Debra sei, aber er wußte, daß er sich selbst täuschte. Es waren Spitzfindigkeiten, ein Plädoyer von David Morgan für David Morgan – denn wenn Debra jemals ihr Augenlicht wiedererlangen sollte, würde es das zerbrechliche Gebilde seines eigenen Glücks zum Einsturz bringen.

Eines Morgens fuhr er allein im Landrover bis zur äußersten Grenze von Jabulani und parkte an einem versteckten Platz zwischen Kameldornbäumen. Er stellte den Motor ab. Dann drehte er den Rückspiegel zu sich herum und starrte in sein Gesicht. Fast eine Stunde lang studierte er die entstellte Masse aus menschlichem Fleisch und versuchte – abgesehen von den Augen –, einen einzigen Zug darin zu entdecken, der ihn mit ihrer Häßlichkeit versöhnen konnte. Und er erkannte, daß keine Frau, die im Besitz ihrer Sehkraft war, in der Nähe dieses Gesichtes leben oder es gar jemals anlächeln, küssen und berühren konnte oder es in den Augenblicken der Liebe streicheln oder liebkosen würde.

Langsam fuhr er wieder heim. Debra erwartete ihn auf der schattigen, kühlen Veranda, und als sie den Landrover hörte, lief sie lachend die Stufen hinunter ins Sonnenlicht. Sie trug verblichene Jeans und eine hellrosa Bluse. Als sie bei ihm war, hob sie ihren Kopf, um ihn zu küssen.

Debra hatte an diesem Abend draußen ein Feuer gemacht. Der Abend war kühl, und Debra hatte sich einen Kaschmirpullover über die Schultern gelegt. David trug seine Fliegerjacke. Der Brief steckte in der Brusttasche und schien auf seinem Körper zu brennen. Er knöpfte die Tasche auf und nahm ihn heraus. Während Debra zufrieden neben ihm plauderte und ihre Hände über dem prasselnden Feuer wärmte, betrachtete er den Umschlag und drehte ihn zwischen den Fingern hin und her.

Plötzlich warf er ihn ins Feuer, als sei es ein lebendiger Skorpion, und sah, wie er langsam verkohlte und in den Flammen zu Asche zerfiel.

Damit war die Sache nicht aus der Welt geschafft. Auch in dieser Nacht lag David wach, und immer wieder tauchten die Worte des Briefes in ihm auf. Er kannte sie auswendig. Während der folgenden Tage war er schweigsam und gereizt. Er gab sich Mühe, sich nichts anmerken zu lassen, doch Debra spürte es und war ernsthaft beunruhigt, weil sie glaubte, er habe sich über sie geärgert. Aber ihre Bemühungen, ihn freundlicher zu stimmen, steigerten seine Schuldgefühle nur.

Fast verzweifelt fuhren sie eines Abends zur »Perlenkette«, ließen den Landrover stehen und gingen Hand in Hand zum Ufer hinunter. Sie fanden einen umgestürzten Baumstamm, der von Riedgras verdeckt war, und saßen wortlos nebeneinander. Zum erstenmal hatten sie einander nichts mehr zu sagen. Als die große, rote Sonne hinter den Baumwipfeln versank und die Dämmerung sich über dem Gehölz ausbreitete, trat die Nyalaherde vorsichtig und ängstlich aus dem Schatten.

David stieß Debra an, sie reckte lauschend ihren Kopf und drängte sich näher an ihn, als er ihr zuflüsterte: »Sie sind heute abend besonders scheu. Es sieht aus, als ob sie jeden Augenblick davonrennen wollten, und ich kann von hier aus ihre Flanken zittern sehen. Die alten Bullen scheinen von kaum erträglicher Spannung erfüllt. Irgendwo muß ein Leopard lauern...« Plötzlich hielt er inne und rief leise aus: »Ah, so ist das?«

»Was ist los, David?« Debra zog ihn ungeduldig am Arm, sie brannte vor Neugier.

»Ein neugeborenes Kalb!« sagte David mit entzückter Stimme. »Eine der Hirschkühe hat gesetzt. Es steht noch ganz wacklig auf seinen Beinen und ist hellbraun...« Er beschrieb das Kalb, das seiner Mutter unsicher ins Freie folgte. Debra hörte mit leidenschaftlichem Interesse zu. Vielleicht dachte sie an ihr eigenes totes Kind. Sie preßte seinen Arm und riß ihre blinden Augen auf, als wenn sie die Nacht durchdringen wollte. Plötzlich sprach sie mit leiser, schmerzhaft deutlicher Stimme, die erfüllt war von all dem Leiden und Verzichten der letzten Jahre. »Ich wollte, ich könnte es sehen«, sagte sie. »O Gott! Gott! Laß es mich doch sehen. Bitte, laß mich wieder sehen!« Und dann weinte sie, schluchzte herzzerreißend, daß es ihren ganzen Körper schüttelte.

Die Nyalaherde auf der anderen Seite des Teiches schreckte auf und flüchtete durch die Bäume davon. David nahm Debra in seine Arme, hielt sie fest an seine Brust gepreßt und strich ihr übers Haar. Die Stelle, wo die Tränen auf sein Hemd fielen, wurde naß und kalt, und er fühlte Verzweiflung in sich aufsteigen.

An jenem Abend schrieb er den Brief noch einmal. Debra saß ihm gegenüber und strickte an einem Pullover, den sie ihm für den Winter versprochen hatte; sie glaubte, daß er mit Abrechnungen beschäftigt war. David stellte fest, daß er den Text des ursprünglichen Briefes wörtlich behalten hatte, und es kostete ihn nur wenige Minuten, bis er ihn niedergeschrieben hatte und den Briefumschlag zuklebte. »Arbeitest du morgen früh an deinem Buch?« fragte er beiläufig, und als sie nickte, fuhr er fort: »Ich wollte auf einen Sprung nach Nelspruit.«

David flog so hoch, als wollte er sich von der Erde trennen. Er konnte noch nicht glauben, daß er es wirklich tun würde, daß er eines solchen Opfers fähig war. Er fragte sich, ob man denn tatsächlich jemanden so tief lieben konnte, daß man bereit war, diese Liebe zum Nutzen des anderen zu zerstören – und er wußte, daß man es konnte.

Debra brauchte ihre Augen, denn ohne sie würde sie immer in ihrer Begabung gehemmt sein. Solange sie nicht sehen konnte, war sie auch nicht in der Lage, etwas zu schreiben. Er erinnerte sich an ihren verzweifelten Aufschrei: »O Gott! Laß mich sehen! Bitte, laß mich wieder sehen!« Daneben erschien seine eigene Not plötzlich belanglos und selbstsüchtig. Die Navajo setzte auf dem Landestreifen auf, er nahm ein Taxi und ließ sich direkt zum Postamt fahren. Der Wagen wartete, während er den Brief aufgab und die eingegangene Post aus seinem Fach holte.

»Wohin jetzt?« fragte der Taxifahrer, als David zurückkam. Er wollte sich gerade zum Flugplatz zurückbringen lassen, als ihm etwas anderes einfiel.

»Fahren Sie mich zur Weinhandlung!« sagte er dem Fahrer. Mit einer Kiste Veuve Cliquot auf dem Rücksitz flog er leichten Herzens nach Hause. Nun hatte er die Sache ins Rollen gebracht und konnte sie nicht mehr halten.

Er fühlte sich frei von Zweifeln, frei von Schuld – wie immer es ausgehen mochte. Er wußte, daß er das Richtige getan hatte. Debra spürte seine Erleichterung und schlang glücklich die Arme um seinen Hals.

»Was ist denn nur geschehen?« fragte sie immer wieder. »Wochenlang warst du so niedergeschlagen. Ich war ganz krank vor Kummer, und dann verschwindest du mal für eine oder zwei Stunden und bist danach wieder voll Lebensfreude! Morgan, was ist denn los mit dir?«

»Ich habe gerade entdeckt, wie sehr ich dich liebe«, sagte er und drückte sie an sich.

»Liebst du mich sehr?« frage sie.

»Unendlich«, bejahte er.

»Mein Schatz!«

Der Veuve Cliquot kam außerordentlich passend. Unter den Bergen von Post, die David aus Nelspruit mitgebracht hatte, war ein Brief von Bobby Dugan. Er war begeistert von den ersten Kapiteln des neuen Romans, die Debra ihm per Luftpost gesandt hatte, und die Verleger ebenfalls. Es war ihm gelungen, einen Vorschuß von hunderttausend Dollar herauszuholen.

»Du bist reich«, sagte David lachend und sah von dem Brief auf.

»Deshalb hast du mich ja nur geheiratet«, stimmte Debra zu. »Mitgiftjäger!« Aber sie lachte vor Aufregung, und David war stolz auf sie.

»Es gefällt ihnen, David«, Debra wurde ernst. »Es gefällt ihnen *wirklich*. Ich war so unsicher.« Das Geld selbst war ihr gleichgültig – sie freute sich über die Anerkennung, die ihrem Buch dadurch zuteil wurde.

»Sie hätten ja schwachsinnig sein müssen, wenn es ihnen nicht gefallen hätte«, meinte David und fuhr fort: »Ich habe zufällig eine Kiste Champagner mitgebracht, wie viele Flaschen soll ich auf Eis legen?«

»Morgan, du Hellseher«, rief Debra aus. »Bei solchen Gelegenheiten weiß ich, warum ich dich liebe.«

Die folgenden Wochen waren schöner denn je. Er genoß sie in vollen Zügen, als ob es seine letzten glücklichen Tage seien. Er versuchte, diese Zeit so lang wie möglich auszudehnen. Erst fünf Wochen später flog er wieder nach Nelspruit, und auch das nur, weil Debra ungeduldig auf weitere Mitteilungen ihrer Verleger wartete und ihre getippten Manuskripte abgeholt werden mußten. »Ich möchte gerne zum Friseur, und überdies, mein Liebling, sollten wir doch vielleicht mal wieder unter Menschen gehen – obwohl ich weiß, daß wir sie eigentlich nicht brauchen. Meinst du nicht auch?«

»Ist es denn schon so lange her?« fragte David unschuldig, obgleich er jeden Tag sorgfältig gezählt, bis zur Neige ausgekostet und gespeichert hatte für die dürren Zeiten, die ihm bevorstanden.

David brachte Debra zum Friseur. Als er den Laden verließ, hörte er, wie Debra dem Mädchen erklärte, sie wolle »nicht so einen Wuschelkopf und keinen Haarfestiger«. Trotz seiner Bedrückung mußte David lachen, denn er hatte bei der Frisur, die sie sich machen lassen wollte, an »Moderner Kapburenstil« oder »Randburg-Renaissance« gedacht.

Das Postfach quoll über. David sortierte rasch die Reklamesendungen aus und fand drei Briefe von Debras amerikanischem Agenten und zwei Umschläge mit israelischen Marken. Einer dieser beiden war so unleserlich adressiert, daß David sich wunderte, daß er überhaupt angekommen war. Die Schrift auf dem zweiten Umschlag war unmißverständlich – die Buchstaben marschierten im Gleichschritt über das Papier, und die Aufstriche waren stachlig und schroff wie eine Reihe von Bajonetten.

In einem Park fand David eine Bank unter lilafarbenen Jacarandabäumen und öffnete als erstes den Brief von Edelmann. Er war auf hebräisch geschrieben, was es noch schwieriger machte, ihn zu entziffern.

Lieber David,
Ihr Schreiben hat mich sehr überrascht, und ich habe mir daraufhin die Röntgenaufnahmen noch einmal genau angesehen – sie scheinen so deutlich zu sein, daß ich auch heute meine ursprüngliche Diagnose bestätigen würde.

– Gegen seinen Willen spürte David etwas wie Erleichterung – *Wenn aber Ihre Beobachtungen über die Lichtempfindlichkeit korrekt sind – und ich habe keinen Anlaß, daran zu zweifeln –, dann bedeutet das, daß die Sehnerven, zumindest teilweise, ihre Funktion wieder aufgenommen haben. Das setzt voraus, daß sie nicht völlig durchgetrennt, sondern lediglich partiell verletzt wurden und jetzt – möglicherweise durch die Erschütterung – gewisse Funktionen wiedergewonnen haben.*
Die entscheidende Frage ist jetzt, wie weit diese Funktionen gehen. Ich muß Sie noch einmal darauf aufmerksam machen, daß der jetzige Zustand möglicherweise nicht mehr bedeutet als eine Lichtempfindlichkeit ohne irgendeine Verbesserung ihrer Sehkraft. Es kann aber auch mehr dahinterstecken, ich halte es nicht für völlig ausgeschlossen, daß durch entsprechende Behandlung ein Teil der Sehkraft wiedergewonnen werden kann. Ich rechne allerdings nicht damit, daß dies jemals weiterführt als zum vagen Erkennen von Licht oder Formen, und bei der Entscheidung über eine Operation müßten die eventuellen positiven Ergebnisse sorgfältig abgewogen werden gegen die Gefahren, die ein Eingriff in diesem empfindlichen Bereich mit sich bringt.
Ich würde Debra natürlich nur zu gerne untersuchen. Da ich aber annehme, daß es für Sie zu umständlich ist, nach Jerusalem zu kommen, habe ich mir erlaubt, einem Kollegen in Kapstadt zu schreiben, der als eine führende Kapazität auf dem Gebiet der Sehnervverletzungen gilt. Ich lege Ihnen eine Kopie meines Briefes an Dr. Ruben Friedman bei. Sie sehen, daß ich ihm auch Debras Röntgenaufnahmen und den Krankenbericht übersandt habe.
Ich möchte Ihnen dringend empfehlen, Debra so bald wie möglich Dr. Friedman vorzustellen. Sie können ihm volles Vertrauen schenken. Ich darf hinzufügen, daß die Augenklinik des Groote-Schuur-Krankenhauses mit vollem Recht weltweites Ansehen genießt und für jede erforderliche Behandlung ausgerüstet ist – nicht nur für Herztransplantationen.
Ich habe mir übrigens erlaubt, Ihren Brief General Mordechai zu zeigen und mit ihm über den Fall zu sprechen.

Sorgsam faltete David den Brief wieder zusammen. Warum, zum Teufel, mußte er den Brig da hineinziehen... Dann öffnete er das Schreiben des Brig.

Lieber David,
Dr. Edelmann hat mit mir gesprochen. Ich habe Friedman in Kapstadt angerufen, und er ist bereit, sich Debra anzusehen. Schon seit Jahren habe ich eine Vortragsreise nach Südafrika immer wieder aufgeschoben, zu der mich das S. A. Zionist Council eingeladen hat.
Heute habe ich ihnen geschrieben und gebeten, die entsprechenden Vorbereitungen zu treffen.
Dies wird uns einen Vorwand geben, um Debra nach Kapstadt zu bringen. Sage ihr, daß ich nicht genug Zeit habe, Euch auf Eurer Farm zu besuchen, daß ich sie aber unbedingt sehen will.
Meine Termine werde ich Dir noch mitteilen.
Bis bald also.

Der Stil war unverkennbar, kurz und befehlsgewohnt, ohne Widerspruch zu dulden. Nun gab es kein Zurück mehr, aber es gab ja immer noch die Möglichkeit, daß es nicht klappte. Er ertappte sich bei dieser Hoffnung – sein Egoismus bereitete ihm Übelkeit. Er drehte das Blatt um und entwarf auf der Rückseite einen fiktiven Brief, in dem der Brig Pläne für eine bevorstehende Vortragsreise nach Südafrika erläuterte. Er fand sogar ein schwaches Vergnügen daran, den Stil des Brig nachzuahmen, um Debra zu täuschen. – Als er ihn dann vorlas, empfand er doch Gewissensbisse. Debra aber war hellauf begeistert.

»Ich freue mich riesig – ob wohl Mutter mitkommt?«

»Davon schreibt er nichts, aber ich bezweifle es.« Dann ordnete David die amerikanischen Briefe nach den Poststempeln und las sie ihr vor. – Die beiden ersten waren Rezensionen über »Helle Flammen« und wurden für eine detaillierte Erwiderung beiseite gelegt. Doch der dritte enthielt wieder sensationelle Neuigkeiten.

United Artist wollte »Ein Platz für uns allein« verfilmen und nannte eindrucksvolle Zahlen für eine zwölfmonatige Option auf den festen Erwerb der Eigentumsrechte und eine kleine Gewinnbeteiligung. Wenn Debra jedoch nach Kalifornien käme und selbst das Drehbuch schriebe, dann – dessen war Bob Dugan sicher – würde man für alles zusammen eine Viertelmillion herausschlagen. Er bat sie, daran zu denken, daß selbst anerkannte Autoren nur selten aufgefordert würden, selbst die Drehbücher zu schreiben – dies war ein Angebot, das man nicht leichtfertig zurückweisen sollte, er drängte Debra, es anzunehmen. »Wer braucht schon andere Leute?« Debra ging lachend darüber hinweg – und eine Spur zu schnell. David bemerkte einen nachdenklichen Zug in ihrem Gesicht, bevor sie sich abwandte und scheinbar munter fragte: »Hast du noch etwas Champagner auf dem Eis, Morgan? Ich glaube, das ist ein Grund zum Feiern – oder?«

»Wenn du so weitermachst, Debra, werde ich einen ganzen Keller voll in Reserve legen müssen«, erwiderte er und ging zum Kühlschrank. Als er wieder zurückging, um ihr das Glas zu bringen, hatte er seine Entscheidung getroffen.

»Laß uns die Sache ernsthaft überlegen«, sagte er und reichte ihr das Glas.

»Was ist da zu überlegen?« fragte sie. »Wir gehören doch hierher.«

»Nein, wir sollten die Antwort nicht überstürzen...«

»Was soll das heißen?« Sie ließ das Glas sinken, bevor sie getrunken hatte.

»Warten wir ab, bis – bis der Besuch des Brig vorbei ist.«

»Warum?« fragte sie verständnislos. »Was hat denn der damit zu tun?«

»Gar nichts. Ich finde nur, daß diese Entscheidung wichtig ist – und es hat ja keine Eile.«

»Beseder!« Sie hob das Glas, um ihm zuzutrinken. »Ich liebe dich.

»Ich liebe dich«, sagte er. Und als er trank, war er glücklich, daß ihr so viele Möglichkeiten offenstanden. Das Reiseprogramm des Brig ließ ihnen noch drei Wochen bis zum Wiedersehen in Kapstadt, und David genoß diese Zeit, die ihm bis zur möglichen Vertreibung aus seinem Garten Eden geschenkt wurde.

Es waren glückliche Tage. Und selbst die Natur schien ihnen ihr Bestes geben zu wollen. Jeden Tag regnete es. Nach dem schwülen Morgen zogen dicke Gewitterwolken herauf. Bei Sonnenuntergang flackerte das Wetterleuchten. Wenn David und Debra dann in der Dunkelheit eng zusammenlagen, krachte der Donner, und der Blitz zeichnete ein blendendes Viereck an die Wand, während der Regen mit dem Geräusch eines prasselnden Buschfeuers herabströmte.

Am frühen Morgen war es klar und kühl, und die Blätter glänzten in der Frühsonne. Die Erde war dunkel vor Nässe, übersät mit glitzernden Pfützen.

Der Regen brachte Leben und Aufregung in die Wildnis; jeder Tag brachte kleine Abenteuer – unerwartete Begegnungen und seltsame Geschehnisse.

Die Fischadler führten ihre Jungen aus dem großen verwahrlosten Nest in dem Mohobahobabaum am oberen Ende der Teiche heraus und lehrten sie, auf dem kahlen Ast zu sitzen. Dort hockten sie Tag für Tag, offenbar, um Mut zu sammeln. Die Alten waren ganz erfüllt von ihrem Bemühen, ihre Sprößlinge für den großen Augenblick des Fliegens vorzubreiten.

Eines Morgens, als sie auf der Veranda frühstückten, hörte David die immer lauter werdenden triumphierenden Schreie. Er nahm Debra bei der Hand. Vom Vorgarten aus sah er die vier dunklen Umrisse der Fischadler mit ausgebreiteten Schwingen im klaren Blau des Himmels. Sie strebten in weiten Kreisen aufwärts, bis sie immer kleiner wurden und auf dem Flug zu ihren zweitausend Meilen entfernten Herbstplätzen am Sambesi verschwanden.

Es gab allerdings ein Ereignis während dieser letzten Tage, das sie beide traurig stimmte. Eines Morgens wanderten sie nordwärts, vier Meilen hinter die Hügelkette zu einer keilförmigen, flachen Ebene, auf der eine Gruppe mächtiger Bleibäume stand. Ein Paar Steinadler hatte sich den größten Baum als Hochzeitsplatz ausgewählt. Das Weibchen war ein prachtvolles junges Tier, aber das Männchen war über die Blüte seiner Jugend hinaus. Sie hatten auf einer hohen Astgabelung mit ihrem Nestbau begonnen, waren aber bei der Arbeit durch das Auftauchen eines einzelnen männlichen Adlers, eines kräftigen, jungen Tieres gestört worden. David hatte ihn entdeckt, als er an den Grenzen des fremden Reviers herumstrich. Sorgfältig vermied er es, das Gebiet zu überfliegen, das von dem brütenden Paar beansprucht wurde. Er hatte sich einen Standort auf den Hügeln ausgesucht, von dem aus er die Ebene übersehen konnte, und er wappnete sich jetzt für die Auseinandersetzung, die er ganz offensichtlich plante. Der bevorstehende Kampf faszinierte David. Seine Sympathie war auf seiten des älteren Tieres, das sich kriegerisch gebärdete, verächtliche Schreie von seinem Nistplatz auf den hohen Zweigen des Baumes ausstieß und warnend an den Grenzen seines Reviers entlangflog.

David war an jenem Tag zur Ebene hinabgewandert, um ein Versteck auszusuchen, von dem aus er den Horst fotografieren konnte, aber auch aus Neugier über den Ausgang des Kampfes zwischen den beiden Männchen.

Er hatte gerade den Tag gewählt, der die Entscheidung brachte.

David und Debra kamen durch die Schlucht zwischen den Hügeln und setzten sich auf einen Felsvorsprung, von wo aus die Ebene zu überblicken war. Der Kampfplatz lag ausgebreitet zu ihren Füßen.

Der alte Adler war beim Nest, eine dunkle, geduckte Gestalt mit weißer Brust. Der Kopf saß tief zwischen den mächtigen Schultern. Mit dem Fernglas suchte David die Berggipfel nach dem Eindringling ab, aber es war nichts von ihm zu sehen, und er ließ das Glas sinken. Nach einer Weile schwang sich der alte Adler auf und strebte auf seinen großen schwarzen Flügeln in die Höhe. Er hatte es anscheinend sehr eilig, nach oben zu kommen.

Sein Flug führte direkt über sie hinweg, so daß David deutlich den gekrümmten, grausamen Schnabel und die schwarzen Tupfen auf der schneeweißen Brust erkennen konnte. Er öffnete den gelben Schnabel und stieß einen hellen Kriegsschrei aus. David verfolgte ihn mit geübtem Fliegerauge durch Himmel und Wolken und erkannte sein Manöver. Der jüngere Vogel war in einer Angriffsposition, die eine für sein Alter ungewöhnliche Erfahrung bewies. Er stand hoch oben in der Sonne und zwang den alten Adler dadurch, zu ihm heraufzukommen. Eine Gänsehaut überlief David, als er beobachtete, wie der Verteidiger auf peitschenden Schwingen langsam emporklomm.

Rasch und ein wenig atemlos beschrieb er Debra, was vor sich ging, und sie ergriff teilnehmend seine Hand.

»Erzähl weiter«, bat sie.

Der junge Vogel kreiste ruhig abwartend mit schräg gestelltem Kopf und beobachtete, wie sich sein Gegner näherte.

»Jetzt geht's los«, rief David aufgeregt, als der Angreifer sich über den rechten Flügel fallen ließ und im Sturzflug herabstieß.

»Ich kann ihn hören«, flüsterte Debra. Die Flügel des jungen Adlers rauschten stark, als er auf seinen Widersacher niederstürzte.

»Links abdrehen! Los! Los! Los!« David hörte, wie er dem alten Adler zurief, als ob er dessen Flügelmann sei, und er packte Debras Arm so fest, daß sie zusammenzuckte. Es war, als ob der alte Adler ihn gehört hätte, denn er legte seine Flügel an und ließ sich aus der Flugbahn fallen, wobei er fast einen Purzelbaum schlug. Der Angreifer schoß mit vergeblich ausgestreckten Krallen an ihm vorbei – bis fast auf die Ebene. Der alte Adler fing sich und brach mit halb ausgestreckten Flügeln aus der Rolle heraus. Dann jagte er hinter dem anderen her. Der Verteidiger hatte mit einem Schlage die Überlegenheit gewonnen.

»Pack ihn!« schrie David. »Pack ihn, wenn er wendet! Jetzt!« Der junge Vogel bauschte seine Flügel auf, um den Fall zu bremsen, und drehte sich verzweifelt, um dem tödlichen Niederstoßen seines Widersachers zu entrinnen, der sich auf ihn stürzte, ohne das rasende Tempo seines Sturzfluges zu verlangsamen.

Die Beobachter auf dem Hügel konnten deutlich den dumpfen Aufprall des Zusammenstoßes hören. Eine Wolke schwarzer Flügel und weißer Brustfedern stob um die beiden Vögel, die mit verheddterten Flügeln nach unten taumelten.

Sie landeten im Wipfel eines Bleibaumes, rutschten durch die Zweige und blieben schließlich als ein zerzaustes Bündel auf einer hohen Astgabel hängen.

David führte Debra eilends über das unebene Gelände hinunter zum Baum.

»Kannst du sie sehen?« fragte Debra aufgeregt, als David sein Fernglas auf das kämpfende Paar richtete.

»Sie sind gefangen«, berichtete David. »Der alte Bursche hat seine Krallen so tief im Rücken des anderen, daß er sich nicht mehr befreien kann. Sie hängen in der Astgabel – einer nach jeder Seite.«

Ihr wütendes Geschrei klang weithin über die Hügel, während das Adlerweibchen unruhig über dem Baum hin- und herschwebte und klagende Rufe ausstieß.

»Der junge Vogel stirbt«, sagte David und beobachtete ihn durch das Glas und sah, wie dunkelrotes Blut aus dem offenen Schnabel tropfte.

»Und der alte Adler...?« Debra lauschte den Todesschreien mit aufwärts gerichtetem Gesicht.

»Er wird seine Krallen nie wieder lösen können. Sie schließen sich wie in einem Krampf, sobald Druck ausgeübt wird. Er muß sterben.«

»Kannst du nichts tun?« Debra zupfte an seinem Arm. »Kannst du ihm nicht helfen?«

Geduldig suchte er ihr zu erklären, daß die Vögel in fünfundzwanzig Meter Höhe hingen. Die Rinde des Bleibaumes war glatt, und die ersten Zweige waren in fünfzehn Meter Höhe. Es würde Tage dauern, ehe man an die Vögel herankam, und bis dahin wäre es zu spät.

»Selbst wenn man sie erreicht, Liebling, es sind zwei Raubvögel, sie können einem die Augen auskratzen oder das Fleisch von den Knochen reißen – die Natur mag es nicht, wenn man in ihre Ordnung eingreift.«

»Können wir denn gar nichts tun?« flehte sie.

»Doch«, erwiderte er ruhig. »Wir können morgen früh wieder herkommen und nachsehen, ob er sich vielleicht doch befreit hat. Aber ich werde ein Gewehr mitbringen für den Fall, daß es ihm nicht gelungen ist.«

In der Morgendämmerung kamen sie zum Bleibaum zurück. Der junge Vogel war tot, er hing reglos und schlaff herab, doch das ältere Tier lebte noch, mit seinen eigenen Krallen am Kadaver des anderen angekettet. Als er ihre Stimmen hörte, versuchte er, seinen zerzausten alten Kopf zu recken. Er öffnete den Schnabel zu einem letzten, trotzigen Schrei.

David lud das Gewehr und sah zu ihm hinauf. Du bist es nicht allein, alter Freund, dachte er, legte an und traf ihn mit zwei Schrotladungen. Zerfetzt hing der Adler in den Ästen, das schnelle Spritzen des Blutes verlangsamte sich allmählich und ging dann in ein dunkles Tropfen über.

David hatte ein Gefühl, wie wenn er mit den Schüssen einen Teil seiner selbst vernichtet hätte, und ein Schatten legte sich über die Tage, die noch folgten.

Sie verstrichen viel zu schnell. Als sie sich dem Ende näherten, wanderten David und Debra noch einmal gemeinsam durch Jabulani, besuchten ihre Lieblingsplätze und sahen nach den verschiedenen Herden und den einzelnen Tieren, als ob sie Abschied nehmen wollten von alten Freunden. Am Abend kamen sie zu dem Platz zwischen den Fieberbäumen bei den Teichen. Dort saßen sie, bis die Sonne in einem festlichen Glanz von Purpur und zartem Rosa untergegangen war. Als die Moskitos über ihren Köpfen anfingen zu schwirren, wanderten sie Hand in Hand zurück und kamen im Dunkeln zu Hause an.

Sie packten in der Nacht und stellten ihre Koffer auf die Veranda. Sie wollten in aller Frühe fliegen. Neben dem Feuer tranken sie noch eine Flasche Champagner. Der Sekt hob ihre Stimmung, und sie lachten vergnügt auf ihrer kleinen, vom Holzfeuer erleuchteten Insel der weiten afrikanischen Nacht. Und David wußte, daß etwas endgültig vorbei war.

Als sie am frühen Morgen abgehoben hatten, kreiste David noch zweimal langsam über dem Anwesen. Die Teiche glänzten wie geschmolzenes Metall zwischen den Hügeln in der noch tief stehenden Sonne. Das Land war vom kargen Grün bedeckt, das so anders ist als in den Ländern der nördlichen Erdhälfte. Die Diener standen im Hof des Wohngebäudes. Sie beschatteten die Augen mit der Hand und winkten hinauf. Ihre Gestalten warfen lange, schmale Schatten auf die rötliche, frische Erde. Dann nahm David Kurs auf sein Ziel.

»Kapstadt, wir kommen«, sagte David. Debra lächelte und

streckte ihre Hand nach ihm aus. Behaglich und in friedlichem Schweigen ließ sie sie auf seinem Schoß liegen.

Sie hatten eine Suite im Mount-Nelson-Hotel, einem altmodisch-eleganten Haus mit weiträumigen Palmgärten, das sie den modernen Glas- und Betonkästen an der Küste und auf den Felsen von Seapoint vorzogen. Während der zwei Tage, die bis zur Ankunft des Brig noch blieben, verließen sie ihre Zimmer nicht, denn David war die gedrängten Menschenmassen nicht mehr gewöhnt. Die kurzen, fragenden Blicke und das mitleidige Gemurmel gingen ihm auf die Nerven.

Am zweiten Tag kam der Brig. Er klopfte an und trat in seiner aggressiven und entschlossenen Art ein. Er war schlank, zäh und sonnengebräunt, so wie David ihn in Erinnerung hatte. Als er Debra umarmt hatte, wandte er sich David zu. Seine Hand war trocken und ledern – aber er schien ihn jetzt mit anderen Augen zu betrachten.

Während Debra badete und sich für den Abend umzog, nahm er ihn mit auf sein eigenes Zimmer und schenkte, ohne ihn zu fragen, einen Whisky ein. Er reichte David das Glas und begann sofort über die Vorbereitungen zu sprechen, die er getroffen hatte.

»Friedman wird unten in der Empfangshalle sein. Ich werde ihn mit Debra bekannt machen und sie ein wenig miteinander sprechen lassen. Dann wird er beim Essen neben ihr sitzen. Dies wird uns Gelegenheit geben, Debra davon zu überzeugen, daß sie sich untersuchen lassen sollte...«

»Bevor Sie weiterreden, Sir«, unterbrach David, »möchte ich Ihr Wort, daß Debra niemals die Möglichkeit angedeutet wird, daß sie ihr Augenlicht wiedererhält.«

»Sehr wohl.«

»Ich sage, niemals – unter keinen Umständen. Selbst wenn Friedman meint, daß eine Operation nötig sei, muß sie glauben, daß sie aus einem anderen Grunde geschieht...«

»Das dürfte kaum möglich sein«, gab der Brig ärgerlich zurück. »Wenn es einmal soweit ist, muß man es Debra sagen. Es wäre unfair...«

Nun wurde David ärgerlich. Obgleich die starre Maske seines

Gesichts unbeweglich blieb, wurde der lippenlose Schlitz seines Mundes bleich, und die blauen Augen blitzten.

»Ich weiß besser, was in diesem Fall fair ist. Ich kenne Debra, ich weiß, was sie fühlt und was sie denkt. Wenn Sie ihr gegenüber auch nur die geringste Andeutung machen, dann bringen Sie sie in das gleiche Dilemma, in dem ich stecke, seitdem diese Möglichkeit erstmals auftauchte. Das will ich ihr ersparen.«

»Ich verstehe Sie nicht«, sagte der Brig hartnäckig. Die Feindseligkeit zwischen ihnen war fast greifbar, sie schien den Raum zu erfüllen wie ein bevorstehendes Gewitter an einem Sommertag.

»Dann lassen Sie mich deutlicher werden.« David hielt seinem Blick stand. Er wollte sich von diesem dickköpfigen alten Soldaten nicht einschüchtern lassen. »Ihre Tochter und ich sind außerordentlich glücklich.«

Der Brig nickte zustimmend. »Ja, das will ich gerne glauben – aber es ist ein künstliches Glück, ein Treibhausprodukt, das nur in der Isolation bestehen kann und keine Beziehung zur Wirklichkeit hat. Es ist ein Traumzustand.«

David hatte das Gefühl, daß er seinen Zorn nicht mehr beherrschen konnte. Er empfand es als beleidigend, daß jemand Derartiges über das Leben sagte, das er mit Debra führte – und zugleich wußte er, daß es berechtigt war.

»Man könnte es so nennen, Sir. Aber für Debra und mich ist es die Wirklichkeit. Es ist von unschätzbarem Wert.«

Der Brig schwieg jetzt.

»Ich will Ihnen offen sagen, daß ich lange und angestrengt überlegt habe, bevor ich die Möglichkeit, daß Debra vielleicht wieder sehen könnte, akzeptierte. Selbst dann hat es mich große Überwindung gekostet, darüber an Dr. Edelmann zu schreiben, denn ich setzte damit mein eigenes Glück aufs Spiel.«

»Sie reden immer noch unverständlich. Wie soll es denn Ihrem Glück schaden, wenn Debra wieder sehen kann?«

»Schauen Sie mich an«, sagte David sanft.

Der Brig blickte ihn grimmig an und wartete, daß er weitersprach. Als aber nichts mehr kam, entspannte sich seine Miene, und er sah zum erstenmal wirklich das schrecklich entstellte Gesicht, das Zerrbild eines menschlichen Antlitzes. Und zum erstenmal versetzte er sich in Davids Lage. Er senkte den Blick und wandte sich ab, um sein Whiskyglas nachzufüllen.

»Wenn ich ihr das Augenlicht zurückgeben kann, werde ich es tun. Selbst wenn es ein teures Geschenk für mich werden sollte, muß sie es annehmen.«

David fühlte, wie seine Stimme zitterte. »Aber ich glaube, sie liebt mich so sehr, daß sie das Geschenk verschmähen würde, wenn sie jemals vor die Wahl gestellt würde. Ich will nicht, daß sie vor die Entscheidung gestellt wird.«

Der Brig hob sein Glas und nahm einen tiefen Schluck. »Wie Sie wollen«, sagte er nachgebend. Es konnte auch der Whisky gewesen sein, der seine Stimme heiser klingen ließ wie von einer Gemütsbewegung, deren David ihn niemals für fähig gehalten hatte.

»Ich danke Ihnen, Sir.«

David stellte sein Glas zurück, ohne davon getrunken zu haben. »Wenn Sie mich jetzt entschuldigen wollen, ich glaube, ich muß gehen und mich umziehen.« Er wandte sich zur Tür.

»David!« rief der Brig, und David blieb stehen. Der Goldzahn blitzte zwischen dem dunklen Stachelbart, als der Brig seltsam verlegen, aber begütigend lächelte. »Du wirst ihr schon gut genug sein«, sagte er.

Der Empfang fand im Festsaal des Heerengracht-Hotels statt. Als David und Debra gemeinsam im Fahrstuhl hinauffuhren, schien sie seine Angst zu spüren und drückte seinen Arm.

»Bleib ganz nahe bei mir heute abend«, flüsterte sie. »Ich brauche dich.«

Er wußte, daß sie das sagte, um seine eigene Furcht zu zerstreuen, und war ihr dankbar. Obgleich er sicher war, daß die meisten Gäste auf ihren Anblick vorbereitet waren, wußte er, daß ihm ein Martyrium bevorstand. Er beugte sich vor und rieb sein Gesicht an ihre Wange. Ihr dunkles Haar glänzte locker und weich, und die Sonne hatte ihr Gesicht golden getönt. Sie trug ein einfaches, langes Etui-Kleid aus grüner Seide, das Arme und Schultern bloß ließ. Sie hatte nur einen leichten Hauch Lippenstift aufgelegt und betrat gelassen an Davids Arm den überfüllten Saal.

Es war eine elegante Versammlung. Die Damen waren mit Schmuck behängt, die Herren trugen dunkle Anzüge. Alles verriet Macht und Reichtum. Selbst in Zivil stach die Erscheinung des Brig hervor. Schlank und sehnig bewegte er sich unter den behäbigen Gestalten wie ein Falke zwischen Fasanen.

Er führte Ruben Friedman zu ihnen und machte sie beiläufig bekannt. Friedman war ein kleiner, untersetzter Mann mit einem aufgeweckten Gesicht. Kurzgeschorenes, graues Haar bedeckte seinen runden Schädel. David mochte die hellen Vogelaugen und sein entgegenkommendes Lächeln. Auch Debra fühlte sich von ihm angezogen. Sie lächelte, als sie den Klang seiner Stimme vernahm und die innere Wärme seiner Persönlichkeit spürte. Als sie zu Tisch gingen, fragte sie David, wie er aussähe, und lachte entzückt über seine Antwort: »Wie ein Koala-Bär.«

Sie unterhielten sich angeregt, bis der Fisch serviert wurde. Friedmans Frau, eine schlanke Dame mit einer Hornbrille, die weder hübsch noch häßlich war und die offene freundliche Art ihres Mannes hatte, beugte sich vor, um sich an ihrer Unterhaltung zu beteiligen. David hörte, wie sie sagte:

»Wollen Sie nicht morgen zum Lunch zu uns kommen? Wenn Ihnen eine Horde kreischender Kinder nichts ausmacht.«

»Im allgemeinen gehen wir nicht...«, antwortete Debra, aber David merkte, wie sie unschlüssig schwankte und sich darum zu ihm wandte: »Oder könnten wir doch...?«

Er stimmte zu, und sie lachten zusammen. Nur David blieb still, denn er wußte, daß alles nur ein Vorwand war. Plötzlich bedrückte ihn der durchdringende Lärm menschlicher Stimmen und das Geklapper des Geschirrs. Er ertappte sich dabei, wie er sich in die nächtliche Stille des Buschvelds wünschte, in die Einsamkeit, die nicht einsam für ihn war, solange er sie mit Debra teilte.

Als der Redner angekündigt wurde, war David erleichtert, daß die Qual sich ihrem Ende näherte und sie bald der Menge und den neugierigen, wissenden Augen entkommen würden.

Jemand sprach ein paar oberflächliche Worte zur Einführung. Dann erhob sich der Brig und blickte mit einer Art olympischer Geringschätzung, der Verachtung des Soldaten für weichliche Männer, um sich. Und David hatte das Gefühl, daß es diese reichen Männer genossen, unter seinem Blick zu erzittern. Sie waren stolz auf ihn. Obwohl sie Bürger eines anderen Staates waren, gehörte er zu ihnen. Selbst David war überrascht von der Faszination, die dieser hagere, alte Soldat ausstrahlte. Als er sprach, fühlte David, wie auch er wieder in seinen Bann gezogen wurde.

»... aber für all das ist ein hoher Preis zu zahlen. Es fordert ständige Wachsamkeit, dauernde Bereitschaft des einzelnen, ohne zu fragen, jedes Opfer zu bringen. Das kann unser Leben sein oder etwas, was uns genauso teuer ist...«

Plötzlich merkte David, daß der Brig ihn unter den Zuhörern entdeckt hatte und ihm in die Augen blickte. Es war der aufmunternde, feste Blick eines Freundes – aber die übrigen Anwesenden, von denen viele wußten, daß Davids Entstellung und Debras Blindheit Folgen des Krieges waren, brachten den Blick in Verbindung mit dem, was der Brig gerade über das Opfer gesagt hatte. Einer von ihnen begann zu applaudieren. Die anderen folgten, und rasch war das vereinzelte Klatschen zu donnerndem Beifall geworden. Alle starrten David und Debra an. Stühle scharrten, als sie zurückgeschoben wurden und Männer und Frauen sich erhoben, bis alle standen und die ganze Halle von diesem tosenden Applaus erfüllt war, den sie mit lächelnden Gesichtern spendeten.

Debra war sich nicht ganz darüber im klaren, was vorging, bis sie seine Hand verzweifelt nach der ihren greifen fühlte und seine Stimme hörte.

»Laß uns schnell gehen. Alle sehen her. Alle starren uns an...« Sie fühlte, wie seine Hand bebte und wie gräßlich es für ihn war, Gegenstand dieser Neugier zu sein.

»Komm, laß uns weggehen.« Auf sein Drängen erhob sie sich, zutiefst verletzt um seinetwillen, und während der Applaus auf sein hilfloses Haupt donnerte und alle Blicke unbarmherzig in sein zerschundenes Fleisch drangen, ging sie mit ihm hinaus. Selbst als sie die Zimmertür hinter sich geschlossen hatten, zitterte er noch.

»Dieser Hund«, flüsterte er und goß sich einen Whisky ein, wobei der Flaschenhals gegen den Rand des Glases klirrte. »Dieser gemeine Hund – warum hat er uns das angetan?«

»David.« Sie griff nach seiner Hand. »Er wollte uns nicht verletzen. Ich weiß, er meinte es gut, ich glaube, er wollte versuchen zu sagen, wie stolz er auf dich ist.«

David wollte fliehen, wollte zurück nach Jabulani. Die Versuchung, augenblicklich mit ihr zurückzufahren, war so stark, daß sie fast die Oberhand behielt.

Der Whisky schmeckte scharf und rauchig. Er machte nichts besser, und David ließ das Glas auf dem Tisch stehen. Er ging zu Debra.

»Ja«, flüsterte sie an seinem Mund. »Ja, mein Liebling«, und empfand Stolz und Glück darüber, seine letzte Zuflucht zu sein. David erwachte, während sie schlief. Er beobachtete ihr schlafendes Gesicht im Mondlicht. Dann wollte er es näher betrachten, sich einprägen für die Zeiten, wo er sie nicht mehr neben sich haben würde, und schaltete die Nachttischlampe ein.

Sie rührte sich im Schlaf, erwachte mit einem kleinen Stöhnen und strich ihr schwarzes Haar schlaftrunken aus den Augen. David wußte, daß er das Bett nicht bewegt hatte, als er die Lampe anmachte. Was sie aufgestört hatte, war ohne Zweifel das Licht gewesen, und dieses Mal rettete ihn selbst ihre Liebe nicht vor Verzweiflung.

Ruben Friedmans Haus lag direkt am Meer. Der Garten reichte bis zum Strand hinunter. Große dunkelgrüne Bäume umgaben den Swimmingpool. Der größte Teil von Marion Friedmans Kinderschar war für diesen Tag evakuiert worden, sie hatte nur ihre beiden Jüngsten dabehalten. Sie erschienen für ein paar Minuten, um David voller Entsetzen anzustarren, aber ein strenges Wort ihrer Mutter vertrieb sie ans Wasser, wo sie bald in ihre Spiele versunken waren. Der Brig hatte noch eine weitere Vortragsverpflichtung, so daß die beiden Ehepaare alleine blieben, und nach einiger Zeit löste sich die Stimmung. Die Tatsache, daß Ruben Arzt war, schien sowohl für David als auch für Debra dazu beizutragen, daß sie sich wohlfühlten.

Debra machte eine diesbezügliche Bemerkung, als die Unterhaltung auf ihre Blindheit und Davids Verwundung kam, und Ruben erkundigte sich vorsichtig.

»Macht es Ihnen etwas aus, darüber zu sprechen?«

»Nein, mit Ihnen nicht. Irgendwie kommt es mir natürlich vor, daß man sich vor einem Arzt bloßstellt.«

»Lieber nicht«, warnte Marion. »Jedenfalls nicht vor Ruby – sehen Sie mich an, schon sechs Kinder!«

Alle lachten.

Ruby war schon frühmorgens unterwegs gewesen und hatte ein halbes Dutzend großer Langusten aus einer Lagune geholt. Er erklärte voller Stolz, daß es seine eigenen Fischgründe seien. Er umwickelte die Langusten mit frischem Tang und briet sie über den Kohlen, bis sie hellrot wurden. Das Fleisch war milchweiß und saftig, als er die Schalen aufbrach.

»Nun, wenn das nicht das feinste Frühjahrsküken ist, das Sie je verspeist haben...«, krähte er, als er die auseinandergenommenen Schalentiere in die Luft hielt. »Ihr könnt alle bezeugen, daß es zwei Beine und Federn hat.«

David gab zu, daß er niemals solches Geflügel gegessen habe, und während er es mit trockenem Kap-Riesling hinunterspülte, griff er schon nach dem zweiten. Er und Debra amüsierten sich prächtig, so daß es wie ein Schock wirkte, als Ruben schließlich vom eigentlichen Zweck ihres Zusammenseins zu sprechen begann.

Er beugte sich zu Debra hinüber, um ihr Wein nachzuschenken, und fragte sie:

»Wann sind denn Ihre Augen zuletzt untersucht worden?« Behutsam faßte er ihr mit der Hand unter das Kinn und hob ihren Kopf, um in ihre Augen zu sehen. Davids Nerven waren zum Zerreißen gespannt, er stand rasch auf und blickte unruhig auf Debra.

»Seit ich Israel verlassen habe, nicht mehr – man hat nur einige Röntgenaufnahmen gemacht, als ich im Krankenhaus war.«

»Haben Sie Kopfschmerzen gehabt?« fragte Ruby, und sie nickte.

Ruby brummte und ließ ihr Kinn los.

»Also, Sie können mich schlagen und auf den Kopf stellen, aber ich meine, Sie sollten regelmäßig untersucht werden. Zwei Jahre sind eine lange Zeit, und schließlich haben Sie einen Fremdkörper in Ihrem Schädel.«

»Ich habe nicht einmal mehr daran gedacht.« Debra verzog das Gesicht und faßte an die Narbe an ihrer Schläfe. David hatte Gewissensbisse, als er begann, seine Rolle zu spielen.

»Es kann nicht schaden, Liebling. Warum sollte Ruby sich das nicht einmal ansehen, solange wir hier sind? Wer weiß, wann wir wieder eine so günstige Gelegenheit haben.«

»Oh, David...«, meinte Debra unwillig. »Ich weiß doch, wie Du darauf brennst, wieder heimzufahren – und ich auch.«

»Aber ein oder zwei Tage mehr machen doch nichts aus, und es wäre vielleicht doch beruhigend.«

Debra wandte ihren Kopf zu Ruby. »Wie lange würde es dauern?«

»Einen Tag. Morgen untersuche ich Sie, und am Nachmittag machen wir ein paar Röntgenaufnahmen.«

»Und wann könnte sie zu Ihnen kommen?« fragte David mit unnatürlicher Stimme, denn er wußte, daß der Termin schon vor fünf Wochen festgelegt worden war.

»Oh, ich glaube, wir können es morgen einrichten, wir müssen eben ein paar Termine verschieben. Sie sind schließlich ein besonderer Fall.«

David reichte über den Tisch und ergriff Debras Hand. »Einverstanden, Liebling?« fragte er.

»Einverstanden, David«, stimmte sie bereitwillig zu.

Rubys Praxisräume befanden sich in dem Klinikzentrum oberhalb des Hafens, von wo man weit über die Tafelbucht blickt. Die Räume waren geschmackvoll eingerichtet, und selbst Rubys Sprechstundenhilfe sah aus wie eine Hosteß vom Playboy-Club, allerdings ohne Häschenohren und Schwänzchen. Es war offensichtlich, daß Dr. Friedman die angenehmen Seiten des Lebens zu schätzen wußte.

Die Sprechstundenhilfe wußte von ihrem Kommen. Trotzdem riß sie bei Davids Anblick erschreckt die Augen auf.

»Dr. Friedman erwartet Sie. Wollen Sie bitte gleich zu ihm durchgehen?«

Ruby sah jetzt seriöser aus als im Badeanzug, aber bei der Begrüßung ergriff er herzlich Debras Arm.

»Wollen wir, daß David dabei ist?« fragte er augenzwinkernd.

»Wir wollen«, erwiderte Debra.

Nach den üblichen, peinlich genauen Fragen zur Krankheitsgeschichte begaben sie sich ins Untersuchungszimmer. Der Stuhl erinnerte David an den beim Zahnarzt. Ruby stellte ihn so ein, daß Debra sich bequem zurücklehnen konnte. Dann begann er die Untersuchung, indem er durch die Pupillen tief in beide Augäpfel leuchtete. »Vollkommen gesunde Augen«, meinte er schließlich, »und auch sehr hübsch, finden Sie nicht, David?«

»Hinreißend«, stimmte David zu. Ruby richtete die Rückenlehne wieder aufrecht und befestigte Elektroden an Debras Arm, die er an ein kompliziert aussehendes elektronisches Gerät anschloß.

»EKG«, riet David, aber Ruby lachte und schüttelte den Kopf. »Nein – das ist eine kleine Erfindung von mir. Ich bin ziemlich stolz darauf, aber es ist eigentlich nur eine Variante des altmodischen Lügendetektors.«

»Wieder Fragestunde?« meinte Debra.

»Nein. Wir richten jetzt Scheinwerfer auf Sie und wollen mal sehen, welche unbewußten Reaktionen Sie darauf haben.«

»Das wissen wir doch längst«, erwiderte Debra, und beide nahmen die Schärfe in ihrer Stimme wahr.

»Vielleicht. Es ist auch nur eine Routinesache«, besänftigte er sie. Dann sagte er zu David. »Treten Sie bitte hinter die Lichtquelle. Die Strahlen sind sehr hell, und Sie sollten nicht hineinblicken.«

David ging zurück, und Ruby stellte die Maschine ein. Eine Rolle mit Millimeterpapier begann sich langsam unter einem beweglichen Schreibtisch zu drehen, der sich unverzüglich auf ein stetiges, rhythmisches Muster einpendelte. Auf einem separaten Glasschirm fing ein grüner Lichtfleck an, sich im selben Rhythmus zu bewegen und dabei eine schwache Spur zu hinterlassen. David erinnerte sich unwillkürlich an den Radarschirm auf dem Instrumentenbrett der Mirage. Ruby schaltete das Oberlicht aus und tauchte den Raum in völlige Dunkelheit. Nur noch der pulsierende grüne Punkt auf dem Schirm war zu erkennen.

»Wir sind soweit, Debra. Sehen Sie bitte geradeaus, Augen offenhalten.«

Ein strahlendes, blaues Lichtbündel durchquerte das Zimmer, und David sah deutlich, wie der grüne Punkt aus seiner bisherigen Kurve heraushüpfte und für ein oder zwei Pulsschläge völlig durcheinandergeriet, bevor er wieder in seinen alten Rhythmus zurückfiel. Debra hatte also einen Lichtstrahl wahrgenommen, obwohl es ihr selbst nicht bewußt war. Der Lichtimpuls war von ihrem Gehirn registriert worden, und das Gerät hatte die Reaktion verzeichnet. Das Spiel mit dem Licht ging noch zwanzig Minuten weiter, wobei Ruby den Lichtstrahl dauernd veränderte. Schließlich war er zufrieden und schaltete das Oberlicht wieder an.

»Nun?« fragte Debra munter. »Habe ich bestanden?«

»Ich will jetzt nichts weiter von Ihnen«, erwiderte Ruby. »Sie haben das großartig gemacht, und alles ist genauso, wie wir es haben wollen.«

»Kann ich jetzt gehen?«

»Sie dürfen David zum Mittagessen begleiten, aber heute nachmittag kommen Sie bitte zum Röntgenarzt. Meine Sprechstundenhilfe hat Sie, glaube ich, für zwei Uhr dreißig angemeldet. Fragen Sie aber zur Sicherheit noch mal nach.« Geschickt wich Ruby jedem Versuch Davids aus, mit ihm allein zu sprechen. »Ich gebe Ihnen dann die Ergebnisse der Röntgenuntersuchung, sobald ich sie bekomme. Hier, ich schreibe Ihnen die Adresse des Röntgenologen auf.« Ruby kritzelte etwas auf seinem Rezeptblock und gab es David.

»Kommen Sie morgen um zehn Uhr *allein* zu mir.«

David nickte und nahm Debras Arm. Er blickte Ruby einen Augenblick fragend an, aber der Arzt zuckte lediglich die Achseln und bedeutete ihm in einer bühnenreifen Grimasse, daß er nichts wisse.

Der Brig aß mit ihnen auf ihrem Zimmer, denn David fühlte sich in der Öffentlichkeit noch immer unbehaglich. Beim Essen entwickelte der Brig einen Charme, den er bisher erfolgreich verborgen hatte – als ob er fühlte, daß die beiden seine Hilfe brauchten. Sie lachten über Geschichten aus Debras Kindheit und der ersten Zeit, nachdem die Familie Amerika verlassen hatte. David war dankbar für die Unterhaltung. Die Zeit verging rasch, so daß er Debra für ihren nächsten Termin zur Eile mahnen mußte.

»Wir werden zwei verschiedene Techniken anwenden, meine Liebe...« David fragte sich, warum alle Ärzte über Vierzig mit Debra sprachen, als ob sie zwölf Jahre alt sei. »Zuerst werden wir Aufnahmen machen, die wir Polizeifotos nennen, wie fürs Verbrecheralbum, von vorn, von hinten, von den Seiten und von oben...«

Der Röntgenologe war ein graumelierter Mann mit rotem Gesicht und großen Händen. Er hatte Schultern wie ein Berufsringer. »Sie brauchen sich nicht mal auszuziehen...«, witzelte er, aber David hatte das Gefühl, als ob er das doch ein wenig bedauerte. »Danach sind wir ganz schlau und machen bewegliche Bilder vom Innern Ihres Kopfes. Das nennt man Tomographie, Röntgenschichtverfahren. Wir schnallen Ihren Kopf fest, damit Sie ihn nicht bewegen können. Dann dreht sich die Kamera in einem Kreis um Sie und ist dabei immer auf die Stelle gerichtet, die uns den ganzen Ärger macht. Wir werden herausfinden, was in Ihrem hübschen Kopf vor sich geht...«

»Ich hoffe, es wird Sie nicht schockieren, Doktor«, sagte Debra zu ihm. Er war einen Augenblick verdutzt und brach in schallendes Gelächter aus. Später hörte David, wie er es der Schwester mit Genuß wiedererzählte.

Die Untersuchung war langwierig und ermüdend. Als sie zum Hotel zurückfuhren, schmiegte sich Debra an ihn und sagte:

»Laß uns heimfahren, David. So bald wie möglich, ja?«
»Sobald wir können«, versicherte er.

Obwohl es David nicht wollte, bestand der Brig darauf, ihn am nächsten Morgen zu Ruby Friedman zu begleiten. Es war eines der ganz wenigen Male, daß David Debra angelogen hatte. Er sagte ihr, daß er sich mit den Buchhaltern des Morgan-Konzerns treffen müsse. Er ließ sie in einem limonenfarbenen Bikini am Rande des Swimmingpools zurück, wo sie braun, schlank und wunderschön in der Sonne lag.

Ruby Friedman war kurz und sachlich.

»Meine Herren«, sagte er. »Wir stehen vor einem sehr schwierigen Problem. Ich werde Ihnen zunächst einmal die Röntgenaufnahmen zeigen, um Ihnen zu verdeutlichen, wie die Sache aussieht...« Ruby drehte sich in seinem Stuhl herum und schaltete die Rückbeleuchtung einer Glaswand ein, vor der die Aufnahmen deutlich hervortraten. »Auf dieser Seite sind die Aufnahmen, die Edelmann mir aus Israel geschickt hat. Sie können den Granatsplitter sehen.« Er war klar umrissen, ein kleines dreieckiges Stück Stahl, das in der porösen Knochenstruktur lag. »Und hier sehen Sie die Spur durch die Sehnervenkreuzung, der Bruch und die Zersplitterung des Knochens ist ganz deutlich erkennbar. Edelmanns ursprüngliche Diagnose – die sich auf diese Aufnahmen und die absolute Unfähigkeit stützt, Licht oder Formen zu erkennen – scheint hiermit bestätigt. Der Sehnerv ist beschädigt, und damit ist es aus.« Rasch klammerte er die Aufnahmen ab und befestigte neue auf den Leuchtscheiben. »Nun gut. Hier ist der zweite Satz Bilder, die gestern aufgenommen wurden. Sehen Sie hier, wie der Granatsplitter sich konsolidiert und verkapselt hat.« Der ursprüngliche scharfe Umriß war etwas verwischt. »Das ist gut und war durchaus zu erwarten. Aber hier im Kanal der Kreuzung finden wir eine Wucherung, die verschiedene Auslegungen erlaubt. Es könnte eine Vernarbung sein, zusammengewachsene Knochensplitter oder irgendeine andere Art von Wucherung, harmloser oder bösartiger Natur.« Ruby tauschte die Aufnahmen wieder aus. »Dieses hier sind schließlich die tomographischen Aufnahmen, mit denen wir versuchten, die Kontur dieses Auswuchses festzustellen. Es stimmt offenbar mit der Form des Knochenkanals der Sehnervenkreuzung überein, ausgenommen hier...« Ruby zeigte auf eine kleine, halbrunde Kerbe, die in den oberen Rand der Wucherung eingeschnitten war. »Diese Linie verläuft durch die Hauptachse des Schädels, ist aber über dem Splitter gebogen wie ein umgekehrtes U. Es ist durchaus möglich, daß dies die wichtigste Entdeckung unserer gesamten Untersuchung ist.« Ruby schaltete das Licht aus. »Ich verstehe überhaupt nichts«, sagte der Brig ärgerlich. Er hatte es nicht gern, wenn jemand Spezialkenntnisse vor ihm ausbreitete, wo er nicht mithalten konnte. »Nein, natürlich nicht«, erwiderte Ruby sanft. »Ich will es ja nun erst erklären.« Er ging an seinen Schreibtisch zurück.

»Nun zu meinen Schlußfolgerungen. Es besteht absolute Sicherheit, daß eine gewisse Funktion der Sehnerven erhalten geblieben ist. Das Gehirn erhält immer noch Impulse. Die Frage ist nun, wieviel erhalten geblieben ist und in welchem Umfang diese Funktion verbessert werden kann. Es ist möglich, daß der Granatsplitter fünf der sechs Nervenstränge beschädigt hat – vielleicht sind es aber auch nur vier oder drei. Wir kennen das Ausmaß des Schadens nicht, aber wir wissen, daß Schäden dieser Art irreparabel sind. Möglicherweise ist Debra nur das geblieben, was sie jetzt hat – nämlich fast nichts.« Ruby hielt inne und schwieg. Die beiden Männer ihm gegenüber blickten ihn gespannt an.

»Das ist die negative Möglichkeit. Wenn sie zutrifft, ist Debra praktisch blind und wird es immer bleiben. Es gibt aber auch eine positive Seite. Es besteht eine Möglichkeit, daß der Sehnerv nur geringfügig beschädigt ist oder vielleicht sogar überhaupt nicht...«

»Warum ist sie dann blind?« fragte David fast zornig. Er fühlte sich gepeinigt, die Worte kamen ihm vor wie Lanzen, die man seinerzeit dem Stier in den Körper gebohrt hatte. Jedes einzelne quälte ihn. »Es kann doch nicht beides möglich sein.« Ruby sah ihn an, und zum erstenmal erkannte er hinter der nackten Maske vernarbten Fleisches den Schmerz, sah die Qual, die in den verdunkelten Augen stand, die blau wie der Stahl eines Gewehrlaufs waren.

»Verzeihen Sie mir, David. Ich fürchte, ich habe mich durch die unglaublichen Fakten dieses Falles hinreißen lassen, ihn mehr von meinem eigenen wissenschaftlichen Standpunkt zu betrachten als von Ihrem. Ich will nun zur Sache kommen...«

Er lehnte sich in seinem Stuhl zurück und fuhr fort: »Sie erinnern sich an die Kerbe in den Konturen des Chiasma opticum, der Sehnervenkreuzung. Nun, ich glaube, das ist der Nerv selbst, der aus seiner Lage geschoben ist, geknickt und abgeklemmt wie ein Gartenschlauch durch die Knochensplitter und durch den Druck des Metallstücks, so daß er nicht mehr in der Lage ist, Impulse zum Hirn zu schicken.«

»Und die Schläge gegen ihre Schläfen?« fragte David.

»Ja. Diese Schläge können gerade ausreichend gewesen sein, um die Lage der Knochensplitter oder die des Nervs selbst etwas zu verändern, so daß nunmehr eine ganz geringfügige Menge von Impulsen den Weg zum Gehirn findet – wie beim abgeknickten Wasserschlauch, der ein wenig Wasser durchläßt, wenn man ihn bewegt, aber den eigentlichen Durchfluß immer noch zurückhält. Wenn man aber den Knick beseitigt und er wieder gerade liegt, läßt er die volle Wassermenge hindurchfließen.«

Alle schwiegen, die beiden Zuhörer überdachten die Ungeheuerlichkeit dessen, was er ihnen gesagt hatte.

»Und die Augen selbst?« fragte der Brig schließlich. »Sind sie gesund?«

»Vollkommen«, Ruby nickte.

»Wie können Sie herausfinden – ich meine, was würden Sie als nächstes unternehmen?« fragte David ruhig.

»Es gibt nur einen Weg. Wir müssen an die Stelle herankommen.«

»Operieren?« fragte David wieder.

»Ja.«

»Den Schädel öffnen?«

»Ja.« Ruby nickte.

»Ihr Kopf...« David fühlte den Schmerz in Erinnerung an das umbarmherzige Messer. Er sah ihr Gesicht entstellt und ihre blinden Augen vor Schmerzen aufgerissen. »Ihr Gesicht...« Seine

Stimme bebte jetzt. »Nein, ich werde nicht zulassen, daß Sie sie aufschneiden. Ich will nicht, daß man sie ruiniert wie mich...«

»David!« Die Stimme des Brig klang heftig, und David fiel in seinen Stuhl zurück.

»Ich verstehe Ihre Gefühle«, sagte Ruby leise. »Aber wir gehen vom Hinterkopf heran, es wird also zu keiner Entstellung führen. Die Narbe wird später vom Haar verdeckt, und der Schnitt ist ohnehin nicht sehr groß...«

»Ich will nicht, daß sie noch mehr leidet.« David versuchte, sich zu beherrschen, aber seine Stimme versagte fast. »Sie hat genug gelitten, können Sie das nicht verstehen?«

»Es geht darum, ihr das Augenlicht zurückzugeben«, unterbrach der Brig. Seine Stimme war hart und kalt. »Ein wenig Unannehmlichkeit ist ein kleiner Preis dafür.«

»Es wird kaum weh tun, David, weniger als beim Blinddarm.« Wieder waren alle still, die beiden älteren beobachteten David, der sich mit der Entscheidung herumquälte.

»Wie sind die Chancen?« Hilfesuchend blickte David auf, wollte, daß jemand anderes die Entscheidung für ihn träfe.

»Das kann ich nicht sagen.« Ruby schüttelte den Kopf.

»O Gott, wie soll ich es beurteilen, wenn ich nicht einmal weiß, wie es ausgeht?« rief David aus.

»Nun gut. Ich will so sagen – es gibt eine Möglichkeit, nicht eine Wahrscheinlichkeit, daß sie einen brauchbaren Teil ihrer Sehkraft wiedererlangen könnte.« Sorgfältig wählte Ruby seine Worte. »Und es besteht eine winzige Möglichkeit, daß sie ihre volle oder fast volle Sehkraft wiedergewinnt.«

»Das ist das Beste, was geschehen kann«, stimmte David zu, »aber was ist das Schlimmste?«

»Das Schlimmste, was passieren kann, ist, daß sich nichts ändert. Sie würde ziemliche Unannehmlichkeiten über sich ergehen lassen müssen und keinen Nutzen davon haben.«

David sprang auf und ging zum Fenster. Er starrte hinaus zu den fernen Höhen des Tygerbergs, die sich im blauen Dunst der weiten Bucht, wo die Tankerschiffe am Kai vor Anker lagen und gegen den strahlenden Himmel abzeichneten.

»Du weißt, wie die Entscheidung lauten muß, David.«

Der Brig war unnachgiebig, gab ihm keinen Pardon, zwang ihn, sich dem Schicksal zu stellen.

»Nun gut«, gab David schließlich nach und wandte sich um. »Aber unter einer Bedingung: Debra darf nicht erfahren, daß sie vielleicht ihr Augenlicht zurückgewinnt.«

Ruby schüttelte den Kopf. »Aber das muß man ihr sagen.«

Der Schnurrbart des Brig sträubte sich heftig. »Warum willst du nicht, daß sie es erfährt?«

»Du weißt, warum«, erwiderte David, ohne ihn anzublicken.

»Wie wollen Sie sie dazu bringen – wenn Sie es ihr nicht erklären?« fragte Ruby.

»Sie hatte Kopfschmerzen – Sie können ihr sagen, daß dort eine Wucherung ist – daß Sie ein Gewächs entdeckt haben, das entfernt werden muß. Das ist doch wahr, oder?«

»Nein«, sagte Ruby und schüttelte den Kopf. »Ich könnte das nicht sagen. Ich kann ihr nichts vormachen.«

»Dann werde ich es sagen«, erklärte David mit ruhiger und fester Stimme. »Und ich werde ihr auch das Ergebnis der Operation mitteilen, wenn wir es wissen. Ich werde derjenige sein, der es ihr sagt – egal ob der Ausgang gut oder schlecht ist. Ist das klar?«

Nach kurzem Zögern gaben die beiden anderen unwillig ihr Einverständnis zu Davids Bedingungen.

Der Küchenchef stellte im Auftrag Davids einen Picknickkorb zusammen und vergaß nicht, zwei Flaschen Champagner mit einzupacken. David sehnte sich weg von allem. Aber er mußte sich bei dem bevorstehenden Gespräch ganz auf Debra konzentrieren; also widerstand er schweren Herzens dem Drang, mit ihr ins Flugzeug zu steigen. Statt dessen fuhren sie mit der Drahtseilbahn zu den steilen Klippen des Tafelberges hinauf. Von der Bergstation folgten sie einem Weg, der am Plateau entlangführte, und gingen Hand in Hand zu einem einsamen Platz am Rande der Klippen, wo sie hoch über der Stadt und der endlosen Weite des Meeres saßen. Zwischendurch drang der Lärm der Stadt aus sechshundertfünfzig Metern Tiefe undeutlich zu ihnen herauf, von einem launischen Windstoß hochgeweht oder von den aufragenden grauen Felsschluchten zurückgeworfen. Das Hupen eines Autos, das Kreischen einer rangierenden Lokomotive auf dem Bahngelände, der Ruf eines Muezzin und das ferne Lärmen von Kindern, die aus der Schule kamen – doch alle diese matten Widerklänge menschlichen Treibens schienen ihre Einsamkeit noch zu steigern. Sie saßen eng nebeneinander und nippten an ihrem Champagner, während David all seinen Mut zusammennahm. Er wollte gerade anfangen, als Debra ihm zuvorkam.

»Es ist schön zu leben und zu lieben, mein Liebling«, sagte sie. »Wir sind sehr glücklich, du und ich. Weißt du das, David?«

Er antwortete mit einem unartikulierten Laut der Zustimmung, und sein Mut sank.

»Würdest du etwas ändern, wenn du es könntest?« fragte er schließlich. Sie lachte.

»Oh, sicher. Man ist im Leben niemals ganz zufrieden. Ich würde viele Kleinigkeiten ändern – aber nicht das eine Große zwischen dir und mir.«

»Was würdest du ändern?«

»Ich würde zum Beispiel gerne besser schreiben können.«

Sie schwiegen wieder und tranken.

»Die Sonne geht jetzt schnell unter«, sagte er.

»Erzähl mir, wie sie aussieht«, bat sie. Und er versuchte in Worte zu fassen, wie Wolkenbänke farbig schillerten und wie das Meer in den letzten Sonnenstrahlen blendete. Er wurde sich bewußt, daß all dies mit Worten nicht wiederzugeben war, und brach mitten im Satz ab.

»Ich war heute bei Ruby Friedman«, sagte er abrupt – er fand keinen behutsamen Anfang. Sie erstarrte in der ihr eigenen Art, wie ein furchtsames Wild, das ein Raubtier wittert.

»Das ist schlimm«, sagte sie schließlich.

»Warum meinst du das?« fragte er rasch.

»Weil du mich hierher bringen mußtest, um es mir sagen zu können, und weil du Angst hast.«

»Nein«, leugnete David.

»Doch. Ich fühle es ganz deutlich. Du hast Angst um mich.«

»Das ist nicht wahr«, beteuerte er. »Ich bin nur ein bißchen beunruhigt, das ist alles.«

»Sag mir, was los ist.«

»Sie haben ein kleines Gewächs gefunden, eine Wucherung. Es sei nicht gefährlich, aber sie meinen trotzdem, daß sie etwas dagegen tun sollten.« Stockend gab er die Erklärung ab, die er sich sorgfältig ausgedacht hatte. Als er fertig war, schwieg sie einen Augenblick.

»Muß es wirklich sein?« fragte sie.

»Ja«, erwiderte er. Da nickte sie voller Vertrauen – dann lächelte sie und drückte seinen Arm.

»Mach dir keine Gedanken, David, mein Liebling. Es wird schon gutgehen. Du wirst sehen, daß sie uns nichts anhaben können. Wir haben eine Welt für uns alleine, wo sie uns nichts tun können.«

Sie versuchte, ihn zu trösten.

»Es kann gar nichts passieren.« Er riß sie heftig an sich und verschüttete dabei ein wenig Champagner.

»Wann?« fragte sie.

»Morgen gehst du hin, und am nächsten Vormittag werden sie es machen.«

»So bald?«

»Ich dachte, es ist am besten, du bringst es schnell hinter dich.«

»Ja, du hast recht.«

Sie nippte an ihrem Glas, nachdenklich und ängstlich, trotz der Tapferkeit, die sie zur Schau trug.

»Werden sie meinen Kopf aufmachen?«

»Ja«, erwiderte er. Sie lehnte sich an ihn.

»Es ist gar nicht gefährlich«, sagte er.

»Nein, nein«, stimmte sie rasch zu. »Natürlich nicht.«

Mitten in der Nacht erwachte er und wußte sofort, daß sie nicht an seiner Seite lag.

Er schlüpfte aus dem Bett und ging ins Badezimmer. Es war leer. Dann machte er Licht im Salon.

Sie hörte das Knipsen des Schalters und wandte ihr Gesicht ab – doch er hatte die Tränen gesehen, die ihr über die Wangen liefen. Er eilte zu ihr.

»Liebling«, sagte er.

»Ich konnte nicht schlafen.«

»Ich weiß schon.« Er kniete vor der Couch nieder, auf der sie lag, aber rührte sie nicht an.

»Ich hatte einen Traum«, sagte sie. »Ich sah einen Teich mit ganz klarem Wasser. Du bist darin geschwommen, und als du mich gesehen hast, hast du nach mir gerufen. Ich sah dein Gesicht ganz deutlich, du hast gelacht und warst glücklich...« Wie ein Schlag traf ihn die Erkenntnis, daß sie ihn im Traum so gesehen hatte, wie er früher aussah – einen jungen Gott und nicht das vernarbte Monstrum, das er jetzt war. »Dann gingst du plötzlich unter, sankst immer tiefer, dein Gesicht wurde undeutlich und verschwand...« Ihre Stimme versagte, und sie schwieg einen Augenblick. »Es war ein furchtbarer Traum, ich schrie und versuchte, in den See zu springen und dir nachzuschwimmen, aber ich konnte mich nicht mehr bewegen, und dann warst du in der Tiefe verschwunden. Das Wasser wurde ganz schwarz, und mein Kopf war ganz von Dunkelheit erfüllt, als ich aufwachte.«

»Es war nur ein Traum«, sagte er.

»David«, flüsterte sie. »Morgen – wenn morgen irgend etwas passiert...«

»Es wird nichts passieren«, sagte er fast empört, aber sie streckte ihre Hand gegen sein Gesicht aus, suchte seine Lippen und legte zart die Finger darauf, um sie zum Schweigen zu bringen.

»Was auch immer geschieht«, sagte sie. »Vergiß nie, wie glücklich wir waren. Denke daran, daß ich dich unendlich geliebt habe.«

Das Groote-Schuur-Krankenhaus liegt an den unteren Hängen des Teufelshorns, eines hohen, kegelförmigen Gipfels, der durch eine tiefe Mulde vom Tafelberg getrennt ist. Unter der grauen Felsspitze erstrecken sich die dunklen Kiefernwälder und offenen grünen Wiesen des riesigen Landsitzes, den Cecil John Rhodes dem Land vermacht hat.

Das Krankenhaus ist ein gewaltiger Komplex aus blendendweißen Gebäuden, die alle mit roten Ziegeln gedeckt sind.

Ruby Friedman hatte seine Beziehungen ausgenutzt, um Debra ein Privatzimmer zu verschaffen, wo sie von der Stationsschwester erwartet wurde. Man führte sie von David fort, der einsam und hilflos zurückblieb. Als er am Abend wiederkam, um sie zu besuchen, saß sie in dem weichen Bettjäckchen aus Kaschmirwolle, das er ihr geschenkt hatte, aufrecht zwischen Bergen von Blumen, die er ihr geschickt hatte, in ihrem Bett.

»Sie duften wunderbar«, sagte sie dankbar. »Es ist wie in einem Garten.«

Sie trug einen Turban um ihren Kopf, der ihr ein exotisches Aussehen verlieh.

»Sie haben mir die Haare abrasiert!« David konnte seine Bestürzung nicht verheimlichen. Er hatte nicht daran gedacht, daß sie ihr glänzendes, schwarzes Haar opfern mußte. Es war wie eine Erniedrigung, und auch sie schien es so zu empfinden, denn sie ging auf seine Bemerkung nicht ein, sondern erzählte ihm statt dessen mit munterer Stimme, wie gut sie behandelt würde und welche Mühe sich alle gaben, damit sie sich wohlfühle. »Ich komme mir vor wie eine Königin!« sagte sie lachend.

Der Brig hatte David begleitet; er war schroff und zurückhaltend und in dieser Umgebung völlig fehl am Platze. Seine Gegenwart schuf eine gezwungene Atmosphäre, und alle waren erleichtert, als Ruby Friedman erschien. Geschäftig und charmant sprach er über die Vorbereitungen, denen Debra sich hatte unterziehen müssen.

»Die Schwester sagt, es sei alles bestens, schön rasiert und hergerichtet. Es tut mir leid, aber Sie dürfen nichts anderes zu sich nehmen als die Schlaftablette, die ich Ihnen geben ließ.«

»Wann werde ich operiert?«

»Sie kommen morgen in aller Frühe dran, um acht Uhr. Ich bin sehr froh, daß Billy Cooper operiert, da haben wir Glück gehabt, aber er ist mir den Gefallen eigentlich schuldig. Ich werde ihm natürlich assistieren, und überdies hat er eines der besten Operationsteams der Welt.«

»Ruby, Sie wissen, daß einige Frauen ihre Ehemänner ins Krankenhaus mitnehmen —«

»Ja?« Die Frage brachte Ruby in Verwirrung.

»Nun – könnte David nicht dabei sein, morgen? Es wäre besser für beide von uns.«

»Entschuldigen Sie, meine Liebe, aber Sie kriegen ja schließlich kein Baby.«

»Könnten Sie es nicht so einrichten, daß er dabei ist?« bat Debra mit flehenden Augen und mit einem Ausdruck, der das härteste Herz erweichen mußte.

»Es tut mir leid.« Ruby schüttelte den Kopf. »Das ist völlig unmöglich...« Dann erhellte sich seine Miene. »Aber ich will Ihnen was sagen. Ich könnte ihn in den Raum für die Studenten lassen, da hätte er sogar einen besseren Überblick, als wenn er im Operationssaal wäre. Wir übertragen unsere Operationen auf einen Fernsehschirm in einem Hörsaal, David könnte sich dazusetzen.«

»O ja, bitte.« Debra war sofort einverstanden. »Ich will nur das Gefühl haben, daß er in der Nähe ist und daß wir in Verbindung sind. Wir sind nicht gern voneinander getrennt, nicht wahr, mein Liebling?« Sie lächelte in die Richtung, in der sie ihn vermutete, aber er war beiseite gerückt, und ihr Lächeln verfehlte ihn. Diese Geste brachte ihn fast außer Fassung. »Du kommst doch, David, nicht wahr?« fragte sie, und obgleich ihm der Gedanke widerstrebte, das Messer bei der Arbeit zu sehen, zwang er sich, leichthin zu antworten:

»Ich bin bei dir.« Er hatte »immer« hinzusetzen wollen, aber etwas in ihm schnitt ihm das Wort ab.

So früh am Morgen waren nur zwei Studenten in dem kleinen Hörsaal, wo zwei gepolsterte Stuhlreihen im Halbkreis um den Fernsehschirm angeordnet waren, ein rundliches Mädchen mit hübschem Gesicht und struppigen Haaren und ein aufgeschossener junger Mann mit bleicher Hautfarbe und schlechten Zähnen. Beide ließen ihr Stethoskop mit absichtlicher Nonchalance aus den Taschen ihrer weißen Leinenkittel baumeln. Nach den ersten überraschten Blicken ignorierten sie David und unterhielten sich im medizinischen Fachjargon. »Die Coopers machen eine Probeinzision durch das Scheitelbein.«

»Das wollte ich mir mal ansehen...«

Das Mädchen verqualmte den Raum mit ihren blauen Gauloises. Davids Augen brannten, denn er hatte in der Nacht kaum geschlafen, und der Rauch war ihm lästig. Er sah dauernd nach der Uhr und stellte sich vor, was mit Debra in diesen letzten Minuten geschah – wie ihr Körper gewaschen und eingehüllt wurde, wie man ihr eine Beruhigungsspritze gab und die Kopfhaut sterilisierte.

Endlich waren die langsam dahinschleichenden Minuten um. Der Schirm leuchtete auf, und das flimmernde Bild stellte sich auf eine Totale vom Operationsraum ein. Es war ein Farbgerät, und die grünen Operationskittel, die sich um den OP-Tisch bewegten, verschmolzen mit dem gedämpften Grün der Wände. Man vernahm Bruchstücke der Unterhaltung zwischen dem Chirurgen und seinem Narkosearzt.

»Sind wir jetzt soweit, Mike?«

Ein Gefühl der Übelkeit überkam David, und er wünschte, er hätte gefrühstückt.

»Gut.« Die Stimme des Chirurgen wurde schärfer, als er sich zum Mikrofon wandte. »Sind wir auf Übertragung?«

»Ja, Doktor«, antwortete die OP-Schwester.

Die Stimme des Chirurgen klang etwas unwillig, als er zu seinen unsichtbaren Zuschauern sprach.

»Also gut, dann. Bei dem Patienten handelt es sich um eine sechsundzwanzigjährige Frau. Die Symptome sind: totaler Verlust der Sehkraft auf beiden Augen. Als Grund wird vermutet: Beschädigung oder Abschnürung des Sehnervs in oder nahe dem Chiasma opticum. Wir nehmen hier die operative Untersuchung der betreffenden Stelle vor. Chirurg ist Dr. William Cooper, assistiert von Dr. Ruben Friedman.«

Während er sprach, schwenkte die Kamera auf den Tisch, und völlig überrascht merkte David plötzlich, daß er Debra gesehen hatte, ohne sie zu erkennen. Ihr Gesicht und der untere Teil ihres Kopfes waren mit sterilen Tüchern bedeckt, die alles verbargen – bis auf den rasierten runden Schädel. Er ähnelte eher einem Ei als einem menschlichen Kopf und war mit Desinfektionslösung bepinselt, die im Oberlicht glänzte. »Skalpell bitte, Schwester.«

David beugte sich mit klopfendem Herzen in seinem Stuhl vor, und seine Hände umschlossen die Armlehne so fest, daß die Knöchel weit hervortraten, während Cooper die Klinge im ersten Schnitt über die glatte Haut zog. Das Fleisch teilte sich, und die Wundränder begannen sofort zu bluten. Rasche sichere Hände bewegten sich auf dem Fernsehschirm in gelben, unpersönlichen Gummihandschuhen. Ein ovales Stück Haut wurde zurückgeklappt. Nun lag der blanke Knochen vor dem Chirurgen. David überlief es kalt, als er den Bohrer erblickte, der genauso aussah wie die Bohrkurbel eines Tischlers. Der Chirurg setzte seinen unpersönlichen Kommentar fort, während er anfing, die Kurbel zu drehen und durch den Schädel zu bohren. Der glänzende Stahl drang schnell in den Knochen. Er bohrte vier runde Löcher in die Schädeldecke, die ein Viereck bildeten.

Dann sägte Cooper säuberlich den Knochen zwischen den vier Löchern auseinander. Als er das losgetrennte Knochenstück abhob, lag das Innere von Debras Schädel ungeschützt vor ihm. Während dieses Vorgangs war David so übel geworden, daß er glaubte, er könne es nicht mehr ertragen. Er spürte, wie ihm der kalte Schweiß auf die Stirn trat. Aber als jetzt die Kamera direkt auf das offene Loch zufuhr, verwandelte sich sein Grauen in Erstaunen. Er sah Debras Gehirn – eine bleiche amorphe Masse, umschlossen von der widerstandsfähigen, schützenden Membrane der harten Hirnhaut. Geschickt schnitt Cooper eine Klappe in diese Hülle.

»Wir haben jetzt den Vorderlappen freigelegt und müssen ihn verschieben, um an die Schädelbasis heranzukommen.«

Cooper arbeitete mit raschen, sicheren Bewegungen. Er ergriff jetzt ein Gerät aus blankem Stahl, das wie ein Schuhlöffel geformt war, und schob es unter die Gehirnmasse, um sie beiseite zu heben.

Vor Davids weit aufgerissenen Augen lag offen und ungeschützt alles, was aus Debra das machte, was sie war. Er fragte sich, welcher Teil dieser weichen, bleichen Masse ihre dichterische Begabung beherbergte, aus welcher der unzähligen Falten und Windungen die lebendige Quelle ihrer Fantasie entsprang, und wo ihre Liebe zu ihm verborgen war. Gebannt beobachtete er, wie der Retraktor immer tiefer in die Öffnung drang und die Kamera ihm in die klaffenden Tiefen von Debras Schädel folgte.

Cooper öffnete das entgegengesetzte Ende der Dura mater und kommentierte sein Vorgehen.

»Wir haben hier die vordere Furche des Sinus sphenoidalis. Von diesem Punkt aus dringen wir zum Chiasma vor.«

Die Stimme des Chirurgen hatte sich verändert. Auch seine Spannung wuchs, während sich seine Hände langsam und geschickt ihrem Ziel näherten.

»Das ist aber interessant – können wir es auf dem Schirm sehen, bitte? Ja? Hier ist ganz deutlich eine Knochendeformation...« Die Stimme klang befriedigt, und die beiden Studenten neben David beugten sich mit einem Ausruf des Erstaunens vor. David konnte tief unten in der offenen Wunde zwischen weichem, nassem Gewebe einen harten, hellen Belag erkennen. Die Stiele der stählernen Instrumente zwängten sich hinein wie metallische Bienen in die Staubgefäße rosafarbener und gelber Blüten. Cooper drang schließlich bis zu dem Granatsplitter vor. »Hier haben wir nun den Fremdkörper. Können wir noch einmal einen Blick auf die Röntgenaufnahme werfen, Schwester?«

Auf dem Fernsehschirm erschien eine der Röntgenaufnahmen, und wieder stießen die beiden Studenten einen leisen Ausruf des Erstaunens aus. Das Mädchen paffte heftig an seiner stinkenden Gauloise.

»Danke sehr.«

Die Kamera wandte sich wieder auf das Operationsobjekt, und nun sah David den Granatsplitter als dunklen Fleck eingebettet in den weißen Knochen.

»Ich denke, wir machen uns mal daran. Einverstanden, Dr. Friedman?«

»Ja, ich glaube, Sie sollten ihn herausnehmen.«

Mit äußerster Behutsamkeit zerrten die schlanken, stählernen Insekten an dem dunklen Splitter und hatten ihn schließlich aus seiner Vertiefung gelöst. Cooper zog ihn vorsichtig heraus. David hörte das metallische Klirren, als der Chirurg ihn mit einem Ausruf der Befriedigung in eine bereitgehaltene Schale fallen ließ.

»Gut. Gut.« Cooper sprach sich selbst ein wenig Mut zu, während er das Loch, das der Splitter hinterlassen hatte, mit Bienenwachs ausfüllte, um eine heftige Blutung zu verhindern. »Nun wollen wir mal die Sehnerven suchen.«

Sie sahen aus wie zwei weiße Würmer. David erkannte sie deutlich. Sie verliefen zunächst getrennt, um dann ineinander zu verschmelzen und schließlich im Knochenkanal zu verschwinden. »Wir haben hier wucherndes Knochengewebe, das eindeutig eine Folge des Fremdkörpers ist, den wir soeben entfernt haben. Es scheint den Kanal blockiert und den Nerv gequetscht oder beschädigt zu haben. Was meinen Sie, Dr. Friedman?«

»Ich glaube, wir sollten dieses Gewebe entfernen und feststellen, was mit dem Nerv in diesem Bereich geschehen ist.«

»Gut. Ja, das glaube ich auch. Schwester, ich brauche eine feine Knochenzange, um da heranzukommen.«

Schnell war das blitzende Stahlinstrument zur Hand, und Cooper begann, an der weißen Knochenmasse zu arbeiten, die ähnlich geformt war wie eine Koralle aus tropischen Gewässern. Er zwickte mit dem scharfen Instrument daran herum und entfernte vorsichtig jedes Stück, das er abgelöst hatte.

»Dieser Knochensplitter hier ist von dem Metallstück in den Kanal gedrückt worden. Er ist ziemlich groß und muß unter beträchtlichem Druck gestanden und sich dann hier konsolidiert haben...«

Sorgfältig arbeitete er weiter. Allmählich kam dann der weiße Nervenstrang unter dem Gewächs zum Vorschein. »Nun, das ist ja wirklich interessant.« Coopers Stimme klang völlig verändert. »Schauen Sie her. Können wir es noch etwas genauer sehen, bitte?« Die Kamera kam näher heran und zeigte ein ganz scharfes Bild. »Der Nerv ist nach oben gepreßt und dadurch flachgedrückt worden. Er ist ganz offensichtlich abgeklemmt worden – scheint aber noch intakt zu sein.«

Cooper zog wieder ein großes Knochenstück heraus, und nun war der Nerv in voller Länge freigelegt.

»Das ist wirklich sehr bemerkenswert. Ich schätze, so etwas kommt einmal unter tausend Fällen – vielleicht sogar unter einer Million – vor. Der Nerv scheint keinen Schaden genommen zu haben. Und doch ist der Stahlsplitter so nahe daran vorbeigegangen, daß er ihn berührt haben muß.«

Vorsichtig hob Cooper den Nerv mit der stumpfen Spitze einer Sonde an.

»Völlig intakt, nur flachgepreßt durch den Druck. Ich glaube nicht, daß wir mit einer Rückbildung rechnen müssen – was meinen Sie, Dr. Friedman?«

»Ich glaube, daß wir eine gute Wiederherstellung der Funktion erwarten dürfen.«

Obwohl ihre Gesichter durch die Masken verdeckt waren, konnte man die triumphierende Miene der beiden Männer erkennen. In David erhoben sich widerstreitende Gefühle. Eine schwere Last legte sich auf seine Seele, während er beobachtete, wie Cooper das herausgesägte Schädelstück wieder einsetzte und die Kopfhaut annähte, so daß man äußerlich nur noch wenig vom Ausmaß und der Tiefe des Eingriffs erkennen konnte. Das Bild auf dem Schirm wechselte auf einen anderen Operationssaal über, wo ein kleines Mädchen wegen eines schweren Bruchs operiert wurde. Das Interesse der zuschauenden Studenten wandte sich nun diesem Fall zu.

David stand auf und verließ den Raum. Er fuhr nach oben und wartete im Besuchszimmer von Debras Station, bis sich die Türen des Aufzugs wieder öffneten und Debra von weißgekleideten

Krankenpflegern den Korridor hinuntergerollt und in ihr Zimmer geschoben wurde. Sie war totenblaß, hatte dunkle, schwarze Ränder unten den Augen. Ihre Lippen waren ganz weiß, um den Kopf wickelte sich ein Turban aus weißen Bandagen. Auf den Tüchern, mit denen sie zugedeckt war, war ein matter brauner Blutfleck zu sehen, und der Narkosegeruch hing wie eine Wolke in der Luft, als sie längst verschwunden war.

Nun erschien Ruben Friedman, der inzwischen seine Operationskleidung mit einem leichten grauen Mohairanzug und einem Seidenschlips von Dior vertauscht hatte. Er sah sonnengebräunt und gesund aus und war außerordentlich zufrieden mit seinem Erfolg.

»Haben Sie zugeschaut?« fragte er, und als David nickte, fügte er vergnügt hinzu: »Es war außergewöhnlich.« Er lachte und rieb sich in bester Stimmung die Hände. »Mein Gott, so etwas macht Spaß. Und selbst wenn man nichts anderes geleistet hätte in seinem Leben – so etwas gibt einem das Gefühl, daß es doch nicht umsonst war.«

Er konnte seine Begeisterung nicht mehr im Zaum halten und klopfte David vergnügt auf die Schulter. »Außer – ge – wöhn – lich«, wiederholte er und zog die Silben genüßlich auseinander, als ob er sie auf der Zunge zergehen ließe.

»Wann werden Sie es wissen?« fragte David ruhig.

»Ich weiß es bereits, ich lege meine Hand dafür ins Feuer!«

»Wird sie sehen können, sobald sie aus der Narkose erwacht?«

»Du lieber Gott, nein!« Ruby lachte. »Der Nerv war jahrelang abgeklemmt, er braucht Zeit, um sich zu erholen.«

»Wie lange?«

»Es ist wie ein eingeschlafenes Bein. Wenn das Blut zurückfließt, ist es immer noch benommen und kribbelt, bis das Blut wieder richtig zirkuliert.«

»Wie lange?« wiederholte David.

»Gleich nachdem sie aufwacht, wird der Nerv verrückt spielen und alle möglichen wilden Impulse ins Gehirn schicken. Sie wird Farben sehen und Formen, als sei sie im Drogenrausch, und es braucht eine Weile, bis sich das legt – zwei Wochen oder vielleicht einen Monat, würde ich schätzen –, dann werden die Formen deutlicher, der Nerv wird seine volle Funktion wiedererlangt haben, und sie wird anfangen, richtig normal zu sehen.«

»Zwei Wochen«, sagte David und fühlte die Erleichterung eines zum Tode Verurteilten, der vom Aufschub der Urteilsvollstreckung erfährt.

»Jetzt werden Sie es ihr natürlich sagen.« Ruby lachte fröhlich. Er wollte gerade David noch einmal auf die Schulter klopfen, doch besann er sich rechtzeitig. »Sie haben ihr ein wunderbares Geschenk machen dürfen.«

»Nein«, erwiderte David. »Ich werde es ihr jetzt noch nicht sagen. Später wird sich ein besserer Zeitpunkt finden.«

»Sie müssen ihr eine Erklärung geben für die Farben und die Halluzinationen, die sie jetzt sieht. Dies alles wird sie beunruhigen.«

»Wir werden ihr lediglich sagen, daß das die normalen Nachwirkungen der Operation sind. Sie soll sich erst einmal daran gewöhnen, bevor sie die Wahrheit erfährt.«

»David, ich...« Ruby wurde ernst, aber das wilde Aufblitzen der blauen Augen in der Maske vernarbten Fleisches brachte ihn zum Schweigen.

»Ich werde es ihr sagen!« Davids Stimme bebte vor Zorn, und Ruby wich einen Schritt zurück. »Das war die Bedingung. Ich werde es ihr sagen, wenn ich die Zeit für gekommen halte.«

Ein schwaches, bernsteinfarbenes Licht glühte in der Dunkelheit blaß und weit weg. Dann sah sie, daß es sich teilte wie eine Amöbe – und es wurden zwei daraus. Jede von ihnen teilte sich immer weiter, und sie erfüllten das Universum mit einem weiten, schimmernden Sternenfeld. Das Licht pochte und pulste, es wechselte seine Farbe von Gelb zum reinsten Weiß wie das Funkeln eines hundertkarätigen lupenreinen Diamanten. Dann ging es über in das sonnenüberstrahlte Blau des tropischen Meeres, das weiche Grün der Wälder und das Gold der Wüsten – ein endloser, unaufhörlicher Schwall von Farben, die ineinander verschmolzen, dahinschwanden und immer wieder aufflammten.

Dann nahmen die Farben Formen an, sie drehten sich wie mächtige Feuerräder, schwebten nach oben, explodierten und strömten herab in Flammen, aus denen neues Licht brach.

Sie war erschrocken über die gewaltigen Formen und Farben, die auf sie einstürmten, und verwirrt über deren Schönheit. Schließlich konnte sie es nicht länger schweigend ertragen und begann, laut zu schluchzen.

Sofort war eine Hand da, die sich in die ihre legte, eine starke, harte und vertraute Hand, auch seine Stimme war da.

»David«, rief sie erleichtert.

»Ruhig, mein Liebling. Du mußt ruhig bleiben.«

»David, David!« Sie hörte sich selbst schluchzen, während neue Sturzbäche von Farben sie überströmten, unvorstellbar in ihrem Reichtum und ihrer Vielfalt, überwältigt in ihrer Tiefe und Weite.

»Ich bin hier, mein Liebling. Ich bin bei dir.«

»Was geschieht mit mir, David? Was ist los?«

»Es ist alles in Ordnung. Die Operation war ein Erfolg. Es geht dir gut.«

»Mein Kopf ist voller Farben«, stieß sie hervor. »So etwas habe ich noch nie erlebt.«

»Es ist eine Folge der Operation. Es beweist, daß sie erfolgreich war. Sie haben die Wucherung entfernt.«

»Ich habe Angst, David.«

»Nein, mein Liebling. Du brauchst keine Angst zu haben.«

»Halte mich, David. Halte mich fest.« In seinen Armen ließ die Furcht nach. Allmählich lernte sie es, sich auf den Meereswogen und Farbströmen zu bewegen, sie zu ertragen und sie schließlich sogar mit Staunen und wachsender Begeisterung zu betrachten.

»Es ist wunderbar, David. Wenn du da bist, habe ich keine Angst. Es ist wunderbar.«

»Erzähle mir, was du siehst«, sagte er.

»Ich kann es nicht, es ist unmöglich. Ich könnte keine Worte dafür finden.«

»Versuche es doch«, bat er.

David war allein im Hotel. Es war schon nach Mitternacht, als das Gespräch nach New York durchkam, das er angemeldet hatte.

»Hier ist Robert Dugan, mit wem spreche ich?« Bobbys Stimme war knapp und geschäftsmäßig.

»Hier ist David Morgan.«

»Wer?«

»Debra Mordechais Mann.«

»Ach so. Hallo, David!« Seine Stimme war wie umgewandelt, sie wurde aufgeschlossen und freundlich. »Wie nett, Sie zu hören. Wie geht's Debra?« Dugans Interesse für David begann und endete bei seiner Frau.

»Darum rufe ich an. Sie ist operiert worden und liegt zur Zeit im Krankenhaus.«

»Mein Gott! Hoffentlich nichts Ernstes, oder?«

»Es geht ihr schon sehr viel besser. Sie kann in wenigen Tagen aufstehen und in einigen Wochen wieder arbeiten.«

»Das freut mich, David. Das ist großartig.«

»Hören Sie zu, ich möchte, daß Sie einen Vertrag aushandeln für das Abfassen des Drehbuches von ›Ein Platz für uns allein‹.«

»Sie will es machen?« Dugans freudige Überraschung war deutlich über sechstausend Meilen Entfernung zu hören.

»Sie will es jetzt machen.«

»Das ist ja toll, David.«

»Versuchen Sie, einen guten Vertrag für sie zu machen.«

»Verlassen Sie sich darauf, alter Junge. Unsere Kleine ist heiße Ware. Daß sie sich geziert hat, hat ihr gar nichts geschadet, das kann ich Ihnen sagen!«

»Wie lange wird die Arbeit am Drehbuch dauern?«

»Sie werden sie für sechs Monate haben wollen, schätze ich. Der Regisseur, der es machen soll, filmt gerade in Rom. Es wird wahrscheinlich dort mit Debra arbeiten wollen.«

»Gut«, sagte David. »Rom wird ihr gefallen.«

»Kommen Sie mit, David?«

»Nein«, antwortete David vorsichtig. »Nein, sie wird wohl alleine kommen.«

»Kann sie denn überhaupt alleine reisen?« Dugans Stimme klang unsicher.

»Von nun an wird sie alles alleine tun können.«

»Ich hoffe, Sie haben recht«, meinte Dugan zweifelnd.

»Ich habe recht«, sagte David kurz. »Und noch was: Ist diese Vortragsreise noch aktuell?«

»Sie laufen mir die Türen ein. Wie ich schon sagte, sie ist scharf wie eine Bombe.«

»Arrangieren Sie das – für die Zeit nach dem Drehbuch.«

»He, David, alter Junge. Das ist ja prima. Nun machen wir wirklich Nägel mit Köpfen. Wir machen aus Ihrem kleinen Mädchen einen ganz großen Hit.«

»Tun Sie das«, sagte David. »Machen Sie was aus ihr. Halten Sie sie in Trab, lassen Sie ihr keine Zeit zum Nachdenken.«

»Ich werde sie schon beschäftigen.« Dann schien er Verdacht zu schöpfen: »Ist etwas nicht in Ordnung, David? Sie haben wohl irgendein familiäres Problem, alter Junge? Möchten Sie darüber sprechen?«

»Nein, ich möchte nicht darüber sprechen. Passen Sie nur auf sie auf. Passen Sie gut auf sie auf.«

»Ich werde mich um sie kümmern.« Dugans Stimme war sachlich geworden. »Und, David... Es tut mir leid. Ich weiß nicht, was los ist, aber – es tut mir leid.«

»Schon gut.« David mußte das Gespräch beenden – auf der Stelle. Seine Hand zitterte so, daß er das Telefon vom Tisch stieß, als er den Hörer zurücklegen wollte. Er ließ den zerbrochenen Plastikapparat liegen und ging in die Nacht hinaus. Er wanderte einsam durch die schlafende Stadt, bis er kurz vor Tagesanbruch müde genug war, um schlafen zu können.

Die Farbströme gingen allmählich über in ein ruhiges Fließen, und einzelne Motive traten hervor. Die Lichtexplosionen hörten auf, und sie hatte nun keine Angst mehr, sondern genoß die neue Helligkeit nach den Jahren der Blindheit. Und nachdem sie die Nachwirkung der Operation überstanden hatte, erfüllte sie ein wunderbares Gefühl des Wohlbefindens, eine unerklärliche Erwartung, ein Gefühl, das sie an ihre Kinderzeit erinnerte, wenn sie den Beginn langersehnter Ferien kaum erwarten konnte.

Es war, als ob sie nur in der Tiefe ihres Unterbewußtseins ahnte, daß sie wieder sehen würde. Sie merkte, daß sich etwas geändert hatte, sie freute sich darüber, aus dem dunklen, schattigen Kerker des Nichts in die neue Helligkeit entlassen zu sein, aber sie erkannte nicht, daß da noch mehr kommen würde, daß den Farben und Fantasien nun Formen und Wirklichkeit folgen würden.

Jeden Tag wartete David auf ein Wort von ihr, aus dem er schließen konnte, daß sich die allmähliche Rückkehr ihrer Sehkraft zeigte. Er wartete darauf und fürchtete es zugleich. Aber es geschah nichts.

Er verbrachte täglich soviel Zeit mit ihr, wie es der Tagesablauf des Krankenhauses erlaubte. Er sammelte jede Minute und wucherte mit der Zeit wie ein Geizhals. Doch Debras überschäumende Stimmung war ansteckend, er mußte mit ihr lachen und die freudige Erregung teilen, mit der sie die Entlassung aus dem Krankenhaus und ihre Rückkehr nach Jabulani erwartete. Ihr Gemüt war frei von Zweifeln. Keine Schatten überlagerten ihr Glück, und allmählich begann David zu glauben, daß es dauern werde, daß ihr Glück unsterblich sei und daß ihre Liebe jeder Anfechtung widerstehen werde. Es war so schön, wenn sie jetzt zusammen waren, getragen von Debras sprudelndem Enthusiasmus, daß er zu glauben begann, sie könne ihr Augenlicht wiedererlangen und den ersten Schock seines Anblicks überstehen. Aber er konnte sich immer noch nicht entschließen, es ihr schon zu sagen, denn es war ja noch viel Zeit. Zwei Wochen, hatte Ruby Friedman ihm gesagt, zwei Wochen würde es dauern, bevor sie ihn sehen konnte, und es war von größter Wichtigkeit für David, daß er jedes Körnchen Glück aus der Zeit zog, die ihm noch blieb.

In den einsamen Nächten brachten ihn seine wirren Gedanken um den Schlaf. Er erinnerte sich, daß der Arzt damals gesagt hatte, man könne noch sehr viel tun, um sein Aussehen weniger gräßlich zu gestalten. Er könnte zurückgehen und sich noch einmal dem Messer unterwerfen, obwohl sich sein Körper schon beim bloßen Gedanken daran krümmte. Vielleicht würde Debra dann etwas zurückbekommen, das weniger schrecklich anzusehen war.

Am nächsten Tag hielt er tapfer den Blicken von Hunderten von Käufern stand, als er Stuttafords Kaufhaus in der Adderley Street aufsuchte. Das Mädchen in der Perückenabteilung gewann mühsam die Fassung wieder, führte ihn in eine Kabine und stürzte sich mutig ins Wagnis, eine Perücke zu finden, die den Skalp dieses vernarbten Turmschädels bedecken sollte.

David betrachtete den feinen lockigen Haarschopf über der erstarrten Ruine seines Gesichts, und zum allerersten Mal mußte er selbst darüber lachen, obgleich es durch dieses Lachen noch schrecklicher wurde, da der straffe, lippenlose Mund zuckte wie ein Tier in der Falle.

»Mein Gott!« rief er lachend aus. »Frankenstein in einem langweiligen Stück.« Dies war zuviel für die Verkäuferin, die die ganze Zeit versucht hatte, sich zu beherrschen. Sie brach in ein hysterisches Gelächter peinlicher Verlegenheit aus.

Er wollte Debra davon erzählen, einen Witz daraus machen und sie gleichzeitig auf den ersten Anblick seines Gesichtes vorbereiten, aber irgendwie konnte er die passenden Worte nicht finden. Wieder ging ein Tag vorüber, ohne daß etwas geschehen war – außer daß sie ein paar letzte gemeinsame Stunden voll Wärme und Glück genossen hatten.

In den folgenden Tagen begann Debra die ersten Anzeichen von Unruhe zu zeigen: »Wann lassen sie mich hier heraus, Liebling? Mir geht es ausgezeichnet. Es ist lächerlich, hier noch im Bett zu liegen. Ich will zurück nach Jabulani – dort gibt es so viel zu tun.« Dann lachte sie. »Nun bin ich schon zehn Tage hier eingeschlossen. Ich bin dieses Klosterleben nicht gewohnt, und so langsam fange ich an, die Wände hochzugehen.«

»Wir können ja die Tür abschließen«, schlug David vor.

»Mein Gott, ich habe ein Genie geheiratet«, rief Debra entzückt aus. Später sagte sie: »Heute habe ich es zum erstenmal in Technicolor erlebt. Ich glaube, ich könnte richtig süchtig werden.«

Als er an diesem Abend ins Hotel zurückkehrte, erwarteten ihn Ruby Friedman und der Brig. Schnell kamen sie auf den Grund ihres Besuches zu sprechen.

»Du hast bereits zu lange gewartet. Debra hätte es schon vor Tagen wissen müssen«, sagte der Brig streng.

»Er hat recht, David. Sie sind unfair ihr gegenüber. Sie muß Zeit haben, mit sich selber ins reine zu kommen, sie braucht einen Spielraum, um sich darauf einzustellen.«

»Ich werde es ihr sagen, sobald sich die Gelegenheit ergibt«, erwiderte David hartnäckig.

»Wann wird das sein?« verlangte der Brig zu wissen, und der Goldzahn glänzte grimmig in seinem zottigen Nest.

»Bald.«

»David«, sagte Ruby beschwichtigend. »Es kann jetzt jederzeit passieren. Sie hat gewaltige Fortschritte gemacht, und es könnte viel eher soweit sein, als ich erwartete.«

»Ich werde es tun«, sagte David. »Könnt ihr nicht aufhören, mich zu drängen. Ich will es tun – und ich werde es tun. Aber geht mir vom Halse, ja?«

»In Ordnung.« Der Brig wurde energisch. »Du hast Zeit bis morgen mittag. Wenn du es ihr bis dahin nicht gesagt hast, dann sage ich es ihr.«

»Du bist ein hartnäckiger, alter Idiot! Ja, das bist du«, erwiderte David bitter. Die Lippen des Brig wurden weiß vor Zorn, und man konnte sehen, daß er sich nur mit Mühe beherrschen konnte.

»Ich verstehe deinen Widerstand«, sagte er und wählte sorgfältig seine Worte. »Ich habe Verständnis dafür. Meine erste und einzige Sorge dreht sich jedoch um Debra. Du gibst dir selber zu weit nach. Du ergehst dich in Selbstmitleid, und ich werde es nicht länger zulassen, daß ihr damit geschadet wird. Sie hat genug gelitten. Keine weitere Verzögerung. Sage es ihr und bringe es hinter dich.«

»Ja«, nickte David resigniert. Aller Kampfgeist war von ihm gewichen. »Ich werde es ihr sagen.«

»Wann?« beharrte der Brig.

»Morgen«, versprach David. »Morgen früh werde ich es ihr sagen.«

Es war ein heller, warmer Morgen, und der Garten vor seinem Zimmer stand in farbenfroher Blüte. David frühstückte ausgiebig. Er las alle Morgenzeitungen von Anfang bis Ende. Dann wählte er sorgfältig einen dunklen Anzug und ein weiches lila Hemd aus und kleidete sich an. Als er fertig war, betrachtete er sich noch einmal in dem großen Spiegel des Ankleidezimmers.

»Es ist lange her, und ich habe mich immer noch nicht an dich gewöhnt«, sagte er zu seinem eigenen Spiegelbild. »Ich kann nur hoffen und beten, daß es jemand gibt, der dich mehr liebt als ich.«

Der Portier hatte ein Taxi besorgt, das unter den Säulen der Auffahrt auf ihn wartete. Mit einem bleiernen Gefühl im Magen lehnte er sich auf dem Rücksitz zurück. Die Fahrt schien ihm an diesem Morgen viel kürzer zu sein, und als er den Chauffeur bezahlt hatte und die Stufen zum Haupteingang des Groote-Schuur-Krankenhauses hinaufstieg, blickte er auf seine Armbanduhr. Es war wenige Minuten nach elf. Er bemerkte kaum die neugierigen Blicke, als er durch die Vorhalle zum Fahrstuhl ging.

Im Besucherzimmer von Debras Station wartete bereits der Brig. Hochgewachsen und grimmig trat er hinaus in den Korridor, eine fremdartige Erscheinung in seinen Zivilkleidern.

»Was machst du denn hier?« fragte David. Es war diese Einmischung bis ins letzte, die ihm so auf die Nerven ging.

»Ich dachte, ich könnte dir vielleicht von Nutzen sein.«

»Wie nett von dir!« sagte David zynisch, ohne einen Versuch, seinen Ärger zu verbergen.

Der Brig ging nicht darauf ein, sondern fragte ruhig: »Möchtest du, daß ich mit dir gehe?«

»Nein.« David wandte sich ab. »Ich erledige das schon, danke.« Dann ging er zur Tür. »David!« rief der Brig. David zögerte und drehte sich um.

»Was ist?« fragte er. Eine ganze Weile starrten sie einander an, dann schüttelte der Brig plötzlich den Kopf. »Nein«, sagte er, »es ist nichts.« Dann sah er, wie sich der junge Mann mit dem monströsen Kopf umdrehte und rasch zum Zimmer Debras ging. Seine Schritte hallten hohl auf dem leeren Korridor wider, es klang wie der Tritt eines Mannes, der zum Galgen geht.

Es war warm, nur eine leichte Brise kam von der See her. Debra saß in ihrem Stuhl am offenen Fenster, und die warme Luft trug den Duft der Kiefernwälder herein. Es war ein harziger, sauberer Geruch, der sich mit dem schwachen Duft der See und des Tangs mischte. Sie war ruhig und zufrieden, obgleich David an diesem Morgen später kam. Vorher hatte Ruby Friedman Visite gemacht und ihr dabei angedeutet, daß sie in etwa einer Woche entlassen würde.

Die Wärme des Morgens war einschläfernd. Sie schloß ihre Augen und überließ sich dem kraftvollen reichen Farbenfluß, der sie wie ein Meer weicher Schatten umschloß, und nickte ein.

So fand David sie, auf dem Liegestuhl liegend, die Beine gekreuzt, während die Sonne seitlich auf ihr Gesicht schien. Der Turban aus weißen Verbänden, der auf ihrem Kopf saß, war sauber und frisch, und in ihrem weißen Kleid, das über und über mit durchsichtigen Spitzen besetzt war, sah sie aus wie eine Braut.

Er stand vor ihrem Stuhl und betrachtete sie. Ihr Gesicht war noch bleich, aber die dunklen Ringe unter ihren Augen waren verschwunden, und ihre vollen Lippen waren heiter und gelassen.

Mit unendlicher Zärtlichkeit beugte er sich vor und legte seine offene Hand an ihre Wange. Sie rührte sich schlaftrunken und öffnete ihre honigbraunen Augen mit den hellen, goldenen Punkten. Sie waren wunderschön und hatten noch den Blick der Blinden. Doch plötzlich sah er, wie sie sich veränderten. Ihr Blick wurde scharf und klar. Ihre Augen begannen, ihn zu fixieren. Sie blickte ihn an und sah ihn.

Debra war durch die leichte Berührung an ihrer Wange aus ihrem Halbschlaf aufgeschreckt. Sie öffnete ihre Augen und blickte in sanfte goldene Wolken. Doch plötzlich teilten sie sich wie ein Nebel, und aus dem Nebel sah sie den Kopf eines Ungeheuers, der auf sie zuglitt, ein kolossaler, entkörperter Kopf, der aus der Hölle selbst aufgestiegen sein mußte, ein Kopf, durchfurcht von bleichen Linien und mit bestialischen, grausamen Zügen. Sie warf sich in den Stuhl zurück und duckte sich vor Schreck, während sie ihr Gesicht mit den Händen bedeckte und laut aufschrie.

David drehte sich um und lief aus dem Zimmer. Die Tür schlug hinter ihm zu, seine raschen Schritte hallten im Korridor wider. Der Brig hörte ihn kommen und trat in den Gang hinaus.

»David!« Er streckte die Hand aus, um ihn zurückzuhalten, aber David schlug nach ihm und versetzte ihm einen Stoß an die Brust, der ihn mit voller Wucht gegen die Wand warf. Als er sein Gleichgewicht wiedergefunden hatte und sich taumelnd an die Brust griff, war David fort. Seine rasenden Schritte klangen noch durch das Treppenhaus.

»David!« rief er mit sich überschlagender Stimme. »Warte!« Aber David war fort. Das Geräusch seiner Schritte wurde schwächer, und der Brig ließ ihn gehen. Statt dessen wandte er sich um und eilte den Korridor hinunter, wo er das hysterische Schluchzen seiner Tochter hinter der geschlossenen Tür vernahm.

Sie blickte auf und nahm die Hände vom Gesicht, als sie hörte, daß sich die Tür öffnete. Ungläubiges Staunen vertrieb den Schrecken aus ihren Augen.

»Ich kann dich sehen«, flüsterte sie. »Ich kann sehen!«

Ihr Vater ging rasch auf sie zu und nahm sie in die Arme.

»Es ist alles in Ordnung«, sagte er unbeholfen. »Es wird alles wieder gut.«

Sie klammerte sich an ihn und versuchte, ihr Schluchzen zu unterdrücken.

»Ich hatte einen Traum«, murmelte sie, »einen furchtbaren Traum«, und preßte sich schaudernd an ihn. Doch plötzlich riß sie sich los.

»David«, rief sie, »wo ist David? Ich muß ihn sehen.«

Der Brig richtete sich auf und merkte, daß sie die Wirklichkeit nicht erkannt hatte.

»Ich muß ihn sehen«, wiederholte sie, und er erwiderte schwerfällig: »Du hast ihn bereits gesehen, mein Kind.«

Eine ganze Weile verstand sie nicht, doch dann begriff sie allmählich.

»David?« flüsterte sie, und ihre Stimme versagte. »Das war David?«

Der Brig nickte und beobachtete den neuen Schrecken in ihrem Gesicht.

»Oh, lieber Gott!« Debras Stimme wurde verzweifelt. »Was habe ich getan? Ich habe geschrien, als ich ihn sah! Ich habe ihn weggetrieben.«

»Also willst du ihn doch noch wiedersehen?« fragte der Brig.

»Wie kannst du so etwas fragen?« Sie blickte ihn mit einer Mischung von Ärger und Verständnislosigkeit an. »Er ist für mich das Wichtigste auf der Welt. Das solltest du doch wissen!«

»Selbst so, wie er jetzt aussieht?«

»Wenn du glaubst, daß das irgend etwas zu sagen hätte – dann kennst du mich schlecht.« Ihr Gesichtsausdruck war jetzt besorgt. »Du mußt ihn finden. Schnell, bevor er Gelegenheit hat, irgendeine Dummheit zu machen.«

»Ich weiß nicht, wo er hingegangen ist«, erwiderte der Brig. Seine eigene Sorge wuchs, als ihm klar wurde, was Debra angedeutet hatte.

»Wenn er so gekränkt ist, gibt es für ihn nur eine Zuflucht...« sagte Debra. »Fliegen!«

»Ja«, sagte der Brig rasch zustimmend.

»Geh sofort zur Luftverkehrskontrolle, sie werden dich mit ihm sprechen lassen.«

Der Brig wandte sich zur Tür, und Debras Stimme drängte ihn. »Suche ihn für mich, Daddy. Bitte, suche ihn für mich!«

Die Navajo schien sich wie aus eigenem Entschluß nach Süden zu wenden. Erst als die schlanke runde Nase ihren festen Kurs eingeschlagen hatte und aufwärts in den unglaublich hohen, makellosen blauen Himmel stieg, wußte David, wohin er flog.

Hinter ihm blieb der gewaltige flache Berg mit seinem Wolkenkranz zurück. Das war das letzte Stück Land. Vor ihm lagen nur die großen, kahlen Eiswüsten und das Wasser.

David blickte auf seine Treibstoffanzeiger. Sein Blick war immer noch getrübt, aber er sah, daß die Nadeln auf der Skala etwas über halbvoll anzeigten.

Das bedeutete etwa drei Flugstunden, und David spürte einen Schauer der Erleichterung darüber, daß ein Ende seiner Leiden abzusehen war. Es wartete weit hinten im Meer, wo es keine Schiffahrtsrouten mehr gab. Er wollte weiter steigen, bis schließlich die Motoren absterben würden. Dann würde er die Nase der Maschine senkrecht in den Sturzflug drücken und mit unbarmherziger Schnelligkeit hinabstürzen, wie ein verwundeter, todgeweihter Adler. Es würde schnell vorbei sein, und der metallene Rumpf würde ihn hinuntertragen in ein Grab, das nicht so einsam sein konnte wie die Trostlosigkeit, die ihn jetzt umgab.

Krachend und summend schaltete sich plötzlich das Funkgerät ein. Er hörte, wie die Luftkontrolle sein Rufzeichen schnarrte, und griff nach dem Schalter, um das Gerät abzustellen, als der Klang einer vertrauten Stimme seine Hand zurückhielt.

»David, hier ist der Brig.« Die Worte und der Ton, in dem sie gesprochen wurden, führten seine Gedanken zurück in ein anderes Cockpit in einem anderen Land.

»Du hast schon einmal den Befehl verweigert, tue es nicht wieder.«

Davids Mund straffte sich zu einem dünnen, farblosen Strich, und wieder griff er nach dem Schalter. Er wußte, daß man ihn auf dem Radarschirm beobachtete, daß man seinen Kurs kannte und daß der Brig erraten hatte, was er beabsichtigte. Sie konnten nichts dagegen tun.

»David«, die Stimme des Brig wurde sanfter, und irgendein sicherer Instinkt ließ ihn die Worte wählen, die er David sagen mußte. »Ich habe gerade mit Debra gesprochen, sie will, daß du zu ihr kommst. Sie will es um jeden Preis.«

Davids Hand näherte sich dem Schalter.

»Hör zu, David. Sie braucht dich – und sie wird dich immer brauchen.«

David blinzelte, er fühlte, wie sich seine Augen mit Tränen füllten. Sein Entschluß begann zu schwanken.

»Komm zurück, David, um ihretwillen, komm zurück!«

Und aus der Dunkelheit seiner Seele begann ein Licht aufzuleuchten, ein kleines Licht, das wuchs und sich ausbreitete, bis es ihn mit seiner schimmernden Helligkeit zu erfüllen schien.

»David, hier ist der Brig.« Es war wieder die Stimme des alten Soldaten, hart und kompromißlos. »Sofort zur Basis zurückkehren.«

David mußte lächeln, als er das Mikrofon an die Lippen hob. Er drückte die Sprechtaste und gab die hebräische Antwort:

»Beseder! Hier ist Bright Lance Führer, auf dem Heimflug!« Dann riß er die Navajo scharf herum.

Am Horizont lag blau und flach der Berg, und David senkte die Nase des Flugzeuges und steuerte direkt darauf zu. Er wußte, daß es nicht leicht sein würde – daß es all seiner Geduld und seines Mutes bedürfte, aber er wußte auch, daß es jeder Anstrengung wert war. Plötzlich hatte er eine tiefe Sehnsucht, mit Debra allein zu sein – im Frieden von Jabulani.